KB038332

아웃 오브 이집트

OUT OF EGYPT
: A Memoir by André Aciman

Copyright ⓒ 1994 by André Aciman

아웃 오브 이집트

안드레 애치먼 회고록
정지현 옮김

잔

알렉산더, 마이클과 필립
앙리와 레진
알랭과 캐럴
그리고 피에라를 위해

차례

1장
군인, 세일즈맨, 사기꾼, 스파이

Soldier, Salesman, Swindler, Spy

"자, 그러냐, 안 그러냐? *siamo o non siamo?*" 그해 여름날 오후 제멋대로 퍼진 땅이 내려다보이는 영국 서리 저택의 정원에 앉았을 때 빌리 할아버지가 자랑하듯 말했다.

"이걸 좀 봐라." 할아버지가 광활하게 탁 트인 초록의 땅을 가리켰다. "정말 훌륭하지 않으냐?" 영국 시골의 오후 산책이라는 개념을 자신이 처음 만들어 내기라도 한 듯했다. "해가 지기 직전에 차를 마실 때마다 항상 느껴진단다. 행복이라고 할 수 있는 충만감이지. 난 원하는 걸 전부 손에 넣었어. 80대 남자치곤 나쁘지 않아." 할아버지의 얼굴이 거만한 만족감으로 빛났다.

나는 알렉산드리아에 대해, 잃어버린 시간과 잃어버린 세상, 마침내 다가온 끝의 최후, 코스타 씨, 몬테펠트로, 알도 코흔, 로테, 플로라, 지금은 너무도 멀리 있는 사람들에 대해 말하려고 했다. 하지만 할아버지는 내 말을 자르며 경멸스러운 악취라도 물리치듯 손사래를 쳤다. "다 쓸데없어. 난 현재에 산다." 내가 불러낸 향수가 짜증 나는 듯했다. "*Siamo o non*

siamo?" 그러곤 자리에서 일어나 기지개를 켜고 저녁의 첫 올
빼미를 가리켰다.

무엇이 그렇고 무엇이 안 그런지 분명할 때가 한 번도 없었
다. 하지만 이 생략된 표현에 대해 이탈리아어를 한마디도 못
하는 사람이 있는 우리 집안사람들은 제1차 세계대전 때 참
호에서 빠져나와 양손으로 라이플총을 꽉 쥐고 나무 사이에
숨어 총알만 떨어지지 않았다면 오스트리아-헝가리제국 전
체를 피로 물들였을 이탈리아 군인처럼 저돌적이고 자신만
만한 떠버리 같은 느낌을 받았다. 매일 거칠게 한계를 밀어붙
일 필요가 있는 유약한 이들에 둘러싸인 훈련교관의 위협적
인 자신감을 드러내는 표현이었다. "우린 진짜 남자야. 그러
냐, 안 그러냐?"라고 말하는 듯했다. "계속 밀고 나가는 거지.
그러냐, 안 그러냐?" 두렵지 않은 척하면서 오뚝이처럼 일어
나 패배를 털어 버리고 승리라 부르는 그만의 방식이었다. 그
렇게 빌리 할아버지는 운명에 순응하지 않고 질기게 저항하
면서 가장 불운한 계획의 예상치 못한 탁월함까지 모든 걸 자
신의 공으로 돌렸다. 과장된 행운은 선견지명으로 착각했다.
거리 부랑아의 상황 대처 능력에 불과한 일을 용기로 잘못 읽
는 것은 물론이었다. 하지만 할아버지에겐 결단력이 있었다.
자신도 그 점을 알았고 과시했다.

1917년 카포레토 전투에서 이탈리아가 굴욕적인 패배를
맛보았지만 빌리 할아버지는 개의치 않고 이탈리아 육군에

복무한 걸 끝까지 자랑스러워했다. 그것도 콘스탄티노플의 이탈리아 예수회 학교에서 익힌 기백 넘치는 피렌체 억양으로 과시했다. 19세기가 끝나 갈 무렵 터키에서 출생한 유대인 청년 대부분이 그렇듯 빌리는 터키 문화와 관련된 것이라면 뭐든지 깎아내리고 서양 문화에 목말라했으며, 결국 터키 유대인과 똑같은 방식으로 '이탈리아인'이 되었다. 16세기에 유대인들이 스페인을 탈출하여 정착한 피사 근처의 항구도시 리보르노와의 오랜 연관성을 주장하는 방식이었다. 리보르노에 사는, 파르도로케스라는 스페인 이름을 가진 먼 이탈리아인 친척을 파헤쳤고, 그 결과 빌리도 절반은 파르도로케스라 할 수 있었다. 그렇게 터키의 살아 있는 모든 사촌은 이탈리아인이 되었다. 당연히 그들 전부 확고한 민족주의자, 군주제 옹호자였다.

빌리는 이탈리아 육군이 용맹하지 않았다고 말한 알렉산드리아의 그리스인에게 즉각 결투를 신청했다. 이탈리아 메달과 장신구가 있어도 터키 출신의 악동, 그것도 유대인이라는 사실은 변하지 않는다는 말까지 들은 터라 더더욱 참을 수 없었다. 빌리는 분노가 치밀었다. 유대인의 정체성에 의문을 제기해서가 아니었다. 그것은 자신도 얼마든지 할 수 있는 일이니까. 떳떳하지 못한 방식으로 이탈리아인이 된 유대인이 많다는 사실을 떠올리게 만들어서 화가 난 거였다. 결투 입회인이 선택한 무기는 워낙 구식이라 결투자 둘 다 사용법을 몰랐다. 결국 아무도 다치지 않았고 사과가 오갔다. 한 명이 웃어 버리자 분위기도 누그러졌다. 빌리는 바다가 내려다보이는 조용한 식당에서 식사나 하자고 제안했다. 알렉산드리아의 6월 어느 맑은 날 오랜만에 모두가 푸짐한 오찬을 즐겼다. 계산할 때가 되자 그리스인과 이탈리아인은 서로 자기가 내겠다고 우겼다. 티격태격이 좀처럼 끝날 기미가 보이지 않았다. 양쪽 모두 자신이 계산하면 영광이고 기쁨이겠다며 우겼다. 어떤 방법도 통하지 않자 빌리는 마지막 수단으로 마법을 쓸 수밖에 없어진 마법사처럼 그 말을 썼다. "내가 명예로운 남자인가, 아닌가?" 자애로운 그리스인은 결국 빌리의 뜻에 따를 수밖에 없었다.

빌리는 뼈대 깊은 혈통임을 알리는 모호하지만 확실한 분위기를 풍기는 방법을 알고 있었다. 태어난 장소와 국적 혹은 종교 같은 시시한 구분을 초월하는 아주 오래되고 위엄 있는 방식이었다. 귀한 혈통을 암시하면 부의 암시도 따라오기 마련이었다. 그 부가 곤란하게도 다른 장소, 이를테면 외국에 묶여 있다는 모호한 암시도 함께였다. 하지만 점토 화분의 흙을 제외하곤 땅 한 뼘 없었다. 물론 혈통은 그에게 신용을 주었다. 신용이야말로 그에게 가장 중요했다. 그는 물론이고 우리 집안의 모든 남자가 신용으로 돈을 벌고 빌리고 잃고 결혼도 했으니까.

빌리에게 혈통은 매우 자연스러운 거였다. 혈통이 있어서도 아니고 흉내를 내서도 아니고 망한 귀족의 여유로운 품위를 갈망해서도 아니었다. 애초에 남들보다 나은 사람으로 태어났다는 확신 때문이었다. 그에게는 부자의 고압적인 자세가 있었다. 동등한 무리와 있으면 억지스러운 미소가 즉각 부드러워졌다. 그는 떨어지는 안목보다 가난한 자의 태도를, 잔인함보다 떨어지는 안목을, 나쁜 식습관보다 나쁜 식사 예절을 용납하지 못하는 인색과 허세가 밴 방탕한 귀족이었다. 무엇보다 유대인이 *goyim*, 즉 비유대인을 사칭하면서 자신을 드러내는 '격세유전'을 몹시 혐오했다. 전형적인 유대인처럼 보이는 친인척과 지인도 전부 비웃었다. 그 자신이 유대인처럼 보이지 않아서도 아니고 유대인을 싫어해서도 아니었다. 다른 사람들이 유대인을 얼마나 싫어하는지 잘 알아서였다. *그런 유대인들 때문에 사람들이 우리 같은 유대인도 싫어하는 거야.* 유대 혈통을 자랑스러워하는 관찰력 뛰어난 유대인에게 무시당하면 40년 동안 입에 물고 있던 씨앗을 뱉듯이 울분을 터뜨렸다. "뭐가 자랑스러워? 결국 우린 다 보따리장수야. 그래, 안 그래?"

그가 가장 잘하는 건 유포였다. 이집트의 영국인들에게 파시즘을 유포했는데 나중에는 유럽에서도 이탈리아인을 대표해 파시즘을 유포했다. 교황에게 그랬듯이 일 두체(Il Duce, 무솔리니의 칭호-옮긴이)에게 헌신적이었다. 그가 매해 독일에서 유겐트(Jugend, 독일 나치당이 만든 청소년 조직-옮긴이)를 대상으로 한 연설은 박수갈채를 받았고, 이는 집안에서 심각한 갈등을 일으키는 원인이었다. 하지만 그는 "내 일에 상관하지 마. 어련히 알아서 할까."라고 무질러 버렸다. 수년 후 영국이 알렉산드리아에 거주하는 이탈리아 성인 남자를 모조리 체포하겠다고 으름장을 놓기 시작하자 빌리는 갑자기 옷장을 뒤져서 콘스탄티노플 랍비들이 발행한 증서를 찾아내 영국 영사관 친구들에게 보여 주었다. 이탈리아 유대인인 자신이 영국의 이해관계에 위협적인 존재가 될 수 없다는 사실을 증명하면서 이탈리아인들을 염탐해 주겠다고 제안했다. 영국으로서는 두 팔 벌려 환영할 일이었다.

그는 매우 탁월한 성과를 보여 준 덕분에 전쟁이 끝난 뒤 영국 서리 지방의 조지 왕조풍 사유지를 받았고, 그곳에서 H.M. 스핑간 박사라는 가명을 쓰며 궁핍한 귀족처럼 여생을 보냈다. 빌리가 어렸을 때 콘스탄티노플에서 만난 영국인 허버트 마이클 스핑간은 평생 그에게 두 가지 열정을 불러일으킨 장본인이었다. 하나는 영국적인 것이라면 무조건 모방하려는 레반트인의 욕망이고, 나머지는 영국적인 모든 것을 거부하는 터키인의 경멸이었다.

앵글로색슨식 이름을 찾으려고 지극히 유대인스러운 이름을 포기한 빌리 할아버지는 내가 스핑간이라는 남자도 유대인이었다고 하자 당혹감을 감추지 못하며 민망해했다. "그래, 나도 비슷한 얘길 들은 기억이 난다." 할아버지는 모호하게 말했다. "유대인은 어디에나 있잖아. 그러냐, 안 그러냐? 한 꺼풀만 벗겨 보면 세상 사람이 전부 유대인일 거다." 빈과 베를린에서 터키 페즈 모자를 파는 행상인이 첫 번째 직업이고 이집트 왕 파루크 영지의 유일한 경매인이 마지막 직업이던 고상한 친영 파시스트 터키 이탈리아 유대인이 비웃듯 뱉은 말이었다. "이집트의 소더비. 그래도 결국은 보따리장수였지." 한때는 훌륭한 연못이었을 뿌옇게 고인 물에 내려앉은 새들을 나와 함께 바라보면서 의자에 비스듬히 기대어 덧붙였다. "그래도 훌륭한 민족이야, 유대인은." 할아버지는 종종 문법을 무시한 영어로 말하곤 했다. 자신의 어리석음을 분명히 인지한 채 무심하게 거들먹거리는 얄팍한 어조를 가장해서 같은 종교를 믿는 사람들에 관한 것이라면 무조건 속마음과 반대되는 말을 했다. 칭찬한 다음에는 항상 "비열한 유대인!"이라고 비난했으며 그다음에는 또 어조를 바꾸었다. 반짝이는 눈으로 미소를 억누르며 열변을 토하는 것이었다. "아인슈타인, 슈나벨, 프로이트, 디스라엘리…… 전부 다 유대인이지. 그러냐, 안 그러냐?"

빌리는 가슴에 불꽃을, 두 눈에는 변덕스러움을 간직한 생도로 이집트를 떠났다. 1905년 온 가족이 콘스탄티노플에서 이주해 온 이집트였다. 그는 독일에서 공부하고 프로이센 군대에서 복무했으며 1915년 이탈리아가 전쟁에 합류하자 편을 바꾸었고 카포레토 전투 후에는 전쟁이 끝날 때까지 키프로스에서 통역관으로 일했다. 제대하고 4년 후에 이집트로 돌아갔다. 20대 후반의 세련된 한량이었다. 오만불손한 태도, 잘생긴 외모로 남녀의 전쟁에서 수상쩍은 거래와 가차 없는 포위의 역사를 썼다. 누나들은 빌리에게 넘어가지 않은 여자가 없다는 사실에 감탄하며 그가 확실히 남자답다고 평가했다. 장난꾸러기처럼 삐딱하게 쓴 중절모, "자자, 빨리."라고 재촉하는 목소리, 상대가 따려는 샴페인을 가져다 "내가 하지."라고 말하는 건방진 모습이 그랬다. 하지만 절대로 고압적이지 않고 호기심을 자극했다.

빌리는 온갖 다양한 편에 서서 온갖 다양한 전투에 참가했고, 또 온갖 다양한 무기를 다루었다. 완벽한 명사수이자 뛰어난 운동선수이고 상황 판단이 빠른 사업가이자 못 말리는 바람둥이었다. 그리고 확실히 남자다웠다.

"그러냐, 안 그러냐." 이성을 유혹하는 데 성공했을 때, 주식 시장에서 한몫 크게 잡았을 때, 절망적인 말라리아에서 회복했을 때, 영악한 여성을 꿰뚫어 보았을 때, 거리에서 깡패를 쓰러뜨렸을 때 혹은 자신이 절대로 속임수에 넘어가지 않는다는 사실을 만천하에 알리고 싶을 때 자랑하듯 말했다. 한마디로 이런 뜻이었다. '내가 저들한테 똑똑히 보여 줬지. 그러냐, 안 그러냐?' 어려운 협상에 성공했을 때도 썼다. 거봐, 저들이 내가 제시한 가격을 간청할 거라고 했지? 협박한 사람을 감옥에 집어넣었을 때도 그랬다. 내가 절대 만만한 사람이 아니라고 경고했지? 사랑하는 누나 마르타가 또 약혼자에게 버림받고 엉엉 울면서 돌아왔을 때도 똑같은 표현을 썼다. 그때는 이런 뜻이었다. 남자라면 누구나 예측 가능한 일이었지. 내가 경고했잖아? 그다음에는 누나가 계속 눈물만 흘리지 않을 강인한 사람임을 일깨워 주기 위해 무릎에 앉히고 두 손을 잡은 채 살살 흔들면서 생각보다 일찍 슬픔을 이겨 낼 거라고 위로했다. 사랑의 열병은 원래 그런 것이니까. 그러냐, 안 그러냐?

나중에는 누나에게 장미꽃을 사 주며 몇 시간을, 어쩌면 며칠을 달래 주었다. 하지만 누나를 달래는 일이 항상 쉬운 건 아니었다. 겨우 달래고 서재로 가자마자 발작에 가까운 비명이 들려왔다. "난 독신으로 늙어 죽을 거야!" 마르타는 자매들에게 말하며 흐느껴 울었고 가장 먼저 손에 잡히는 천으로 코를 풀었다.

"벌써 이만큼 나이를 먹었는데 어떤 남자가 결혼하려고 들겠어?" 마르타는 고래고래 악을 쓰며 다시 빌리의 서재로 향했다.

"분명히 있을 거야. 내 말만 믿어."

"아니, 없을 거야. 넌 그 이유를 모르겠어? 못생긴 내 얼굴이 안 보여? 나도 아는 사실을!"

"누나는 못생기지 않았어!"

"그냥 사실대로 말해. 못생겼잖아!"

"물론 세상에서 가장 예쁘지는 않지만……."

"길 가다 쳐다보는 사람은 없을 거야."

"누나, 남보다는 가족들 생각이 더 중요한 거야."

"넌 아무것도 몰라. 넌 그저 내 말을 꽈서 날 바보 멍청이로 만들 뿐이야!" 마르타가 언성을 높이기 시작했다.

"못생겼다는 말이 그렇게 듣고 싶은 거면 알았어. 누나는 못생겼어."

"아무도 날 이해 못 해, 아무도."

마르타는 산 자들에게 위안을 얻으러 왔다가 쫓겨나는 병든 망령처럼 스르르 사라졌다.

가족들이 *crises de mariage*(결혼 위기)라고 부른 마르타의 발작은 몇 시간씩 이어졌다. 한바탕 그러고 나면 머리가 지끈거린다며 초저녁부터 잠들어 다음 날 아침에야 모습을 드러냈다. 하지만 태풍이 잠잠해진 건 아니었다. 마르타는 침대에서 나오자마자 가장 먼저 보이는 사람에게 자기 눈을 좀 보라고 했다. "부었어. 그렇지? 봐봐. 좀 보라고." 그녀는 눈을 찌르기라도 할 것처럼 물었다. 상대가 "안 부었어. 괜찮아."라고 하면 "거짓말하지 마. 퉁퉁 부은 게 안 봐도 느껴지는데. 내가 그 남자 때문에 울었다는 걸 다들 알게 될 거야. 분명 그도 알겠지. 창피해. 창피해 죽겠어." 목소리가 떨리다가 흐느낌으로 변하고 다시 눈물바람이 시작되었다.

그러고 나면 어머니를 포함한 온 가족이 교대로 작은 얼음 그릇을 들고 마르타의 방에 빼꼼 고개를 내밀었다. 그녀는 뭔가로 눈을 싸매고 컴컴한 방에 누워 끙끙거렸다. "아파. 얼마나 아픈지 모를 거야." 50년 후 파리의 병원에서 암으로 죽어 가며 똑같은 소리를 내뱉는 걸 나도 들었다.

북적거리는 거실에서 형제자매들과 앉아 있던 빌리는 더 이상 참을 수가 없었다. "더는 못 참겠어! 마르타 누나에게 진짜 필요한 건……. 그게 뭔지는 다들 알잖아."

그러자 클라라 누나가 끼어들었다. "우리 저속한 말은 하지 말자." 희끗희끗한 수염이 덥수룩한 톨스토이만 그리는 클라라는 이젤 옆에 서서 터져 나오는 웃음을 참지 못했다.

"봤지?" 빌리가 잽싸게 말했다. "진실이 마음에 안 들지 모르지만 다들 똑같은 생각이잖아." 그의 목소리에 담긴 분노가 점점 커졌다. "가엾은 마르타 누나는 저 나이 먹도록 아직 남자 몸을 앞뒤도 구분하지 못한다고."

아이작 형이 웃음을 터뜨렸다. "마르타가 남자랑 있는 모습이 상상이나 돼?"

그때 일흔이 다 된 우리 증조할머니이자 남매들의 어머니가 집안의 가장으로서 따끔하게 말했다. "그만들 해라. 마르타에게 좋은 유대인 남자를 찾아 줘야 해. 재산이 많고 적고는 상관없어."

"도대체 그런 남자가 어디 있는데, 응?" 마르타가 끼어들었다. 화장실에 가다 대화의 끄트머리를 엿들은 거였다. "가망 없어, 가망 없다고. 도대체 이집트엔 왜 데리고 온 거야, 왜!" 마르타는 우리 친할머니인 에스더 언니를 쳐다보았다. "후덥지근해서 매일 땀만 줄줄 나지, 남자들은 끔찍하지."

빌리가 일어나 한 손으로 누나의 허리를 감싸고 말했다. "진정해, 누나. 걱정하지 마. 우리가 찾아 줄게. 약속해. 나한테 맡겨."

"말만 그렇게 하고 안 지키면서. 이집트에 아는 사람도 없잖아?"

이 말은 빌리가 오랫동안 기다려 온 신호였다. 그는 하고 싶어 못 견디는 바로 그 말을 꼭 하고 말겠다는 남자의 세심하게 계산된 무심한 태도로 대처했다. 이 경우에는 이런 뜻이었다. 당연히 우리에겐 끝내주는 인맥이 있지!

아이작을 말하는 거였다. 아이작은 토리노대학 시절 훗날 이집트의 왕이 되는 푸아드와 매우 가까운 친구였다. 두 사람은 터키어와 이탈리아어, 독일어 그리고 알바니아어를 약간 할 줄 알았고 두 사람만의 공용어도 있었다. 그들은 외설과 이중적인 의미로 가득한 그 언어를 터키탈리알바니독일어라고 불렀으며 나이가 들어서까지 계속 사용했다. 아이작 할아버지는 그 불멸의 우정에 전부를 걸고 부모와 형제자매를 설득해서 콘스탄티노플의 전 재산을 정리한 뒤 알렉산드리아로 이주한 거였다.

빌리는 형이, 그리고 자신도 왕을 '소유'했다고 자랑했다. 가슴주머니를 가리키며 "형의 가슴주머니에 왕이 들어 있다니까."라고 말했다. 실제로 그 주머니에는 왕의 인장을 새겨 넣은 은제 담배 케이스가 들어 있었다. 누나의 삶에서 매우 중요한 역할을 하게 되는 남자를 아이작에게 소개해 준 것도 결국 왕이 된 푸아드였다.

마흔에 가까운 마르타 할머니는 결국 그 남자와 결혼했다. 독일 슈바벤 출신의 부유한 유대인으로 가족 모두 '슈바브'라고 불렀다. 본명은 알도 코흔이었다. 낮에는 골프를 치고 밤에는 브리지를 하고 그 중간에는 자신과 가족의 문장을 금줄 세공으로 꼼꼼하게 새긴 터키산 담배를 피우는 게 그의 일이었다. 그는 머리가 벗어지기 시작한 뚱보에다 10년 전 마르타에게 한 번 퇴짜 맞은 적이 있지만 다시 구애하기로 했다. 지참금도 요구하지 않아 가족 모두가 흡족해했다. 가족 모임에서 슈바브를 잠시 가만히 놔두자고 입을 맞춘 터였다. 슈바브는 마르타가 눈치 채거나 뒤돌아가 버릴 틈도 없이 그녀의 손목을 잡고 팔찌를 채웠다. 안쪽에 폰 플로토의 유명한 오페라《마르타》에 나오는 아리아를 본떠 'M'appari(꿈과 같이)'라고 새긴 값비싼 팔찌였다. 마르타는 몹시 당황한 나머지 자신도 모르게 눈물을 흘렸다. 그 모습에 감동한 슈바브도 "제발 거절하지 마오, 거절하지 마오."라고 애원하며 같이 울기 시작했다. 미리 입을 맞춘 사람들은 마르타의 장밋빛 얼굴이 드물게 평온함으로 빛나는 것을 알아차렸다. "마르타가 슈바브를 가만두지 않을걸." 형제들이 낄낄거렸다.

멋쟁이지만 성품이 조용한 슈바브는 한때 서양고전학을 공부했는데 소심한 성격 때문에 집안의 조롱거리였다. 응석받이로 자란 멍청이처럼 보였다. 어떤 면에서는 동성애자 같기도 했다. 형제들은 그를 주시했다. 하지만 슈바브는 바보가 아니었다. 태어나 단 하루도 일해 본 적이 없지만, 알고 보니 설탕 거래로 2년 만에 집안의 재산을 세 배로 불린 남자였다. 빌리는 무능하고 징징대는 맥주통 같은 매형이 '꾼'이라는 사실을 깨닫고 곧장 그에게 제안할 안전한 사업 목록을 작성했다. 하지만 슈바브는 주식 투자를 꺼렸다. 실력이 아니라 운이 좋아서 돈을 벌었다고 생각한 것이다. 주식 시장은 조금도 모르고 아는 거라곤 설탕뿐이었다. 어쩌면 말도 조금 아는 정도였다. 빌리는 "알아? 주식 시장을 매형이 왜 알아야 하지? 대신 해 줄 내가 있는데."라고 했다. 이젠 한가족 아니냐고. 그런가, 안 그런가?

슈바브는 수 주일 동안 처남의 유혹을 참다가 어느 날 폭발해 버렸다. 그것도 아주 거창하게. 빌리가 아끼고 사랑하는 표현을 이용해 그를 돗바늘로 휘감아 이리저리 돌려 버린 것이다. 슈바브, 아니 세상에 알도 코흔이라는 이름으로 알려진, 더 구체적으로는 코흔 파샤라 불리는 자신이 절대로 호락호락한 사람이 아님을 보여 주었다. 빌리의 완전한 패배였다.

그는 매형의 불신에 고통을 느꼈고 실제로 표현도 했다. 누구도 아닌 자신의 칼로 세게 한 방 먹으니 참을 수 없는 짜증이 솟구쳤다. 그가 보기에는 아시케나지(독일과 프랑스를 중심으로 중유럽과 동유럽에 흩어진 유대인—옮긴이)의 이중성을 드러내는 저급하고 정정당당하지 못한 일이었다. 그 일 이후 빌리는 슈바브와 말을 섞지 않았다.

하지만 1930년 예상치 못한 사건이 벌어졌다. 빌리 가족이 1920년대에 누린 풍요를 빼앗겼다는 사실이 분명해진 때였다. 빌리는 가족들에게 해외 이주를 제안했다. 미국? 이미 유대인이 너무 많다. 영국? 너무 융통성이 없다. 오스트레일리아? 너무 외지다. 캐나다? 너무 춥다. 남아프리카? 너무 멀다. 결국 천 년을 내려온 떠돌이 행상과 능숙한 사기꾼이라는 고귀한 역할로 돈을 벌려는 남자들에게 가장 이상적인 기회를 제공해 줄 땅은 일본이라는 결론에 이르렀다.

일본의 장점은 세 가지였다. 사람들이 열심히 일한다는 것, 배움과 경쟁에 적극적이라는 것, 유대인을 본 적이 없으리라는 것. 형제들은 한 번도 들어 보지 않았지만 어딘지 이탈리아 느낌이 나서 안심되는 도시를 골랐다. 나가사키였다.

"싸구려 보석과 거울도 팔 건가?" 슈바브가 물었다.

"아니, 자동차. 고급 자동차."

"무슨 자동차?"

"이소타프라스키니(Isotta-Fraschini, 1900년에 설립하여 1999년에 파산한 이탈리아의 고급 자동차 제조 회사-옮긴이)."

"전에 차를 팔아 본 적은 있고?" 슈바브는 너무 가족끼리 똘똘 뭉치는 배타적인 형제들을 틈나는 대로 놀려 댔다.

"아니. 차는 취급한 적 없지만 다른 건 전부 팔아 봤어. 러그, 주식, 골동품, 금……. 그뿐인가, 투자자에게 희망을, 아랍인에게 모래를 팔아 봤지. 수도 없어. 차라고 뭐가 다르겠어?" 빌리가 격분한 목소리로 반문하며 으스댔다. "카펫, 자동차, 금, 은, 내 누나들 전부 똑같아. 내가 못 파는 건 없어."

이소타프라스키니 사건은 온 가족이 우르르 중동과 일본의 판매대리권에 투자하는 것으로 막이 올랐다. 일본어 과외 교사를 고용하여 월요일과 목요일 오후가 되면 다섯 형제가 잉크 자국처럼 보이는 글자로 가득한 공책을 펼쳐 놓고 주방에 앉았다. 사업 계획을 내켜 하지 않는 오십 넘은 첫째 네심부터 사업 계획을 내놓은 장본인이자 그보다 스무 살이나 어리고 약삭빠른 막내아들 빌리까지.

마르타는 일본어 교실이 된 나무 패널을 두른 어두운 주방에 차를 내갈 때마다 에스더 언니에게 속삭였다. "가엾어라. 아직 아랍어도 못 뗐는데 저 빌어먹을 말까지 배워야 한다니."

모두가 공포에 사로잡혔다.

"매일 날생선과 쌀밥을 먹어야 한다니! 변비에 걸려 죽고 말 거야. 다음엔 어떤 시련을 견뎌야 할까?" 클라라는 이렇게 말할 뿐이었다. 그녀는 가족 사업을 돕느라 그림 그릴 시간이 없을 거라는 경고를 들었다.

"어차피 넌 톨스토이밖에 안 그리잖아. 좀 달라져야 해." 아이작이 경고했다.

그들의 어머니도 걱정되기는 마찬가지였다. "우린 척박한 땅에 터전을 잡을 거다. 예전에도 그랬고 앞으로도 그럴 거고. 신이 우릴 지켜 주실 거다."

슈바브에게는 투자하라는 말을 하지 않았다. 처가가 막대한 부를 거머쥐는 모습을 보고 결국 그러냐, 안 그러냐를 깨닫는 것이 그가 받아야 할 벌이었으니까.

하지만 2년 후 마르타는 남편 슈바브에게 가족 회사의 경비를 보태라고 강요했다. 도박 외에 무형의 것에 투자하는 걸 싫어하는 슈바브는 값비싼 자동차를 할인가에 사기로 했다. 새롭게 설립된 이소타프라스키니 아시아-아프리카 코퍼레이션이 다섯 형제에게 한 대씩 준 것을 제외하고 실제로 판매한 자동차는 고작 두 대뿐이었다. 3년 후 사업이 망하고 홍보용 모델도 이탈리아로 돌려보낸 뒤 이집트에서 이소타프라스키니를 타고 다니는 사람은 딱 두 명, 슈바브와 푸아드 왕뿐이었다.

이소타프라스키니 사업이 실패하자 빌리 가족은 10년 전으로 후퇴했다. 겉으로는 그대로였다. 가족들은 왕의 정원에서 일요일을 보내거나 기사 딸린 차를 타고 회원 전용 스포팅 클럽에 갔지만, 사실은 알거지 상태였다. 그들은 자존심 때문에 실패를 인정하지도 못하고 너무 신중해서 빚쟁이들에게 미끼를 던지지도 못한 채 비밀을 지켜 주리라 믿을 만한 차상 위 친구와 친척들을 이용하기 시작했다. 한때 터키에서 잘나 가는 담배 공장 사장이었지만 모든 걸 버리고 이집트로 이주 한 알베르트도 가족의 재정에 보탬이 될 것을 요구받았다. 그 는 내키지 않았지만 아내 에스더와 심하게 싸우고 나서 받아 들였다. 에스더도 마르타처럼 피가 결혼 서약보다 진하다는 사실을 단 한 번도 의심하지 않았다.

알베르트에게는 처가를 믿지도 않을뿐더러 도와주고 싶지 도 않은 이유가 차고 넘쳤다. 처가에서 호언장담하는 바람에 1932년 터키의 담배 공장을 팔고 온 가족이 이집트로 이주 해 왔다. 처가 사업에 투자도 하고 열여덟 살이 된 아들 앙리 를 무시무시한 군복무에서 빼내기 위해서였다. 하지만 알렉 산드리아에 도착하자마자 처가가 그를 이소타프라스키니 사 업에 끼워 주지 않을 거라는 사실이 분명해졌다. 할 줄 아는 일이라곤 담배 파는 것뿐이라 알렉산드리아에서 뭘 해야 할 지 막막했다. 하는 수 없이 터키에서 평생 모은 돈으로 라 프 티 코니시라는 작은 당구장을 인수했다. 당구장은 알렉산드 리아의 10킬로미터 길이 해안 도로 코니시를 마주 보는 자리 에 있었다.

알베르트는 자신을 속인 처가를 절대로 용서할 수 없었다. "이집트로 와. 우리가 도와줄게." 아내의 형제들이 거듭 회유한 말을 아내에게 흉내 냈다. "우리가 이것도 해 주고 저것도 해 줄게. 그런데 아무것도 없잖아! 대대로 술탄에게 암살당할 만큼 대단한 조상을 둔 내가 당구장이나 하고 있다니." 그는 매일 아침 주방 밖에 서서 아내가 굽는 각종 치즈와 시금치 페이스트리를 기다리며 중얼거렸다. 다행히 당구를 치면서 아니스 술에 뭔가를 곁들여 먹는 걸 좋아하는 사람들 덕분에 페이스트리가 잘 팔렸다.

알베르트의 형편이 크게 나빠졌는데도 처가는 계속 도움을 바랐다. 주인이 빌려 준 돈을 받는 거라고 생각한 빌리의 운전기사는 차를 세우고 당구장으로 들어가 알베르트에게 돈뭉치를 받고는 몇 주 뒤 다시 오겠다고 말했다.

당구장 주인은 그렇게 다섯 번 정도 돈을 빌려 준 뒤 당구봉을 들고 나가서 빌리의 자동차 창문을 박살 내 버렸다. 알베르트는 운전기사를 심부름 보내 놓고 뒷좌석에 앉은 처남에게 왕족이랑 그렇게 친하니 왕에게 돈 좀 빌려 자신도 '힘든 상황을 헤쳐 나가도록 도와달라'고 했다. 절박하게 돈을 빌려야 하는 상황을 에둘러 표현하는 빌리의 말투를 흉내 낸 거였다.

에스더는 남편과 동생 사이에 일어난 일을 듣고 경악하며 빌리에게 되물었다. "그이는 한 번도 이런 적이 없잖아. 절대 폭력적인 사람이 아닌데."

"철저한 터키인이잖아."

"그럼 넌 뭔데? 혹시 이탈리아인이야?"

"이탈리아인이기도 하고 아니기도 하고. 남의 자동차 창문을 깨뜨리는 짓은 안 하지."

"내가 그이한테 말해 볼게."

"됐어. 다시는 보고 싶지 않아. 은혜를 모르는 인간이야. 누나 남편만 아니었어도, 누나 남편만 아니었어도……."

"그이가 내 남편이 아니었으면 너에게 땡전 한 푼도 빌려 주지 않았겠지. 네가 내 동생이 아니었으면 우리 집이 지금처럼 엉망진창이 되는 일도 없었어."

빌리의 본명은 아론이었다. 휴전 협정 4년 뒤인 1922년에 알렉산드리아로 돌아간 그는 잃어버린 시간을 만회하려고 바쁘게 뛰어다녔다. 네 형제가 도와준 덕분에 단 일주일 만에 쌀 전문가가 되었다. 그다음은 사탕수수 조사관이었다. 3개월 동안 이집트의 주요 수출품인 목화에 발생할 수 있는 모든 병충해를 처치하는 법을 배웠다. 반년 만에 이집트 구석구석을 여행했을 뿐만 아니라 어린 유대인 아내를 얻을 수 있다는 소문이 도는 거물의 집을 모조리 방문했다. 그리고 유럽에서 돌아온 지 1년도 되지 않아 어린 유대인 여성과 결혼했다.

이제 부끄럽지 않은 시민이 된 그는 자신이 가장 좋아하는 연애 대상인 유부녀로 돌아갔다. 그에게 이별을 통보받고 넋이 나간 정부들이 아내를 찾아와 중재를 부탁했다는 일화도 있다. 마음이 태평양처럼 넓은 아내 롤라는 가끔 중재자로 나서 주었다.

전쟁이 끝나고 7년 후 로테라는 여자가 베를린에서 약혼한 사이라고 주장하며 남자의 사진을 들고 찾아왔다. 그녀가 찾는 남자가 아론이라는 결론에 도달한 가족들은 한 차례 눈물을 쏟고 손수건을 내려놓은 여자에게 점심을 권했다. 1시 오찬에 온 가족이 참석할 예정이었다. 빌리가 맨 마지막에 도착했다. 여자는 현관에서 그의 발소리가 들리자마자 셰리주잔을 내려놓고 벌떡 일어나더니 목청이 떨어져라 "빌리! 빌리!"를 외치며 달려 나갔다.

제정신이 아닌 여자가 왜 아론을 그런 이상한 이름으로 부르는지 다들 어리둥절했다. 어느 정도 분위기가 가라앉자 그녀는 1914년에 새 프로이센 군복을 입은 그가 빌헬름 황제와 너무 닮아서 빌리라는 별명으로 부르기 시작했다고 설명했다. 그의 아내도 '빌리'라는 애칭이 꽤 귀엽게 느껴졌다. 처음에는 책망하며 나중에는 농담하듯 아내도 그를 '빌리'라고 부르기 시작했다. 어머니까지 포함해 모두가 자연스럽게 빌리라고 불렀다. 그리고 그리스-유대인-스페인식 이름 빌리코로 자리 잡았다.

"배신자 빌리코." 시간이 조금 흐른 뒤 그의 어머니가 말했다.

빌리가 반박했다. "그땐 그 여자를 정말 사랑했다고요. 롤라를 만나기 훨씬 전이고."

"여자 얘기가 아니야. 넌 유다고 언제까지나 유다일 거다."

누구도 감히 로테를 벨기에로 돌려보낼 수 없었다. 로테는 네심의 비서가 되었고 클라라의 미술 수업에서 임시로 모델을 했고 그다음에는 코시모의 보조 판매원으로 일했다. 코시모는 그녀를 아이작에게 떠넘겼고 아이작은 그녀와 결혼했다. 1926년 화창한 지중해가 내다보이는 우리 증조할머니의 호화로운 그랜드스포팅 아파트 베란다에서 찍은 결혼사진을 보면 로테는 아이작 옆에 서서 오른손을 빌리의 어깨에 올려놓았다. 빌리는 눈을 가늘게 뜨고 쳐다보며 이렇게 말하고 있었다. 우리는 나누는 남자, 가장 고귀한 희생을 하는 남자, 여자들이 숭배하는 남자다. 그러냐, 안 그러냐.

사진에서 아이작은 벌써 벗어진 머리를 가리려 애쓰는 초췌한 쉰 살이고, 은퇴가 가까운 네심은 어머니보다도 늙어 보였다. 어머니는 아들의 결혼식을 맞아 억지로 환한 표정을 지었지만 얼굴에서 근심을 감추지는 못했다.

"신랑은 왕자인데 신부는 시골 처녀야. 저 걸음걸이 좀 봐라. 걸을 때마다 바타비아 나막신 소리가 요란하잖니."

"신랑은 베레모를 쓴 것처럼 머리가 벗어졌잖아요. 그러니까 둘이 피장파장이죠. 그냥 좀 놔둬요." 딸 에스더가 끼어들었다. "지금까지 아내는 없고 애인들만 만났으니 이제 결혼할 때가 됐죠."

"하지만 기독교도가 아니잖아."

"기독교인, 유대인, 벨기에인, 이집트인 따위 따지지 마세요. 지금은 20세기 현대라고요." 빌리가 충고했다.

그래도 성에 차지 않은 어머니는 결혼사진에서 헬렌을 맞이하는 불신 가득한 헤카베의 표정이다.

사진에서 모여 있는 사람들 뒤쪽으로 베란다 프렌치 창문 뒤에서 슬그머니 엿보는 이집트인 셋이 보인다. 기껏해야 스무 살 정도인데 일한 지 10년이나 된 가정부 제이나브가 장난스럽게 웃고 있다. 수단 카르툼 출신의 요리사 아메드는 부끄러워하며 오른손으로 얼굴을 가리고 카메라를 피한다. 그의 여동생인 열 살짜리 라티파는 장난스러운 검은 눈동자로 카메라를 빤히 응시한다.

가족들이 이소타프라스키니 투자가 크게 실패한 것을 만회하려고 애쓸 때 빌리는 부지런히 다른 일을 추진 중이었다. 바로 파시스트였다. 일 두체의 열렬한 지지자가 된 그는 가족들에게 검은색 셔츠를 입고 파시스트의 건강법에 따라 매일 운동할 것을 강요했다. 파시스트가 이탈리아어에 끼치는 영향을 꼼꼼하게 관찰하고 자신의 말과 취향, 옷에 밴 영국풍을 완전히 제거하고자 했다. 이탈리아와 에티오피아의 전쟁이 시작되었을 때는 가족들에게 금 장신구를 이탈리아 정부에 넘겨 제국을 향한 일 두체의 꿈에 자금을 보태자고 했다.

빌리가 보여 준 과장된 애국주의에는 모순이 있었다. 파시즘에 충성하자고 주장하는 동안 이미 영국 정보국의 요원이 된 것이다. 스파이라는 새로운 직업은 그와 진정으로 잘 맞는 일이었다. 그는 나머지 가족들도 전부 이집트에 남으라고 권했다. 이제 하나가 아닌 두 제국의 문제와 연결되었으니 더욱더 그랬다.

빌리가 영국 정보국에 들어간 1936년 집안에 또 다른 경사가 겹쳤다. 아이작이 새로운 국왕이자 푸아드의 아들인 파루크와 돈독한 사이가 된 것이다. 아이작이 어떻게 재무부 책임자가 되었는지는 명확하지 않지만, 결혼하고 얼마 지나지 않아 이집트 대기업의 이사까지 되었다. '친족등용주의'가 조카와 손자 손녀에게 주는 혜택을 그는 '형제애'로 형제들에게 주었다. 네심, 코시모, 로렌조 등 우리 할아버지들이 이집트 은행의 높은 자리를 꿰찼다. 빌리의 경매 사업은 번창했고 탁트인 해변이 내려다보이는 어머니의 아파트는 절실하게 필요한 수리를 할 수 있었다. 슈바브와 마르타 사이에 아르노가 태어났고, 빌리는 마침내 매형 알베르트와 화해했다.

빌리는 새 직업을 숨기고 싶어 했다. 아내 롤라와 아이작 형만 알고 있었다. 하지만 모두의 동경과 부러움을 사는 일인 터, 그가 비밀을 지킬 리 없었다. 다시 군인이 된 것과 비슷했다. 어딜 가나 권총을 지녔고 가족끼리 점심을 먹는 자리에서 권총집을 느슨하게 푸는 모습이 자주 보였다.

"뭐야, 이젠 조직폭력배가 된 건가?" 슈바브가 놀리듯 말했다.

"쉿, 조용히 해요. 누가 알면 큰일 나요." 마르타가 남편을 조용히 시켰다.

"어디로 보나 나 바람잡이요, 하고 있잖아. 영국이 저렇게 멍청할 리가 없어."

하지만 전쟁은 지략이 더 뛰어나서가 아니라 상대가 더 무능해서 이긴다. 이탈리아인들은 빌리가 영국과 운명을 같이하기로 한 사실을 전혀 의심하지 않고 이집트는 물론 다른 곳에서도 계속 그와 일했다. 빌리는 알렉산드리아에 없을 때가 많았다. 이탈리아 군대와 함께 에티오피아나 이탈리아에 머물거나 이탈리아 대표단으로 독일에 파견되거나 했다. 그는 이탈리아의 이해관계에 더욱 필수적인 존재가 되기 위해 운송 전문가와 사막 수송대 연료 공급 전문가로 명성을 쌓았다. 어설프나마 그런 분야의 지식을 언제 어떻게 얻었는지 추측할 길이 없지만 어쨌든 이탈리아는 누구든 필요했다. 이탈리아는 빌리가 로마와 알렉산드리아를 자주 오가는 걸 숨기기 위한 가림막으로 그의 잘나가는 경매장을 이용했다. 영국의 철저한 조사를 피하도록 앤티크 가구를 수입하라고 지시했다. 빌리는 파시스트의 도움으로 이탈리아의 희귀한 골동품을 헐값에 사서 이집트 군사령관들에게 비싼 값에 팔았다.

그는 큰 부자가 되었다. 영국 신사 스파이로 온갖 특권이 가득했을 뿐만 아니라 이중생활을 위해 아침 식사부터 잠들기 전 술 한 잔까지 온갖 정교한 의식이 만들어졌다. 그는 파시스트 노래를 들을 때나 비록 독일의 도움이 없었던 것은 아니지만 이탈리아가 마침내 그리스에 승리했을 때, 이탈리아를 향한 자신의 영원한 애국심에 흐뭇해하면서도 속으로는 영국을 부러워했다. "우리가 그리스를 점령했다!" 어느 날 그가 전화를 끊으며 소리쳤다. 목소리에는 분명히 터키인의 만족감이라고 할 만한 것도 들어 있었다. "드디어 아테네에 왔어." 모두가 기뻐서 폴짝폴짝 뛰었다. 뭐라도 축하할 핑곗거리만 있으면 기쁨으로 울부짖는 이집트인 하인과 가정부들도 잔뜩 흥분했다. 누군가 그리스 유대인들을 걱정하는 바람에 축제 분위기가 확 가실 때까지.

그 소식을 전하는 빌리의 목소리는 흥분하여 몹시 떨렸다. 이탈리아 잠수부들이 알렉산드리아 항구에 몰래 들어가 영국 군함 두 척을 파괴했을 때도 그랬다. 빌리는 용맹한 잠수부들의 활약에 열광했다가 그들을 비난해야만 한다는 사실이 떠올라 크게 낙심했다. "좋은 시절은 다 갔네." 자신이 누구이고 누구 편인지 항상 알 수 있었던 시절을 말하는 거였다.

그러다 일이 벌어졌다. 그 자신조차도 이해할 수 없는 일이었다. "상황이 좋지 않아." 다들 무슨 일인지 꼬치꼬치 묻자 그냥 "이것저것."이라고만 했다.

에스더는 빌리의 대답에 불안해하며 살살 꼬드겼다. "말하기 싫은 거야, 아니면 모르는 거야?"

"아니, 알아."

"그럼 말해 봐."

"독일에 관한 거야."

"그걸 누가 모르니. 독일이 왜?"

"독일이 리비아에서 계속 치고 올라오는 중이야. 어쩐지 불길해."

몇 달 뒤 우리 이모할머니인 엘사가 독일인 남편과 함께 마르세유에서 찾아왔다. "아주 나빠. 끔찍해." 출국 사증이 발급되지 않는다고 했다. 예전에 프랑스 시민이 되려고 프랑스 외교관들의 인맥을 이용했던 아이작은 그 인맥을 다시 이용해 당장 엘사의 안전보장을 위한 조처를 해야만 했다. 엘사는 이탈리아 국적으로 프랑스에서 독일계 유대인과 결혼한 상황이라 추가 조처가 필요했다. 아이작은 엘사 부부에게 이집트 국왕의 직인이 찍힌 외교관용 여권을 발급해 주었다. 엘사는 루르드의 작은 기념품점을 잃는 바람에 2년 동안 극심한 가난에 시달렸다고 불평했다. "그래서 내가 구두쇠가 된 거야." 그녀는 모두가 다 아는 타고난 욕심이 줄어들기라도 한 것처럼 말했다.

그리고 한 달도 안 되었을 때 슈바브의 이복동생 플로라가 거실에 모습을 드러냈다. 마르타는 이내 상황을 파악했다. "독일 유대인들이 우르르 몰려오면 우리도 끝장이야. 도시에 재단사, 중개인, 치과의사가 넘쳐나서 우리가 골치 아파질 거라고."

"뭘 팔 수가 없었어요. 전부 빼앗겼죠. 가능한 것만 챙겨서 떠나온 거예요." 플로라가 설명했다.

스물다섯 살이 된 플로라는 어머니 코흔 부인과 함께 왔다. 코흔 부인은 맑고 파란 눈동자에 분홍빛이 감도는 하얀 피부가 눈에 띄었다. 하지만 병들고 늙어 가는 데다 프랑스어가 매우 서툴렀으며 항상 겁에 질린 듯 애원하는 표정을 지었다.

"어머니는 두 달 전 길거리에서 맞았어요. 동네 상점 주인한테도 모욕을 당했고. 그 후로 사람을 꺼려요." 플로라가 사실대로 털어놓았다.

그해 초여름 몇 주 동안 어쩌면 독일 아프리카군과 결정적인 전투가 곧 있을 거라는 소문이 거리에 파다했다. 롬멜의 군대가 연이어 주둔지를 점령하며 리비아 해안까지 밀고 나갔다.

"끔찍한 전투가 있을 거야. 그다음에 독일군이 침략해 올 거고." 빌리는 특히 투부루크 전투 이후 영국군의 사기가 완전히 떨어졌다고 말했다. 모두가 공황 상태에 빠졌다. 리비아 국경 근처 해안에 있는 이집트의 작은 휴양도시 메르사마트루는 벌써 독일에 넘어갔다.

"독일은 왜 아랍인보다도 우리 유대인을 더 싫어할까?" 마르타가 전혀 이해되지 않는다는 듯이 말했다.

독일의 반유대주의를 익히 들은 아이작은 각종 소문과 직접 목격한 1895년의 끔찍한 아르메니아 대학살을 떠올리는 끔찍한 이야기를 전했다. "독일은 유대인을 색출해서 남자는 한밤중에 트럭에 태워 먼 공장으로 보내. 남은 여자와 아이들은 굶어 죽으라고."

"괜히 겁주고 그래. 그만 해." 에스더가 말을 막았다. 하지만 그녀도 다른 가족들처럼 터키에서 아르메니아인 대학살을 적어도 두 번은 목격했다.

터키 편에서 영국에 대항해 싸운 알베르트가 잔혹한 대학살을 야만적인 행동이었다고 비난했다. 그러자 제1차 세계대전 때는 영국과 이탈리아 편에 서서 터키와 싸운 빌리가 이번에는 터키의 처사에 공감하며 반박했다. "그래. 하지만 아르메니아인은 영국을 오랫동안 염탐했잖아."

"터키는 그저 자기들이 아는 단 하나뿐인 방법으로 대학살을 멈췄을 뿐이야. 살육. 살육을 더 많이 하는 걸로. 하지만 유대인은 독일에 잘못한 게 없잖아?" 네심이 반문했다.

이번엔 클라라가 끼어들었다. "일부 유대인의 행동 때문이지. 그런 인간들은 나라도 저세상으로 보내고 싶어. 일부 유대인 때문에 독일이 유대인을 싫어하는 거야." 그녀는 가장 좋아하는 격언 중 하나를 인용하곤 빌리를 쳐다보았다.

"그럼 정말 독일이 우릴 잡아가겠네." 마르타도 한마디 했다. 목소리는 이미 떨리고 있었다.

"제발 질질 짜기부터 하지 마! 지금 전쟁이 한창이라고." 에스더가 격분해서 소리쳤다.

"전쟁이 한창이라서 우는 거란 말이야. 모르겠어?" 마르타도 지지 않았다.

"그래, 모르겠다. 끌고 가면 끌려가는 거고, 그러면 다 끝이겠지……"

첫 번째 알라메인 전투가 일어나기 수 주일 전에 형제자매의 어머니는 집안에서 내려오는 방법을 쓰기로 했다. 가족을 전부 불러다 상황이 안정될 때까지 자신의 널따란 아파트에서 함께 지내는 거였다. 아무도 그 제안을 거절하지 않았다. 그들은 노아의 방주에 오르는 동물들처럼 두 명 네 명씩 짝을 지어 어머니의 집으로 들어왔다. 카이로와 포트사이드에서도 왔고 알렉산드리아보다 안전할 멀리 카르툼에서 오기도 했다. 바닥에 매트리스를 나란히 깔고 덧판을 끼워 식탁을 늘리고 요리사도 두 명 더 고용했다. 한 요리사는 식량 부족에 대비해 닭과 비둘기를 키웠다. 한밤중에 숫양 한 마리와 암양 두 마리도 몰래 들여와 2층 테라스에 마련한 임시 닭장 옆에 묶어 놓았다.

가족들은 각자 나가서 볼일을 보고 점심시간에 맞춰 돌아왔다. 긴긴 여름날 오후 남자들은 식탁에 둘러앉아 최악의 상황에 관해 이야기하고 아이들은 낮잠을 자고 여자들은 방에서 뭔가를 수선하거나 뜨개질을 했다. 특히 따뜻한 옷가지가 필요했다. 독일의 겨울은 혹독하다고 했다. 아파트 현관 구석에는 작은 여행 가방이 한 줄로 가지런히 쌓여 있었다. 개중에는 터키에서 보낸 어린 시절과 해외에서 보낸 학창 시절에 쓴 것도 있었다. 세월이 흘러 얼룩덜룩하고 낡고 누레진 유럽 대형 호텔의 스티커가 붙은 가방들은 현관에서 온순하게 기다렸다. 나치가 알렉산드리아로 들어와 18세 이상 유대인 남자를 색출하면 기본 필수품만 넣은 가방을 들고 끌려갈 날을.

오후에는 가벼운 외출을 했는데 여자들은 스포팅 클럽에 들르기도 했다. 하지만 차 마실 시간이면 다들 돌아왔다. 빵과 잼, 과일, 치즈, 초콜릿, 직접 만든 요구르트로 간단하게 차린 저녁 식사는 신속하게 이루어졌다. 엘사의 알뜰한 살림과 빌리의 스파르타식 식단, 증조할머니의 가난한 어린 시절이 반영된 거였다. 저녁을 먹으면 커피가 나왔고 모두 거실로 몰려가서 라디오를 들었다. BBC 방송이나 이탈리아 방송을 들었는데 뉴스가 크게 엇갈렸다.

"확실한 건 독일에 수에즈운하가 필요하다는 거야. 그러니까 공격해 올 수밖에 없겠지." 빌리가 주장했다.

"그래, 막을 수 있을까?"

"단기적으로는. 장기적으로는 누가 알겠어? 몽고메리 장군이 천재일지 모르지만 롬멜은 롬멜이라고." 빌리가 평가했다.

"그럼 우린 어떡해?" 마르타가 물었다. 항상 히스테리 부릴 준비가 된 그녀였다.

"어떡하냐고? 할 수 있는 게 없어."

"할 수 있는 게 없다니? 도망갈 수 있잖아."

"어디로 도망가니?" 에스더의 얼굴이 붉으락푸르락했다.

"몰라. 아무튼 도망가자고. 도망가!"

"어디로?" 에스더가 거듭 물었다. "그리스? 벌써 독일 손에 들어갔잖아. 터키? 터키에서 온 지 얼마나 됐다고. 이탈리아? 우릴 감옥에 보낼걸. 리비아? 독일군이 거기 있잖아. 수에즈가 놈들 손에 들어가는 순간 다 끝장인 거 모르겠어?"

"끝장이라니 무슨 말이야? 정말 독일이 이길 거라고 생각하는 거야?"

"아, 몰라." 빌리가 한숨을 쉬었다.

"그러지 말고 사실대로 말해 봐. 독일이 이기면 우린 잡혀갈 거야."

빌리는 대답하지 않았다.

"마다가스카르로 가면 어때?" 마르타가 제안했다.

"마다가스카르? 제발 마르타 누나, 무슨 말도 안 되는 소리야!" 아이작이 끼어들었다.

"남아프리카도 좋고. 아니면 인도. 한 걸음 앞서 가자는 건데 뭐가 나빠? 독일이 패할지도 몰라."

한순간 침묵이 흘렀다.

"독일은 지지 않아요." 마침내 플로라가 말했다.

"플로라, 그동안 가만히 있다가 이제야 입을 여네. 그나저나 왜 아직 안 간 거야?" 마르타는 경멸감으로 부글부글 끓는 듯했다. "왜 아직도 여기 있는데?"

"나는 이미 살던 곳에서 도망쳐 왔다는 사실을 잊어버렸나 보군요."

플로라는 그저 담배 연기를 깊숙이 빨아들이고 잠시 생각에 잠기더니 꿈꾸는 듯 애석한 표정으로 연기를 내뱉었다. 그러고는 소파 구석 자리에 앉은 채 티 테이블로 몸을 숙여 담배를 비벼 껐다. 모두의 시선이 그녀 쪽을 향했다. 사람들은 플로라가 왜 눈동자 색깔과 가장 잘 어울리는 초록색 대신 검은색 옷만 입는지 의아했다. "나도 몰라요." 그녀는 담배가 꺼진 후에도 계속 비벼 대는 자신의 한쪽 손을 바라보았다. "나도 몰라." 그녀가 잠시 망설였다. "갈 데가 없어요. 도망 다니는 것도 지쳤어요. 어디로 도망가야 하나 걱정하는 건 더 지겹고. 세상은 생각보다 좁아요. 그리고 시간도 많이 없어요. 미안해요." 그녀는 오빠를 쳐다보았다. "나 아무 데도 가기 싫어. 움직이고 싶지도 않고." 거실에 침묵이 내려앉았다. "솔직히 이길 가능성만 있으면 사막에라도 숨을 거예요. 하지만 가능성이 없어요."

"아직 나이도 젊은데 너무 비관적이군." 빌리가 끼어들었다. 그는 겁에 질린 여자를 달래 주는 방법에 능통한 남자 특유의 거들먹거리는 미소를 지었다. "독일이 꼭 이긴다는 보장도 없잖아. 질 수도 있어. 연료 보급률이 심하게 낮고 그동안 상당히 무리했거든. 어디 이집트를 공격해 오라지. 이집트로 깊숙이 들어오라고 해. 결국은 항상 모래가 이기니까." 빌리는 지연 전술을 써서 '쿵크타토르'라고 알려진 한니발의 적 퀸투스 파비우스 막시무스의 전술을 지지했다.

"결국은 항상 모래가 이긴다고? 지금 장난해요, 빌리?" 플로라는 조롱하듯 말을 던지고 발코니로 나갔다. 그리고 또 담뱃불을 붙였다. "도대체 무슨 소리를 하는 거야?" 그녀는 역시 발코니에서 담배를 피우는 에스더의 아들을 바라보며 큰 소리로 비웃었다.

"결국은 항상 모래가 이긴다." 빌리는 놀라울 정도로 힘을 주어 다시 말했다. 마치 이제야 이해된다는 듯이. "독일의 침략 계획이 완벽할지 몰라도 무기와 보급, 머릿수는 우리가 더 낫다고. 사막에 몇 달 동안 있으면 모래가 롬멜의 장갑차에 심각한 손상을 입힐 거야. 그러니까 희망을 잃지 말자고. 방법이 있을 거야. 더 무시무시한 적에게서도 살아남았으니까 이번에도 이겨 낼 수 있어."

"좋은 말이야." 에스더가 동조했다. 암울한 현실을 직시하는 그녀지만 긍정적으로 생각하는 것이 좋았고 정말로 재앙이 코앞에 닥쳤다고 믿기는 싫었다. "역시 *너라면* 뭔가 생각해 낼 줄 알았지." 그녀는 경멸과 의심이 담긴 눈빛으로 말 없는 남편을 쳐다보며 말했다. 가족 모임에서 다들 배우자에게 보내는 특유의 표정이었다.

"우리가 용기를 내고 힘을 합치고 공포에 사로잡히지 않고 바느질꾼과 미용사들 사이에 떠도는 하릴없는 소문에 휘둘리지 않는 한, 자매들이여." 빌리가 자신 있게 말했다. "이번에도 이겨 낼 수 있어." 그는 희망을 주기 위해 자신이 아는 유일한 방식으로 힘주어 말했다. 바로 처칠과 무솔리니의 스타일을 빌린 거였다.

"한마디로 기다려 보자는 거네." 마르타가 결론 내렸다.

"기다려 봐야지." 이제 빌리가 늘 하는 그 말이 나올 차례였다. 그 말은 손가락을 푸는 피아니스트나 목을 가다듬는 배우처럼 오랜 기다림 끝에 무대로 나갈 준비를 했다. 자신감으로 반짝이는 눈빛과 아치를 이루는 등, 너무도 익숙한 목소리의 떨림으로 시작하여 점점 높아지다 완벽한 높이에 이르렀다. "우린 전에도 기다린 적이 있고 이번에도 기다릴 거야. 여기 있는 우리는 모두 오천 살 먹은 유대인이니까. 그래, 안 그래?"

방 안에 활기가 감돌았다. 훌륭한 선동가 기질이 있는 빌리는 플로라에게 잘 기억나지 않는다면서 골든베르크인지 브란덴부르크인지를 연주해 달라고 했다.

"바흐겠죠." 플로라가 피아노로 걸어갔다.

"바흐건 오펜바흐건 *ç'est tout la même chose*, 다 똑같아. *Todos Lechli*, 전부 아시케나지인데 뭐." 그가 중얼거렸다.

에스더만 그 말을 듣고 곧바로 뒤돌아 찡그리며 단호한 표정으로 조용히 시켰다. "플로라도 알아들어!"

하지만 빌리는 개의치 않았다. "쟤가 아는 건 하나밖에 없어. 여기 있는 남자들도 다 아는 거고."

플로라는 이 대화를 듣지 못한 채 반지를 빼서 피아노 건반 옆에 놓고 먼저 슈베르트를 연주하기 시작했다. 모두가 기쁨에 넘쳤다.

플로라는 그날 밤늦게까지 연주했다. 하나둘씩 모두가 자러 갈 때까지. 그녀는 매일 밤 작은 소리로 연주했다. 남자들이 연주가 끝날 때까지 기다리다 지쳐 가는 것은 무시했다. 어느 날 밤 거실에서 연주를 멈췄을 때 단둘이 거실에 남은 에스더의 아들이 흔히 말하는 전쟁통의 사랑을 둘러싼 비정한 이야기들을 키스로 날려 버리려 하자 플로라는 그의 얄팍한 베르테르 기질을 비웃었다. 그리고 이제 자신의 방이 된 가정부 라티파의 방에서 반지를 빼고 귀고리를 뺀 뒤 코냑잔을 작은 테이블에 올려놓고 말했다. "이제 키스해도 돼." 하지만 먼저 키스한 쪽은 그녀였다. "아무 의미도 없는 거야." 그녀는 시선을 돌려서 석유 램프를 켜고 심지를 내려 담뱃불보다도 어둡게 조절했다. "아무 의미도 없다는 것에 당신도 나도 동의한다면." 그 말을 하는 플로라는 모두에게 절망을 강요하는 잔인함을 즐기기라도 하는 듯했다.

좋은 소식이 들려왔다. 영국 8군단이 엘알라메인에서 롬
멜의 진격을 막아 냈고, 1942년 가을 마침내 아프리카 군단
에 결정적인 공격을 시작했다. 전투는 12일 동안 계속되었
다. 밤이면 온 가족이 공휴일의 불꽃놀이를 기다리듯 발코니
에 몇 시간 동안 서 있었다. 자신들의 운명을 결정해 줄 역사
적인 전투를 멀리서라도 보려고 서쪽을 뚫어져라 응시했다.
담배를 피우거나 자기들끼리 혹은 역시나 발코니로 나온 위
층 아래층 이웃들과 담소를 나누기도 했다. 서로 손을 흔들고
희망과 체념으로 얼굴을 찡그렸다. 빈방의 단파 라디오에서
는 북아프리카의 최신 소식이 지지직거리며 쉼 없이 흘러나
왔다. 저 멀리 서쪽 지평선 너머에 1센티미터 정도 되는 동그
란 빛이 맴돌다 어둠 속에서 흔들리더니 갑자기 오르막길을
오르는 자동차처럼 환하게 빛났다. 하지만 안개 자욱한 밤의
연한 호박색 달처럼 다시 희미해졌다. 선풍기 돌아가는 소리
나 식료품 저장실의 커다란 냉장고가 돌아가는 소리처럼 나
직하게 윙윙거리는 소리만 들리는 조용한 여름밤이었다. 사
람들은 멀리서 우르릉거리는 전투 소리를 들으며 잠자리에
들었다.

"봤지? 괜히 끌려갈까 봐 무서워한 거잖아. 내가 뭐랬어?"
영국의 결정적인 승리가 확실해졌을 때 빌리가 마르타에게

말했다.

　모두가 늙은 어머니의 집을 떠날 준비를 했다. 하지만 웬일인지 다들 망설이고 꾸물거렸다. 다 같이 똘똘 뭉치는 피난 생활에 익숙해져서 떠나는 게 내키지 않기도 했지만, 위험이 완전히 사라졌다고 믿는 위험한 짓을 하고 싶지 않았다. "서두를 것 없잖니?" 어머니가 자식들에게 말했다. "아직 닭이랑 비둘기가 많이 남았다. 독일이 또 어떻게 나올지도 모르고. 몇 주 뒤에 다시 돌아올 수도 있어." 하지만 짐 싸는 일은 계속되었다.

　늙은 어머니는 작별 선물로 자식들에게 황금색 백합 문장이 들어간 크리스털 고블릿을 주기로 했다. 남편의 터키 유리 공장에서 만든 거였다.

　"집 안이 북적거리는 것도 이게 마지막이겠구나." 노모가 말했다.

　"지금 세상 돌아가는 걸 보면 모르죠." 에스더가 위로하듯 말했다.

　에스더가 맞았다. 그 후로 가족들이 피난처를 찾아 노모의 집에 머무는 일은 세 차례나 더 있었다. 1956년 수에즈 전쟁 때와 10년 후, 그 전인 1948년 빌리가 영국의 스파이 노릇을 했다고 시온주의자들에게 붙잡혀 죽도록 맞고 가족한테도 똑같이 해 주겠다고 협박당했을 때였다. 빌리는 두 달 후 그들이 또 자신을 쫓고 있으며 이번에는 기어이 죽이려 한다는 사실을 알고 어머니 집에 숨어들었다. 어느 날 행운의 부적인 추를 꺼내고 엘알라메인 시절부터 가지고 있던 청산가리를 테이블에 올려놓았다. 추가 지금은 아니라고 했다.

빌리는 이탈리아로, 그다음에는 영국으로 몰래 들어가 이름을 바꾸고 기독교로 개종하고 그동안의 국적을 전부 포기했다. 하지만 4년 후 스파이와 군인, 사기꾼 경력을 통틀어 가장 화려한 거래를 위해 다시 이집트에 모습을 드러냈다. 폐위된 왕의 재산을 경매에 부치기 위해서였다.

"끝의 최후였지." 오랜 세월이 지난 후 빌리가 서리 저택의 정원에서 설명했다. "한 시대의 끝, 한 세계의 끝. 그 후로 모든 게 무너졌지."

그때는 80대 중반으로 말(馬)과 사탕, 질펀한 농담을 좋아했다. 뻣뻣한 팔뚝에 달린 주먹을 이용해 외설적인 몸짓과 과장된 팬터마임을 곁들이는 옛날 스타일로 음담패설을 즐겼다. 낡은 트위드 재킷과 클라크 부츠, 넓적한 넥타이, 얼룩 묻은 캐시미어 카디건 차림은 그가 평생 리허설한 역할에 잘 어울렸다. 자신보다 못한 사람들이 자신의 존재나 자신의 옷차림을 어떻게 생각하든 전혀 관심 없는 빅토리아 시대의 신사. 한눈에 가난을 의심하게 만드는 모습은 오히려 그의 귀족적인 태도에 설득력을 더해 주었다.

빌리 할아버지는 쓸모 있는 것이라곤 하나도 자라지 않는 과수원과 관리가 필요하지만 아무도 신경 쓰지 않는 커다란 호수, 크기에 비해 말이 너무 많은 마구간, 무엇보다 그 누구도 감히 산책할 엄두를 내지 않는 제인 오스틴의 세계가 치명적으로 변해 버린 듯한 숲을 보여 주었다. 나는 숲 근처에 무엇이 있는지 물었다. "모르겠다. 누군가 살겠지. 영국 귀족들을 어떻게 알겠니?"

사실이 아니었다. 할아버지는 그들을 아주 잘 알았다. 전부 다 알았다. 우체국에서, 은행에서, 나에게 맥주를 사 준 술집에서 모두가 스핑간 박사를 알았다. 할아버지 입에서는 태어나자마자 영어를 사용한 사람처럼 "어이쿠, 안녕하신가." 또는 "잘 가시게." 같은 말이 튀어나왔다. 특히 축구라면 모르는 게 없었다. 어느 날 아침 시내로 나가는 길에 모리스 미니 한 대가 우리를 보고 멈춰 섰다. 그때 나는 빌리 할아버지가 새 고향에 완전히 적응했음을 깨달았다. 운전자는 귀부인을 태우고 런던 가는 길인데 필요한 것이 있으면 오는 길에 사다 주겠다고 했다. "전혀 수고스럽지 않답니다. 뭐든 말씀하세요." 할아버지가 계속 사양하다 마지못해 어떤 가게에서 프랑스 와인 한 상자를 사다 달라고 부탁하자 부인이 말했다. "Sans façons(말도 안 되는 소리군요)." 그녀는 프랑스어 실력을 뽐내며 남편 아서 경을 시켜 그날 저녁에 가져다주겠다고 덧붙였다. "Entendu(그렇게 하죠)." 그녀가 창문을 내리자 자동차는 속도를 내어 조용한 시골길에서 고속도로를 향해 달렸다.

"저 여자는 씨 뺀 자두처럼 메말랐어. 여느 영국 여자들처럼 말이지."

"되게 친절하던데요." 나는 그 부인이 먼저 빌리 할아버지 집에 들렀다가 산책하러 나갔다는 말을 듣고 일부러 찾으러 온 거라는 사실을 다시 짚어 주었다.

"그래, 친절하지, 친절해. 여기 사람들은 다 친절하지. 넌 아무것도 모르겠지만."

시내에서는 골동품 중개인을 보고 손을 흔들었으며 그의 가게에 들르기로 했다.

"좋은 아침입니다, 스펑간 박사님." 중개인이 인사를 건넸다.

"안녕하신가." 빌리 할아버지도 인사하며 나를 소개했다. "내 터키산 커피포트는 아직도 못 찾았나?"

"아직 찾는 중입니다. 찾는 중이죠." 중개인이 낡은 벽시계의 먼지를 털며 합창하듯 말했다.

"벌써 9년째야." 할아버지가 껄껄 웃었다. "그 전에 내가 먼저 죽는 건 아닌지 모르겠군."

"그런 걱정은 하지 마세요, 스펑간 박사님. 박사님은 누구보다 오래 살 테니까요."

"영국인은 아랍인보다 굼뜨고 두 배는 더 우둔하지. 그런 주제에 어떻게 제국을 거느렸나 몰라?" 할아버지는 가게를 나가자마자 빈정거렸다.

집으로 돌아오니 그의 아내와 딸, 결혼한 손자, 증손자가 기다리고 있었다. "이 테이블 있잖니?" 그가 음식을 차리고 있는 커다란 앤티크 참나무 식탁을 쓰다듬었다. "단돈 5파운드에 산 거야. 이 의자들은 어떻고? 전부 열두 개가 있었거든. 총 7파운드였지. 다락에 여덟 개가 더 있다. 이 커다란 시계는 어떨까? 얼마였는지 맞혀 봐라."

"1파운드요." 내가 추측해 보았다.

"땡! 한 푼도 안 냈어. 의자에 딸려 온 거야." 그는 빵에 버터를 듬뿍 바르며 웃음을 터뜨렸다.

"전형적인 *parvenu juif*(유대인 졸부) 같아요." 딸이 놀렸다.

"우리가 *des parvenus juifs*(유대인 졸부)가 아니면 도대체 뭐란 말이냐?"

점심 식사 후 할아버지는 둘이서 커피를 마시자고 했다. 다른 사람들에게는 "*Lui et moi seuls*(우리 둘만)"라고 말했다. "가자." 그가 주방을 가리켰다. 그리고 주방에서 터키식 커피를 끓였다. "이렇게 작은 주전자만 있으면 돼. 이왕이면 놋쇠가 좋겠지만 알루미늄도 괜찮아. 맨체스터에 사는 그리스인에게 주문해서 만든 거다. 아까 그 골동품 중개인이 이런 방법을 알 정도로 똑똑할까? 절대 아니지! 그래서 내가 가끔 찾아가는 거야. 멍청해도 상관없어. 내가 의식이 또렷해서 그가 멍청하다는 것만 알면 되니까. 알겠냐?" 그러곤 한쪽 눈을 찡긋했다. 우리가 공범이라고 말하는 듯 눈이 반짝거렸다. 나는 고개를 끄덕였지만 무슨 말인지 이해하지는 못했다. 나였다면 그가 젊은 시절을 보낸 세상에서 단 하루도 버티지 못했을 거라는 생각이 들었다. "*De l'audace, toujours de l'audace*(배짱이 있어야 해). 자기가 뭘 원하는지 아는 것도 물론 중요하지. 그건 쉬워. 어떻게 원하는지 알아야 해." 그 말도 확실히 이해되지 않았지만 또 고개를 끄덕였다. "하지만 난 운이 좋았지. 좋은 삶을 살았어." 그가 말을 이었다. "사람은 누구나 태어나자마자 으뜸 패를 몇 장씩 받는단다. 하지만 그뿐이야. 난 스무 살 무렵에 카드를 전부 낭비해 버렸어. 그런데 삶이 여러 번이나 다시 줬지. 그런 사람은 많지 않아."

그는 커피가 다 되자 작은 잔 두 개를 꺼내서 커피를 따랐다. 유능한 아랍인 하인처럼 따르는 동안 커피가 조금이라도 식도록 주전자를 다소 불안정하게 높이 들고 잔으로 조준했다. "저승에서 편안하기를. 네 할아버지보다 커피를 잘 만드는 사람은 없지. 갈라진 혀를 가진 뱀. 화날 땐 우유처럼 부글부글 끓고 잡아먹을 듯이 굴었지만 커피 하나만큼은 세상에서 최고로 잘 끓였어. 자, 가자." 그가 다른 복도를 지나치면서 응접실을 가리켰다. 응접실은 골동품과 페르시아 양탄자로 가득했다. 반짝거리는 낡은 파르케 바닥에 오후 햇살이 쏟아지고 통통한 고양이가 두 다리를 꼴사납게 편 채 잠들어 있었다.

"이 스모킹 재킷 좀 봐라. 한번 만져 봐." 나는 몸을 기울여 숄 칼라를 만졌다. "적어도 40년은 된 거다." 그는 재미있어

죽겠다는 표정이었다. "이게 누구 건지 아니?"

"증조할아버지요." 내가 당연하다는 듯 대답했다.

그는 화가 치미는 듯 곧장 내뱉었다. "바보 같은 소리. 우리 아버지가 돌아가신 게 언젠데."

"그럼 다른 할아버지 중 한 명요?" 내가 물었다.

"아니, 아니, 아니야." 그는 고개를 저었다.

"모르겠어요."

"힌트를 주마. 이 재킷의 원단을 누가 만들었을까? 세계 최고의 원단이지." 답이 떠오르기까지 시간이 좀 걸렸다.

"혹시 우리 아버지요?"

"맞아. 전쟁 중에 이브라히미에 공장 지하에서 짠 원단이야. 그리고 이건 네 할아버지 알베르트의 재킷이었다."

"할아버지가 물려주셨어요?"

"말하자면 그렇지."

"말하자면요?"

"네 할아버지가 죽고 나서 받았으니까. 이걸 나에게 준 건 네 할머니인 에스더 누나였어. 요즘 이런 고급 울을 어디서 찾을 수 있겠니? 내 얼마 안 되는 보물 중 하나지." 그가 농담하듯 말했다. "자, 한 번 더 만져 봐라!"

대단한 세일즈맨 같다는 생각이 들었다.

"내 말 좀 들어 봐." 그의 얼굴이 불편할 정도로 가까이 다가왔다. 듣는 사람이 없는지 주변을 힐끔 쳐다보았다. "플로라 기억나니? 다들 *la belle romaine*(아름다운 로마인)이라고 불렀던."

나는 피아니스트 슈나벨을 알려 준 사람이 플로라였다고 대답했다.

"그렇지. 알라메인에 살 때 전쟁통에 온 가족이 네 증조할머니 집에서 지낸 적이 있단다. 말도 못 하게 북적거렸지. 그러던 어느 날 검은 머리의 엄청난 미인이 왔어. 매일 저녁 피아노를 쳤지. 심한 골초에 약간 지쳐 보이지만 그래서 더 매력이 있었고 자기도 모르게 남자들을 호리는 여자였지. 한마디로 집안 남자들이 전부 다 그녀에게 빠졌어. 미친 듯이."

"그게 우리 할아버지랑 무슨 상관이에요?"

"좀 끝까지 들어!" 그가 벌컥 화를 냈다. "그때 우린 하루도 빼놓지 않고 싸웠어. 생각을 해 봐라. 집안에 장정이 일곱인데 더 젊은 녀석들도 호시탐탐 먹잇감을 노렸으니 아무것도 아닌 일로 그렇게 싸워 댔지. 특히 네 할아버지와 나는 매일 싸웠어. 하루도 빠짐없이. 그래도 금방 화해하고 주사위 놀이를 했지. 그러다 또 싸우고. 너도 주사위 놀이를 하니?"

"잘하진 못해요."

"그럴 줄 알았다. 어쨌든 플로라가 나를 찍은 게 분명했어. 물론 내가 수작을 걸진 않았다. 어머니 집인 데다 아내가 옆에서 시퍼렇게 두 눈을 뜨고 있으니 당연히 행동거지를 조심해야 했지. 아주 느리게 움직일 수밖에 없었어. 네 할아버지에게 '매형, 이 여자가 날 원해. 어떻게 해야 하지?'라고 했더니 '너도 그녀를 원해?'라고 묻는 거야. 내가 '매형은요?'라고 되물었더니 대답하지 않더군. 그래서 내가 부탁했지. '매형, 나 좀 도와줘.' 교활하고 사악한 네 할아버지는 한동안 미소만 짓더니 '봐서.'라고 하더구나. 다른 사람들은 다 알았어. 코흔 부인, 네 할머니, 아이작 전부 다. 나만 빼고. 난 오랜 세월이 지난 다음에야 둘 사이를 알았지. 플로라가 여길 찾아와서 이 스모킹 재킷을 입은 나를 봤을 때 말이야. 이 재킷을 단번에 알아보더군."

"그런데요?" 내가 물었다.

"모르겠니?"

고개를 저었다.

"플로라가 이 재킷을 네 할아버지에게 선물하려고 만든 것인지도 모른다는 얘기야. 난 완전히 바보천치가 된 기분이었지. 내가 원했지만 끝내 동침해 보지 못한 유일한 여자였는데. 40년이나 지났는데도 질투가 난다. 바보천치 같으니!"

잠깐 침묵이 감돌았다. 나는 1942년 여름밤에 플로라를 사랑한 남자는 우리 할아버지가 아니라 우리 아버지였으며 재킷도 아버지 거라고 말해 주고픈 충동을 느꼈다. 평상시 아들이 입지 않는 옷을 물려 입은 할아버지가 이 재킷도 '물려' 입었을 뿐이라고. 하지만 나는 말하지 않았다. 할아버지가 단 한 번이라도 빌리를 이기기를 바랐다.

"네가 그 시절의 우리를 봤어야 하는데." 빌리가 말을 이어 나갔다. "남자들은 플로라에게 피아노를 연주해 달라고 한 뒤 평상시보다 코냑을 많이 마시고 다들 피곤해서 자러 갈 때까지 기다렸지. 솔직히 늦게까지 깨어 있는 건 내 스타일이 아니었어."

니는 그기 빈 커피잔 두 개를 집어 들면서 즐겁게 과거를 폭로하는 모습을 바라보았다. "가자." 어느새 그는 나를 정원으로 데려갔다. 그의 손자와 아내가 지역 신문을 읽고 있었다.

"얘기는 다 나눈 거예요?" 그의 아내가 물었다.

"그랬지." 빌리가 대답했다.

저녁 식탁에서 작은 사건이 일어났다. 다이닝룸 창문으로 근처를 서성이는 집시 둘이 보였다. 빌리는 한 치의 망설임도 없이 응접실에서 산탄총을 가져와 허공에 대고 두 발을 쐈다. 개와 말들이 흥분했다.

"미쳤어요?" 딸이 소리 지르며 벌떡 일어나 총을 빼앗으려고 했다. "저 사람들이 맘만 먹으면 아버지를 죽일 수도 있어요."

"해 보라지. 내가 무서워할 것 같으냐? 내가 쫓아가서 전부……." 그리고 마침내 그 말이 나왔다. 그의 입에서 직접 그 말을 들으러 온 손님에 대한 마지막 배려이자 작별 선물이자 나의 영국 방문 기념품이었다. "내가 저들을 무서워한다고? 내가 겁을 먹는다고? 어떻게 생각하냐? 그럴 거 같냐, 아니냐?"

그날 밤 빌리 할아버지는 내 방으로 작별 인사를 하러 왔다. "작별 인사를 꼭 해야겠구나. 이 나이에는 언제 어떻게 될지 모르니까." 그러곤 내 물건들을 보더니 비웃는 척하는 표정을 지으며 책 한 권을 집었다. "요즘도 이걸 읽는 사람이 있어?"

"예전보다 더 많이 읽죠." 내가 대답했다.

"역시 유대인이군."

"반만 유대인이죠."

"아니, 엄마가 유대인이면 절대로 반만 유대인이 아니야."

어쩌다 말이 나와서 그랬는지, 아니면 처음부터 내 방으로 올라온 이유였는지, 빌리는 어머니에 관해 물었다. 나는 기억 나는 걸 전부 말해 주었다. 아뇨, 고통 없이 가셨어요. 끝까지 정신이 또렷하셨죠. 네, 많이 웃었고 밟힌 지렁이처럼 꿈틀거리게 만드는 짧고 날카로운 언변도 여전하셨죠. 네, 얼마 안 남았다는 걸 알고 계셨어요. 이런저런 이야기를 하다가 증조할머니가 백내장이 생겨 앞이 잘 안 보였고 얇은 누런색 막이 생겼다는 말도 했다. 백내장이 매우 심각한 병이라는 생각을 못 하고 지나가듯 뱉은 말이었다. "그럼 아예 앞이 안 보였겠네. 앞을 못 보셨어." 할아버지는 그 말에 담긴 비밀스러운 의미와 노년의 잔인한 운명과 연약함의 이유라도 찾으려는 듯 되풀이했다. "앞을 못 보셨어." 너무도 강력한 슬픔에 사로잡혀 똑같은 말만 반복하다 마침내 눈물을 흘리는 사람 같았다.

"넌 이해 못 하겠지만 난 가끔 어머니 생각을 한다. 지금 네 말을 들어 보니 눈까지 먼 상태로 늙어 외롭게 이집트에서 죽어 간 어머니를. 내 잘난 계획을 실행하느라 삶을 허비하지 않았다면 어머니를 조금이라도 편하게 모셨을 텐데. 하지만 삶이 그런 거 아니겠니. 지금 나는 집이 있는데 어머니가 없구나. 어머니를 위해 마련한 집인데. 난 가끔 오로지 엄마만 해 줄 수 있는 것이 필요한 어린아이처럼 어머니를 떠올린단다. 증조할아버지가 될 만큼 나이를 많이 먹은 늙은이한테 어머니가 그런 존재라니. 넌 의아하겠지. 하지만 아직도 그렇다. 이상하지 않니?" 그는 미소 지으며 책을 작은 테이블에 내려놓았다. 나를 놀래 줄 생각이었는지 프랑스어 책의 기다란 첫 문장을 읊었다.

"잘 자라, *Herr Doktor*(박사님)." 그가 불쑥 말했다.

"안녕히 주무세요, 스핑간 박사님." 나는 프루스트의 문장을 어떻게 아는지 물어보지 않기로 하고 대답했다.

30분 후 샤워하러 가는 길에 당숙과 당숙모가 나를 불러세웠다. "조용히 있어 봐." 그들은 빌리가 매일 밤 10시에서 11시 사이에 이스라엘의 프랑스어 라디오 방송을 듣는다고 설명했다. 나는 놀라워하는 표정을 지었다. "매일 주무시기 전에 그러셔. 그러고 나서 불 끄고 잠자리에 드시지."

"그런데요?" 내가 물었다.

"보면 알아." 우리는 한동안 할아버지 방 앞에서 기다렸다.

"매일 밤 똑같아." 당숙모가 속삭였다.

나는 그들에게 노크하고 들어가도 되느냐고 물을 건지, 아니면 그냥 문을 열 생각인지 물어보았다.

"보면 알아." 마침내 이스라엘 국가가 들렸다. 방송이 끝났다는 신호들도 뒤따랐다. "끝날 때가 됐어." 당숙이 설명했다.

방 안에서 딸깍 소리가 들렸다. 빌리 할아버지가 방금 라디오를 끈 것이다. 이어서 침대 스프링이 눌리는 소리, 이불 바스락거리는 소리가 들리고 아래쪽 문틈으로 새어 나오던 불빛도 사라졌다. 아주 잠깐 침묵이 감돌았다. 그러다 방에서 무슨 소리가 들린 것 같았다. 약하게 웅웅거리는 고음이었다. 열쇠 구멍 밖으로, 문밖으로, 인방도리의 갈라진 틈 사이로 수증기처럼 빠져나온 그 소리는 향과 불길한 예감처럼 우리 세 사람이 서 있는 어두운 침묵을 채웠다. 나 역시 어릴 때 배운 적 있는 익숙하지만 잘 알아들을 수 없는 운율로 남몰래 수치심에 젖듯이 읊는 유대인의 기도 소리였다.

"물어봐도 아니라고 하실걸." 당숙이 넘겨짚었다.

2장
멤피스거리

Rue Memphis

훗날 우리 친할머니와 외할머니가 될 두 여인, 1944년 알렉산드리아의 작은 시장에서 신선하지 않은 숭어를 의심스러운 눈으로 쳐다보며 처음 만난 두 사람은 정말로 좁고도 이상한 세상이라고 생각했다. 10년 이상 그저 얼굴만 아는 사이였을 뿐 감히 말 걸어 볼 엄두를 내지 못한 두 여인은 립스틱 짙게 바른 입술과 점잖은 베일이 달린 모자 뒤에서 수줍고 머뭇거리는 첫마디를 내뱉은 뒤로 50년 만에 만난 동창이라도 되듯 바로 어제 보고 오늘 만난 것처럼 자연스럽게 줄줄 수다를 떨기 시작했다. 둘 다 어린 하인과 함께였다.

이집트에서는 특정한 신분을 지닌 유럽 여성을 *마드무아젤*(mademoiselle, 미혼 여성을 높여 부르는 프랑스어-옮긴이) 혹은 *시뇨라*(signora, 기혼 여성을 높여 부르는 이탈리아어-옮긴이)라고 불렀다. 어린 하인들은 신뢰할 수도 없고 대화 상대도 되지 못했다. 그저 나이 지긋한 *마즈마젤*(mazmazelle, 이집트계 프랑스 여성-옮긴이) 뒤를 조용히 따라다니며 좋은 과일을 고르고, 도무지 알아듣기 어려운 아랍어로 흥정하는 모습을 지켜보고, 사태가 걷잡을 수 없이 번지면 그제야 끼어들고, 이 가게 저 가게에서 산 물건을 나르다 점심 준비를 위해 집으로 보내지는 게 그들의 일이었다. *마즈마젤*은 맨손으로 생간을 만지거나 숭어가 그 날 들어온 것이 아님을 확인하려고 아가미를 만지는 일 따위는 서슴지 않았지만, 상인의 투박한 손에서 물건을 직접 건네받는 일은 절대로 없었다. 그것은 어린 하인의 일이었다. *마즈마젤*은 남편이 점심을 먹고 낮잠을 자기 위해 돌아오는 1시까지는 자유였다.

"그럼 숭어는 사지 말아야겠네요. 지금까지 몇 년 동안 아무것도 모르고 신선하지 않은 걸 샀다니 유감이네요." 두 여인 중 한 명이 애석한 듯 말했다.

"눈이 아니라 지느러미를 봐야죠. 아가미가 붉지 않으면 사지 마세요."

"정말 유감이네요." 집으로 돌아가는 길에 둘 중 온순한 쪽이 말했다. "건너편에 살면서 지금까지 인사도 나누지 않았다니."

"그런데 왜 말을 걸지 않았어요?" 숭어라면 모르는 게 없는 듯 보이는 쪽이 물었다.

"난 그쪽이 프랑스인인 줄 알았어요." 온순한 여인은 프랑스인이 상류층임을 암시했다.

"프랑스요? 도대체 왜 *내가* 프랑스인이라고 생각한 거죠, 마담(madame, 기혼 여성을 높여 부르는 프랑스어—옮긴이)? *Je suis italienne*(난 이탈리아 사람이에요)." 그렇게 말하면 차이가 더 뚜렷한 듯 덧붙였다.

"나도 이탈리아 사람인데!"

"정말이에요? 우린 리보르노 출신인데."

"우리도요! 정말 기막힌 우연이네요." 두 여인은 스페인어라고 고집하는 라디노어(15세기 말에 스페인에서 추방된 세파르디 유대인이 사용한 언어로 지금은 사용하지 않는다.-옮긴이)로 세상 참 좁다고 말했다. 그들은 생선 가게에서 그날의 생선이 신선하지 않은 이유를 설명하려다 상대방이 라디노어를 쓴다는 걸 알아차렸는데, 둘 다 예닐곱 개 언어를 유창하게 말하는데도 숭어를 뜻하는 단어는 라디노어밖에 모른다는 사실을 문득 깨달았다.

그들은 다음 날 일찍 만나 장을 보러 가기로 약속하고 헤어졌다.

"사람이 기품이 있다니까." 온순한 여인이 남편에게 보고했다.

"기품은 개뿔." 남편이 비웃었다.

"남편이 당구장을 한다던데. 왜요, 자전거 파는 당신이 더 잘난 것 같아요?" 그녀가 쏘아붙였다.

"백 배는 낫지." 남편은 목소리까지 높여서 대답했다.

그녀는 남편의 의견 따위 무시하고 이웃을 *une vraie princesse*(진정한 공주)라고 부르기로 했다. 남편과 비슷한 이야기를 나눈 게 분명한 상대방 역시 이웃이 *tres high-class*(상류층)가 아닐지라도 그야말로 *une sainte*(성녀)라는 결론에 이르렀다.

성녀는 가끔 혼잣말을 하고 자주 뭔가를 잃어버리거나 잊어버리는 온화하고 울적한 할머니였다. 물건을 어디에 숨겼는지, 누구에게 들키지 않으려고 숨겼는지 잊어버렸다. 열쇠와 장갑을 잃어버리고 이름과 날짜, 빚지거나 싸운 일을 잊어버렸다. 말하는 도중에도 무슨 말을 하고 있었는지 잊어버리고 더듬거리다 아무 말이나 끼워 맞췄다. 빠르게 말하면 자연스럽게 이어지는 것처럼 보이기를 바라면서. 그녀는 결론도 없이 빠른 속도로 말하는 게 하던 말을 까먹었다는 확실한 증거임을 깨닫지 못했다. 가끔은 완전히 방향을 잃어버려서 그냥 실수를 인정할 때도 있었다. "별거 아니야. 흔한 일이잖아." 그녀는 심호흡하면서 밀려오는 불안감을 억누르려고 애썼다. "나중에 기억날 거야." 자신이 사는 이탈리아화된 비잔틴 세계에서는 말하는 도중에 재채기하면 거짓말이라는 뜻이고 잊어버렸다고 하면 속임수를 뜻한다는 사실을 잘 알면서도 그렇게 말했다. 갑자기 말이 끊길 때면 *내 딸의 눈을 걸고*, 혹은 *엄마의 무덤을 걸고* 같은 맹세의 말을 끼워 넣어 의심을 가라앉히려고 애썼다. 하지만 맹세를 너무 자주 하는 바람에 자신조차도 자기 이야기를 의심하기 시작했다. 나이 들면 흔한 일이라며 잊어버리는 것보다 과장하는 게 더 많은지도 모른다. 그녀는 상대방의 이름이 생각나지 않으면 정교한 미로 같은 가족들의 이름 중 하나를 빌렸는데 그녀의 마음속에서 그 가족이 어느 정도의 위치를 차지하는지가 드러났다. 첫 순위는 아들 로베르트였고 그다음은 로베르트의 세 딸, 나, 그다음은 청각 장애인 딸, 오빠들, 이웃들 그리고 남편 순이었다.

성녀는 꿈에서 로베르트 삼촌을 봤다는 내 말에 눈물을 보이곤 조바심을 내며 물었다. "뭐라고 하든?" 로베르트가 1956년 전쟁이 끝나고 이집트에서 추방된 지 1년도 넘었을 때라 성녀의 삶은 완전히 헝클어져 있었다.

"딸이 할머니에게 선물을 주고 싶어 한댔어요." 내 꿈이 그녀를 행복하게 하리라는 생각에서 나온 거짓말이었다. 하지만 레반트에서 꿈은 항상 현실과 반대이므로 프랑스에 사는 아들이 딸들 때문에 돈이 절박하게 필요하다는 의미로 받아들였다.

그녀는 미친 듯 옷가지를 사고 꼼꼼하게 포장한 뒤 우체국을 찾아가 피곤한 줄도 모르고 줄을 섰다. 그리고 매일 저녁 거실에서 거창한 격정의 시간이 이어졌다. 저녁에 찾아온 사람이 누구든 함께 앉아서 마음을 졸이고 마음껏 울분을 터뜨리며 소포가 경찰에 넘어가거나 교활한 우체국 직원이 훔치지 않았다는 사실이 확인되기만을 기다리는 거였다. 짙은 청록색 종이와 튼튼한 끈으로 포장하고 너무 오래되어 처녀 적 이름이 들어간 푸석푸석한 붉은색 밀랍 봉인이 얼룩처럼 찍

힌 그녀의 소포는 너무 순박하고 투명해서 베테랑 스파이는
속일 수 있을지 몰라도 어린아이는 속일 수 없었다. 손녀들을
위해 손수 뜬 멜빵바지와 프랑스에서 구하기 힘든 약, 색깔
셀로판지로 꼼꼼하게 싼 갖가지 눈깔사탕 말고도 사려 깊은
천상의 손으로 꿰맨 듯 어린아이의 셔츠 소맷단에 조심스럽
게 꿰매 넣은 100파운드 지폐를 담았다. 머지않아 남편도 알
게 되면서 한바탕 난리가 났다. 하지만 성녀는 손녀들이 우선
이라고 공주에게 말했다. 공주는 그녀가 진정한 성녀라고 확
신했다. 주변 사람들은 알아차리지 못했지만 공주는 성녀가
가끔 딴생각에 정신이 팔리는 걸 보았다. "그이는 꼭 비둘기
같아요. 분노라곤 조금도 없다니까." 공주가 성녀에 대해 말
하자 남편이 "생각도 없지."라고 대답한 적이 있었다.

한 달 후 사탕과 멜빵바지, 잡지, 운명의 손이 꿰매 넣은 작
은 *깜짝* 선물이 무사히 도착했다는 소식이 전해졌다.

"그럴 줄 알았어. 그럴 줄 알았다니까." 성녀가 크게 기뻐
하며 외쳤다.

"그런데 왜 그렇게 걱정을 했어?" 여러 날 저녁마다 걱정
가득한 이웃을 달래 준 공주가 근심이 완전히 사라진 것을 보
고 물었다.

"걱정하지 않으면 소포가 무사히 도착하지 않았을 거야."
세상에서 가장 확실한 진리라도 된다는 듯한 말이었다. "마
담 에스더, 이해가 안 된다면 어쩔 수 없어." 성녀가 퉁명스럽

게 덧붙였다. 너무 정교하고 섬세한 의식이라 잘 모르는 사람하고 상의는커녕 생각하는 것만으로도 마법이 사라질 수 있으니 누설하지 않겠다는 뜻이었다.

"그래도 설명해 봐." 공주는 성녀의 설명에서 말도 안 되는 논리가 튀어나오기를 기다리며 재촉했다.

그러나 모든 신비주의자가 그러하듯 성녀는 미끼를 물지 않았다. "마담 에스더, 내가 많이 배우진 못했어도 *tres lucide*, 아주 예리하거든. 어릴 때부터 냄새를 잘 맡았어." 그녀는 누군가 자신을 놀리거나 속이려고 할 때마다 경고하듯 쳐든 검지로 자신의 코를 가리켰다. 콧구멍이 믿을 만한 육감의 통로라도 되는 듯했다.

"자기가 예리하다고?" 공주의 남편은 성녀가 옆에 있을 때도 이렇게 비웃었다. "머리가 순무만 해. 정신 나간 염소 대가리가 스스로 예리하다니. 그만 좀 해!"

그녀는 주변에서 비웃어도 흔들리지 않고 검지를 들어 자신의 코를 몇 번 가리키며 지혜로운 미소를 보인 뒤 내 쪽으로 중얼거렸다. "그냥 놔둬. 내가 모르는 줄 알지만 다 알아." 성녀는 슬픈 표정으로 주위를 둘러보고 세상에 더 슬픈 일도 있다는 사실을 떠올리며 한숨을 내쉬었다.

"네가 다 클 때까지 살아남을 수 있다면 뭐든 할 텐데. 하지만 *otra venida*." 그녀는 '다음 생'을 뜻하는, 또 다른 가능성과 기회로 가득하고 삶의 모든 흠집을 닦아 광을 낸 뒤 테두리에 금과 금줄 세공을 넣은, 한 번 더 주어질지 모를 세상을 상상하며 미소 지었다.

나는 외할머니가 그 말을 하는 순간 달려가서 꽉 껴안았다. 할머니는 간지럼을 태우거나 사람이 많은 곳에서 껴안으려는 손자를 귀찮은 듯 밀어내는 척하며, 내가 자신보다 오래 살아 언젠가 못 보게 생겼는데 감히 키스하려 드느냐고 나무라는 시늉을 했다. 내가 물러나지 않고 계속 껴안으면 더 저항하지 않고 함께 껴안았다. 그토록 큰 사랑을 받을 자격이 있는지 살피기라도 하듯 한참 동안 내 얼굴을 쳐다보고는 그리움과 예감, 내 전부를 들이마시고 싶은 바람으로 가득한 심호흡을 했다. 그다음에 내가 외할머니를 좀 더 꽉 껴안으면 줄곧 참아 왔던 흐느낌이 새어 나왔다.

"넌 외할머니인 나를 사랑하지. 하지만 다른 할머니를 더 사랑해야 한다."

"병적인 세파르디(이베리아반도의 스페인과 포르투갈계 유대인-옮긴이)라니까." 그 장면을 지켜본 플로라가 말했다. 그녀는 지중해 지방에서 사랑이라는 이름으로 통하는 비틀린 감정을 조금도 참아 내지 못했다. "울퉁불퉁하게 뒤틀린 이기심보다 적대적인 건 없어." 오랜 세월이 지난 후 플로라가 내게 말했다. "그 이기심은 산더미 같은 빚처럼 목을 조르다 결국은 아무 가치 없는 불쾌감을 선사하지."

"마담 아델, 손자가 아주머니를 더 사랑하면 왜 안 돼요?"

무더운 여름날 오후 성녀의 거실에서 덧문을 내려 햇빛을 막고 2인 합주곡을 연주할 때 플로라가 농담조로 따졌다. 전쟁 막바지에 성녀는 공주의 권유를 받아들여 플로라를 피아노 선생으로 고용했다. 10년이 흐른 당시에 둘은 모녀지간이나 다름없어졌다.

"나라고 왜 손자가 외할머니인 나를 더 사랑하는 걸 바라지 않을까?"

"그럼 왜 그러는데요?"

외할머니는 답답하다는 듯 말했다. "플로라, 네가 이해를 못 한다니 안타까울 뿐이구나."

여름날 오후 멤피스거리의 성녀네 아파트는 매우 고요했다. 아래층과 이브라히미에 전체가 조용했다. 외할아버지가 방에서 주무실 때 나는 소파에서 꾸벅꾸벅 졸다가 두 여인의 수다와 피아노 소리를 들으며 길고 편안한 낮잠에 빠질 때가 많았다. 기다란 숟가락으로 기다란 레모네이드잔을 휘젓는 소리나 끊임없이 속삭이는 두 여인의 말소리, 얼굴 위를 날아다니는 파리 때문에 잠을 깨기도 했다. 하지만 리스트의 음악과 성녀가 창턱에 올려놓은 어제 남은 밥을 먹으러 오는 멧비둘기 소리에 꿈인지 현실인지 분간되지 않았다.

"적어도 난 손자가 친할머니를 똑같이 사랑했으면 좋겠어." 외할머니는 단호하고 지조 있게 사랑평등주의를 주장하듯이 말했다.

"왜 똑같이 사랑해 달라는 거죠? 원한다고 마음을 움직일 수 있나요?" 플로라가 물었다. "누가 누구를 조금이라도 사랑하는 일은 드물어요. 제대로 사랑하는 경우는 더더욱 드물죠." 오랜 세월이 지난 어느 여름날 오후 나와 함께 베네치아의 캄포모로시니를 걸을 때도 같은 말을 했다.

"넌 이해 못 해, 플로라." 성녀가 굽히지 않고 말했다. "손자가 그 여자를 사랑하길 바라는 건 그래야 그 여자가 날 질투하지 않아서야. 난 걱정돼. 내가 가 버리면 그 여자가 손자한테 어떤 할머니가 될 것 같니?"

"간다니요?"

"떠난다면 말이야, 플로라."

"그게 무슨 말이에요? 아직 예순도 안 됐는데!"

"프랑스로 간다는 말이었어, 플로라. 죽는다는 게 아니라! 영국, 아니 콘스탄티노플로 갈 수도 있지. 그건 모르는 일이야." 성녀는 잠시 말을 멈췄다. 사실은 그런 뜻도 아니고, 아예 먼 훗날의 이야기도 아님을 깨달은 모양이었다. "그리고 얼마나 더 남았겠어?" 앞으로 살날을 말하는 거였다.

성녀는 건너편에 사는 공주가 화낼까 봐 내가 다니러 온 사실을 숨기기로 했다. 공주를 만날 때마다 빠짐없이 내 안부를 묻는 방법으로 나를 자주 만나지 못한다는 걸 암시했다. 정교한 비잔틴식이지만 사실은 그럴 필요가 전혀 없었다. 공주는 내가 두 할머니 중에서 자신을 더 사랑하지 않을 리 없다는 생각조차 한 적이 단 한 번도 없으니까 말이다. 매일 정해진 일과를 똑같이 지키는 공주에게 내가 다니러 온 사실을 숨기는 건 힘든 일도 아니었다. 공주는 점심을 먹고 나면 여름날 오후에 어울리게 치장하고 오후 2시에 집을 나서는데, 그럴 때면 초록색 덧문을 밖에서 꽉 닫았다. 전차역으로 걸어가서 증조할머니가 사는 두 징거장 떨어진 스포팅까지 마차를 잡거나 전차를 타고 갔다. 그곳 가족들이 스포팅 클럽에 가기 전에 커피를 마시는 시간이었다.

공주는 그녀의 삶에서 가장 소중한 이 시간을 방해받지 않으려고 했다. 자신이 아프거나 다른 누군가 아파도 거르지 않았다. 그래서 어머니는 점심을 먹자마자 나를 외할머니 집으로 데려갔다.

외할머니 집에 가면 이웃이나 친구들, 플로라나 다른 사람들이 성녀의 다이닝룸 밖 발코니에 앉아 있을 때가 많았다. 다들 줄무늬 차양이 만드는 그늘에서 조용히 담소를 나눴다. 바람도 불지 않고 해가 너무 느리게 움직여서 몇 시간 뒤 의자를 들고 옆 발코니로 이동해 뒷말과 눈물, 앙심, 자기 연민으로 가득한 대화를 이어 갔다. 누군가 울음을 터뜨릴 때는 얼굴을 숙인 채 구겨진 손수건을 입에 대고 조용히 울었다. 남들 앞에서 우는 게 창피해서가 아니라 울건 울지 않건 모든 여자를 싸잡아 *sales comédiennes*(미천한 여배우들)라고 부르는 외할아버지, 무슈(monsieur, 남자를 높여 부르는 프랑스어-옮긴이)

자크를 깨우지 않으려는 거였다.

그렇게 여름날 오후는 길게 이어졌다. 한참 만에 무지개색 셔벗을 내온 수단인 하인은 발코니로 끈적한 접시를 치우러 오는 데도 한참 걸렸다. 그러고 나서도 해가 저물려면 몇 시간이 더 남아 있었다. 플로라 숙모의 표현에 의하면 이집트의 하루는 세상에서 가장 길었다.

"시간이 정말 빠르구나." 외할머니는 아무런 걱정근심 없이 지내던 어느 날 불쑥 말했다. 친구와 가족, 집, 피아노가 있는 곳에서 평화로운 오후 햇살과 함께 삶의 마지막 나날을 보내고 싶어진 거였다. *Une bonne vieillesse*, 좋은 노년을 준비한다는 건 그런 뜻이었다. 그녀에게 좋은 노년은 병마와 세상살이의 걱정에서 자유롭고, 잡동사니를 정리할 시간이 충분하고, 누구에게도 아쉬운 소리를 하지 않는 건강하고 활력 넘치는 노년을 의미하는 게 아니었다. 잠자는 동안 어느 상냥한 이의 손을 붙잡고 *저세상*으로 가는 것, 치욕과 수치심을 겪을 필요가 없는 죽음을 뜻하기도 했다.

"저기 오네." 멤피스거리의 모퉁이를 돌아 집으로 향하는 공주의 모습이 보이면 발코니에 앉아 있던 네다섯 중 한 명이 말했다.

"벌써 6시야!" 누군가 그 말을 받아서 외쳤다.

성녀는 본능적으로 나를 보며 들어가라고 했다. 그러곤 공주를 향해 소리쳤다. "반가워, 마담 에스더!" 그녀는 상대가 누구건 가장 먼저 인사를 건네려고 열심이었다. 상대방의 무심함을 일깨우는 방식이었다. 거리에서 만날 때마다 기쁨으로 환하게 빛나는 성녀의 표정은 상대방이 피하려다 그녀를 늦게 알아본 것이고, 그녀가 상대방을 생각하는 마음이 더 크기에 먼저 알아보고 인사한 거라는 가벼운 꾸지람이었다.

성녀는 평상시보다 더욱더 반갑게 인사를 건넸다. 내가 집 안에 있으니 어떻게든 인사하지 말아야 한다는 이유가 반대로 작용한 것이다. 벌떡 일어나 허둥지둥하는 표정은 발코니 난간에 기대어 선 차분한 모습이 거짓임을 보여 주었다.

"아, 못 봤네, 마담 아델." 공주가 발코니 바로 아래에서 발을 멈췄다.

나는 거실에서 열어 놓은 프렌치 창틀과 문설주 사이로 공주의 낯익은 핸드백과 접힌 부채를 엿보았다.

공주가 햇살을 가리려고 어색하게 한 손을 들며 물었다. "이따 뭐 해?"

"나? 별일 없지. 원단을 사러 갈까 생각 중이야. 며칠 후에 재단사가 오거든. 그런데 너무 더워서 아무래도 오늘은 안 가지 싶네."

"괜찮으면 내가 같이 가 줄게."

"글쎄, 다음에 가는 게 낫겠어."

그렇게 두 여인은 작별 인사를 했다.

"저 여자는 남편하고 매일 싸워." 성녀가 한 손님에게 속삭였다. "밤이면 부부가 얼마나 끔찍한 소리를 해대는지."

그녀는 갑자기 생각이 바뀌었는지 여전히 생각에 잠긴 혼란스럽고 멍한 표정으로 공주에게 소리쳤다. "*Attendez*, 잠깐만." 이미 길을 건넌 공주가 정원의 철문을 열려고 할 때 발코니 꼭대기에서 외침 소리가 들려왔다. "그냥 원단을 사러 가야겠어. 가을에 연회도 많은데 옷이 다 너무 낡았지 뭐야, 마담 에스더." 그해 초가을에 있을 공주 친정어머니의 100세 파티에 아직 초대받지 못했다는 사실을 살짝 흘린 게 벌써 몇 번째인가.

"그럼 내가 올라갈까?"

"아니, 아니, 내가 금방 내려갈게." 그러고 나서 성녀는 우리 어머니에게 당부했다. "우리가 간 다음에 나가렴."

5분 후 두 *마즈마젤*은 절뚝거리며 캄프드세자르역으로 걸어갔다. 한 명은 챙이 유난히 넓은 모자를 쓰고, 한 명은 오른손에 접은 부채와 핸드백, 왼손에 하얀 장갑을 들고 두 사람을 묶어 준 언어로 수다를 떨었다. 두 사람이 달라도 너무나 다르다는 사실을 그들 자신은 물론이고 세상 모두가 계속 일깨워 주는 데다 경쟁심에 가시 돋친 말을 하고 옹졸하게 서로를 불신했지만, 둘은 언제나 우정을 되찾았고 그 우정은 죽는 날까지 이어졌다.

성녀가 하는 말은 애처롭기 짝이 없었다. 불평불만이 지칠 줄 모르고 이어졌다. 자신의 건강, 아들, 매일 반복되는 이집트의 불안과 혼란, 마지막 설탕 한 숟가락까지 훔쳐 가는 하인들, 청각 장애로 인생에서 가장 좋은 시절을 빼앗겨 버린 딸이자 우리 어머니에 관한 이야기였다. 항상 두서없이 말하고 한번 불평이 시작되면 끝도 없이 별별 문제를 다 쏟아 냈다. 악당은 병과 두통, 굴욕감이고 그녀는 적들을 물리치려 애쓰는 불운한 희생양이자 기둥에 묶인 채 사악한 용들에 둘러싸인 중세 선교자였다. 결론은 언제나 발코니의 바람을 제외하고 불평할 상대가 하나도 없는 한밤중에 깨어나게 만드는 담석증이었다. 그녀는 밤새 발코니에 앉아 텅 빈 멤피스 거리를 바라보며 이따금 들려오는 복도의 시계추 소리에 귀를 기울였다. 시계추 소리는 모하메드의 조용하고 반가운 발소리가 들려올 새벽까지 한참 남았고, 시간이 너무 느리게 간다는 두려운 사실을 일러 주었다. 사방이 온통 고요한 가운데 파도처럼 솟구쳤다 수그러지는 고양이 울음소리만 들려왔다. 어둠 속에서 두 눈을 번득이며 거리를 지나는 고양이들이 저항과 의심으로 그녀의 발코니 쪽을 돌아보았고, 다음은 다들 무서워하는 절름발이 *chienne*(암캐)이 나타났다. 성녀는 그런 시간을 '나의 밤'이라고 불렀다.

"이해해." 공주는 이웃의 부정적인 생각을 떨쳐 주려고 애썼다. 어려운 일은 아니었다. 성녀는 이 모래톱에서 저 모래톱으로 표류하다가도 조금만 방향을 잡아 주면 정반대 방향으로 나아가 햇살 가득한 유쾌한 섬을 찾으려 했기 때문이다. 결국 걱정과 골칫거리보다 주제에서 벗어나 맥락을 잃고 생각나는 대로 말하는 것이 더 중요한 듯했다. 그 누구도, 특히 남편은 절대로 허락하지 않는 일이었다.

숭어를 계기로 만나기 수년 전, 성녀는 한밤중에 혼자 발코니에 앉아 담석증의 통증을 달래다 길 건너 베란다에 갑자기 불이 켜지고 목욕가운을 입은 공주가 한 손에 커다란 컵을, 다른 손에는 납작한 보온 물병처럼 생긴 것을 들고 나오는 모습을 가끔 보았다. 그다음엔 공주의 남편인 우리 할아버지가 헝클어진 머리로 바깥 현관에서 비틀거리며 불안정하게 난간을 잡고 팔걸이의자에 털썩 주저앉았다.

훗날 우리 친할머니와 외할머니가 될 두 여인은 멤피스거리를 사이에 두고 서로를 바라보며 무슨 비밀스러운 병 때문에 잠을 설치는지 궁금했지만 말을 걸어 볼 엄두가 나지 않았다. 한낮에 이웃 간에 수다 떨듯 서로의 건강에 대해 물어볼 생각은 더더욱 하지 못했다.

"아주 경솔한 행동이었을 거예요." 밤중에 한 번도 손을 흔들지 않은 이유를 묻는 공주 남편에게 성녀가 대답했다. 그리고 가볍게 사과하듯 덧붙였다. "난 고상한 여자랍니다."

"난 고상한 여자랍니다." 그가 흉내 내면서 곧바로 라디노어 한두 마디를 더 했다. "여기 앉아서 움직이지 말아 봐요."
두 여인이 갑자기 친해지자 적극적인 모습을 보이며 말했다.
"여기서 마담 아델처럼 라디노어를 잘하는 사람은 아주 드물
죠. 우리 처가 식구들도 잘하지만 너무 꽉 막혀서 *진짜* 라디
노어는 못하거든요. 이제야 겨우 말할 상대를 찾았는데 내가
눠주겠어요?"

  '여기 앉아서 움직이지 말아 봐요.' 같은 표현은 우리 할아
버지와 외할머니 사이에 우정을 쌓아 주었고, 할아버지가 세
상을 떠나는 날까지 이어졌다. 할아버지는 외할머니를 깜짝
놀래 주려는 척했고, 외할머니는 진지하게 받아들이려 해도
받아들일 수 없는 망나니를 참아 주는 척했으며, 언제나 발
빠르게 남편의 문제점을 찾아내는 공주는 이웃 여인을 남편
의 악의적인 유머에서 지켜 내려고 애썼다. 그들이 태어난 도
시와 세상, 사용하는 언어에서 나온 익숙함이었다. 세 사람
에게 라디노어는 콘스탄티노플에 대한 향수를 뜻했다. 느슨
한 넥타이와 단추를 푼 셔츠, 낡은 슬리퍼 같은 언어였고 매
일 마주하는 이불과 옷장, 음식 냄새처럼 친밀하고 자연스럽
고 필수적인 언어였다. 사실 처음에는 프랑스어를 쓰다가 라
디노어로 돌아간 거였다. 그들은 혼자 있을 때는 굳이 오른손
을 사용하지 않아도 되는 왼손잡이처럼 안도하며 기뻐했다.

  모두가 프랑스어를 배웠고 또 유창했다. 뤼시아스의 그리
스어가 아테네인들보다 나은 것과 비슷했다. 완벽하지 않은

가정법 과거를 구사할 때 문법 실수를 하지 않으려는 사람처럼 침착하고 편안하게 프랑스를 사용했다. 아무리 노력해도 절대 원어민이 될 수는 없으니까. 하지만 그들에게 프랑스어는 고루한 외국어였다. 오랜 세월이 지나 공주가 나에게 말한 것처럼 두 시간 이상 프랑스어를 쓰면 입 안에 침이 고였다. "그런데 스페인어는 영혼에 생기를 불어넣지." 또한 그녀는 자신의 말을 증명하기 위해 항상 속담을 인용했다.

성녀와 공주는 적어도 하루에 두 번은 만났다. 아침에 시장으로 전쟁을 치르러 갈 때, 공주가 자매들을 만나고 돌아왔을 때. 6시 이후엔 당구장에 있는 경우가 드문 공주의 남편까지 셋이 향기 가득한 공주의 정원 보리수나무 아래에서 차를 마시다 집 안으로 들어가 더 마셨다. 시리아 알레포에서 태어난 유대인이라 라디노어를 할 줄 모르는 성녀의 남편은 일터에서 돌아오면 철제 울타리 사이로 공주네 정원의 나무 그늘을 엿보았다. 가끔 정원으로 이어지는 철문이 열려 있으면 구아바나무를 지나 거실 창문을 바라보다가 약간 억울한 감정이 치밀어 유리문을 두드렸다. "집에 가야지." 무슈 자크는 당구장 주인과 형식적인 인사말을 주고받자마자 아내에게 말했다. 그러면 누군가 "이제 막 재미있어지려는 참인데."라고 했다. "스페인어, 스페인어, 허구한 날 그놈의 스페인어야." 집으로 돌아가면서 알레포 출신의 남자가 구시렁거리면 아내는 귀가가 늦어진 것을 사과하며 평상시보다 늦어진 이유를 아랍어가 모국어인 남자에게 설명하려고 애썼다.

"아직 6시 45분밖에 안 됐는데."

"그게 어쨌다고? 난 8시 전까지 꼭 저녁을 먹어야 해."

"모하메드가 지금 준비하는 중이잖아요. 도대체 뭐가 문제예요?" 성녀가 따져 물었다.

"뭐가 문제냐고? 문제가 뭔지 말해 주지. 난 외간 남자의 집으로 아내를 찾으러 가는 게 싫어. 그게 문제라고." 그는 울화통을 터뜨렸고 화가 치밀수록 자신이 옳다는 확신도 커졌다.

무슈 자크는 아내가 아니라 자신의 권한을 질투하는 유형이었다. 자신에게 주어진 안락함을 사랑하지, 그 안락함을 제공하는 사람을 사랑하는 게 아니었다. 그는 라디노어를 증오했다. 그 관습과 소리뿐 아니라 서서히 퍼지는 미묘함과 배타적인 태도까지 라디노어의 모든 것이 그를 낯선 문화에서 소외시키려는 음모를 꾸미는 듯했기 때문이다. 아내가 즐겁게 라디노어를 사용할수록 그 언어에 대한 혐오감이 커졌고, 그럴수록 아내는 친정아버지의 바람에 따라 기쁜 마음으로 남편을 상기시켰다. 아랍어도 아랍어지만 스페인어도 영원히 스페인어로 남을 것이라고!

무슈 자크에게 라디노어는 꼬꼬댁 소리 같았다. 그래서 공주네 집을 *poulailler*, 닭장, 공주 부부를 '닭장 주인'이라고 불렀다. 정작 공주 부부는 자신들의 세계로 들어오지 못하는 무능한 그를 과거 오스만제국의 주인 같은 위풍당당한 오만함으로 바라본다는 사실을 알지 못했다. 평상시 뒤에서 서로에게 '시리아인 위선자' '더러운 터키인'이라고 욕하던 두 남자는 어느 일요일 늦은 오후 각자 단골 카페에서 돌아오다 1대 1로 떡하니 마주쳤고, turc barbare(상스러운 터키인)가 *juif arabe*(아랍 유대인)를 '더럽고 비열한 유대인'이라고 불렀다. 독실한 자전거 점포 주인은 깜짝 놀라는 척하며 연방 고맙다고 했다. 모욕당한 사람이 점잖게 반응하여 모욕 준 사람을 한 수 가르치는 방식이었다. 당구장 주인을 똑같이 모욕하고 싶은 마음이 굴뚝같았지만, 그 집 아내가 이성을 잃으면 온 동네에 소문이 나고 엄청나게 골치 아파진다는 사실도 일깨워 주었다.

공주를 포함해 모두가 상처받고 수치심을 느꼈다. 결국 공주는 남자들 사이에서 끝났어야 할 싸움에 끼어들었다. 무슈 자크는 다시는 야만인들 사이에 발 들이지 않겠노라 맹세했고 무슈 알베르트는 남의 집에 찾아오지 않겠다니 고맙다고 받아쳤으며, 둘 다 멤피스거리에서 마주쳐도 절대 아는 척하지 않을 것을 다짐했다. 변함없는 사람은 성녀뿐이었다. 하지만 넷 중에서 가장 심리적 동요가 심했으며 두 가정의 화해를 위해 갖은 노력을 다했다. "원래 사람이 화나면 깊게 생각하지 않고 말하는 법이지요, 무슈 알베르트." 사건 며칠 후 그녀가 공주의 남편을 꾸짖었다. "하지만 절대! 두 번 다시는 그러지 마세요!" 반복해서 말하는 아랫입술이 떨리고 두 눈에는 눈물이 글썽였다. 때 묻지 않은 그녀의 평범한 영혼이 엄격했던 유년 시절이 막아 준 추하고 악의적인 세상을 보았다.

"그이가 진심으로 한 말은 아니에요." 공주 역시 사태를 진정시키려고 애쓰며 무슈 자크에게 말했다. "주전자가 똑같은 주전자한테 까맣다고 해 봤자 무슨 의미가 있나요? 자기도 주전자인데 어떻게 그러겠어요."

"어떻게 그러냐고요, 마담? 간단합니다. 우선은 자기가 까맣다는 사실을 잊어버린 거지요. 그다음은 애초에 자기가 주전자라는 사실을 잊어버리고. 하지만 주전자라는 사실을 자랑스러워해야 해요. 그런 주전자가 하나님의 보살핌 없이는 5000년이나 살아남지 못했을 테니까. 한마디 더 하죠, 마담 에스더. 동족을 비방하는 주전자는 내 집에서 주전자의 가치가 없습니다. 하나님의 부엌에서도 당연하고!"

"무슈 자크, 흥분하지 마세요. 우리 그이는 예순의 병든 남자랍니다. 하나님이 안약 짜듯 겨우 한 방울씩 친절을 베푸는 통에 그이의 삶은 늘 별로였어요. 아주 불행하고 억울한 남자죠. 휘파람 소리도 잘 나지 않는 낡아빠진 주전자예요."

"하지만 내 휘파람 소리는 아주 멀쩡하다고. 아주 고마워 죽겠네." 늘 그렇듯 카드놀이를 하자는 꾐에 빠져 모였을 때 성녀가 그 대화 내용을 전하자 신앙심 없는 터키인이 한 말이었다. "내 아내는 그런 문제를 판단하면 안 돼. 세상에서 음감이 가장 떨어지는 사람이니까."

"그래도 내 피아노 연주를 좋아해 주죠." 성녀가 끼어들었다.

"피아노 얘기가 아니라……."

"알겠어요." 성녀가 말을 잘랐다.

"알긴 뭘 알아요." 그는 잠깐 멈칫했다가 말을 이었다. "당신은 모든 걸 뚫어보죠. 심장 깊숙한 곳까지. 하지만 표시 내지 않아요. 그 위험한 *재주*로 우릴 다 간파했으면서."

성녀는 가장 좋아하는 격언으로 대답했다. "무슈 알베르트, 내가 많이 배우지는 못했지만 지금 날 놀리고 있다는 걸 알 정도로는 예리하답니다." 그녀는 카드를 정리하고 자신이 이기는 조합을 내놓았다. "카드놀이라도 이길 수 있어서 얼마나 다행인지. 안 그랬으면 날 진짜 바보로 봤을 테죠."

"마담 아델, 내가 젊을 때 어디 있었던 거요?"

"무슈 알베르트, 그런 말 하지 말아요. 신은 우리 모두에게 맞는 삶을 주셨어요. 당신은 당신의 삶, 나는 나의 삶."

"*당신은 당신의 삶, 나는 나의 삶.*" 그가 카드를 섞으며 흉내 냈다. "저세상에서 내 방에 당신 침대도 놓아 달라고 그분을 설득할 수 있으려나."

"그때가 되면 난 우리 부모님한테 돌아가고 싶어요."

"무슈 자크가 아니라?"

"무슈 자크하고는 이승에서 같이 살았잖아요. 저승에서는 다른 사람이랑 살아야죠."

그녀는 잠시 카드를 보며 골똘히 생각에 잠겼다. "그쪽 집 사람은 저승에서 같이 살겠대요?" 성녀는 눈길을 피한 채 목소리를 약간 떨면서 물었다.

"질투심이 많아서……."

"그쪽 아내가요? 여자를 어쩜 그렇게 모를까, 무슈 알베르트."

"당신이 내 아내를 몰라서 그래요! 심보가 못돼 먹어서 나보다 먼저 죽으면 금세 나까지 데려갈걸. 자기가 내 마누라라는 걸 잊지 말라고요."

공주의 질투는 사랑하는 마음과 상관이 없었다. 남편을 싫어할수록, 남편이 멀리 달아날수록 남편을 잃을까 봐 두려웠다. 그녀는 충실한 배려심을 보여 주었는데 남편이 매일 조금씩 죽어 가기를 바라기 때문이었다. 공주의 남편 역시 연약한 바람둥이가 으레 그렇듯 전력을 다해 아내를 싫어했다. 아내는 그의 작은 요구도 놓치지 않았다. 그를 위해 특별히 내리는 모닝커피, 정오의 시금치 페이스트리, 특별한 쌀에 곁들이는 특별한 콩소메, 살코기에 올리는 말린 과일 소스, 풀을 살짝 먹인 셔츠와 주름을 반듯하게 펴서 다림질하는 손수건부터 밤에 라키를 마실 때마다 대령하는 각종 치즈와 소스, 올리브로 장식한 접시까지. 이렇게 보면 남편에게 아무런 앙심도 품지 않은 그 누구보다 세심한 아내였다. 하지만 아내의 모든 행동은 남편이 절대로 원한 적 없는 것들만 줄 뿐이라는 사실을 일깨워 주었다. 아이러니하게도 그녀가 그의 사랑을 원하는 것보다 그가 그녀의 사랑을 훨씬 더 원했다. 그녀는 조금이나마 사랑을 받았고 그는 전혀 사랑받지 못했다.

"아내를 그런 식으로 말하지 마세요." 성녀는 어느 쪽이든 열심히 들어 주는 편이었다. 비방을 좋아하지 않는 상냥한 성격이기도 하지만 자신이 조금만 뭐라 해도 사람들이 누군가에게 품은 앙심이 훨씬 커지는 것 같기 때문이었다. "당신의 아내는 완벽한 아내이자 요리사, 가정부, 간호사, 재봉사, 이발사, 엄마였어요. 곤경에서 구해 준 적이 얼마나 많아요? 멤피스거리에서 가장 똑똑한 여자라고요."

"나도 잘 알죠." 무슈 알베르트는 애절하게 빈정거리는 눈빛으로 성녀를 바라보았다. "하지만 신은 그 여자에게 세상에서 가장 똑똑한 머리를 주셨을 뿐 다른 건 안 주셨죠. 그 여자랑 같이 있으면 빙하도 감기에 걸릴걸요."

그때 공주가 평상시처럼 자매들을 만나고 돌아왔다. "어쩜 이렇게 어두운 데서 둘이 카드를 하고 있어?"

"낭만이지." 남편이 쳐다보지도 않고 대답했다.

"뉴스 못 들었어?"

"무슨 뉴스?"

"전쟁이 끝났대."

마담 달메디고와 함께 들어온 공주는 휴전을 축하하기 위해 즉석에서 *제대로 된 차*를 만들기로 했다. 머랭, 무화과와 대추야자 잼, 프티푸르, 식료품 저장실 찬장에 꽁꽁 잠가 두는 수제 비스킷도 곁들였다. 이웃에 사는 아를레트 조아니데스는 딸 미셸린과 베란다 쪽을 지나다 종전 소식을 전해 듣고 같이 차를 마시기로 했다. 30분 뒤 플로라 모녀, 마리 칸타코제노스, 포르투니 롬브로소가 왔다. 더 나중에는 모리스 프랑코와 릴리아니 아디티도 왔다.

일을 마치고 돌아온 무슈 자크는 딸에게서 엄마가 아직 길 건너편 집에 있다는 말을 들었다. "당장 가서 데려와." 그는 단호하게 덧붙였다. "네 엄마 집은 여기야. 저기가 아니라." 그러곤 텅 빈 거실과 닭장을 차례로 가리켰다. 두 가정은 화해했지만 남자들 사이에는 여전히 *찬바람*이 불었다.

소설책을 읽던 열여덟 살 딸이 카디건을 걸치고 서둘러 아래층으로 내려갔다. 곧이어 이웃집 초인종을 누르는 소리가 들렸다. "아빠가 엄마 빨리 오래요."

"그러지 말고 안으로 들어오렴. 지금이 중세 시대도 아니고." 공주가 외쳤다. 어느덧 그녀는 청각 장애가 있는 소녀의 말을 이해할 수 있었다. "차 마시며 카드놀이를 하는 중이야. 들어오렴."

소녀는 안으로 들어왔지만 계속 문가에서 머뭇거렸다.

"아빠가 나 데려오라는 거지?" 성녀가 거실 밖에 어색하게 서 있는 딸을 보고 물었다.

소녀는 고개를 끄덕이고 공주가 내민 찻잔 접시를 얼떨결에 받아 들었다.

"독불장군이 따로 없다니까." 공주의 남편이 말했다.

"남자들은 다 독불장군이야." 알렛 호아니데스가 거들었다.

"그럼 여자들은 어떻고?" 공주의 남편이 무슈 프랑코 쪽을 보았다.

"그쪽들 같은 남자랑 결혼하는 여자는 바보지." 여자 하나가 말했다.

"결혼하는 사람은 다 바보야." 공주의 남편이 받아쳤다.

"결혼이 실수라는 걸 깨닫고도 헤어지지 않으면 법적으로 멍청한 거지."

"실없는 얘기 그만 하고 카드나 해요." 공주가 남편에게 쏘아붙였다.

"내 말이 틀리니?" 공주의 남편이 어느새 엄마 옆으로 와서 앉은 소녀에게 물었다.

소녀는 아무런 대답도 하지 않았다.

"여자답군. 불편한 질문엔 입 다무는 게 말이야."

"평상시 여자 험담은 다 하면서! 2펜스짜리 여종업원한테 잘 보이려고 소맷단을 만들 땐 또 슬그머니 여자를 찾잖아. 결혼이란!" 한 여자가 한탄하듯 말했다.

"정말 그래. 결혼이란!" 공주의 남편이 끼어들었다. "사형도 감형이란 게 있잖아. 결혼은 죽어야만 올가미가 느슨해지지."

"말도 안 되는 소리 그만 하고 카드나 해요." 공주가 잘라 말했다.

그때 초인종이 울렸다.

"누가 문 좀 열어 주지?" 공주가 부탁했다.

성녀가 딸에게 가서 문을 열라는 신호를 보냈다. 소녀가 문을 열자 웬 남자가 서 있있다.

"네?"

남자는 잠깐 미소 짓더니 마담 누구누구가 안에 있느냐고 물었다.

그는 소녀의 말을 알아듣지 못했지만 소녀는 층계참에서 기다리라고 손짓했다. 그러더니 문을 확 닫고 달려가서 웬 남자가 누구를 찾으러 왔다고 공주에게 전했다.

"남자?" 공주가 놀랐다.

자리에서 일어나 문을 열러 간 공주는 웃음을 터뜨렸다. "우리 아들인데, 네 딸이 문을 안 열어 줬어." 공주가 성녀에게 말하자 모두가 웃었다.

소녀는 거듭 얼굴을 붉혔다. "죄송해요."

"신경 쓰지 마. 쟤가 장난친 거야." 성녀가 딸에게 말했다.

공주는 아들의 행동을 다시 사과했고, 소녀는 자신의 실수를 만회하려는 듯 말없이 그의 레인코트를 받아 주려고 했다. 하지만 어디에 걸어야 할지 몰라서 또 말없이 사과의 미소를 짓고는 레인코트를 돌려주었다. 그는 아버지와 달리 레인코트와 재킷을 한꺼번에 벗어서 똑같은 옷걸이에 걸지 않았다. 재킷은 벗지 않았고 5분 동안 시계를 두 번이나 확인하더니 매우 만족스러운 표정으로 조끼 주머니에 집어넣었다.

"누가 이기고 있어요?" 그가 물었다.

"당연히 나지." 마담 롬브로소가 말했다.

청년은 하인이 가져다준 찻잔을 받고 소파 팔걸이에 걸어 놓은 신문으로 고개를 돌렸다.

"들었니?" 청년의 엄마가 물었다.

"네, 들었어요. 이제 영국군이 우리한테 물건을 사지 않을 거예요. 신나는 소식은 아니에요."

"항상 부정적으로 생각한다니까." 아를레트 조아니데스가 끼어들었다.

"똑똑해서 그런 거지, 마담." 성녀가 편을 들었다.

소녀는 성녀 옆에 조용히 앉아서 엄마가 카드를 부채꼴로 펼치는 걸 지켜보았다. 아버지가 빨리 오라고 했다는 사실을 상기시키면서.

"알아, 알아." 그때마다 성녀는 기분 나쁜 생각을 떨치려고 애쓰는 것처럼 대답했다.

"결혼하면 이렇게 된다니까." 공주의 남편이 새로운 패에서 눈을 떼지 않고 말했다. "카드도 마음대로 못 해." 또 생각났다는 듯이 덧붙였다. "아니, 할 수 있는 게 카드밖에 없어진다고 해야 하나."

"빨리 하기나 해요." 그의 아내가 나무랐다.

"그냥 억울해하게 놔두세요. 지고 있다는 사실은 변하지 않으니까." 플로라가 비웃었다.

"플로라한테 지는 건 하나도 억울하지 않아." 그가 고개도 들지 않고 말했다. "하지만 저쪽에 지는 건 충격이지." 성녀를 말하는 거였다.

"내가 멍청하다고 생각하니까 그렇겠지. 마음대로 생각하라지 뭐. 난 배우지 못했어도 아주 예리하거든. 누가 멍청한지 오늘 보여 주겠어."

"운이 따라 주면 천재가 되는 것도 식은 죽 먹기라고."

"행운하고 다른 것들도 있어야지." 성녀가 자신의 코를 가리켰다.

"그래, 코가 있었지. 위대하신 코입니다, 신사 숙녀 여러분!"

"마음껏 떠들라고. 안 들리니까. 어디서 개가 짖나?"

"내가 너라면 우리 엄마 편을 들어줄 거야." 공주의 아들이 성녀의 딸에게 말했다.

소녀는 얼굴을 들어 예의 바르게 웃고는 자신이 뭐라고 말할 문제는 아니라는 듯 어리둥절한 표정으로 고개를 저었다.

"정말 신중해." 그날 저녁 손님들이 돌아가고 난 뒤 공주의 아들이 말했다. "한마디도 잘못 말하는 법이 없는 데다 상냥하고 순해요. 도대체 지금까지 어디에다 숨겨 둔 거래요?"

"시리아 유대인을 몰라서 하는 소리냐?" 그의 아버지가 아내를 도와 테이블에서 카드를 치우며 말했다. "그들은 뼛속까지 은밀해. 그 애를 포함해서 한 명도 빠짐없이 전부 다. 실없는 소리 하지 마라."

"그 애는 차분하고 특별해. 집에 돈도 많고. 아버지가 자전거 판매점을 하잖아." 공주가 사실대로 말했다.

"얼굴도 예쁘죠." 아들이 덧붙였다.

"예쁜 건 둘째치고 문에서 그런 못된 장난을 치다니 너무했다. 사과했어야지."

"사과했어요. 그냥 장난친 거라고."

"눈치 채지 못하다니 너답구나."

"뭘 눈치 못 채요?"

"그 애 귀가 안 들린다는 거."

"하지만 분명히 대화를 나눴는데……."

"귀가 안 들린다니까. 길 건너편에서 들리는 시끄러운 목소리가 그 애 목소리야."

아들은 완전히 어리둥절한 표정이었다. 어머니가 아들의 표정에서 마음을 읽고 얼른 덧붙였다. "괜히 추근대지 마라. 착한 애야."

잠시 후 초인종이 울렸다. 아들이 한 시간 전부터 기다린 친구였다.

"오늘 밤에 프랑스 영사관에서 축하 행사가 열린대. 나도 초대받았어."

"난 못 받았는데."

"괜찮아. 내가 지금 초대하면 돼. 서둘러. 다들 축하하고 있어."

"너무 붐비지 않을까?"

"당연히 붐비겠지. 빨리 가자."

아버지는 그날 늦게 집으로 돌아와 일기장에 *마침내 그녀를 만났다*고 적었다. 꿈에 그리던 여인이라고, 세상에서 가장 아름답다고 하지도 않았고 생김새를 묘사하지도 않았다. 미신을 믿는 터라 이름을 언급하는 것조차 피했다. 단순하지만 분명하게 *그녀*라고만 했다. 그녀를 종이에 담거나 성격을 자세히 살펴보는 것은 너무도 복잡한 과제였으므로 그냥 이렇게만 적었다. *그녀를 생각하고 싶다.* 처음 보았을 때의 느낌이라든가 그녀에게 마음이 향할 때마다 무슨 생각을 했는지는 적지 않았다. 그저 회색 스커트와 적갈색 카디건, 어머니 옆에서 다리를 꼬고 앉은 모습, 어머니 카드에 눈을 고정하고 있을 때 카드 테이블 끄트머리에 닿은 무릎 피부를 묘사할 뿐이었다. 그녀는 자신을 보는 그에게 미소 지었다. 나른함과 가벼운 사과가 담긴 상냥하고 너그러운 미소였다.

그날 밤 프랑스 영사관의 북적거리는 파티에서 그녀가 그의 어깨를 톡 쳤다. 정원과 거리에 사람들이 가득했다. 서 있는 자전거들과 자동차 경적으로 혼란한 가운데 프랑스인과 그리스인, 유대인, 이탈리아인 젊은이들이 한데 모여 노래를 불렀다. 모두가 축하하러 나온 것이었다. 저 멀리 이탈리아와 영국 영사관에서도 똑같은 일이 벌어지고 있는 듯했다.

"춤 안 춰?" 그가 돌아섰을 때 그녀가 물었다.

그는 그녀의 말을 알아듣지 못해 같이 춤추자는 줄 알고 되물었다. "사람이 너무 많지 않아?" 그 순간 소리를 들을 수 없는 그녀와 왈츠를 탱고처럼 추는 기이한 장면이 떠올랐다.

"정말 아름다운 밤이야." 그녀는 하얀색 민소매 원피스에 얇은 목걸이, 하얀 구두 차림이었으며 햇볕에 그을린 불그레한 피부가 빛났다. 연하게 화장하고 젖은 머리를 뒤로 빗어넘긴 모습은 자신의 주름 스커트와 어머니의 카드에 시선을 고정했던 저녁의 수줍은 이웃집 딸이자 여학생보다 좀 더 성숙하고 활기차 보였다. 팔꿈치를 허리께 놓고 양손으로 샴페인 잔을 든 행동거지에서 일부러 우아하게 행동하려는 모습이 엿보였다.

하지만 스타킹도 핸드백도 없는 데다 햇볕에 그을린 손목의 남자 시계처럼 보이는 자국이 옷을 급하게 입었거나 덜 갖춰 입었다는 느낌을 풍겼다. 온종일 해변에 있다가 파티 직전에 머리나 다리도 말리지 않고 손에 집히는 대로 입은 것처럼. 발가락 사이에 모래알이 끼어 있을지도 모른다. 그는 흐르는 듯한 광택이 도는 하얀 개버딘 원피스에서 흐릿한 불빛이 반사되는 걸 바라보며 친구의 오두막에서 급하게 벗어 구겨진 채로 나무 벤치에 놔뒀을 젖은 수영복을 떠올렸다.

"혼자 왔어?" 그는 그녀의 얼굴을 보며 말하려고 신경 쓰면서 물었다.

"아니, 친구들이랑 왔어." 어쩌면 그녀는 춤추고 싶은지도 모른다.

"나도 아는 애들인가?"

"아니. 소개해 줄게." 그녀는 그가 관심 없지 않으리라는 생각에 손을 잡고 끝없이 이어진 인파를 헤치며 널따란 테라스 반대편으로 갔다. 거기에서 젊은 남자들이 그녀를 기다리고 있었다. 한 명은 적갈색 카디건을 들고 난간에 기댔다. 그녀가 그의 집에 있을 때 입은 그 카디건이었다. 잠깐 맡아 주는 걸까, 아니면 그녀가 빌려 입고 돌려준 걸까? 그녀가 친구들에게 그를 소개하며 이웃집 아들인데 자기 집에 온 사람에게 누구냐고 물었다는 실수담을 전했다. 다들 그녀의 실수보다는 그를 밖에 세워 두고 문을 닫았다는 대목에서 웃었다.

"더한 실수도 한 적 있잖아." 한 친구가 말했다.

"그만 가야겠다." 다른 친구가 끼어들었다. "다른 애들이 영국 영사관에서 기다려."

"너도 갈래?" 그녀가 물었다.

그는 대답하지 못하고 망설였다.

"재미있을 거야." 그녀가 또 웃었다.

"글쎄."

"그럼 다음에 봐."

그녀는 카디건을 든 청년에게 돌아서서 자동차 열쇠를 가리켰다.

"아니, 내가 운전할 거야." 남자가 나섰다.

"내 차야. 내가 운전해." 그녀가 위압적으로 말했다.

우리 아버지는 기계적으로 그들을 따라 정원 끝까지 걸어갔다. 그녀는 차 문을 열어 안에 타고는 몸을 완전히 기울여 친구들을 위해 문을 열어 준 뒤 민첩하고 단호한 움직임으로 운전석 창문을 열었다. 한쪽 발은 여전히 인도에 내놓고 열쇠를 더듬거렸다. "네 어머니에게 경의를." 이렇게 말한 뒤 문을 닫고 시동을 켰다.

아버지는 꼼짝 않고 서서 어머니의 차가 북적거리는 사람들과 주차된 차들, 골목에 간간이 들어선 아름드리 야자나무 사이를 느리게 조용히 지나쳐 영사관을 빠져나가는 모습을 지켜보았다. 차는 내리막길 쪽으로 미끄러지다 입구에 이르기도 전에 경비실을 지나쳐 빠르고 과감하게 방향을 바꾸더니 영사관을 획 빠져나가 코니시로 향했다.

그녀의 차가 떠난 자리에 서 있는 그에게 남은 흔적이라고는 그녀가 차 문을 열려고 애쓸 때 인도에 내놓은 새틴 구두 한쪽의 기억뿐이었다. 그 구두는 그녀가 친구들을 위해 차 문을 열 때는 옆쪽으로 기울어지다가 어둠 속에서 열쇠를 꽂으려고 할 때는 다시 자갈길에 올려졌다. 어쩌면 그녀는 차 문을 닫기 전에 신발을 놓고 가려 했는지도 모른다.

어쩌면 그녀는 정말로 신발을 놓고 갔을지도 모른다. 그날 밤 그녀 생각을 떨쳐 버릴 수 없는 자신을 발견했을 때 혹은 뼛조각만 가지고 사람의 형체를 재구성하려는 인류학자처럼 그녀의 기억이 손에 잡히지 않고 희미해지려 한다고 느꼈을 때 그 구두를 떠올렸으니까. 구두에서 시작해 발을 떠올렸고 발에서 다리와 무릎, 반짝이는 하얀 원피스로 올라가 입술에 이르렀다. 오랫동안 길 건너편에 살았지만 눈여겨보지 않았던 그 얼굴에 미소가 피어올랐다.

며칠 후 일요일 아침 일찍 그는 자기 집 정원을 지나치는 그녀를 보았다.

"어디 가?" 그가 물었다.

"해변에." 그녀는 북쪽을 가리키며 대답했다. "같이 갈래?"

"글쎄, 누구랑 가는데?"

"혼자."

"기다려. 수영복 가지고 올게."

이른 시간이라 수영도 하고 모래밭에 누워 이야기도 나눈 뒤 예배 끝난 신도들이 모여들기 전에 돌아올 수 있었다. 그들은 집에 돌아가는 길에 작은 페이스트리 가게에 들렀다. 그가 케이크와 레모네이드를 사 주었다. 그녀는 아이스크림도 먹었다. 다음에는 자신이 사겠다고 약속했다. 그는 기뻐하며

"다음에는."이라고 따라 말했다. 멤피스거리에 도착하여 그녀의 집 앞에 멈춰 섰다. 그는 햇빛이 들지 않는 어두운 입구로 들어가 사라지는 그녀를 지켜보며 잠시 서 있다가 길을 건너 자기 집 현관문을 열었다. 놀랍게도 아침 식사 전에 때맞춰 도착했다.

베란다에 햇살이 쏟아지기 시작하는 오후 2시 30분경이었다. 몇 시간 낮잠을 잘지, 나무 아래에 의자를 놓고 해 질 때까지 러시아 소설을 읽을지 고민하는데, 어머니가 놀란 표정으로 허둥지둥 달려 나와 마담 아델이 전화를 걸었다고 말했다. 그는 무슨 일인지 궁금했다. 문득 이런 생각이 들었다. 혹시 마담 아델에게 악취미가 있어서 다시는 딸과 해변에 가지 말라고 말하려는 것일까? '내 딸을 물들이지 마.' 같은 끔찍한 말을 내뱉지 않을까? 수영복을 넣어서 단정하게 접은 청록색 수건을 들고 지나가는 그녀를 발견한 운명적인 순간이 후회되기 시작했다. 왜 엄마들은 딸의 일에 참견할까? 그와 통화하겠다고 말하기 전에 두 어머니 사이에 과연 무슨 말이 오갔을까?

목 안이 답답해졌다.

"여보세요." 차가운 돌덩이가 가슴에 들어앉은 기분으로 전화를 받았다.

"무슈 앙리 맞니?" 수화기 너머에서 물었다.

"맞습니다, 마담."

"무슈 앙리, 나 마담 아델이야. 지지 엄마."

예상이 맞았다. 남은 하루가 망가질 테니 자리에 앉는 편이 나을 것 같았다. 분명 수화기 너머의 부인은 미국 영화에서 본 대로 장황하게 훈계를 늘어놓기 시작할 테니까. 저 집 사람들은 아직도 고상한 척하는 암흑 시대의 무지몽매한 감옥에서 사는지도 모른다. 지지의 아버지는 매일 아침 기도를 하고 아들이 가톨릭교도와 결혼했다는 이유로 의절했다지.

성녀가 우아하게 헛기침을 했다. "우리 딸 때문에 전화했어. 오늘 오후에 같이 영화 보러 가겠는지 물어봐 달라네."

"오늘 오후요?" 그의 목소리가 떨렸다.

"그래, 오늘 오후. 너무 갑작스럽지? 얘가 원래 그래서."

"오늘 오후, 오늘 오후라." 그가 사색에 잠기듯 되풀이했다.

"그래, 오늘 오후."

"오늘 오후 몇 시인가요?"

"물어볼게."

잠시 침묵이 흘렀다. 모녀가 속삭이는 소리가 들렸다.

"3시 정각이래."

"지지가 뭐라고 했어요?" 그가 물었다.

"못 가도 이해한대." 또 침묵이 흘렀다.

"저는 5분이면 준비된다고 전해 주세요. 지지는 준비하는데 얼마나 걸릴까요?"

"아, 얘는 지금 준비 다 했어." 또 수화기 너머에서 엄마와 딸의 말소리가 들렸다.

"네가 《가스등》을 좋아할 것 같았대. 내가 보기엔 징그러운 영화지만 나 같은 늙은 아줌마 의견이 뭐가 중요하겠어?" 지지 엄마가 깔깔 웃었다.

"지지는 그 영화 보지 않았나요?"

"아니."

영화가 상영되는 곳은 멤피스거리에서 멀지 않은 작은 동네 영화관이었다. 매표소 앞에서 한 손에는 안경을, 다른 손에는 표 두 장을 들고 기다리는 그녀가 보였다. "안경은 글씨 읽을 때만 써. 자막을 읽어야 하니까." 그녀가 설명했다.

영화가 끝나고 집으로 돌아가는 길에 그녀는 자기 집 거실 창문이 캄캄한 것을 보았다. "우리 엄마 또 너희 집에 있나 봐."

그가 대문을 열고 함께 나무를 지나쳤다. 지금처럼 날이 어두워질 때까지 혼자 앉아 톨스토이의 책을 읽었을 바로 그 자리였다. 일요일 저녁이면 항상 그랬다. 책은 그만 읽고 밖으로 나가서 새로운 삶을 '살라고' 재촉하는 아버지를 피할 수 있길 바라면서. "책하고 옷하고 파이프만 있으면 뭐 해. 일요일에 여자도 안 만나는데!" 아버지가 비웃었다. 이날 여자와 함께 있는 아들을 보고 아버지는 발코니로 나와 작은 목소리로 말했다. "이젠 한동네 여자랑 노닥거리는구나."

지지는 다음에도 같이 놀러 가자고 말했다. 보지 않은 영화가 무엇인지 묻는 그의 질문에 웃음을 터뜨릴 듯하더니 전부 다 봤다고 대답했다.

"그 여자애는 예쁘지만 그 애가 어떤 애인지 잊으면 안 된다." 3개월 뒤 저녁에 해안 도로 코니시를 걸으며 무슈 자크가 말했다.

"알아요. 그래서요?"

"그런 식으로 나오면 이성적인 대화가 불가능하지. 그 앤 평생 불운을 안고 살아야 해. 너도 그럴 거야. 결혼하고 싶으면 베르트 나하스가 어떠냐? 예쁘지, 널 좋아하지, 돈도 있지. 그 애 아버지가 널 많이 도와줄 수 있을 거다." 아버지는 손가락으로 꼽아 가며 나하스 양의 장점을 열거했다. "사랑은 자연스럽게 싹트거나 나중에 생기거나 아예 생기지 않을 수도 있다. 어차피 여자는 애들 키우느라 바쁘고 너는 너대로 바쁠 테니까 상관없어. 그리고 아를레트의 딸 미슐린 조아니데스도 있잖아. 그 애 엄마가 지지랑 말하는 널 보고 어떤 표정을 지었는지 너도 봤잖아. 아르피니 카차두리안도 있지. 기독교도이긴 하지만 귀가 안 들리진 않아."

"아르피니는 싫어요." 아들이 잘라 말했다.

"그래. 늘어지고 충혈된 눈이 꼭 하얀 감자 수프에 빠진 비트 두 알 같지. 싫을 만도 해. 밖이 못나면 안도 못나다는 속담을 그냥 무시할 건 아니야."

"그나저나 제가 언제 결혼하고 싶다고 했어요?"

"성녀의 딸하고 결혼하면 너한테 전혀 도움 될 게 없어."

"그 애가 다른 남자들하고 있는 것도 봤어요."

"부모가 마음껏 돌아다니게 놔두지만 눈 가리고 아웅이야. 스포츠카와 칵테일 바를 즐기는 유럽인을 흉내 내는 구두쇠에다 편협한 아랍 빈민가의 유대인이다. 뼛속까지 철저하게 아랍인이지. 그 애 아버지는 계속 구두쇠처럼 비참하게 살다가 딸의 결혼식날 비로소 가죽 구두처럼 광이 날 거다."

"제가 알아서 해요."

"생각을 해 봐라." 이브라히미에 해변으로 밀려와 부서지는 파도를 함께 바라보며 아버지가 말했다. "컴컴한 데서 그 애랑 말을 한다고 생각해 봐. '물컵 좀 이리 줘.' 같은 말이 아니라 다른 거 말이다."

"그 앤 누구보다 제 마음을 잘 읽어요. 그 애한텐 거짓말도 할 수 없는걸요."

"정부나 애 엄마로는 좋겠지. 과연 아내로도 좋을까?"

아들은 대답하지 않았다. "참 좋은 애지만 난 장애인은 싫다."라는 어머니의 냉정한 말이 떠올랐다.

아버지는 낡은 은 담배 케이스를 꺼냈다. 주머니에서 작은 주머니칼을 꺼내 담배를 반으로 잘랐다. "이렇게 하면 덜 피울 수 있지." 담배 반 개비를 케이스에 도로 넣으려다가 마음을 바꿔 아들에게 권했다.

"플로라도 자전거 집 딸에 대해 아니?" 아버지가 물었다.

"네."

"뭐래?"

"뭐라고 하겠어요?"

어느 날 저녁 그녀의 음악학교에서 함께 전차를 타고 집으로 돌아오며 털어놓았을 때 플로라는 별말이 없었다. "눈치 못 챈 내가 바보 같아." 그녀는 즐거운 일이라고는 하나도 없는 사람이 남들에게 기쁜 일이 생겼을 때 짓는 씁쓸한 미소로 그의 선택을 칭찬했다. 하지만 방금 한 말에 목이 메는 듯 결국은 무너지고 말았다. "그래도 하나만 물어볼게. 난 그어느 곳보다 너희 집에서 음악을 많이 들려줬어. 그게 너한테 얼마나 의미 있는 일인지도 알고. 적어도 네가 그렇게 말했으니까. 그런데 넌 지금 음악이 뭔지도 모르고 들을 수도 없는 여자를 선택했구나." 잠깐 입을 다물었다가 결심한 듯 말했다. "이 말만은 절대로 안 하려고 했는데." 그가 뭐라고 변명하려는 순간 그녀는 북받쳐 오르는 감정을 주체하지 못하고 물었다. "왜 하필 그 애야?"

잔인하고 경솔한 말을 쏟아 내고 싶은 유혹을 거부할 수 없었다. 하지만 그는 질문하는 여자가 아니라 질문 자체가 잔인함을 자극한다는 걸 문득 깨달았다. "모르겠어. 사실 난 아직 그녀를 잘 알지도 못해. 하지만 그녀는 나보다도 나를 더 잘 알아."

그는 무슨 뜻인지 설명하기 시작했는데 *사랑*이라는 확실한 단어를 피해 결혼이라는 단어를 사용했다.

"그렇다면 내 생각보다 더 끔찍해." 플로라의 미소에서 좌절의 분노가 흔들렸다. "물어보면 안 된다는 걸 알았는데도 너무 많은 말을 하고 또 들었네. 날 용서해 주길 바랄게."

다음 역에 도착했을 때 그녀는 꺼내만 놓았던 책을 가방에 넣고 일어섰다. 내려야 하는 역이 아니라서 그가 놀란 표정으로 쳐다보았다.

"괜찮으면 난 내려서 걸어갈게. 바람 좀 쐬어야겠어." 그녀가 차갑게 말했다.

플로라는 북적거리는 통로를 지나 전차의 계단을 내려갔다. 플랫폼에 서서 나약하고 풀이 죽은 모습으로 성냥을 찾아 낡은 핸드백을 뒤졌다. 담배 한 개비를 부탁하려는 듯 갈라베야(이슬람권의 전통 의상-옮긴이) 차림의 남자가 그녀를 유심히 바라보았다. 그의 가슴에 찌르는 듯한 슬픔이 퍼졌다. 다 포기한 듯 무력한 얼굴로 자신을 바라보는 그녀가 가여웠다. 복수는 항상 너무 늦게 찾아온다는 생각이 들었다. 시간이 흘러 무관심 혹은 용서로 앙갚음을 한 뒤에야.

"플로라가 상심이 컸구나. 널 절대 용서하지 않을 거다." 아버지가 안타까워하며 말했다.

"제가 좋다고 할 땐 자기 마음을 잘 모르겠다더니, 이제 다른 여자를 좋아하니까 절 좋아하는 거예요."

"여자란 종족은 절대로 이해할 수가 없지!"

"알 만큼 알아요."

"넌 아무것도 몰라. 넌 남자도 몰라. 자기 자신은 물론이고."

그는 바다에 담배꽁초를 던지고 지금껏 참아 온 춥다는 말을 했다. 집에 가고 싶었다. 바람에 날려 온 아랍어 신문이 발 사이에 걸렸다. "더러운 도시, 더러운 인간들." 그는 아들이 바다에 버린 꽁초가 힘없는 불꽃처럼 나선형을 그리다 가라앉는 걸 바라보며 말했다. "날강도 아랍인에 벌레 같은 유대인에, 왜 하필 바퀴 장사꾼 딸이야." 그리고 나직하게 웃었다. "하긴, 원래 결혼이란 건 결국 최악으로 이어지는 법이지."

멤피스거리의 다른 집에서도 며칠 동안 몇 차례 언쟁이 있었고, 성녀는 옆구리에 극심한 통증을 느끼기 시작했다. 닥터 모레노가 와서 보고는 병원에 가라고 권했다. 병원에서는 쓸개 전체를 떼어 낼지, 담석만 제거할지 선택하라고 했다. 그녀는 관습대로 결정권을 남편에게 미뤘다. 그는 쓸개 전체를 떼어 내라는 쪽이었다.

"난 부모님께 돌아가고 싶어요. 내가 바라는 건 그것뿐이에요." 무슈 알베르트가 병문안을 왔을 때 그녀는 이 말만 했다. "난 그냥 내가 아는 모든 사람, 모든 것으로부터 도망치고 싶을 뿐이야." 이웃 사람들이 하나둘씩 병원으로 모여든 며칠 후 아침에는 이렇게 말했다. 병원을 찾은 사람들은 아예 수술받을 수 없을지도 모른다는 소식을 들었다.

"수술 따위는 도움 되지 않을 거라니까." 그녀가 결론지었다. "어차피 첫 단추부터 잘못 끼운 인생, 그냥 끝내고 싶어."

"첫 단추는 누구나 잘못 끼우는 법이지." 알베르트가 그녀의 말을 받았다.

"둘 다 말도 안 되는 소리 좀 그만 해. 휴식이 가장 중요하니까." 공주가 따끔하게 충고했다.

"그래. 마담, 난 정말이지 영원히 쉬고 싶어." 성녀가 힘없이 대답했다.

다음 날 이른 오후 공주의 남편이 혼자 병원을 찾았을 때 성녀는 조용히 누워 있었다. 그녀가 자는 동안 누군가 쳐 둔 두툼한 커튼이 이글거리는 햇살을 막아 주었다.

"내가 귀찮게 괜히 왔나, 마담 아델?" 알베르트가 병실 문을 열고 머리를 빼꼼 내밀며 작게 말했다.

"누구? 당신이군요. 아뇨, *mon cher*. 들어와서 앉아요."

그가 침대 옆에 앉았다. 말없이 잠깐 서로를 바라보는 두 사람의 얼굴에 체념한 듯한 슬픔이 떠올랐다.

"여전히 이러고 있네요." 그녀가 두 손을 꽉 깍지 끼며 한숨지었다.

"그러네요."

"기다리는 중이에요." 그녀가 다시 한숨을 쉬었다.

"얼마나 기다려야……." 그는 말끝을 흐리고 말았다.

"말을 안 해 주네요. 상황이 좋진 않아요. 그냥 나쁜 것보다 더."

"그냥 기다리는 수밖에 없겠네요."

"그래요, 기다리는 수밖에. 무슈 알베르트, 나 솔직히 오늘은 죽을 것 같지 않아요."

"*Courage, ma chère. Courage*(힘내요, 친구여. 힘내요)."

"있잖아요, 무슈 알베르트." 그녀가 정색하며 말했다. "내 말에 무조건 맞장구쳐야 한다는 의무감을 느끼지 않았으면 좋겠어요."

"아니, 그게 아니에요. 난 진지한 게 좋아. 당신은 전혀 괜찮아 보이지 않거든. 에스더도 어제 그러던걸."

"그럼 당신도 정말 그렇게 생각하는 거예요? 있잖아, 무슈 알베르트." 그녀가 잠깐 말을 멈췄다가 억울한 듯 말했다. "난 아직 죽을 준비가 안 됐다고."

"누구나 그렇지, *ma chère amie*(내 소중한 친구여). 다 그렇지 않겠어요?"

침묵이 이어졌다.

"무슈 알베르트, 나 죽기 싫어요."

"어린애처럼 호들갑 떨지 말아요. 걱정할 거 없어요. 죽으면 죽은 줄도 모를 테니까."

"아, 무슈 알베르트, 그러니까 더 죽고 싶어지잖아요. 나 죽기 싫다니까."

"그럼 안 죽으면 되겠네."

"당신은 몰라요. 난 죽고 싶어요. 아직은 아닐 뿐이지."

"애들 결혼식 전까진 아니겠지."

곧바로 침묵이 감돌았다.

"역시 당신은 날 잘 아네요, 무슈 알베르트."

"너무 잘 알죠. 당신은 나랑 살았어야 해. 수조에서 간신히 기어 다니는 늙은 게처럼 힘들게 살지 말고."

그 비유에 성녀가 깔깔거렸다.

"담석증은 개뿔." 며칠 후 퇴근길에 병원에 들른 성녀의 남편이 투덜거렸다. 병실이 응접실로 변해 있었다. "그렇게 아프다고 낑낑거리며 잠까지 설치고 의사니 구급차니 난리 치면서 병원에 실려 왔는데 깔깔대며 웃고 있다니. *Quelle comédienne*(여배우 납셨군)*!* 불쌍한 우리 어머니도 담석증으로 말도 못 하게 고생하셨어. 불쌍하게도 결국 담석증으로 돌아 가셨지. 그땐 요즘처럼 진통제도 없었다고. 자식들 깨우지 않 으려고 주먹으로 입을 틀어막고 통증을 참으셨지."

"잘 먹는 게 중요해." 공주가 한마디 했다.

"입맛이 하나도 없어. 잘 안 먹혀."

"살은 왜 자꾸 찌는 건데?" 남편이 끼어들었다.

"신경 쓰이니까 그렇죠. 당신이 병실에 온 지 2분밖에 안 됐는데 벌써 아프기 시작해."

성녀는 그 뒤로 이집트를 떠나는 1958년까지 똑같은 병원에 여러 차례 입원했다. 그때마다 그토록 무서운 수술로 죽을까 봐 두려워했다. 그러다 마침내 응급 상황에서 담석을 제거했는데 유대인 병원의 이집트인 의사가 수술을 집도했다. 그녀가 평생 믿고 목숨을 맡겨 온 유대인 외과의가 체포되어 면허증을 박탈당했기 때문이다. 그가 체포되자 이스라엘 스파이 혐의로 재판을 받을 거라는 소문이 돌았다. 어쨌든 수술은 성공했고 복막염도 피할 수 있었다.

당시 성녀는 60대에 접어들어 이미 기억력도 나빠지기 시작할 즈음이었다. 그녀가 낡은 플란넬 가운에 진주 목걸이, 류머티즘에 좋다는 알루미늄 팔찌 차림으로 베개를 받치고 누워 있던 모습이 기억난다. 머리숱이 상당히 줄어들어 머리 한쪽에 달라붙은 가발 같았다. 나를 볼 때마다 힘겹게 웃음을 지어 보였다.

"이제 끝이야, 마담 에스더." 어느 봄날 공주가 나를 데리고 그녀를 찾아갔을 때였다.

"걱정하지 마. 일주일만 지나면 딸하고 발코니에서 일광욕을 할 테니까. 지금까지 항상 그랬잖아. 나하고 우리 남매들이 다 죽은 뒤에도 그럴걸."

"아니야. 자기는 강철이잖아." 성녀가 말했다. 언젠가 공주의 남편이 아내의 뼈가 강철 같아서 밤에 자려고 침대에 누우면 쩽그랑하고 금속 부딪히는 소리가 난다며 구시렁거렸다.

"사람은 하나님이 이제 때가 됐다 하시면 죽는 거야." 성녀는 상대가 뭘 모르는 소리를 한다고 일깨워 주고 싶을 때면 으레 창백한 얼굴에 경건한 분위기를 띄우곤 했다.

우리가 그만 가려고 일어나자 성녀는 여전히 침대에 누운 채로 야윈 붉은색 손을 내밀어 내 목덜미에 대고는 라디노어를 중얼거렸다. 그다음엔 애정을 가득 담아 내 팔을 깨물고 입맞춤했다. 나는 그녀를 안아 주었다.

"나도 안아 줘야지." 공주가 내 머리카락을 문지르며 끼어들었다. 나는 얼른 두 팔로 공주를 더욱더 꽉 껴안았다. 공주를 더 사랑하라는 성녀의 당부를 잘 지키고 있음을 보여 주고 싶어서였다. 병중인 성녀가 그 사실을 느끼게 만들고 싶은 짓궂은 마음도 있었다. 나는 성녀가 자주 그랬던 것처럼 공주가 뻣뻣함을 풀고 내 포옹을 받아 줄 때까지 기다렸다. 공주가 애정 어린 말을 장황하게 늘어놓고 자신의 슬픔과 사랑, 분노에 관한 이야기를 풀어내기를 기다렸다. 그녀의 반응이 미지근할수록 꼭 껴안은 내 몸도 굳어졌다. 하지만 그 사실을 알지 못하는 공주의 반응은 지나치게 예민한 외침과 약간 건조한 깔깔거림뿐이었다.

"사랑스럽기도 하지." 공주가 환하게 웃었다. "너무 사랑하는 것도 좋지 않아." 내 머리카락을 쓸며 덧붙였다.

"나도 저 애한테 그걸 가르쳐 주려고 하는데 듣지를 않네."

공주의 예상처럼 2주 후 성녀는 늘 찾아오는 손님들과 발코니에서 환상적인 여름 저녁으로 접어드는 늦은 오후의 햇살을 만끽했다. 그녀는 이집트인 의사가 기적을 행한 덕분에 훨씬 젊어진 기분이라고 했다. "한 세대 전만 해도 이 발코니에 차를 내오는 하인 신세였을 텐데 그 의사가 날 살려 줬어. 프랑스어를 완벽하게 구사해. 병원 사무실도 얼마나 화려한지. 아직 서른도 안 된 아람인치고 나쁘지 않아. 세상이 바뀌었다는 걸 보여 주는 거지. 새 이집트 만세야."

"힘이 생기면 그들도 달라질걸. 그때가 되어 봐야 이집트가 자기를 어떻게 대접할지 알 수 있을 거야, 마담 아델." 그리스 이웃이 끼어들었다.

"상관없어. 아무튼 그 이집트인 의사는 진정한 신사야. 내생명의 은인이고. 수술받은 후로 이상하게 난 더 철학적이 됐어. 내가 가진 모든 것에 대해 신께 감사드려. 갖지 못한 것도 아쉽지 않고 가질 수 없는 것도 원치 않아. 부자는 아니라도 그럭저럭 살 만해. 이집트가 좋은 적은 한 번도 없지만 이곳에서 잘 살았어. 사랑하는 사람들이 적어도 하루에 한 번은 날 보러 와 주고. 안 죽어서 정말 다행이야."

"성녀는 그때 죽어야 했어." 30년 후 아카데미아다리 근처에서 한시코 커피값을 내겠다고 고집부리며 플로라가 한 말이었다. "결국 그렇게 불결한 상태로 개보다 못한 죽음을 맞이했으니 말이야. 천국에 신은 없었던 거야."

그녀는 잔돈을 받고 웨이터에게 팁을 주지 않았다. "무례한 *fannulloni*(게으름뱅이) 같으니라고." 그러고는 레스토랑을 대신해 내게 사과하듯이 덧붙였다. "이 집 음식은 그렇게 맛있지 않지만 나쁘지도 않아. 난 여기 그늘 자리에 앉아 물소리를 들으며 생각에 잠기는 게 좋아." 그녀는 입 안에서 이쑤시개를 빼냈다. "내가 베네치아에서 살기로 한 것도 그런 이유인 것 같구나. 어디를 가나 근처에 물이 있으니까. 고약하나마 그 속에서 바다 냄새를 맡을 수 있거든. 아침에 일어나면 코니시로 돌아간 기분이 들 때도 있고."

그녀는 여름이 긴 베네치아에서 바포레토(vaporetto, 수상 버스-옮긴이)를 타고 도시를 관광하거나 곧장 리도섬에 들어가 혼자 해변에서 아침을 보내는 것만큼 행복한 일은 없다고 말했다. 그녀는 바다를 사랑했다. 나도 바다를 좋아한다고, 나에게 처음 수영을 가르쳐 준 사람도 바로 그녀였다고 말해 주었다.

그녀를 바라보았다. 예순일곱의 나이지만 맑은 초록색 눈도, 피아노 건반을 누비며 〈발트슈타인〉의 첫 악절을 두드리는 담배 냄새가 밴 손끝도 그대로였다. 10년하고도 5년 만에 만난 거였다. 다시 멤피스거리 이야기가 나왔다.

"성녀는 피아노 실력이 나쁘진 않았어. 문제는 자기 제어였지. 기억력도. 특히 기억력이 문제였어. 난 자기 제어도 뛰어나고 뭐 하나 잊어버린 거 없이 다 기억해. 람레에서 빅토리아까지 전차역 이름도 다 기억한다니까."

나는 종이 냅킨을 펼쳐 펜과 함께 주면서 적어 달라고 했다. 그녀는 내가 람레-바코스 구간도 알고 싶어 할 거라 생각했는지 같이 적었다.

"난 옛날 이름으로 기억해. 새 정부가 바꾼 독립거리, 자유광장, 승리 어쩌고저쩌고 하는 애국심을 자극하는 최신식 이름 말고."

우리 쪽을 노려보던 웨이터가 고개를 홱 돌리더니 다른 레스토랑과 분리하기 위해 임시로 세워 둔 울타리 너머로 다른 웨이터와 바쁘게 이야기를 나누었다. 그는 빈 테라스를 살펴보며 망설이는 관광객 커플을 발견하고 다가가서 인사를 건넸다. 완력을 쓰듯 물러설 틈도 주지 않더니 자신을 따라오라고 했다.

플로라는 당황한 관광객들이 테라스에서 가장 나쁜 자리로 안내받는 모습을 바라보았다. "가끔 이탈리아가 싫을 때도 있어." 덧붙여 말했다. "하지만 절대 다른 곳에서는 살고 싶지 않다는 생각이 들 때도 있지."

우리는 다리를 건너 캄포모리시니로 향했다. 이른 오후의 열기에도 용감하게 밖으로 나온 젊은 관광객들을 제외하고 그 일요일의 베네치아는 텅 비어 있었다. 하얀색 대리석과 석회암으로 만든 조용한 광장은 잠시나마 열기를 식히기에도 역부족이었다. 이 시간대에 텅 빈 서쪽 가장자리의 가게 두 곳에서는 테이블당 세 개씩 깔끔하게 채운 스트로 체어가 자갈 깐 인도에 세워 놓은 친자노 파라솔 아래에서 태양에 익어 가고 있었다.

그녀가 아이스크림을 사 주었다.

"뭐 살 거 있니? 기념품 같은 거?"

나는 고개를 저었다.

"네 엄마는 날 만나러 올 때마다 선물 사느라 바쁘거든. 그래서 너도 그럴 줄 알았다. 사고 싶은 책도 없고?"

"아뇨. 전 숙모님을 만나러 온 거예요."

"나를 만나러 왔다……." 내 말투를 따라 하는 그녀의 얼굴에 기쁨이 역력했다.

우리는 아무도 없는 좁은 자테레거리를 걸었다. 태양이 비스듬한 길을 따라 칼레델트라게토에 줄지어 선, 스투코를 바른 작은 건물들 앞쪽에 황토색 빛을 비추었다. 일요일에 온 가족이 모여 늦은 점심을 먹고 접시를 씻는 소리가 희미하게 들려왔다. 몇 차례 모퉁이를 지나 그녀의 집에 도착했다. 그녀의 집은 1층이지만 길가보다 높이가 낮았다. 베네치아의 아파트가 으레 그렇듯 그녀가 사는 아파트도 무척 좁았다. 천장이 낮고 작은 창문이 딸린 침실은 수도사의 방이라고 해도 될 만큼 가구가 별로 없었다. 작은 테이블에는 낡은 휴대용 카세트플레이어와 카세트테이프가 흩어져 있었다. 칼라스, 디 스테파노, 반다 란도프스카, 폴 앵카. 대학 때 기숙사에 있었을까. 서랍장 위에 지금까지 한 번도 본 적 없지만 내가 분명한 사진이 있었다. 나의 일부분이 나도 모르게 베네치아까지 와서 누군가의 침실에 20년 동안 놓여 있었다는 사실이 당황스러웠다.

다른 방은 낡은 그랜드 피아노 두 대가 나란히 차지하여 다른 물건이니 사람이 들어갈 틈이 없었다. 두 번째 피아노에 닿으려면 첫 번째 피아노 뒤쪽으로 간신히 몸을 밀어 넣어야 했다. 벽이 아주 오래된 코르크 타일이라 더욱더 답답하게 느껴졌다. 창문을 어떻게 여는지 의문이었다.

"이 방은 1년 내내 창문을 닫아 둬. 담배 냄새가 진동하지. 하지만 내가 바로 이런 환경에서 피아노를 배웠는걸. 불평하는 학생도 없어. 만약 불평하면……."

그녀는 요리와 식사를 하고 편지도 쓰고 책도 읽고 텔레비전을 보고 학생들의 과제를 고쳐 주기도 하는 주방으로 데려갔다. 그리고 식탁을 치우기 시작했다.

"도와드릴까요?" 내가 물었다.

"그래. 이 종이 뭉치를 어디에 놓으면 좋을지 생각해 주렴." 그녀는 안내서와 전단, 악보, 신문, 회신하지 않은 우편물을 잔뜩 안겨 주었다. 주변을 둘러보니 막막했다.

"첫 번째 피아노 위요."

그녀는 만족스러운 듯했다.

"난 물도 끓이고 뇨키를 만들게. 직접 만들어 뒀어. 채소도

구웠고. 내가 유일하게 잘 만드는 요리가……." 그녀는 무릎을 굽히고 성냥으로 스토브에 불을 붙였다. "바로 뇨키거든." 그리고 다시 성냥을 그었다. "관심 있을지 모르겠는데……." 플로라는 여전히 스토브에 불을 붙이는 데 열중했다. "나에게 요리를 가르쳐 준 사람이 바로 네 외할머니란다. 난 피아노를 가르쳐 주고 네 외할머니는 요리를 가르쳐 줬지. '언젠가 남자한테 요리를 해 줘야 한다. 피아노 연주도 좋지만 남자는 *un bon bifteck, vous comprenez ce que je veux dire*(맛있는 스테이크를 먹어야 하거든. 무슨 말인지 알겠니), 플로라?'라면서 말이야. 요즘 세파르디들도 다 잊어버린 세파르디 요리를 가르쳐 줬단다. 생선, 아티초크, 양고기, 쌀, 가지, 리크. 당연히 숭어 요리도."

마지막 말에 우리는 웃음을 터뜨렸다.

"웃을지 모르지만 네 외할머니는 바보가 아니었어. 사람을 조종하는 법을 알았거든. 네 외할머니가 가장 조종을 잘한 사람은 다들 한 수 위라고 생각한 사람이었단다. 그 여자 앞에서 숭어 고르는 법을 모르는 것처럼 행동했지. 증조할머니 때부터 대대로 내려온 요리인데 말이야. 낯간지러운 짓인데도 네 친할머니가 자기를 프랑스인이라고 생각하게 만들었어. 사실은 콘스탄티노플의 같은 동네에서 컸는데 말이야. 그 여자한테 못나고 정신없는 모습도 보였지. 사실은 다 알고 있었는데." 그녀가 이어서 말했다. "참 신기하지 않니? 네 부모가 만난 날 저녁에 나도 어머니와 함께 그 자리에 있었어. 두 사람이 결혼을 약속한 날 그의 연락을 기다렸지. 가장 먼저 알아야 하는 내가 가장 늦게 알다니."

"자." 마침내 플로라가 저녁 준비가 다 되었음을 알렸다. "준비한 게 또 있다. 예전에 네가 좋아한 게 기억나서. 지금도 좋아해야 할 텐데."

그녀는 낡은 식탁을 덮은 실크 자수 식탁보와 붉은색과 초록색 플라스틱 손잡이가 달린 스테인리스스틸 나이프가 어울리지 않는다는 걸 밝히며 양해를 구했다. 그녀는 이집트를 떠난 뒤 20년 동안 제대로 된 커틀러리를 자신도 모르게 하나씩 쓰레기통에 버렸다. "오빠의 재산이 다 사라졌다는 상징이었어." 슈바브에게 물려받은 유산을 말하는 거였다. 남은 건 실버 티스푼 다섯 개뿐이었다. 평상시 티스푼을 절대 사용하지 않기에 망정이지, 그렇지 않았다면 티스푼도 대운하 밑바닥으로 가라앉았을 것이다. "실버 티스푼 다섯 개." 그녀가 다시 말했다. 그 짧은 말로 자신의 인생을 요약하는 듯했다.

"네 아버지는 몇 달이나 나한테 숨겼어." 플로라는 다시 우리 부모님 이야기로 돌아갔다. "그때 내가 얼마나 상처받았는지 말도 못 해. 겉으로는 티를 내지 않았어. 네 어머니하고 둘도 없는 친구가 되기도 했지. 다 잊어버리기까지 오래 걸렸어. 아직도 가끔은 그 기억에서 못 벗어났다는 생각이 든

다. 그 사람도 마찬가지라고 생각하고 싶을 때도 있고. 우린 참 이상한 조합이었어. 문을 살짝 열어 두었을 뿐 절대 상대를 안으로 들이지 않았지. 우린 각자 돌아갈 사람이 있어야만 잘 어울렸어. 둘만 있으면 서로를 피했지. 너무 어색하고 불편해서 같은 공간에 둘만 있는 게 힘들었거든. 지금 내 인생도 다르지 않아. 길을 건널 때도 비스듬히 건너고, 콘서트장에서도 구석 자리에 앉고, 국적이 두 개나 있는데도 제3국에 살고, 사람들의 눈을 보지 않아." 나는 그녀가 내 눈을 보려고 애쓰는 걸 의식하면서 시선을 피해 버렸다. "난 누구에게도 솔직하지 못해. 거짓말을 하진 않지만. 주는 것보다 받는 게 훨씬 많은데도 항상 남는 게 없어. 내가 누군지도 잘 모르겠구나. 나 자신이 건너편 이웃처럼 느껴져. 여기 있으면 거기 있고 싶고 거기 있으면 여기 있고 싶었지." 알렉산드리아에서 지낸 시간을 말하는 거였다. "성녀가 나한테 항상 그랬지. '플로라, 넌 생각이 너무 많고 질문도 너무 많아. 인생은 눈가리개를 하고 살아야 해. 앞만 보고 잊어버리는 법을 배워. *Debarrasser*. 전당포 주인처럼 살지 마.' 보다시피 난 커틀러리를 없애는 방법밖에 배우지 못했단다. 그것밖에. 나머지는 전부 책에 넣어서 여기에 몰래 넣고 다니지." 자신의 이마를 가리키며 말을 이었다. "난 잊지 않아. 실제로 일어난 일도 내가 원한 일도. 더 이상 필요 없는 물건이지만 바꾸거나 없애는 게 번거로워서 몇 시간이고 깨끗하게 닦는 늙은 미망인

같아." 그녀는 잠깐 말이 없다가 덧붙였다. "어쩌면 내 나이보다 덜 살고 덜 사랑해서 기억하는 게 많은 건지도 모르겠네."

그녀는 자리에서 일어나 냉장고 위에 감춰 둔 것을 꺼냈다. 그녀가 준비한 깜짝 선물은 염소젖 크림으로 만든 '궁전의 빵'이라는 커다란 터키 디저트였다.

"지금 생각해 보니 참 애처로운 건 성녀가 잊어버리는 걸 가장 잘했다는 거야. 결국은 자기가 누구인지조차 잊어버렸지. 1958년 남편의 재산을 나라에 몰수당하고 해외로 도망칠 수밖에 없었잖니. 프랑스에 도착했을 때의 몰골이 아주 애처로웠대. 손주들과 피아노, 티 파티가 있는 멤피스거리의 *grande bourgeoise*(위대한 부르주아)였던 여자가 다섯 살 어린 애처럼 겁에 질린 혼란스러운 얼굴로 오를리공항에 서 있더래." 플로라는 이야기를 계속했다. "마중 나간 로베르트가 오랜 세월이 지나서 그때 이야기를 해 줬거든. 그 북적거리는 공항에서 성녀가 길 잃은 사람처럼 두리번거리며 자기를 찾고 있더래. 로베르트가 가서 '어머니, 저 여기 있어요!'라며 껴안으려는데도 프랑스어 교과서에 나오는 대로 *Mais je ne vous connais pas, monsieur*(무슈, 하지만 나는 당신을 몰라요)라고 하더래. '저예요, 베르티코.'라고 하는데도 말이야."

마침내 아들을 알아본 성녀는 아들의 얼굴을 만지며 왜 이리 늙었느냐고 묻더니, 안경을 집에 두고 와서 그렇다고 미안해하며 어린 하인에게 가져오라고 시켰으니 걱정하지 말라고 했다. 그제야 로베르트는 어머니의 상태가 심각하다는 걸 깨달았다. 그가 마지막으로 본 어머니는 양쪽에 손주를 한 명씩 안고 걸어 다닐 만큼 강인한 여성이었다. 지금 로베르트 앞에 있는 사람은 차림새도 엉망이고 앞뒤가 안 맞는 말만 늘어놓는 혼란에 빠진 노파였다. 그녀는 비행기에서도 내내 울기만 했다.

파리의 버스 터미널에 도착해 수화물을 기다릴 때도 외할머니 성녀는 전혀 예상치 못한 행동을 했다. 갑자기 어디론가 사라진 것이다. 로베르트가 짐꾼과 함께 짐을 가지고 돌아왔을 때 외할아버지는 제정신이 아니었다.

"무슨 일이에요?" 로베르트가 물었다.

"네 엄마가 없어졌다."

그들은 곧바로 경찰에 신고했지만 소용없었다. 성녀는 며칠 뒤에야 클리낭쿠르역을 지나 정반대 방향인 파리 북쪽에서 안경도 틀니도 속옷도 잃어버린 채로 발견되었다. 어떻게 거기까지 갔는지, 사라진 7일 동안 무슨 일이 있었는지 아무도 모른다. 성녀는 병원에서 프랑스어를 거부하고 계속 울기만 했다. 울지 않을 때는 라디노어로 짧게 중얼거렸다. 멤피스거리로 돌아갔는데 집에 아무도 없었다고.

플로라가 말을 이었다. "내가 듣기로 성녀는 불평 한마디 안 했다고 하더구나. 항상 편하다고 했대. 수녀와 간호사들이 친절하게 대해 준다고. 그런데 통 먹으려 들지를 않았어. 끔찍할 정도로 음식을 거부했지. 밤이면 자면서 울부짖었고. 네 아버지 말로는 영원히 잊을 수 없는 애처롭고 비통한 울부짖음이었대. 그러다 깨어나 뭔가를 기억해 냈고 의미 없는 말들을 내뱉다가 다시 꾸벅꾸벅 잠들었지."

침묵이 주방을 가득 메웠다. 창문을 내다보니 어느새 어둠이 내려앉았다.

"몰랐어요." 내가 조용히 말했다.

"아무도 몰랐지. 나도 한참 후에 로베르트한테 들은 거야." 플로라가 잠시 후 물었다. "그럼 이제 커피 마실 거야?"

"예." 주방을 뒤덮은 무거운 침묵을 거두려고 저녁 몇 시에 바포레토를 타야 하는지 물어보았다.

그녀는 아직 시간이 많이 남았고 어디에서 타느냐에 따라 다르다고 했다.

"그럼 이제 슈베르트를 들을 수 있는 거죠?" 나는 선물받기로 한 약속을 잊어버리지 않은 아이처럼 물었다.

"듣고 싶은 게 정말 슈베르트가 맞니?" 그녀는 너무 오랫동안 찾아가지 않아 용서를 구한 내 편지 내용을 넌지시 언급했다. 멤피스거리에서 여름날 오후에 들은 그녀의 슈베르트 연주를 기억한다고 썼다. 그녀는 답장에서 외할머니가 슈베르트를 좋아하지 않았다고 적었다. "그런데 네가 슈베르트를 기억한다니 우리가 슈베르트를 연주하긴 했나 보다." 나는 또 편지를 보내 B♭장조 소나타였다고 말했다. 그제야 그녀가 수긍했다. "그렇다면 나 혼자 연습하던 걸 네가 들었나 보다."

그녀는 끝까지 내가 지어낸 이야기라고 생각했는지도 모른다. 나도 아니라고는 장담할 수 없었다.

"어쨌든 지금 들을 슈베르트는 독일이 알렉산드리아까지 바짝 쳐들어와서 집안 모두가 세상이 끝났다고 생각할 때 내가 연주한 것 그대로일 거야. 매일 밤 쳤거든. 음악을 전혀 모르니까 처음에는 다들 불편해했지만 결국은 슈베르트도 나도 좋아해 줬지. 슈베르트는 폭풍우 속에서 마지막 남은 불빛처럼 고요하고도 수심 어린 느낌이 있으니까. 어디에도 속하지 못한 우리가 있을 곳이라고 믿었던 구세계의 메아리처럼. 롬멜과 우리 사이에 놓인 건 악보 한 장뿐이라는 생각도 들더구나. 10년 후에는 그들이 음악을 빼앗아 갔어. 나머지도 전부. 우린 가만히 두고 볼 뿐이었지. 유대인은 항상 그러니까. 우린 알고 있거든. 사는 동안 적어도 두 번은 전부 다 잃으리란 걸 말이야. 내가 그 시절에 밤마다 슈베르트를 연주한 건, 그 끔찍한 전쟁이 나에게는 망쳐 버린 인생을 마주하지 않아도 된다는 핑계에 불과했기 때문이야. 난 지금 슈나벨이 연주한 것처럼 연주할 거야. 네 할아버지가, 네 아버지가 들은 내 연주니까. 나에게 아들이 있었다면 오늘 밤 내 아들이 들었을 연주야. 여기 앉으렴."

나는 그날 저녁 바포레토를 타지 않았다. 대신 도르소두로를 건너 아카데미아미술관으로 걸어갔다. 물에 떠 있는 조명이 형편없는 승강장에 도착하니 사람이라고는 여자 거지 한 명뿐이었다. 그녀는 방금 리도행 바포레토가 떠났다고 말해주었다. "*Bisogn era aspettare*, 기다려야 해."

족히 40분은 남아서 나무다리를 건너 캄포모로시니에 돌아가기로 했다. 다리도 텅 비었고 서 있는 곳에서 보니 인근의 산토스테파노교회로 이어지는 캄포산비달은 어둡고 인적도 끊겨 버렸다. 운하를 따라 이어진 꺼진 대리석 계단에서 슬그머니 움직이는 쥐가 보였다. 희뿌연 털이 등에 뭉쳐 있는데 재빠르고 결단력 있게 얕은 물을 헤치고 나아가 어느 틈새로 주둥이를 밀어 넣었다.

"플로라가 너한테도 슈베르트를 연주해 주었구나." 집안 남자들은 낄낄거렸지만 다들 만족스러운 표정이었다. 나는 독일군이 알렉산드리아 목전까지 이르렀을 때 그랜드스포팅의 아파트에 모여 지내던 친척들이 BBC 라디오를 듣고 나서 플로라의 슈베르트 연주를 감상하는 모습을 떠올렸다. 그때 플로라는 우리 아버지한테 이렇게 속삭였겠지. "다들 자러 가면 남아. 할 말이 있어."

바포레토 승강장 쪽을 보니 발을 질질 끌며 다른 곳으로 가는 늙은 거지가 보였다.

다시 플로라를 떠올렸다. 그녀는 왜 오래전 베네치아에 왔고 홀로 남았는지. 그녀는 독일을 떠난 후에도, 이집트를 떠난 후에도 다시 일어서는 법을 배우지 못해 삶을 허비하고 말았다. 나는 전쟁이 한창이던 알렉산드리아의 플로라를 떠올렸다. 저녁나절 우리 아버지와 함께 전차를 타는 플로라, 작은 연주회를 하는 플로라, 밤중에 코니시를 따라 까만 바다를 바라보며 집으로 걸어가는 두 사람. 그들은 죽음이 그토록 가까운데도 서로 마음을 내보이는 게 왜 그리 어려울까 생각했으리라. 오랜 세월이 지난 오늘 밤 두 사람이 팔짱을 끼고 베네치아의 어두운 골목길을 걷는다면 무슨 대화를 나눌지도 생각했다. 그녀는 그에게 밤에 가장 즐겨 찾는 카페와 가장 좋아하는 아이스크림 노점상을 알려 주었으리라. 그녀가 좋아하는 도르소두로에서 함께 별이 빛나는 운하를 바라보며 이 물의 도시가 떠올리게 하는 다른 도시를 이야기했으리라. 오늘 밤 두 사람은 탄식의 다리를 지나는 유령 죄수처럼 시간을 되짚었을 것이다. 예전에 함께 있을 때면 늘 그랬듯 서로 아무런 말도 없이. 플로라 숙모는 왜 나에게 속마음을 드러냈을까?

계속 걸어가는데 캄포모로시니 인도가 어둠 속에서 회색빛 청색으로 반짝였다. 덥고 습한 시로코 날씨가 떠올랐다. 광장 근처에 이르자 문을 닫으려는 식당의 희미한 불빛이 보였다. 옷깃을 젖히고 넥타이를 느슨하게 푼 웨이터가 기다란 크랭크로 차양을 감고 있었다. 다른 웨이터는 의자를 켜켜이

쌓아 안으로 가져갔다. 좀 더 멀리에서는 오후에 플로라 숙
모와 지나쳐 온 노천 카페 두 곳이 관광객으로 북적거렸다.
커다란 더플백을 든 키가 큰 세네갈인 노점상들은 분주하게
장난감 새의 태엽을 감아 관광객들이 보도록 광장에 날렸다.

　나는 광장에서 바포레토 승강장으로 돌아갔다. 그날 처음
으로 찰싹거리는 물소리가 들려왔다. 잠시 후 거의 텅 빈 바
포레토가 도착했다. 배에 올라 선미의 갑판으로 가서 계산대
형 고물을 따라 놓인 동그란 나무 벤치에 앉았다. 엔진이 휘
돌고 사공이 매듭을 풀었다. 알렉산드리아의 남학생들이 전
차의 창문 없는 칸에서 그러는 것처럼 두 다리를 벤치에 올리
고 광활한 밤을 바라보았다. 대운하 한가운데에서 깊은 밤 속
으로 향하는 배가 빗질하듯 반짝이는 은빛 초록색 흔적을 남
겼다. 엔진을 끄거나 노를 집어넣은 간첩선처럼 고대 무기고
의 벽을 따라 조용히 미끄러지듯 나아갔다. 저 앞쪽에는 석호
에 여기저기 흩어진 가로등이 해수면 위로 고개를 기울였다.
뒤쪽에서 달빛 없는 도시가 멀어졌고 늦은 밤 실안개 속에서
푼타델라도가나와 저 멀리 산마르코성당의 까만 탑이 어렴
풋이 보였다. 바포레토의 조명을 받은 베네치아의 화려한 궁
전들이 하나씩 잠에서 깨어나 산 자와 이야기 나누고 싶은 단
테의 지옥 유령처럼 밤을 벗고 제 모습을 드러냈다. 반짝이는
아치와 아라베스크, 멀건 비단 같은 여닫이창이 배가 지나갈
때 잠시 모습을 드러냈다가 다시 어둠에 휩싸여 올빼미처럼

무감각한 상태로 돌아갔다.

바포레토는 산자카리아를 지난 후 급강하하듯 널찍하게 돌아 석호를 거쳐 리도로 향했다. 속도가 두 배로 빨라진 배가 시끄럽게 통통거리며 나아갔다. 차가운 바람이 얼굴을 때리고 안개 자욱한 시로코 날씨가 수그러들었다. 나는 비스듬히 누워 머리를 뒤로 젖혔다. 외할아버지의 농담을 흉내 내 이제 베네치아는 다 본 거네, 라고 생각하면서 고개를 돌려 끝없는 밤으로 가라앉는 베네치아를 바라보며 플로라 숙모를 떠올렸다. 내가 아는 모든 도시와 해변과 여름, 내가 태어나기도 전에 여름을 사랑한 이들, 한때 사랑했고 이제는 사랑하지도 추모하지도 않지만 지금 이 순간 같은 집, 같은 거리, 같은 도시, 같은 세상에 있었으면 하는 사람들을 전부 떠올렸다. 내일은 가장 먼저 해변에 갈 것이다.

3장
100세 파티

A Centennial Ball

옥신각신하다 한쪽의 목소리가 높아지고 상대방도 소리를 지르면 으레 침묵이 감돌아 평화가 되돌아온 착각에 빠졌다. 하지만 곧이어 그것이 찾아왔다.

아버지는 기나긴 세월 혼을 쏙 빼놓는 원초적인 울부짖음 같은 비명을 들어야 했다. 그 소리는 힘찬 폐를 뚫고 나와 아침을 깨우며 멤피스거리와 이브라히미에의 일상 소음을 누르고 퍼져 나갔다.

아버지가 나중에 알아챈 사실이지만 그 소리는 귀가 들리지 않는 사람의 울부짖음이었다. 청각 장애인은 고통스럽거나 싸움을 하거나 외칠 일이 있거나 말이 나오지 않을 땐 악쓰는 소리밖에 나오지 않는다. 그가 결혼한 여자의 목소리라기보다는 해변을 찾기에 딱 좋은 평화로운 일요일, 버스 한 무더기가 급정거하는 소리 같았다.

멤피스거리에서는 우리 어머니를 귀머거리 여자라고 불렀다. 이곳 아랍인들은 어머니 집안 사람이나 물건에 무조건 귀머거리를 붙였다. 귀머거리 여자의 아버지, 귀머거리 여자의 집과 가정부, 자전거, 차, 남편. 그녀가 1940년대 초 코니시에서 열린 시범 경기에 타고 나가 우승한 오토바이는 이웃에게 판 뒤에도 계속 귀머거리의 오토바이라고 불렸다. 혼자 이브라히미에 거리를 돌아다닐 만큼 컸을 때 내가 귀머거리의 아들이라고 불린다는 것을 알았다. 한때 보조로 일하다 지금은 주인이 된 아랍인 이발사는 나에게 아버지가 아니라 어머니 안부를 물었다. 노점상, 상점 주인 혹은 카페에서 빈둥거리는 사람들이 나를 보면 슬쩍 검지를 귀에 갖다 대기도 했다. 어머니를 이야기하는 거였다. 귀가 아니라 관자놀이에 손을 가져갔을지도 모른다. 그때는 귀가 들리지 않는 걸 미친 증세와 혼동하는 사람이 많았으니까. 어머니는 누구에게나 소리를 질러서 다들 어머니의 성질을 알고 있었다.

중동 특유의 나른한 친절로 어머니를 이해하고 불쌍하게 여기는 사람들도 있었다. 그런가 하면 일그러진 표정과 일그러진 손동작을 취하며 괴물 석상이나 어리숙한 촌사람 같은 표정으로 소리가 들리지 않는 어머니의 귀에 거슬리는 목소리를 조롱하는 사람들도 있었다. 어느 날 북적거리는 식료품점에서 어머니는 자신의 말을 흉내 내는 젊은 이집트인을 보았다. 뭐라고 말하는지는 모르지만 사람들이 입을 과장되게 움직일 때 얼굴에 나타나는 조롱의 미소를 어머니가 알아보지 못할 리 없었다. 무례한 표정으로 히죽거리면서 친구들의 반응을 살피는 모습이 어머니의 신경을 건드렸으리라. 어머니는 나더러 계산대 옆에 꼼짝 말고 서 있으라고 한 뒤 눈 깜빡거릴 시간조차 주지 않고 청년의 따귀를 세게 두 번 쳤다. 정신 차릴 틈도 주지 않고는 머리채를 붙잡아 바닥에 내팽개치고 계속 때리기 시작했다. 처음에는 주먹으로, 그다음에는 아무거나 손에 집히는 것으로 때렸다. 사람들이 달려들어 간신히 어머니를 떼어 놓았을 때 청년은 셔츠가 찢기고 입에서 피를 흘리며 어린아이처럼 울고 있었다.

"이제 집에 가자." 어머니는 내 팔을 붙잡고 휙 돌아서 단호하게 밖으로 나갔다.

사건을 전해 들은 공주는 며느리가 같이 자란 아랍인들과 다를 바 없이 행동한다고 아들에게 투덜거렸다. "못 듣는 엄마가 온종일 소리 지르고 아랍인들과 싸우는 모습을 보며 네 아들이 뭘 배우겠니?" 이렇게 슬쩍 운을 띄운 뒤에는 하고 싶은 말을 폭포수처럼 쏟아 냈다. "어머니의 100세 파티가 두 달도 안 남았는데 애가 예의 바르게 행동해야지. 난 마담 로드나 빅토리아 쿠트제리스에게 유대인 *귀머거리*의 아들을 보여 주고 싶지 않다. 알겠니?"

할머니는 며칠 전에 벌어진 다른 사건을 말하는 거였다. 어머니가 정육점 주인과 가격을 흥정하는 중에 갑자기 언쟁이 벌어졌다. 처음 있는 일도 아니라 정육점은 물론 주변 상인들까지 하던 일을 멈추고 달려와 구경했다. 귀머거리 여자가 기껏 깎아 준 고깃값을 또 후려치자 화가 치민 정육점 주인이

다시는 오지 말라고 고래고래 소리를 질렀다. 하지만 결국은 또 깎아 주고는 혼잣말로 구시렁거리며 스테이크 고기를 거칠게 잘라 연달아 저울에 재고 두꺼운 회색 종이로 쌌다. 어머니는 옆에 얌전히 서 있는 아들이 종이에 그림 그리는 걸 좋아하니 피 묻은 손으로 종이를 더럽히지 말라고 요구했다. 그러면 정육점 주인은 어머니가 곧 눈앞에서 사라진다는 걸 반가워하며 종이를 한 겹 더 둘렀다. 나는 우리가 돌아서는 순간 최악의 사건이 벌어지지 않을까 걱정스러워 슬그머니 어머니 옆으로 가서 함께 정육점을 나갔다.

그날 저녁을 먹을 때도 정육점에서 내지르던 어머니의 비명이 귓가에 울려 퍼지는 듯했다. 정육점 주인이 어머니에게 이 유대인 계집을 그 자리에서 당장 죽여 버리겠다고 협박하자 분노한 어머니가 테이블에 있던 식칼을 건네며 사내답게 어디 한번 해 보라고 고래고래 소리를 질렀더랬다. 잠시 후에는 화해하여 서로 미안해했고 웃음소리도 터져 나왔다. 어머니는 과한 자기 방어로 집어 든 식칼을 내려놓았고, 정육점 주인은 자신의 귀를 가리키며 자기가 살인을 저지르지 않은 이유는 어머니가 선하고 가엾은 여자라서 하나님이 이미 그녀에게 벌을 주었기 때문이라고 말했다. 훗날 정육점 주인은 어머니가 이집트를 떠난다는 소식에 슬피 울면서 피 묻은 앞치마 차림으로 꼭 안아 주었다.

하지만 그날 밤에도 어머니의 비명은 사라지지 않았다. 실성한 듯 추하고 거친 소리였는데 그 어떤 생각도 소리도 귓가에 쉬지 않고 울려 퍼지는 그 끔찍한 소리를 덮어 주지 못했다.

어릴 때는 친구들의 엄마가 부러웠다. 귀가 멀쩡하게 잘 들려서 전화를 받을 수 있는 상냥한 엄마. 초인종이 울리면 나와서 문을 열어 주고 옷차림이나 그날 있었던 일이나 안 본 사람이 없는 영화에 대해 기분 좋은 대화를 건네는 엄마. 선생님을 만날 때 통역사가 필요하지 않은 엄마. 피아노 치는 엄마. 악수하며 상대방의 말을 듣고 깔끔하게 짧은 문장으로 대답하는 엄마. 하인들과 싸우는 대신 그냥 물러가라고 말하는 엄마. 실성한 여자처럼 악쓰는 대신 부드럽고 신속하고 날카로운 몇 마디 말로 혼내는 엄마. 상대방에게 사과를 기대하는 엄마. 요구가 아니라 칭찬의 의미로 '사랑한다'고 말하는 엄마. 감추는 것이 아니라 뽐내고 싶게 만드는 엄마.

보통 사람보다 시끄러운 어머니의 고음은 멀리까지 들렸다. 나는 매일 아침 스쿨버스를 탈 때 어머니가 창문에서 잘 다녀오라고 외치면 못 들은 척 딴 데를 보았다. 어머니가 해변에서 돌아오는 나를 보고 베란다 난간에 기대어 내 별명을 소리쳐 부르면 갓 사귄 친구들은 어리둥절한 표정을 지었다. 친구들은 그 사람이 우리 어머니라는 것도, 보통 사람들에게 익숙하지 않은 말하기 방식 때문에 그것이 내 별명이라는 것도 알지 못했다. 그 소리가 들리면 나는 고개를 들어 미소만 지었다. 그 미소는 내가 저 멀리에 있는 사람에게 건네는 인사였다. 어머니는 내 미소가 왜 그렇게 모호한지 정확히 알았다. 너무 더워서 식탁에 앉아 과일만 먹는 여름날 오후면 어머니는 아무도 이해하지 못하는 사랑의 말을 소리 냈다. 단어가 아니라 어머니가 아직 말도 배우지 못한 머나먼 어린 시절로 다가가는 소리였다. 함께 수영할 때 물속에서 외친 완전하지 않은 단어들, 파도 소리에 덮여 사납고 거친 느낌이 덜해진 어머니의 목소리는 갈매기 소리처럼 상냥했다.

나는 친구들에게 어머니의 목소리를 어떻게 설명해야 할지 몰라 아예 어머니를 보여 주지 않았다. 영화관에서 중간 휴식 시간에 같은 학교에 다니는 아이들이 보이면 얼른 어머니와 떨어지거나 손을 빼거나 대화를 끊었다. 거의 항상 그랬다. 알렉산드리아에서는 금요일이면 누구나 영화관을 찾았으니까. 친척 아주머니라고 거짓말할 용기도 없어서 이쪽으로 다가오는 친구를 보면 제자리에 얼어붙어 못 본 척 멍하고 모호한 표정을 지었다.

영화가 끝나면 얼른 나가고 싶었다. 다음에는 어디에 갈지 한데 모여 결정하는 사람들로 북적거리는 로비에서 멀어지고 싶었다. 하지만 부모님은 서두르는 법이 없었다. 좌석 근처에서 꾸물거리며 영화 이야기를 하거나 당장 겉옷을 입으라고 나를 종용하거나 어머니가 의자 밑에 뭔가를 떨어뜨렸다며 찾다가 결국은 청소할 때까지 기다렸다. 그저 빨리 사라지고 싶을 뿐인데 어디 가지 말고 가만히 있어야 했다. 그러면 온몸이 떨리기 시작했다.

"얘 좀 봐. 덜덜 떨잖아." 어머니가 아버지에게 말하며 내 두 팔을 겉옷에 집어넣었다. 턱이 떨리고 팔꿈치가 뻣뻣해지는 게 느껴졌다. "같은 학교 애를 봤나 봐. 또 아는 애를 본 거야." 어머니는 내 생각과 두려움을 잘 읽었다.

아버지는 굳은 표정으로 내가 피하려는 얼굴을 찾으려고 주변을 훑었다. "언제까지 이럴 거냐. 너한테 뭐라는 사람 아무도 없다."

"알아요." 내가 중얼거렸다.

"그럼 이유가 뭔데?"

나도 몰랐다. 하지만 아는 사람이 들을지도 모르는데 아버지가 그런 어조로 말하는 게 더 싫었다.

"내가 부끄러워서 이러는 거지." 어머니는 카디건 단추를 채우며 말했다. "난 알아."

"헛소리하지 마. 누가 당신을 부끄러워한다고." 아버지는 무기력하고 짜증 어린 표정으로 대답했다. 짜증과 피곤을 드러내 어머니의 화를 가라앉히려는 것이 아버지 방식이었다.

"당신이 뭘 알아? 자기도 날 창피해하는 주제에."

"목소리 낮춰, 좀!"

"목소리 좀 낮추라니, 나보고 어쩌라고? 벙어리까지 되라는 거야?"

"가자." 어머니는 내 손을 붙잡았다. "적어도 이 애는 아직 거짓말은 할 줄 몰라. 당신보다 훨씬 낫다고." 어머니는 다 안다는 듯한 표정으로 아버지를 쏘아보았다. 그러곤 아버지를 놔둔 채 인파를 뚫고 혼자 중얼거리면서 출구로 나갔다. 6시에 상영하는 영화를 보려고 줄 선 사람들을 뚫고 지나가는 어머니를 다들 쳐다보았다.

사람들은 나더러 어머니의 귀라고 했다. 전화 통화를 할 수 없는 어머니 대신 내가 전화를 걸어 줘야 했다. 그게 싫어서 어머니 친구 집 전화가 통화 중이라고 거짓말한 적도 있었다. 방금 초인종이 울렸다는 거짓말로 약을 올리기도 했다. 어머니가 내 거짓말을 안다는 걸 알면서도.

내 생각은 어머니 생각이고 어머니 생각은 내 생각이었다. 어둠이 무서울 때면 어머니 손을 만져서 깨웠는데 어머니는 어둠 속에서 입술 모양을 읽기도 전에 내 말을 알아들었다. 사람들은 손님의 농담에 웃는 어머니가 전부 다 이해했다고 생각했지만, 나만은 어머니가 완전히 잘못 이해했으며 그저 예의상 웃는 거라는 사실을 알았다. 가끔 정전이 되면 퓨즈 박스로 달려가는 사람은 요리사 압두가 아니라 어머니였다. 어머니는 전선을 만지작거리며 뺐다 껐다 하면서 내가 뭐라고 말하기도 전에 자신이 사다리에서 내려올 때 부딪힐 수 있으니 절대로 움직이지 말고 가만히 있으라고 당부했다. 그럴 때면 이 어둠이 계속되어 잠들지 않고 긴 밤을 보내고 싶으면서도 어머니와 다른 사람들이 모두 나에게 거짓말한 거라는 생각밖에 들지 않았다. 사실 어머니는 귀머거리가 아니라 스스로 귀머거리라 주장하는 것뿐이라고.

하지만 어머니는 음악도 웃음소리도 내 목소리도 듣지 못하는 영원한 귀머거리라는 사실이 곧 떠올랐다. 그러면 세상에 혼자 남겨졌다는 게 어떤 것인지 실감하며 너무 어둡고 조용한 넓고 썰렁한 집 안에서 어머니를 찾으러 달려갔다. 매일 늦게 들어오는 아버지 때문에 알렉산드리아의 우리 집은 밤마다 어두컴컴했다. 우리는 도둑을 경계해서가 아니라 창문에 비친 얼굴을 보려고 집 안의 불을 전부 켜 놓았다.

그 어둠 속에서 매일 밤 요구르트 장수의 외침이 울려 퍼졌다. "요구르트ㅇㅇㅇ! 요구르트ㅇㅇㅇ!" 길게 늘어지는 그 악귀 같은 소리는 그가 대공포 훈련 사격 소리가 들려오곤 하는 작은 막사가 있는 언덕길로 방향을 틀 때까지 계속되었다. 주방에서 퇴근하려는 압두에게 오븐을 청소하지 않았다고 소리 질러서 기어코 한 시간 더 붙잡아 두는 어머니의 목소리가 어둠을 뚫고 울려 퍼지면 고마운 마음마저 들었다.

증조할머니의 100세 파티가 얼마 남지 않았을 때 공주는 내가 집 안에서 귀머거리와 아랍인 하인들하고 보내는 시간이 너무 많다는 결론에 이르렀다. 우리가 사는 스무하는 이 브라히미에서 마차로 15분 거리였지만 할머니가 보기에는 여전히 습지였고 새로 지은 집들과 향기로운 농장이 있는 평화로운 풍경도 너무 *nouveau*(새로워서) 마음에 들지 않았다.

어느 날 아침 할머니는 어머니에게 이제부터 당신이 나를 가르치겠다고 통보했다. 비정상으로 말하는 어머니 때문에 내가 틀리게 발음하는 단어가 너무 많다는 거였다. 그런 이유로 몰아세우자 어머니는 움츠러들었고 공주는 한술 더 떴다. 귀머거리 친구들을 집에 너무 자주 데려오지 말라고 했다. 특히 가정부와 보조 요리사, 청소부, 재봉사로 일하는 가난한 아지자는 귀머거리에 '무지한 아랍인'이어서 할머니가 보기에 죄목이 두 가지나 되었다.

할머니는 나에게 이틀에 한 번씩 아침마다 당신 집으로 오고 점심은 증조할머니 집에서 먹으라고 했다. 어머니는 놀랐지만 아무 말도 하지 않았다. 하지만 나는 어머니의 동공이 커지는 것을 보았다. 억누른 분노와 초조함을 의미하는 신호였다.

"그럼 얘가 어머니랑 있는 동안 저는 뭘 하라고요? 귀머거리 친구들하고 양말이라도 꿰맬까요?"

"아니지. 그런 기분을 느끼게 하려는 것은 아니었단다, 지지." 공주는 결백한 듯 깜짝 놀라면서 서둘러 발뺌을 했다. 상대가 괜한 의심을 했다고 짜증스러운 기분을 느끼게 하려는 계산된 행동이었다. "난 그저 애가 친가 사람들이랑 가까워지고 점잖은 말도 좀 들었으면 하는 것뿐이야. 제대로 말하는 법을 배워야 하잖니."

"그래서 제가 매일 친정에 데려가잖아요." 어머니가 따졌다.

"지지, 그것도 좋지만 이건 다르다." 공주가 집게손가락을 들었다. 시리아인이라는 이유는 말할 것도 없지만 공주는 두 집안의 차이를 이유로 증조할머니의 100세 파티에 외할머니와 외할아버지를 초대하지 않았다. "난 애가 성공하기를 바란다. 너도 알다시피 *très comme il faut*(제대로 된) 내 형제들처럼 말이야."

어머니는 깊이 생각할 것도 없이 굴복해 버렸다.

그날 늦게 돌아온 아버지가 가장 먼저 한 일은 아지자가 아직도 집에 있다는 사실에 극도로 불만을 드러낸 거였다.

"온종일 집에 있게 좀 하지 마. 매일 귀머거리 친구들이 놀러 오는 것도 모자라 가정부까지 꼭 귀머거리를 써야 해?"

어머니는 아버지가 왜 그런 말을 꺼냈는지 그 이유를 금세 알아차렸다.

"결국 당신 어머니가 애를 이틀에 한 번씩은 돌보게 하려고 이러는 거 다 알아." 어머니는 나를 가리켰다.

"안 될 건 뭐야?" 아버지는 본심을 들켜 버리자 공격적으로 나왔다. "난 내 아들이 커서 스스로 귀머거리나 아랍인이라고 생각하는 게 싫어."

어머니는 그 말에 바로 대답하지 않고 말끔하게 갠 두 무더기의 셔츠가 쌓인 서랍장을 휙 열어젖혔다. "아지자는 당신 셔츠를 다리느라고 늦게까지 있었던 거야."

"셔츠 따위 알 게 뭐야!" 아버지가 소리쳤다.

아버지는 셔츠 한 장을 들어 주름이라도 찾아내려는 것처럼 샅샅이 살폈다. 눈에 더욱더 바짝 가져가서는 결국 원하는 것을 찾았다.

"확실히 말해 두겠는데 앞으로 두 번 다시 아지자가 내 눈에 띄게 하지 마." 아버지는 이성을 잃었다. "내 집에서 두꺼비처럼 깍깍거리는 그 여자의 목소리를 듣기도 싫고, 내 물건에 코를 박고 뒤지는 것도 싫고, 청소해도 사라지지 않는 그 여자의 악취도 싫어. 자, 보라고." 아버지는 어디 한번 맡아 보라며 어머니의 얼굴에 찔러 넣듯 셔츠를 내밀었다.

"오늘 아침에 빤 거라고."

"냄새나잖아! 힐바(호로파─옮긴이) 냄새가 난다고! 힐바! 힐바!" 아버지는 셔츠를 하나씩 전부 집어 냄새를 맡고 바닥에 집어 던졌다. "다시는 그 여자가 내 눈에 보이지 않게 해!"

한 가지만큼은 아버지가 옳았다. 아지자는 항상 시큼한 힐바 냄새를 풍겼다. 이집트인들이 몸에 좋다고 즐겨 마시는 그 적갈색 물질은 손바닥을 물들이고 몸에서 유럽인들이 역겨워하는 냄새를 풍겼다. 아버지는 힐바를 *une odeur d'arabe*, 아랍 냄새라고 부르며 셔츠와 침구, 음식에 밴 그 냄새를 맡을 때마다 질색했다. 도저히 착각할 수 없을 정도로 강렬한 그 냄새는 진한 애프터셰이브 로션을 바르는 서구화된 이집트 인과 서구의 습관을 받아들였지만 아직 집과 사고방식, 식탁 이 힐바를 벗어나지 못한 이집트인을 단번에 구분 지었다. 모 국의 관습을 버리고 완전히 서구화한, 할머니와 할아버지 표 현대로 *évolue*(진화한) 이집트인이라도 매일 정장을 입고 식사 예절이 뛰어나고 *마즈마젤*을 만나면 손에 입을 맞추고 와인 과 치즈와 라퐁텐 우화에 능통해 봤자 옷에서 힐바 냄새가 희 미하게 풍기면 서구화를 지향하는 겉모습이 과연 사실일까 의심스러워지고, 그 사람을 포함한 가족 모두가 아랍인의 끔 찍한 위생 관념을 벗어나지 못했다고 의심받는 것이다.

하지만 아버지가 힐바 냄새를 혐오하는 데는 또 다른 이유 가 있었다. 아버지는 자신의 어머니와 마찬가지로 알아보기 쉬운 민족 전통의 냄새라면 전부 다 싫어했다. 서구화된 가 문일수록 집 안과 옷, 음식에서 아무런 냄새가 나지 않는다 고 생각했다.

어떤 가정이든 민족 전통의 냄새가 배어 있으며 그들 자 신이 훈제 파스트라미 냄새로 아르메니아인의 주방을, 몰약 냄새로 그리스인의 거실을, 튀긴 양파와 캐모마일 냄새로 이 탈리아인을 알아볼 수 있는 것처럼 알렉산드리아에서 태어 난 사람이라면 누구나 우리 집에서 나는 파르메산 치즈와 삶은 아티초크, *bourekas*(부레카, 세파르디 유대인에게서 내려오는 이스라엘 전통 페이스트리-옮긴이) 냄새로 세파르디 유대인 집안임을 알수 있다는 생각은 꿈에도 하지 않았다. 노동자 계급 이탈리아인은 튀긴 고추 냄새가 나고, 그리스인은 마늘과 브릴리언틴(머릿기름-옮긴이) 냄새와 더불어 땀을 흘리면 겨드랑이에서 요구르트 냄새를 풍기는데 말이다.

"아랍인 여행자들이 밤새 노숙한 것 같은 냄새가 나는구나." 어느 날 오전 우리 집에 온 공주가 말했다. "그 여자 냄새야. 또 여기 왔군." 아버지가 우리 집에서 아지자라는 이름을 입 밖에 내는 걸 금지했지만 강요는 없었다. "내가 여기 올 때는 적어도 주방에만 있게 해라." 할머니가 명령했다. "하는 김에 옴 라마단도 내 눈에 보이지 않게 해라. 나더러 그 여자를 100세 파티에 초대하라는 건 아니겠지?" 이 주문은 특히나 잔인했다. 우리 집 세탁부 옴 라마단은 외가를 위해 40년 동안이나 일한 사람이었다.

큰 키에 흐느적거리듯 움직이는 옴 라마단은 일주일에 두 번씩 우리 집에 와서 오전 내내 욕실에 있었다. 미지근한 비눗물이 가득한 커다란 양철통으로 우리 가족의 옷을 빨았다. 빨래를 주무르고 두드리고 마지막 생명력과 색깔까지 쥐어짰다. 워낙 격렬한 움직임이 필요한 일인데 그녀가 유명 지휘자들처럼 장수한 이유이기도 했을 것이다. 옴 라마단은 늙고 투박했다. 나이는 70대였을 것이다. 머리는 흰색이 아니라 옅은 적갈색이 섞인 금발이었는데 헤나 아니면 과산화수소 때문이었을 것이다. 두 팔과 손이 하얘진 건 빨래할 때 쓰는 독한 표백제 때문에 색소가 없어져서 그런 거였다.

옴 라마단은 눈이 하나뿐이었다. 하지만 못 쓰게 된 눈을 숨기지 않았다. 장난삼아 손가락으로 눈을 비집어 나에게 텅 빈 안쪽을 보여 주기도 했다.

"언젠가 나머지 눈도 못 쓰게 되면 눈알을 빼내야겠지." 마치 발등의 조그만 사마귀라도 떼는 듯한 말투였다. "그래도 난 계속 이 집 빨래를 할 거야." 그 말을 증명이라도 하려는 듯 고개를 살짝 젖히고 멀쩡한 눈을 굴려 흰자를 내보이고는 고통스러운 표정으로 멍하니 내 쪽을 바라보았다. 기계적인 손동작으로 내 셔츠를 비틀어 짜면서 읊조렸다. "앞 못 보는 장님에게 한 푼 줍쇼, 한 푼 줍쇼."

옴 라마단은 가장 간단하고 오래된 방식으로 빨래를 했다. 두 발을 바닥에 대고 커다란 양철통 앞에 쭈그려 앉았다. 그녀가 입은 *갈라베야* 안에서 튀어나온 앙상한 무릎이 턱에 닿을 듯했다. 가끔 굽이 5센티미터 정도 되는 나막신을 신기도 했다. 쭈그려 앉아 줄담배를 피우고 항상 옆에 놓여 있는 기다란 유리잔으로 혀가 델 듯이 뜨거운 흑차를 마셨다. 압두가 오전 내내 잔을 채워 주었다. 옴 라마단은 고개도 들지 않은 채 고맙다고 했지만, 압두는 그 인사를 받았다.

오전 시간이 무르익으면 옴 라마단은 노래를 부르기 시작했다. 집안사람들이 놀리는 장송곡처럼 단조로운 저음의 목소리로 노래를 시작하면 창밖에서 이웃 가정부와 세탁부들의 목소리가 뒤따르며 똑같은 노래가 울려 퍼졌다. 햇살 가득하고 평화로운 널찍한 지중해식 세탁실이라는 횃대에서 노래하는 새처럼 쭈그려 앉아 빨래하며 부르는 노래였다. 그들은 자리에서 움직이거나 얼굴을 보지 않고도 서로의 이름을 알았고, 마치 안개 속에서 신호를 주고받는 배처럼 서로를 큰 소리로 불러 인생사를 주고받았다.

옴 라마단은 빨래가 끝나면 주방에 앉아 압두와 담배를 피웠다. 그다음에는 차를 좀 더 마시고 세탁실로 돌아가 고리버들 바구니에 젖은 빨래를 담아서 하인들만 이용하는 보조 원형 계단을 다섯 개 올라 옥상으로 갔다. 그녀는 천천히 신중하게 계단을 올랐는데 우리 집 위층 층계참에 이르면 멈춰서 숨을 골랐다. 거기에서 이웃집 가정부가 물을 건넸다. 그리고 다시 계단을 올랐다. 나도 옆에서 따라갔는데 옥상에 가까워질수록 계단이 밝아졌다. 6층, 7층으로 올라갈수록 벽에 점점 더 많은 빛이 비치다가 마침내 8층에 이르면 갑자기 앞이 보이지 않을 정도로 눈부신 햇살과 열기가 확 쏟아졌다.

옥상은 매우 고요했다. 저 아래에서 윙윙거리는 자동차 소리만 희미하게 들려왔다. 손 닿는 것마다 델 듯이 뜨거웠다.

텅 빈 옥상을 돌아다니며 다른 건물들의 옥상을 바라보노라면 무한한 지평선을 따라 늘어진 거대하고 고요하고 평화로운 파란색이 시야에 들어왔다. 언제나 나를 손짓해 부르는 바다였다.

격자 구조와도 같은 빨래 널기가 기다리고 있었다. 너무 오래되어 해지고 늘어진 회색 빨랫줄에 걸린 빨래집게가 전깃줄에서 빈둥거리는 참새 같았다.

지구상에서 가장 평온하고 사색적인 일이 시작되었다. 옴 라마단은 빨래집게 몇 개를 입술에 문 채로 홑이불을 쫙 펴서 하나씩 널었다. 이불을 첫 번째 줄에 널고 그 옆줄에도 널고 나서 첫 번째 줄의 맞은편에도 널면 향기로운 휘장을 친 통로가 줄줄이 생겨났다. 그 천국의 통로를 달리노라면 모든 게 잊어졌다. 위에는 하늘, 아래에는 침묵. 깨끗한 이불이 햇살에 말라 가는 냄새. 물방울이 뚝뚝 떨어지는 회색 시멘트 바닥에서 풍기는 짜디짠 여름과 바닷물 냄새.

몇 시간 후 옴 라마단과 아지자는 옥상에 올라가서 마른빨래를 걷어다 다림질하지 않는 것들을 개기 시작했다. 빳빳하고 깨끗한 옷가지를 보통은 누군가의 침대에 올려놓았다. 무더운 이른 오후 나는 향기로운 햇살 냄새가 풍기는 새 이불로 뛰어들어 두 여인이 하얗거나 밝은 청색 이불을 개는 펄럭거리는 소리를 들으며 꾸벅꾸벅 졸았다. 서로 감정이 좋지 않은 두 사람은 자기 쪽으로 이불을 세게 잡아당겼다. 그들은 빨래를 개고 잡아당겨 펴고 하다가 내가 누운 마지막 이불을 개려고 나를 깨웠다.

"난 옴 라마단이 소름 끼쳐." 공주가 흥분해서 말했다. "이 집에 올 때마다 무슨 피난처에 온 기분이야. 온 집 안에 불구자가 돌아다니잖아. 여긴 내 아들의 집이라고."

피난처 같은 우리 집에는 옴 라마단뿐만 아니라 하인 히샴도 있었다. 아이러니하게도 그는 팔이 하나뿐이라 여덟 사람분의 커다란 접시를 들 때는 중간에 잠깐 쉬어야만 했다. 요리사이자 알코올 중독자 압두도 있었다. 압두보다 나이가 훨씬 많은 알비노 사촌도 이름이 압두였다. 터키어가 유창한 그는 가끔 일손이 부족할 때 도우러 왔는데 다리 궤양이 심했다. 할머니는 한센병을 의심했다. 이탈리아인 이웃의 딸 마게리타는 다림질을 하러 왔는데 지적 장애가 있었다. 마지막으로 심부름꾼 파트마는 어느 날 두 명의 압두를 도와 발코니에서 카펫 먼지를 털다가 중심을 잃고 아래로 떨어졌다. 그 후 그녀는 다리를 절며 계단을 올랐고 결국 남편감을 찾지 못해 사이드 남부의 고향으로 돌아갔다.

하지만 할머니가 가장 경멸한 사람은 여전히 아지자였다. 재수 없고 기분 나쁘고 독기 서린 눈으로 우리 거실의 자기 자리에서 혼자 히죽거리고 전혀 예상치 못한 순간에 마법을 거는 아지자. 우리 식구들의 스웨터와 양말을 전부 직접 뜨고

주사 놓기와 부항 뜨기, 관장을 도와주는 아지자. 한 달에 한
번씩 여자들에게 *halawa*(제모)를 해 주는 아지자. "미개한 의
식이야!" 공주는 물과 설탕을 걸쭉해질 때까지 끓였다가 여
자들의 몸에 발라 털을 제거하는 아랍인의 관습이 혐오스럽
다는 듯 몸서리쳤다. 자타공인 최고의 솜씨로 인정받는 아지
자는 *halawa*를 거행하기 전에 반죽에 침을 뱉어 원하는 농도
가 될 때까지 치댔다. 다리를 쭉 뻗고 앉은 여자들에게 그 반
죽을 발랐다. 그리고 커다란 반창고를 떼듯 빠르고 단호하게
떼어 냈다. 공책 한 장을 북 찢는 것 같았다. 그러면 붉고 매끄
러운 피부만 남았다. 반죽을 치대 다른 곳에도 붙였다.

특히 겨드랑이에 하는 *halawa*는 무척이나 고통스러워 보였
다. 나는 어머니가 통증을 참느라 손마디를 깨물어 멍 자국이
일주일이나 가는 것도 보았다. 마침내 설득당한 공주도 한번
받았다가 고통에 비명을 질렀다. 아지자는 웃으며 "엄살도
심하네요."라고 했다. 공주는 "야만인!"이라고 소리 질렀다.

원래 아지자는 어머니가 마담 초초우의 청각 장애인 기숙
학교에 다닐 때 사귄 친구였다. 마담 초초우의 세심한 평등주
의 아래에서는 부자와 가난한 자, 그리스인과 아랍인의 차별
이 금지되었다. 용돈도 금지되어 누릴 수 있는 특권 자체가
없었다. 이따금 학교 식당에서 병에 든 마멀레이드를 똑같이
한 숟가락씩 나눠 먹었다. 그 여학교는 꽤 성공적이었다. 이

왕이면 다른 언어보다 프랑스어로 정상인처럼 말하고 행동하기 위해, 프랑스어로 침묵의 짐이라는 끔찍한 *corvee*(노역)에서 벗어나기 위해 지중해 전역에서 부유한 여학생들이 모여들었다.

고집 센 중산층 이상주의자 마담 초초우가 생각하는 성공한 졸업생이란 청각 장애인보다는 정상인과 교제하고 장애를 실제보다 가볍게 의식하며 입이 아니라 두 손으로밖에 말하지 못하는 이들을 본능적으로 혐오하는 사람이었다. 정상인과 결혼한 졸업생은 그녀가 가장 애지중지하는 성공담이었다. 하녀가 주인집 아들과 결혼하는 로맨스처럼. 어머니의 동창생 가운데 일곱이 결혼했는데 그중에서 행복하게 산 사람은 딱 한 명뿐이었다. 같은 청각 장애인과 결혼해 마담 초초우를 실망시킨 학생이었다.

어머니의 동창생 네댓이 매주 몇 번씩 차를 마시러 왔다. 손자가 놓인 환경을 한탄하는 소리가 부쩍 심해진 할머니로서는 혐오스러운 일이었다. 할머니는 우리 집에 올 때마다 앉은 자리에서 몸을 비비 꼬며 영양실조와 사지 절단, 뇌수막염 따위를 겪은 사람들과 함께 있어야 한다고 투덜거렸다. 자매들을 만나고 나서 2센트를 들여 마차를 타고 아들 집까지 온 보람이 없다고. 물론 할머니가 대화를 알아들을 때의 이야기지만, 언제나 야단스러운 몸놀림과 험담, 요리법으로 이어지는 어머니와 친구들의 대화도 할머니를 견딜 수 없게 만들었다. 어머니와 친구들은 서로 고함치다가도 곧바로 화해하고 열정적으로 키득거렸다. 할머니는 귀머거리와 벙어리보다 말 많은 사람은 없다는 결론에 이르렀다.

어머니 친구 중에 소피라는 젊은 여자가 있었다. 그리스 귀족 출신이지만 스미르나의 전 재산을 잃었고, 이제 과거의 흔적은 지나치게 달콤한 그리스식 잼을 숟가락으로 맛보는 오후의 의무적인 티 파티로만 남아 있었다. 어머니와 소피는 기숙사에서 수도꼭지를 잠그지 않았다고 마담 초초우가 캄캄한 방에 가둬 버렸던 끔찍한 일을 자주 떠올렸다. 물소리를 듣지 못하는 청각 장애인이 흔히 하는 실수였다. "읽지도 쓰지도 못하고 말도 제대로 못하는 막대기 같은 여자애 둘을 내가 이렇게 어엿한 숙녀로 키워 놨잖아." 마담 초초우는 입버릇처럼 말했다.

소피는 그리스인 자동차 정비공과 결혼했다. 남자는 기름진 머리와 지저분한 손톱에 털도 많고 자신감도 넘치는 뱃사람 스타일이었다. 일요일마다 민소매 셔츠에 금팔찌 차림으로 요정처럼 아름다운 소피를 뒷자리에 태우곤 오토바이로 시끄럽게 알렉산드리아를 누볐다. 코스타의 넘치는 활력은 알렉산드리아의 그리스인들과 비슷했다. 이것저것 잔재주가 많아 발 담가 본 일만 스무 가지가 넘었다. 그는 눈을 찡긋하며 *sale débrouillard,* 기획자라고 자신을 소개했다. 실은 암시장에서 장물과 위조품을 취급한다는 뜻이었다.

그런 코스타를 유일하게 마음에 들어 한 사람은 의외로 공주였다. "무식해도 사람이 진국이라니까."라고 했다. 코스타는 우리 어머니도 모르게 선물까지 들고 자주 공주를 방문했다. 베이루트에서 불법으로 빼낸 캐비아부터 샴페인, 향수, 푸아그라까지 다양했다. 그는 아무런 대가도 원하지 않았다. 공주가 자기 이야기를 들어 주는 것으로 충분했다. 공주가 친어머니처럼 느껴지고 아내 소피보다도 자신을 잘 이해해 준다면서. 그의 표현에 따르면 번식기에 소피는 그의 이마에 난 뾰루지를 짜낼 생각밖에 하지 않는다고도 했다.

 "남자가 어떻게 그런 식으로 살 수 있나요, 부인?" 그는 분노가 치밀어 떨리는 목소리로 물었다.

 "어쩌겠나? 자네 아내도 그렇고 우리 며느리도 그렇고 운이 나쁜걸."

 "더는 못 하겠습니다." 코스타는 감정이 북받쳐 목이 메다 갑자기 무너져 흐느끼기 시작했다.

 "코스타, 너무 화내지 말게." 할머니는 그가 창피해할까 봐 화가 나서 우는 거라고 생각하는 척했다.

 "화요? 화가 나서 우는 게 아닙니다. 수치심과 어리석음의 눈물이에요. 저와 아내, 이런 우리를 가만히 내버려 둔 사람들 전부 다요."

 "참게, 코스타. 참아야 해." 할머니는 코스타를 설득하려고 했다.

"뭘 참으라는 거죠?" 코스타는 정말로 화가 나서 소리쳤다. "이 코스타는 진짜 남자라고요. 코스타는 열정과 불꽃, 삶의 활력소가 필요합니다. 이런 거 말고……." 그는 이마의 뾰루지를 가리켰다. "어린애 앞에서 말하기가 그렇군요." 내 쪽을 보며 말을 맺었다. "마누라의 열정은 기생충 수준입니다. 이 코스타에게 필요한 선 암사자예요."

할머니가 코스타를 만난 건 어느 날 저녁 그가 소피를 데리러 왔을 때였다. 유일하게 귀가 들리는 두 사람은 대화를 나누기 시작했고 같은 콘스탄티노플 출신임을 알았다. 그는 뱃사람이 콘스탄티노플 공주에게 마땅히 보여야 할 경의를 표했다. 공주는 수다스러운 *palikar*, 전사처럼 보이는 코스타에게서 상냥함을 갈구하는 온순한 영혼을 발견했다.

공주는 그가 매일 아침 오토바이를 타고 이브라히미에에 일을 보러 온다는 말에 깜짝 놀랐다. "어머나, 키리오 코스타." 할머니는 이틀에 한 번씩 손주를 데려와 달라고 부탁했다.

코스타는 순순히 동의했다.

"키리오 코스타, 자네는 복 받을 거야."

"아닙니다, 부인." 그가 얼굴을 붉히며 사뭇 진지하게 말했다. "이 코스타는 살면서 몹쓸 짓을 많이 했어요. 부인이 상상도 못 할 일도 있을걸요. 그래도 저는 벌을 달게 받을 겁니다."

그리하여 코스타 씨는 이틀에 한 번 아침마다 세상에서 가장 시끄러운 오토바이를 타고 우리 집에 나타났다. 도착하면 두 손가락을 입에 대고 휘파람을 불었다. 내가 뒷자리에 타면 허리를 꽉 붙잡으라고 한 뒤 요란한 소리와 함께 시디-가버를 달렸다. 클레오파트라와 그랜드스포팅을 지나 전차와 경주하듯 달리다가 한참 앞서 갔다. 마침내 프티스포팅에 도착하면 속도를 줄이고 이브라히미에로 향했다. 단 몇 분밖에 걸리지 않았다. 그다음에는 복잡하고 급격한 커브를 돌았다. "꼬마야, 꽉 잡아라!"라고 소리치며 왼쪽으로 또 오른쪽으로 방향을 홱홱 틀었다. 부츠가 아스팔트에 스칠 정도로 오토바이를 최대한 낮게 기울이고는 "대단해, 코스타. 끝내주는 반사신경이야!"라고 자축하면서 재미 삼아 전속력으로 캄프드세자르를 향해 달렸고, 챗비에 다다르면 다시 뒤돌아 이브라히미에로 갔다. 멤피스거리에 들어서면 속도를 줄이고는 왕을 태운 말처럼 천천히 달려 할머니 집 앞에 나를 내려 주었다. 할머니는 내가 오토바이에서 내리자마자 바로 먹을 수 있도록 신선한 과일을 깎아 놓고 기다렸다.

한 시간쯤 지나면 할머니는 내 표정이 훨씬 나아졌다는 말을 꼭 했다. "봐요, 애가 웃잖아." 정원의 테이블에 둘러앉아 있을 때 할머니가 할아버지에게 말했다. "애가 정말 나하고 있을 때만 웃는다니까."

"마당 한 바퀴 돌자." 되도록 아내와 멀리 떨어지고 싶어

하는 할아버지는 나를 나무 그늘로 데려갔다. 새들이 지저귀고 로즈메리와 우거진 철쭉의 건조하고도 달콤한 냄새가 진하게 풍겼다. 할머니가 보이지 않는 그곳에서 할아버지는 주머니에 손을 넣어 열쇠고리나 펜, 펜 나이프 따위의 선물을 꺼냈다. 할머니는 항상 위험하다거나 아이한테 어울리지 않는다고 반대하니까 비밀이라고 했다. "언젠가 너에게 당구를 가르쳐 줘야 할 텐데." 어느 날 할아버지가 줄무늬 목욕가운 주머니에서 상아색 당구공 세 개를 꺼내며 말했다. 그다음에 우리는 할아버지의 지팡이와 당구봉으로 나무에서 구아바를 땄다.

10시 30분쯤 되면 마차를 불러 할머니와 스탠리 해변으로 갔다. 해변에는 할머니의 형제자매들과 어머니의 오두막이 있었다. 마차에 나란히 앉아 있으면 마담 아넬레가 만든 아몬드 크림과 티로즈 연고, 오이 로션의 건강하고 편안한 향기가 풍겼다. 이 세 가지 향기는 그 시절 햇살 가득한 아침의 기억에 영원히 새겨졌다. 가끔 이브라히미에에서 전차를 타고 로우치디에서 내려 마차를 부를 때도 있었다. 마차는 가로수가 줄지어 선 조용한 오르막길을 힘겹게 올라갔다. 꼭대기까지 이르는 긴 시간 할머니는 아르메니아 대학살과 아르메니아인 사제의 이야기를 들려주었다. 늙은 아르메니아인 사제는 세 명의 터키 병사에게 대항하다 한 손이 잘렸고, 결국 그를 구해 주려고 한 식료품점 주인과 함께 목이 잘렸다. 그런 으스스한 이야기를 듣다 보면 갑자기 해변의 시끄러운 소리가 들려와 언덕 꼭대기에 도착했음을 일러 주었다. 저 멀리 글리메노폴로스부터 웅장한 카이트베이 요새에 이르는 광활하고 눈부신 청록색 바다가 바로 눈앞에 펼쳐졌다.

"오늘 파도가 정말 좋구나." 할머니가 기대에 찬 얼굴로 내 허벅지를 두드렸다. 바다는 바로 눈앞에서 봐야만 거친지 고요한지 알 수 있었다.

스탠리 해변의 3단 보드워크에 즐비한 오두막은 현관이 따로 있어서 탈의실이라기보다는 오페라 공연장의 특별석 같았다. 측면의 천 칸막이로 옆쪽 현관과 분리되고 위쪽에서는 공동 보드워크 난간에 고정된 길고 하얀 차양이 펄럭거렸다. 그래서 날씨가 맑고 북적거리는 날이면 세 줄의 보드워크가 완전히 가려져서 보이지 않았다. 눈부신 햇살을 받아 새하얗게 빛나는 차양만 스페인의 대형 범선에 걸린 돛처럼 삐걱대며 펄럭였다.

해변에 오면 할머니들은 구시렁거리는 가정부와 몸이 불편한 하인들이 있는 스무하와 동떨어진 19세기 말의 알렉산드리아에 살고 있다는 착각에 빠졌다. 그들은 절대 수영복을 입지 않았다. 레이스가 많이 들어간 흰색이나 크림색 반소매 리넨 혹은 순면 보일 원피스를 입었다. 거기에 장식이 화려한 큼직한 모자를 썼다. 바람이 불면 양손으로 모자를 눌렀다. 우리 할머니와 이모할머니 셋, 증조할머니, 할머니 친구들 그리고 작은 만이 내려다보이는 집에 사는 마담 빅토리아 쿠트제리스는 줄무늬가 알록달록한 접이식 의자에 앉아 햇빛을 피하는 게 중요하다는 말을 몇 번이고 되풀이했다. 부어오른 발이 신발에 꽉 끼었지만 줄무늬 파라솔이 바람에 흔들릴 때마다 그들은 행복한 한숨을 쉬었다. 매일 아침 그들이 가장 좋아하는, 바다에서 약간 떨어진 곳에 안전요원이 파라솔을 설치해 주었다. 차양을 매우 능숙하게 고정할 줄 아는 안전요원에게는 감탄사가 쏟아졌다. 대지주들이 문지기에게 쥐를 잘 잡는다고 칭찬하는 것과 비슷했다. 하지만 실력이 형편없는 요원은 손을 내저으며 쫓아냈다.

나에게는 바닷가에서 먹거나 마시는 일이 허락되지 않았다. 지저분한 노점상들이 모래사장에서 파는 코카콜라나 헤이즐넛 비스킷은 당연히 금지였다. 할머니는 바다에서는 뭐니 뭐니 해도 과일을, 그것도 잔뜩 먹어야 한다고 주장했고 보온병에 레모네이드를 넣어 왔다. 하지만 나는 계단 하나만 올라 위쪽 데크로 가면 아이스크림을 먹을 수 있다는 기쁜 사실을 발견했다. 플로라 숙모의 오두막이 거기 있었다. 보통 비치 체어에 앉아 책을 읽는 그녀에게 아이스크림을 얻어먹고 기분 좋게 돌아가 보면 할머니가 금지된 선악과를 먹은 아담을 대하듯 화난 얼굴로 서서 기다리고 있었다.

한번은 오두막에 가 보니 플로라 숙모가 낯선 여자와 나란히 앉아 있었다. 나에게 관심이 많은 듯한 그녀를 나는 즉각 알아보지 못했다. 하지만 그녀의 목소리를 듣는 순간 너무 반갑고 기뻤다. 그날 있었던 일을 다 잊어버릴 정도였다. 코스타 아저씨, 할아버지, 오토바이로 아찔하게 지나온 알렉산드리아의 이름 없는 골목길들, 아르메니아 대학살, 당구공은 물론이고 스탠리 해변이 보이자마자 할머니가 기뻐하며 내 허벅지를 두드린 것도 전부 다.

얼마 후 어머니는 내 옷이 아래층 증조할머니의 오두막에 있으니 가지러 가는 김에 나를 데려가겠단 말을 하겠다고 했다. 어머니는 내가 아이스크림을 다 먹을 때까지 기다렸다가 내 손을 잡고 아래층으로 내려가서 시댁 식구들에게 인사한 뒤 나를 집에 데려가겠다고 단호하게 말했다.

"할아버지 보러 당구장 가기로 했잖니, 그렇지?" 공주는 나를 보내기 싫은 듯했다.

내가 고개를 끄덕이려는 순간 어머니가 "제가 데리고 갈게요."라고 말했다.

어머니 덕분에 할머니에게 맞서지 않아도 된 것이 다행스러웠다. 하지만 할머니가 나를 깨끗한 옷으로 갈아입히기 전에 물기를 닦아 줄 때의 침묵은 너무도 견디기 어려웠다. 금방이라도 눈물을 터뜨릴 것 같은 할머니를 보면서 내가 어머니와 가고 싶은 티를 너무 낸 것이 아니기를 빌었다. 분명히 힘들 텐데도 허리를 굽혀 내 샌들의 버클을 잠가 주는 할머니를 보면서 생각했다. 만약 시간을 되돌린다면 망고 아이스크림도 먹지 않고 어머니와 마주치지도 않을 텐데. 할머니의 뺨에 키스하고 평상시에는 잘하지 않는 사랑한다는 말도 했다. 하지만 아랍어로 말했다.

집으로 돌아가는 길에 어머니가 코니시에서 마차를 잡았고 플로라와 내가 올라탔다. "잠깐." 어머니는 우리를 막고 수화와 형편없는 아랍어로 멤피스거리까지 얼마인지 마부에게 물었다. "너무 비싸. 날강도야. 다들 내려." 어머니의 지시에 플로라와 나는 마차에서 내리는 시늉을 했다. 마부는 조금 수그러들었다. 흥정이 시작된다는 뜻이었다. 곧바로 어머니의 목소리가 올라갔다. 그다음에는 악을 쓰기 시작했다. 주위에 있는 사람들이 다 이쪽을 쳐다봤고, 그러면 마부를 제압할 수 있다는 걸 우리는 알았다.

그때 나는 절대로 양보할 수 없는 가격을 손짓으로 말하는 어머니를 보면서 지금 저렇게 소리 지르는 이유가 이해되었다. 어머니는 마부가 물러서지 않아서 소리 지르는 게 아니었다. 결국 그가 양보하리라는 건 다 아는 사실이었다. 어머니는 엄마 역할을 교활하게 침범하는 시어머니에게 참아 온 분노를 폭발하는 것도 아니었다. 어머니가 소리 지르는 이유는 시어머니가 자신의 아들에게 분노의 몇 마디를 모호하게 흘리는 것만으로도, 얼마 남지 않은 여생 동안 배은망덕한 아랍계 유대인 며느리의 아들을 잘 가르치려는 것뿐인 인자한 늙은이에게 앙심과 복수심을 품은 며느리로 만들 거라는 사실을 알기 때문이었다. 어머니는 절대로 반격하지 못할 터였다. 그러려면 시어머니의 가시 돋친 말로 이루어진 가시철조망을 기어서 넘어가야만 하니까. 그런 것은 마담 초초우의 학교에서 배운 적이 없었다. 어머니는 교활한 여우처럼 간사한 속임수를 간파할 수는 있어도 궤변의 덫은 피할 수 없었다. 논쟁은 어머니를 버렸다. 소리 지르는 법만 알고 논리정연하게 논쟁하는 법은 알지 못하는 그녀였기에. 말의 왕국에서 어머니는 언제까지나 이방인으로 남을 터였다. 유능한 검사에게 반박당한 무고한 죄인처럼 절망할 뿐이었다.

아버지는 할머니를 달래기 위해 다음 날 아침부터 나를 할머니 집으로 데려갈 준비를 했다. 하지만 해변에는 가지 않을 수도 있다고 했다. 해변에 간다고 하면 어머니는 내가 할머니 집에 가는 걸 반대할 것이 분명했다. 대신 아버지는 나와 할아버지에게 셋이서 마감 세일하는 구두를 사러 가자고 했다.

우리는 맑은 여름날 코니시를 지나 세실 호텔 근처에 자동차를 세워 놓고 사아드자글룰대로로 걸었다. 멈춰 서서 도시의 해안가를 따라 자리한 크고 못생긴 바위를 핥는 물소리도 듣고 경치도 감상했다. 세 남자가 흉벽 앞에서 만을 바라보았다. 카이트베이 요새를 지나 방파제 너머까지 보였다. 무너진 등대 옆으로 바닷물이 거칠고 시커먼 곳이었다. 잠시 대화가 멈추었다.

"생각해 보니 말이다." 할아버지가 아버지 쪽을 보았다. "새 구두가 필요 없을 것 같다."

아버지는 아무 말도 하지 않다가 입을 열었다. "요즘 질 좋은 영국산 구두를 찾기가 얼마나 힘든지 알잖아요. 평생 낡은 모카신만 신고 다니게요?"

두 사람 모두 반짝이는 아침 바다를 바라보고 있었다.

"글쎄." 할아버지는 아들의 말을 듣지 않고 줄곧 딴생각을 한 듯했다. "하늘도 바다도 참 파랗다. 이렇게 파란 걸 잔뜩 봤으니 이젠 뭘 봐야 하나?" 그러곤 문득 정신이 든 것처럼 물었다. "그나저나 넌 구두가 많지 않니?"

"예. 그래도 미리 사 둬야죠. 허접스런 이집트산 구두를 신고 다닐 순 없잖아요?"

우리는 코니시를 따라 대로 쪽으로 계속 걸었다.

"좀 빨리 걸어요." 아버지가 할아버지에게 재촉했다.

"빨리 걷잖아."

"굼벵이처럼 걷잖아요. 좀 날래게, 힘차게 걸어 봐요. 이렇게." 아버지는 갑자기 앞장서서 걸어가기 시작하다 너무 멀리 떨어진 걸 보더니 우리와 비슷한 속도로 바꾸었다. "건강에도 좋거든요." 아버지는 매일 아침 6시에 오는 체조 선생 무슈 폴리티에게 들은 이야기를 했다.

"이렇게 말이냐?" 할아버지가 따라 했다.

"비슷해요. 팔도 흔들어요. 숨도 더 깊게 쉬고요."

"이렇게?"

"예."

"이렇게 하면 얼마나 오래 살 수 있는데? 네 엄마보다 오래 살까? 성의는 고맙지만 난 원래대로 걸으마."

아버지는 구두에 관한 생각을 바꿨다. "생각해 보니 만들어 놓고 파는 구두는 필요 없겠어요." 수제화를 살 만큼 부자라는 뜻이었다. 아버지는 작은 만이 내다보이는 곳에서 커피를 마시자고 제안했다. "올해 운수가 좋았어요. 사업이 아주 잘돼요. 물건 넣을 데가 부족해서 창고도 증축하는 중이고. 라 코트 커피 정도는 얼마든지 살 수 있죠."

"참 알 수가 없다." 할아버지가 혼잣말처럼 말했다. "가난한 당구장 아들이 좋은 차와 좋은 옷, 죄다 고급으로만 돈을 펑펑 써 대고 있으니. 계속 그러면 안 된다. 네 사업이 잘되는 건 큰 섬유 공장 주인들이 공장을 팔고 영국으로 건너갔기 때문이야. 좋은 징조가 못 돼. 돈을 모아야 한다." 할아버지가 강조하듯 덧붙였다. "너나 지지나 한 가지만 생각해라. 저축, 저축만이 살길이야."

라 코트에 도착하자 아버지는 육중한 유리문을 열고 나와 할아버지 먼저 들여보냈다. 안은 사람들로 북적거렸지만 매우 조용했다.

웨이터는 아버지를 이내 알아보았다. 창가 자리를 좋아한다는 것도 알고 있었다.

"그렇게 흥청망청 쓰면 안 된다. 나만 그렇게 생각하는 게 아니야." 할아버지는 창밖을 보았다. "도시 전체가 알아. 지금 다른 소문들도 있다. 무슨 말인지 모르겠다만."

"못 알아들은 적 없어요."

아버지는 담배를 집어 들었다. 손가락 사이에 끼우고 방금 하나를 피웠나, 생각하는 듯 쳐다보더니 마음을 바꾼 것 같았다. "아버지도 다를 것 없었으면서요 뭘."

"그렇게 말할 만도 하지. 하지만 난 마녀하고 결혼했잖니."

이집트 전통 의상에 터번을 쓴 웨이터가 할아버지와 아버지에게 커피를 따라 주었고, 그리스인 웨이터가 나에게 커다란 아이스크림 소다를 갖다 주었다.

할아버지가 한숨을 쉬며 두 여자가 차를 마시는 옆 테이블을 쳐다보고 말했다. "내가 모를 거라고 생각하지 마라. 남자는 다 똑같아. 50년 전 남자가 된 날부터 아는 사실이다."

"하지만……." 그의 아들이 항의하려고 했다.

"이것 하나만 약속해 주렴. 내가 살아 있는 동안만이라도 그 애한테 잘해 줘. 딴 여자한테 한눈 그만 팔고."

아들은 그러겠다고 약속한 뒤 분위기를 띄우려고 물었다. "그럼 아버지가 돌아가신 뒤에는 괜찮고요?"

"내가 죽으면 그땐 네 마음대로 해라."

웨이터가 커다란 물컵 두 개와 작은 터키시 딜라이트 한 조각을 가져왔다.

"단것 먹으면 안 돼요. 내 주치의가……."

"그놈의 *내 주치의, 내 트레이너, 내 걸음걸이, 내 호흡법*…… 그만 좀 해라!" 할아버지가 아버지의 말을 끊었다. "커피, 담배, 단것. 아직 일흔도 안 됐는데 사는 재미라고는 이 세 가지밖에 안 남았다." 할아버지는 한 손으로 작은 커피잔과 받침접시를 들고 커피를 마셨다. "자." 할아버지는 벌써 나에게 터키시 딜라이트를 조금 잘라 주고 또 자르는 중이었다.

맞은편에 앉은 아버지는 커피잔을 내려놓았고, 분위기를 망치는 게 두렵기라도 한 것처럼 말없이 나와 할아버지를 쳐다보았다.

할아버지는 한 조각을 더 잘라 주고 일부러 아들의 시선을 피하려는 듯 내가 입에 넣는 걸 지켜보았다.

"뭘 그렇게 보는 거냐?" 할아버지가 아버지에게 물었다.

"아버지요."

"나를 본다고?" 할아버지가 혼잣말을 했다. 누군가 자기 아버지를 쳐다본다는 것이 대단히 감격스러운 일이라도 되는 것처럼. 나는 문득 정말로 그렇다는 사실을 깨달았다.

몇 분 후 라 코트의 유리문 앞에 서 있는 어머니와 플로라 숙모, 친할머니와 외할머니가 보였다.

"이런 우연이 있나! 플로라도 있네!" 여인들이 우리 테이블로 안내되자 아버지가 외쳤다.

"카츠 박사가 그러는데 이제 아주 건강하대." 공주가 설명했다. 공주는 그날 아침 전차역에서 병원에 가는 세 여자를 우연히 만나 합류한 거였다. "담석증도 훨씬 좋아졌고 간도 황소처럼 튼튼하고……."

공주의 말을 뒤로하고 할아버지가 아버지에게 뭐라고 중얼거렸다.

솔솔 불어오는 바람을 맞으며 또 한 차례 커피를 주문했다. "해변에 가기 딱 좋은 날씨야." 플로라가 입을 열었다. 바다 이야기를 할 때면 늘 그렇듯 목소리에 기쁨과 솔직함이 드러났다. "왜 오늘은 애를 바다에 데려가지 않았어요?"

"이제 어른 남자들과 어울려야 할 나이니까." 할아버지가 담배 케이스에서 담배를 꺼내 플로라에게 권했다.

플로라는 오랜만에 만난 할아버지에게 안부를 물었다.

"늙었지. 집에 있는 시간이 많아. 집에 있어도 심심하고 나가도 심심하고. 휴, 잠도 많이 자고." 할아버지는 중요한 사실을 깜빡할 뻔했다는 듯이 덧붙였다. "관에 드러눕는 날 성 베드로한테 가서 말할 거야. '실례합니다, 성부님. 제가 몇 주 동안 너무 많이 자서 더는 못 잡니다. 몇 주 후 다시 오겠습니다.'라고."

플로라는 할아버지의 마지막 말을 따라 하면서 진심으로 웃었다.

"플로라, 이렇게 보니 반갑구나."

"저도요. 솔직히 어르신 담배를 피우고 싶었거든요."

"아, 플로라, 여자들이 다 너 같으면 얼마나 좋을까. 넌 모르겠지."

"오늘따라 왜 저러서?" 플로라가 아버지를 쳐다보며 물었다.

"모르지." 아버지가 대답했다. "아침 내내 저러시네."

"할아버지는 훌륭한 분이란다. 하지만 지진 피해를 당한 사람보다 더 *malheureux*(불행한 사람)지."

슬슬 점심 먹을 시간이 되었다. 어머니와 플로라는 성녀의 집에서 점심을 먹기로 한 터였다. 아버지는 할아버지에게 점심을 같이 먹자고 했다. 공주는 선뜻 뭐라 말하지 않고 그저 나를 쳐다보았다.

"애도 테베 집으로 데려가서 점심 먹일 수 있어요?" 어머니가 공주에게 물었다. 어머니는 오후에 바쁘다고 설명했다. 우선 재단사가 와서 100세 파티 때 입을 드레스 치수를 재기로 했다. 그리고 아지자에게 *halawa*를 받을 것이다.

"할머니랑 같이 있어." 어머니가 나에게 속삭였다.

순간 할머니의 얼굴이 6월의 맑은 날씨처럼 환하게 빛났다.

아버지는 그날 밤에 걸려온 전화에서 허둥지둥하면서도 거들먹거리듯 떨리는 성녀의 목소리를 듣자마자 직감할 수 있었다. 성녀는 품위 있고 의연하게 빙 둘러 소식을 전하려고 했다. 아버지의 어머니가 옆에서 울며 강장제를 마신다고. 성녀가 슈냅스(독일에서 유래한 증류주-옮긴이)를 완곡하게 표현하는 말이었다. 성녀는 아버지를 위로하는 동시에 곧 있을 100세 파티에 아직도 초대받지 못했다는 사실을 넌지시 일러 주기 위해 모든 사람이 백 살까지 사는 건 아니라고도 말했다.

아버지는 즉시 나를 깨웠다. 평상시처럼 침대 가장자리에 앉아 작게 이름을 부르지 않고 어깨를 살짝 두드려서 깨웠다. 기계처럼 차갑고 신속하게 움직이는 모습이 마치 수개월 동안 연습이라도 한 듯했다. 아버지는 내 얼굴을 씻기고 빠르지만 형식적으로 톡톡 눌러 물기를 닦아 주었다. 어머니가 아니라 아버지가 내 옷을 입혀 준 건 그때가 처음이었다. 아버지는 아무 말도 없었다. 현관을 지나쳐 차고로 나가는데 거리에 인적이 뚝 끊기고 개 몇 마리뿐이었다. 한 마리가 가까이 다가왔다가 아버지가 돌을 집어 던지자 잽싸게 달아났다. 맞은편 건물의 정문 로비에 불이 켜져 있었다. 아직 한밤중이었다.

우리는 말없이 차를 타고 갔다.

"애는 뭐 하러 데려왔니?" 할머니가 구겨진 손수건을 왼쪽 셔츠 소맷동에 집어넣으며 말했다.

"아버지 보여 드리려고요. 애도 할아버지를 봐야 하고."

아버지와 할머니가 귓속말을 주고받았다.

일은 할아버지가 당구장에서 돌아온 후에 터졌다.

"당구장인지 뭔지 알 게 뭐야!" 할머니는 다시 흐느끼지 않으려고 다이아몬드 반지를 깨물었다. "내가 그냥 당구장이라고 하는 거야. 다른 데라고 말하기 싫어서. 저 사람이 한밤중에 어딜 싸돌아다니는지 내가 어떻게 아니? 말도 안 해 주고 나도 묻지 않아." 할머니는 잠깐 멈췄다가 말을 이었다. "꼼짝도 안 해. 옷도 안 벗어." 마침내 어른들이 방으로 데려가서 할아버지를 보았을 때 할아버지는 여전히 정장에 넥타이 차림으로 침대에 누워 있었다. 벗은 건 구두뿐이었다. 벗다 만 양말은 발에 대롱대롱 매달려 있었다.

문소리가 들리자 할아버지는 아내가 들어온 줄 안 모양이었다. "나가."

"저예요." 아버지가 작은 목소리로 말하자 할아버지의 목소리가 금세 부드러워졌다.

두 사람이 라디노어로 몇 마디 주고받은 뒤 할아버지가 내게 말했다. *"Tu vois ça?"* 이 상황이 믿어지니? 내게 무슨 일이 벌어지고 있는지 알겠어? 라는 뜻이었다.

성녀가 들어와 나를 데리고 나갔다.

몇 주 후 코스타 씨가 평상시처럼 할머니 집까지 데려다주었다. 할머니가 대문을 닫은 후 우리는 함께 캄프드세자르로 달려가는 오토바이를 지켜보았다. 할머니는 하늘을 보더니 평상시처럼 호들갑을 떨었다. "저 파란 것 좀 봐라! 바닷가에 가기 딱 좋은 날씨구나."

집 안으로 들어가자 복도에서 평상시와 다른 차가운 바람이 느껴졌다. 주방 뒤쪽 창에서 에스나거리의 그리스인 상인과 아랍인 노점상들의 목소리가 들려왔고 주방 타일로 햇살이 쏟아졌다. 식료품 저장실 근처에서 풍기던 곰팡내가 사라진 듯 정원의 바질 향이 집 안을 가득 채웠다. 분명히 뭔가가 달라졌다. "난 이 옷을 입을 거야." 할머니는 발목까지 단추가 달린 하늘색 원피스를 보여 주었다. 지난번 해변에 갔을 때 다들 듣는 데서 내가 검은색 옷을 입지 말라고 부탁하자 할머니가 크게 기뻐했다.

할아버지 방으로 가서 문을 열려고 하자 할머니가 아직 주무시니까 깨우면 안 된다고 속삭였다. "바다에 가져갈 과일을 따야겠다." 그런데 할아버지 방에서 지지직거리는 낡은 라디오 소리가 희미하게 들렸다. 할아버지는 잠든 게 아니라 작은 테이블에 앉아 뉴스를 듣고 있다는 생각에 문을 열러 갔다. 내가 집 안으로 들어오는 소리를 듣고 보러 나오려 했을 수도 있었다. 손잡이를 돌리는 순간 안에서 할아버지가 문을 당기는 것처럼 느껴졌다.

할아버지에게 큰 소리로 아침 인사를 했다. 그때까지 할아버지가 방에 있다고 믿었다. 창문이 활짝 열린 방은 유난히 환했다. 창문에서 지금까지 본 적도, 있는 줄도 몰랐던 거리가 내다보였다. 창밖의 상점에서 할아버지의 라디오로 착각한 라디오 소리가 크게 흘러나왔다. 내가 손잡이를 돌리는 순간 바람에 문이 당겨진 거였다.

라디오가 놓인 동그란 테이블은 벽으로 밀쳐 놓았고 할아버지의 재떨이는 처음으로 깨끗했으며 침대를 보니 매트리스가 허리 운동을 하는 사람처럼 접혀 있었다. 낡고 해진 줄무늬 매트리스에 침대 시트만 대충 펴 놓았다. 침대 옆 테이블에는 정장이 차곡차곡 쌓여 있고 옷장에서는 금속 봉에 대롱대롱 매달린 옷걸이가 흔들리는 소리만 들렸다.

서랍장 아래에는 구두골을 넣지 않아 생명력 없이 축 처진 구두가 한 줄로 놓여 있었다. 할아버지는 나보다도 나이가 많은 것들이라고 입버릇처럼 말하곤 했다.

가족들은 할아버지가 주무신다고 했다. 다음에는 쉬는 중이라고 했다. 그다음에는 돌아가셨다고 했다. 그리고 "할아버지 귀찮게 하지 마라." 하던 말이 "할아버지 물건 만지지 마라."로 바뀌었다. 할아버지의 지팡이와 담배 케이스, 카드팩, 세척액에 담긴 틀니, 펜 나이프, 시간이 흘러도 정리되지 않는 잡동사니들. 할아버지의 물건이 언제부터인가 하나둘 사라지기 시작했다. 압두가 할아버지 구두를 신고 있었다. 압두의 조카 모하메드도. 하인들은 구두끈을 중요하게 생각하지 않아서 아예 빼 버리고 구두가 무례하게 혀를 내민 것처럼 발등이 벌어진 채로 걸어다녔다.

아버지가 할아버지 넥타이를 한두 개 맨 것도 보았다. 하지만 언젠가부터는 매지 않았는데, 아버지 말로는 원래 자기 거였다고 했다. 아버지가 입지 않는 옷을 처리하는 방식이었다. 아버지는 그 넥타이를 보면 오래전 밤늦게 귀가할 때마다 제발 책만 읽지 말고, 가시밭길처럼 따가운 고약한 노처녀와의 사랑을 꿈꾸며 허송세월하지 말고 제대로 살라던 할아버지의 간청이 떠오른다고 했다. 넥타이들이 이제는 희미해진 얼굴이나 가슴 깊이 품었던 희망을 떠올려 주니 비싸게 주고 산 보람이 있었다. "돈, 인생 그리고 시간 낭비야. 일주일 치 봉급과 맞먹는 넥타이를 사는 건 범죄다." 할아버지는 못마땅해 소리치면서도 넥타이가 멋지다는 사실에는 동의했다. "그나저나 네가 그걸 맬 일이나 있겠니?" 아들이 모르겠다고 하자 할아버지는 그 나이 때는 자신도 마찬가지였다고 했다.

몇 해가 지나자 할아버지의 정원용 가구는 만다라의 여름 별장으로 옮겨졌다. 뜨겁고 평화로운 여름날 아침도 다시 찾아왔다. 새로 칠한 가구에 깃든 것은 할아버지의 존재감도 추억도 아니었다. 내가 할아버지의 지팡이나 당구봉을 휘둘러 구아바를 따려고 햇살 가득한 정원으로 할아버지를 찾아갈 때마다 느꼈던 희미한 행복감이었다.

몇 년 동안 멤피스거리에 있는 할아버지의 정원을 지나칠 때나 성녀의 집 발코니에서 내려다볼 때마다 항상 떠오르는 생각이 있었다. 지금 저기에 할아버지가 있다면 어떨까?

이집트를 떠나기 며칠 전 저녁 라 레일라라는 여자를 만나

러 가려고 친구들과 이브라히미에를 걷는데 멤피스거리 48
번지의 그 집이 나왔다. 와인도 많이 마시고 머릿속에 상념
도 가득했지만 또 자연스럽게 그 생각이 떠올랐다. 그날 저
녁 내가 남자로서 맞이할 변화가 계속 나를 재촉하기도 했다.
일행들에게 5분을 빌려 초인종을 누르고 마지막으로 그곳을
둘러보았다.

내가 할아버지에 대해 끈질기게 묻자 짜증이 난 공주는 코
스타 씨에게 이제부터는 나를 스포팅의 증조할머니 집으로
데려오라고 지시했다. 공주는 멤피스의 집에서 혼자 지내기
싫어 그곳으로 이사한 터였다. 그리스인 코스타 씨가 어느 날
아침 우리 집 창문 아래에 나타났다. 이제 내가 매일 공주와
시간을 보낸다는 사실을 받아들인 어머니는 나를 준비시키
고 아래층으로 데려가 코스타 씨의 오토바이에 태웠다.

코스타 씨는 테베거리의 증조할머니 집이 처음이었다. 나
는 오토바이를 최대한 얌전하게 세워 놓고 내키지 않는 불
편한 표정으로 집에 들어가는 그를 보았다. "여기가 정말 맞
니?" 그가 알면서도 물었다.

"애를 데려왔습니다." 코스타 씨가 문을 열어 준 가정부에
게 말했다. 최대한 말을 짧게 하여 가쁜 숨을 감추었다.

"누구신데요?" 그리스인 가정부가 프랑스어로 물었다.

"*C'est moi que je suis le Monsieur Costa*, 내가 바로 무슈 코

스타입니다." 그가 자기만의 고상한 프랑스어로 대답했다.

마침 현관 쪽을 지나던 공주가 코스타 씨를 불렀다. 긴 여행에서 돌아온 아들이라도 되는 것처럼 입맞춤을 했다. "이렇게 반가울 데가." 할머니는 그리스어로 말했다. "여기 앉게. 동생도 자네를 만나고 싶어 할 거야. 난 가 봐야 해. 보다시피 집 안이 엉망진창이라."

아파트는 폭풍이 휩쓸고 간 듯했다. 방마다 가구가 흩어져 있는 데다 입구와 큰 거실의 소파도 어수선하고 카펫은 돌돌 말아 벽에 쌓아 놓았다. 할머니들은 전부 아파트를 정리하고 가정부들은 무릎을 꿇고 무슨 제품을 발라 가며 마룻바닥을 박박 문질렀다. 어찌나 독한지 숨쉬기도 어려웠다. 다들 큰소리로 말을 주고받았다. 그날 오후부터 100세 파티에 쓸 음식을 만들 예정인데 엘사 할머니의 계획에 따르면 음식 장만에 수일이 걸릴 터였다. 마르타 할머니가 거실에 빼꼼 얼굴을 내밀고 흐느끼듯이 고래고래 소리를 질렀다. 재단사가 증조할머니의 드레스에 단추를 잘못 끼워 넣었단다.

나에게는 구석에서 얌전히 앉아 있으라는 지시가 내려졌다. 두 눈에 힘을 꽉 주고 스포팅 해안을 보려고 했다.

"가자." 빌리 할아버지가 코스타 씨와 잠깐 이야기를 나눈 뒤에 말했다.

나는 일어나 손을 내밀었다.

"남자끼리는 손 안 잡는다." 그는 평상시의 날카로운 목소리로 말했다. "너 수영복 어디 있어?" 위압적인 말투였다.

나는 어깨를 움츠렸다. 모른다고 했다. 수영복을 입은 적이 한 번도 없었다. 반바지 차림으로 해변을 돌아다니다 물속에 들어갈 때는 할머니가 반바지를 벗겼다.

"설마 해변에서 아랍인처럼 발가벗고 돌아다니게 놔두는 건 아니겠지."

"얘네 집에서는 그렇게 해. 그런 것까지 내가 일일이 참견할 순 없잖니?"

"지겨운 아랍인들! 빨리 어떻게 좀 해 봐."

대화를 엿들은 엘사 할머니가 나에게 다가왔다. 주머니에서 꺼낸 줄자로 치수를 재더니 방으로 들어가 재봉틀 페달을 밟았다. 그리고 5분 후 구식 수영복을 들고 나왔다. 색깔 있는 술로 장식까지 했다. "난 예전부터 알몸으로 수영하는 게 싫었어. 자, 선물이다." 엘사 할머니는 매우 흡족한 표정이었다. 그녀는 집에 있는 물건을 리폼하여 선물하는 것으로 유명했다. 내 수영복은 차마 버리지 못한 낡은 침대 커버로 만들었다. "지금 입지 않아도 된다. 너무 크면 이 옷핀을 쓰고."

"얼른 가자, *giovinezza*(꼬맹이)." 빌리는 비타민을 잔뜩 먹은 사람처럼 활력이 넘쳤다.

빌리는 해변에 도착하자마자 수영복으로 갈아입더니 먼저 준비운동을 해야 한다고 주장했다. 할머니는 팔벌려뛰기를 시작하는 그를 말없이 감탄하며 쳐다보았다. 나는 아버지가 매일 아침 무슈 폴리티와 하는 걸 보았지만 실제로 해 본 적은 없었다. 빌리는 나보고 너무 맥이 없다고 했다. 어깨도 반듯하게 펴지 않고 자세도 틀리고 서툰 데다 볼썽사납다고. 사내는 가슴을 집어넣고 배를 내미는 것이 아니라 가슴을 내밀고 배를 집어넣어야 한다며 시범을 보였다. "운동 감각도 없고 위생 관념도 없구나."

"그만 해라. 그러다 애 콤플렉스 생기겠다." 할머니는 슬슬 걱정스러운 모양이었다.

"무슨 콤플렉스? 자세가 나쁘면 수영을 어떻게 해? 나쁜 자세로 수영을 어떻게 할래?"

준비운동이 끝나자 빌리는 해변 끝까지 달리기 시합을 하자고 했다. 나는 힘껏 달리다 넘어져 깨진 조개껍데기에 무릎을 긁혔다. "걱정할 것 없다." 그가 상처를 살펴보고 소리쳤다. 내가 넘어진 곳에 앉아 있던 영국인 남자가 자기 오두막에 가서 알코올을 갖다 주겠다고 했다. 그 영국인은 빌리가 제안을 거절하고 두 손가락에 침을 듬뿍 묻혀서 내 상처에 바르는 모습을 보고 경악했다. "알코올은 무슨! 동물도 제 상처를 다 핥아. 동물이 인간보다 숫자도 더 많지." 빌리가 경악한 영국인에게 말했다.

비명과 고함으로 가득한 지옥 같은 아침이었다. 나는 점심을 먹은 뒤 아버지와 통화할 때 더 견디지 못하고 울음을 터뜨리며 앞으로 할아버지 할머니들을 만나고 싶지 않다고 말했다. 아버지도 빌리의 입버릇을 똑똑히 기억했다. 특히 결혼식 전에 빌리가 저녁 식탁에서 반대자들을 선동해 어머니의 청각 장애가 자주 이야깃거리로 올랐던 것이다. "좀 꺼지라고 해!" 아버지가 외쳤다.

전화를 끊자 빌리는 울보가 아빠한테 다 일렀느냐고 놀렸다. 나는 그에게 *un grand idiot*(바보 천치)라고 했다. 증조할머니도 엘사 할머니도 우리 할머니도 다 들었다.

"허, *귀머거리* 아들이 그러면 그렇지." 빌리가 빈정거렸다. "가엾은 에스더 누나."

다들 날카로운 상태였다. 빌리는 나를 때려 주겠다고 으름장을 놓았다. 할머니는 제발 진정하라고 말렸다. 빌리는 할머니를 봐서 참는다고 했다.

그날 더 이상의 갈등이 생기지 않도록 할머니는 나를 데리고 멤피스거리의 집에 가기로 했다. 자수와 크림, 향신료 등몇 가지를 챙겨 오고 정원도 좀 손질하겠다는 핑계를 댔다.

멤피스거리 48번지는 어두웠다. 창문을 꼭 닫아 놓고 가구는 전부 먼지막이 커버로 덮어 의자 다리만 보였다. 전구도 전부 떼어 놓았으며 페르시아산 러그도 사라지고 없었다. 외할아버지의 말이 떠올랐다. "두고 봐라. 가장 먼저 러그가 없어질 테니." 나중에 어머니는 100세 파티 때 거실에 깐 러그 두 장을 보았다고 했다. "내 그럴 줄 알았지." 파티에 초대받지 못한 외할아버지가 말했다. "그 사람들은 꼭 피라냐 같다니까. 죽은 사람 물건을 전부 집시 여왕 어머니한테 갖다 바쳐. 그리고 알리바바의 도둑처럼 자기들끼리 나눠 갖지."

멤피스거리의 집을 떠나기 전에 할머니가 화장실에 다녀오겠다고 했다. "같이 가자꾸나." 할머니는 나를 홀로 두는 것이 내키지 않았다. "문 닫고 뒤돌아서 딴 데 보고 있거라." 할머니가 옷을 내리는 소리가 들렸다. 눈을 감지는 않았지만 시키는 대로 얼굴을 딴 데로 돌리는데 비누를 지나쳐, 할미니가 매일 아침 머리를 손질하는 작은 모과 씨 크림통이 놓인 유리 선반을 지나쳐, 코앞에서 몇 센티미터밖에 떨어지지 않은 욕실 문에 할아버지의 줄무늬 목욕가운이 걸려 있는 게 보였다. 할아버지의 냄새 그대로라 할아버지가 만져질 듯했다. 나는 정말로 할아버지가 내내 이 집에 있었구나 싶었다.

다시 고개를 돌리는 순간 평생 잊지 못할 광경을 보았다. 바로 할머니가 변기에 올라간 모습이었다. 할머니는 변기에 앉지 않았다. 시트를 올리고 맨발로 가장자리를 밟고서 일흔의 몸으로 아슬아슬하게 중심을 잡고 쭈그려 앉아 있었다. 내가 어떤 표정을 지었는지 모르겠지만 할머니는 얼른 나를 안심시키려고 했다.

"할미는 터키식으로만 볼일을 볼 수 있단다. 이 집에는 터키식 화장실이 없으니까 이렇게 하는 거야." 나중에 할머니는 그 방법이 가장 건강에 좋다고도 했다.

테베거리로 돌아가는 길에 할머니는 절대 아무에게도 말

하면 안 된다고 했다. "우리 둘만의 비밀이야."

하지만 그날 하루가 끝나기도 전에 외가 사람들이 우리 할머니를 안주 삼아 웃음을 터뜨렸다.

"너와 인연을 끊어야 마땅하지만 내 그러지 않으마." 다음 날 아침 해변으로 가는 길에 할머니가 말했다. "모르는 척하지 마라. 무슨 말인지 알 거야."

내 이름을 발설한 게 누구인지는 끝까지 알 수 없었다. 하지만 자신을 100세 파티에 초대하지 않은 공주가 세탁부와 똑같은 자세로 쭈그려 앉아 볼일을 본다는 이야기를 듣고 성녀가 가만히 있기는 어려웠으리라.

100세 파티가 며칠 남지 않았는데 우리 어머니를 제외하고 성녀와 남편은 물론 외가 사람들은 아무도 초대받지 못했다. 하지만 파티가 사흘간 이어진다는 소식을 들은 성녀는 끝까지 굴욕을 인정하지 않고 속으로 공주의 가족이 막판에 마음을 바꿔 자신을 초대해 주길 바랐다. 알렉산드리아의 내로라하는 부자들이 모이는 첫째 날이 아니라도 친구와 클럽 회원들, 소규모 사업가들이 남은 음식을 맛보는 둘째, 셋째 날이라도. 한동네 사는 콥트(Copt, 이집트 원주민-옮긴이) 약사와 그의 시리아-레바논계 아내 같은 *évolue*(진화한 사람)가 셋째 날에 초대받았고, 남편의 그리스인 회계사와 가난한 실베라 자매들도 초대받았다면 그녀도 초대받아야 마땅했다.

하지만 성녀는 끝내 초대받지 못했다.

"자크 때문이지." 오랜 세월이 지나 이유를 묻는 나에게 공주가 대답했다. 거리낌 없는 태도로 말했지만 손자가 스스로 이유를 간파하지 못해 짜증이 났을지도 모른다. 이집트계 유대인인 카이로의 랍비를 제외하고 아랍계 유대인은 애초에 초대할 생각조차 없었다.

성녀와 남편은 파티 준비 상황을 매일 잠깐 들르는 딸에게 전해 들을 뿐이었다.

"불경스러운 이교도들 같으니." 멤피스거리와 테베거리의 갈등이 더없이 고조된 100세 파티 전날 외할아버지가 말했다. "바깥사돈이 죽은 지 얼마 되지도 않았는데 그 장모가 오래 산다고 파티를 연다니. 바깥사돈도 생각이 짧기는 마찬가지였어. 마누라보다 오래 살 거라고 확신하면서 나한테 '무슈 자크, 내가 아내도 알아보지 못할 만큼 오래 살 수 있을까?'라고 물어본 적이 있다니까."

"그래서 뭐라고 했어요?" 그의 아내 성녀가 물었다.

"그렇게까지 오래 산 사람은 없다고 했지." 외할아버지가 덧붙였다. "바깥사돈은 처가를 끔찍이 싫어했으니 아마 파티에 가지 않았을 거야."

"초대받지도 못했을걸요." 성녀가 맞장구를 쳤다.

"그러니까 우리 딸도 가면 안 되는 거야. 이건 원칙의 문제라고."

"초대받지 못해서 그러는 거잖아요." 두 사람의 딸이 쏘아붙였다.

"초대받았어도 '마담 에스더, 초대는 고맙지만 바깥사돈을 생각해서 가면 안 될 것 같네요. 다른 때면 몰라도 지금은 아닙니다.'라고 했을 거야. 그러면 자기도 깨닫는 게 있겠지."

"초대하지 않으면요?"

"초대하지 않으면 내가 거절할 걸 알고 초대하지 않아 줘서 고맙다고 해야지."

"그럼 초대받으면 나 혼자 가야겠네요." 성녀가 약 올리듯 말했다.

100세 파티 당일 점심에 빌리 할아버지와 아이작 할아버지는 평생 자신들을 비웃었던 우리 할아버지를 위해 추도사를 낭독했다. 둘 중 한 사람은 손자가 채우지 않았다면 빈자리가 하나 있었을 거라고 했다. 손님이 많아서 식탁을 증조할머니 방으로 옮겼다. 두 개의 발코니로 햇살이 가득 들어오는 모퉁이의 커다란 방이었다. 테이블 한가운데 앉은 증조할머니는 아들이 말하는 동안 앞에 놓인 작은 병에 담긴 올리브유를 다 먹고 남은 몇 방울을 빈 접시에 따르고 있었다. 빵을 조금 잘라서 소금 뿌린 올리브유에 찍어 한 손에 들고 다른 손에 든 포크로 찔러서 입으로 가져갔다.

"못 참겠어. 배고파." 70대 딸 하나가 그러지 말라는 표정을 짓자 증조할머니가 말했다.

추도사가 끝나자 누군가 우리 할아버지를 기리는 건배를 제안했다. 모두가 "아멘."이라고 했다.

내 옆에 앉은 할머니는 이웃인 마담 빅토리아에게 말했다. "내가 그 사람한테 '당신은 머리가 구름 속에 있어요.'라고 하면 '에스더, 당신은 발이 땅속에 있어.'라고 했거든. 그래서 지금 땅속에 있는 게 누군데?"

마담 빅토리아는 달관한 표정으로 말을 받았다. "우리 남편은 내가 자기 엄마로 느껴질 만큼 늙어 보인다고 했지. 하지만 난 그 사람을 먼저 보내고 재혼도 하고 두 번째 남편보다도 오래 살고 있어."

할머니는 증조할머니의 턱에 기름이 번들거리는 것을 보고 입가에서 웃음기가 사라졌다. "엘사, 엄마 턱에 묻은 기름 좀 닦아 줘. 드레스에 다 묻겠어."

증조할머니는 그날 검은색 레이스 드레스를 입었다. 옆에는 여동생의 100세 파티를 위해 특별히 터키에서 찾아온 증조할머니의 오빠가 앉았다. 나는 그 제분업자의 크고 두툼한 손을 잡고 악수하면서 거친 무표정의 살덩어리를 쳐다보았는데 입에서 흘러나온 목소리는 너무도 다정했다. "*Bonjour, jeune homme*(안녕, 젊은 친구)." 그날 기념사진을 찍을 때 증조할머니는 빈틈없이 꼿꼿한 자세로 섰다. 평상시 웃는 방식 그대로 꾹 다문 얇고 칙칙한 입술을 내밀었고 눈빛은 차분하면서도 약삭빠르고 모호했다. 그리고 한 손에는 우리 할아버지의 지팡이를 들었다.

증조할머니는 그날 점심에 모인 서른 남짓한 가족들 앞에서 한마디 해 달라는 요청을 받았다. 프랑스어나 이탈리아어는 유창하지 못해 1분 말하는 동안 실수를 적어도 열 번 넘게 할 것이 뻔하기에 라디노어로 짧게 말했고, 유쾌하지만 단조로운 *salud y berakhá*, 건강과 축복의 말로 마무리했다. 하지만 아들들의 성화에 못 이겨 자주 끊기고 억양이 심한 프랑스어로 말을 잇기 시작했다. 이집트에 정확히 50년간 살았으니 인생의 절반은 이집트에서, 절반은 이집트가 아닌 나라에서 보냈는데 그동안 배운 아랍어 단어가 쉰 개도 넘지 않는다고 자랑스럽게 말했다. "1년에 하나씩 배우셨네요." 큰아들 네심이 킬킬거렸다.

증조할머니는 서툰 아랍어로 아랍인 하인에게 같이 이부자리를 준비하자고 말한 일화를 전했다. 할머니의 아랍어를 들은 하인의 얼굴이 갑자기 창백해지더니 당황하면서 제발 다시 생각해 보라고 애원했다. 무슨 뜻인지 알아듣지 못한 증조할머니는 같이 이부자리를 준비하자고 다시 말했다. 결국 그리스인 가정부가 나서서 '침대에서 같이 자자'는 의미라고 알려 주었다. 그날 그 자리에 있었던 사람 모두가 모르지 않은 사실은 증조할머니가 그렇게 끔찍한 실수를 했다는 게 아니었다. 그녀가 끝까지 고집한다면 가엾은 하인은 따를 수밖에 없다는 점이었다. 점심 자리가 웃음바다가 되었다.

늦은 오후가 되자 손님이 하나둘 도착하기 시작했다. 낮잠에서 깨어나 보니 집 안이 무척 시끄러웠다. 저녁때가 되자복도와 현관, 거실 두 개가 북적거렸다. 가슴에 메달과 휘장,장미 모양 리본을 단 남자가 많았는데 줄무늬 띠가 달린 커다란 메달을 목에 건 사람도 있었다. 중요한 전투 기념일을 맞이해 모인 작은 여단의 은퇴한 장병들 같았다. 누군가 나를주방으로 데려갔고 가정부 라티파가 식탁을 차려 주었다. 5중주단이 막 식사를 끝내고 부지런히 검은색 정장에 묻은 부스러기를 털더니 손수건으로 입가를 닦고 주머니에 도로 넣었다. 연주할 때까지는 아직 시간이 남아 있었다.

내가 잘 있는지 보려고 어머니도 주방으로 왔다. 어머니가입은 칠흑같이 새까만 드레스는 주방 조명 아래에서 반짝이다, 냉장고 문을 열어 담배 든 손은 멀찍이 비키고 나머지 손으로 안을 뒤질 때는 진초록색으로 변했다. 이제 시댁 식구들의 성격을 아는 터라 맛있는 음식은 분명히 따로 숨겨 놓았으리라 생각한 것이다.

목표물을 찾은 어머니는 우선 나 먼저 한 숟가락 먹인 뒤곧 돌아오겠다며 주방을 나갔다. "애가 더 먹고 싶어 하면 더줘." 어머니는 자신이 돌아서는 순간 가정부가 뭔지 모를 것이 담긴 병을 어떻게든 숨기려 할 거라고 의심했다.

내가 저녁을 다 먹고 나서 할머니가 왔다. 할머니는 내 손을 붙잡고 집 안을 돌아다니며 친구들에게 인사시켰다. 대부분 나이가 많고 통통하고 느리고 고리타분하고 노래 부르는 것 같은 세련된 프랑스어로 말했다. 그런데 놀랍게도 우리 집 하인 히샴이 평상시 자랑스러워하는 페즈 모자에 전통 웨이터복 차림으로 한 손에 커다란 꽃장식 은접시를 들고 사람들 한가운데 서 있는 게 아닌가. 나를 보고 한쪽 눈을 찡긋하는 히샴에게 "어이, 히샴!" 하고 소리쳤다. 할머니가 곧바로 나를 말렸다. 내가 하인에게 친구처럼 손을 흔드는 데다 실망스럽게도 여느 아랍인처럼 말했기 때문이다. 할머니는 나를 다른 방으로 데려가 다들 마담 로드라고 부르는 영국 귀족의 아내에게 소개했다. 나는 이를 악물고 고음으로 말하는 그 여인과 예의 바른 인사말을 주고받았는데 나 역시 이를 악물고 말했다. 격노한 할머니는 내 팔을 흔들며 방금 같은 행동은 절대로 용납할 수 없다고 경고했다. 내가 혼나는 이유를 모르는 마담 로드는 입맞춤해 주지 않겠느냐고 물었다. 나는 고개를 돌리고 외알박이 안경을 쓴 남자가 그릇에서 땅콩 집는 모습을 쳐다보았다. "해 주기 싫은 거야?" 마담 로드는 가짜로 아양 부리듯 뿌루퉁한 표정을 지어 보였다. "한 번이면 되는데." 그녀는 내 쪽으로 몸을 숙이고 키스해 주기를 바라는 뺨의 위치를 가리키며 부탁했다. "남자는 거절하면 안 돼요." 그녀는 자신의 프랑스인 뚜쟁이 연기가 만족스러우면서도 정말로 삐친 것처럼 보였다.

그때 갑자기 정전이 되었다. 모두가 놀라서 "아." 하며 탄식을 내뱉었고 잠시 숨죽인 기대가 담긴 소란이 일었다. 징 소리가 울렸다. 기다란 촛불을 든 네심 할아버지가 식탁 의자에 올라가 달빛 비치는 황야의 즐거운 허수아비처럼 초 100개를 켤 예정이니 누구든 와서 도와줘도 된다고 발표했다. "정말 멋지군요." 내 입맞춤에 관심이 없어진 마담 로드가 말했다. 다들 줄 서서 하인들이 나눠 주는 기다란 양초를 받았다. 사람들이 서 있는 북서쪽이 점점 환해졌다.

"가자. 우리가 가장 먼저 불을 붙일 거야." 할머니는 초를 나눠 주는 히샴에게 고맙다는 인사도 하지 않고 그가 든 쟁반에서 초를 집었다.

"정말 아름다워요." 누군가 창밖을 보며 말했다.

"기막히게 멋지네요." 다른 누군가도 말했다.

"난 네 개를 붙였어요. 계속 더 붙일 거야. 아, 정말 재미있어." 마담 로드가 깍깍거렸다. 뭔가에 푹 빠진 수호요정처럼 연상의 배불뚝이 남편에게 같이 하자고 꼬드기면서 마법 봉으로 불붙일 초를 찾아 복도를 돌아다녔다. 얼마나 흥분했는지 숨까지 가빠 보였다.

"자." 할머니가 내 손에 양초를 쥐여 주었다. 어머니는 뒤쪽에서 맴돌며 나에게 키스했다. "여기 두 개에 불을 붙이거라. 이거랑 저거." 할머니가 촛대 두 개를 가리켰다.

"세 개요." 아홉 형제 중 한 명이 말했다. "각자 하나씩 붙였습니다. 기분이 아주 좋네요."

"영광입니다, 무슈." 할머니가 우아하게 말했다.

"저희가 영광이지요."

할머니는 불붙이지 않은 초를 가리켰다. "이건 할아버지를 위한 거야. 네가 오늘 밤 할아버지를 생각해 준다면 무척 기뻐하실 거다." 할머니가 나를 들어 올리자 아버지와 어머니가 내 손을 잡고 이끌어 주었다. "그리고 이건……."

"이건 증조할머니를 위해서 켤래요." 여기까지는 모두가 대단히 기뻐했다. "돌아가실 테니까요." 곧바로 차가운 침묵이 퍼졌다.

"애들은 못 말린다니까." 화제를 매끄럽게 바꾸는 데 능숙한 빌리 할아버지가 말했다.

"못된 애라서 그런 게 아니랍니다. 할 말 못 할 말 아직 몰라서 그렇지요." 할머니는 내가 촛불 켜는 걸 보려고 모여든 사람들에게 사과했다.

"저 애는 절대로 외교관은 못 되겠군." 아이작 할아버지가 중얼거렸다.

집 안을 돌아다니며 카메라를 들이대던 사진사가 할머니에게 내 손을 잡으라고 주문했다. 할머니는 나머지 손을 벽난로 선반 가장자리에 놓고 몽상에 잠긴 듯 무심한 표정을 지었다. 평상시에도 그런 표정으로 사색하는 귀족 같은 분위기를 내곤 했다.

"내가 봐도 외교관은 못 할 것 같아." 할머니가 사진사에게 고맙다고 한 뒤에 말했다. "세상에는 말만 많고 비밀은 못 지키는 사람이 있거든." 그러곤 질책하듯 나를 쳐다보았다.

아버지가 내 손에서 촛불을 가져가 어머니에게 주었다. 그리고 어머니가 뒤쪽의 불붙지 않은 초에 닿도록 도와주었다. "당신 아버지를 위한 거예요." 아버지는 어머니 뺨에 키스했다. 어머니는 미소 지으며 손바닥을 아버지의 손바닥에 맞댔다.

이제 모든 방이 촛불로 환하게 빛났다. 하인들이 환기하려고 창문과 발코니 문을 열자 가을 산들바람이 리듬을 타듯 흘러와 촛불이 살랑거렸다. 불빛이 크리스털에 반사되는 장관에 모두가 감탄했다.

"이걸 절대 잊지 못할 겁니다." 카트차두리안 씨가 감탄했다.

"고마워요, 고마워요." 엘사 할머니는 곧바로 뒤돌아 마담 빅토리아에게 아르메니아인들의 프랑스어가 어색하다고 불평했다.

"유럽을 가서도 이날을 매년 기억할 겁니다. 내가 약속합니다."

"왜 말을 제대로 못 하는 거야?" 엘사 할머니가 다른 이모 할머니에게 수군거렸다. "카이로를 갔다, 영화관을 갔다, 미국을 갈 거다, 이런 식으로 말한다니까."

옆방에서 쾅 소리가 들렸다. "*Evviva lo sciampagna*(샴페인 축배를 듭시다)." 이탈리아 신사가 선언했다.

네심 할아버지는 장남인 자신이 대표로 첫 번째 병을 땄다고 알렸다. 그는 시끄럽게 해서 미안하다며 냅킨으로 손을 닦고 웨이터에게 뒤처리를 맡겼다.

"이건 제가 간직할게요." 네심 할아버지가 코르크에 적힌 소중한 비문을 해독하기라도 하듯 쳐다보는 증조할머니에게 말했다. "보통은 '백 살까지 장수하세요.'라고 하는데 뭐라고 해야 할지 모르겠네요."

"너무 애쓰지 마라, 네시코." 증조할머니가 아들의 팔을 쳤다. "넌 오늘 최선을 다했어."

"하지만 다시 오지 않을 날이잖아요."

"다시 오지 않을 날이지."

"다시 시작할 수 있다면."

"*Evviva signora*(축배를 들지요, 부인)." 아까 그 이탈리아인 신사가 모자의 감상적인 대화를 엿듣고 환호하며 갑자기 우렁찬 목소리로 마스카니의 오페라 《카발레리아 루스티카나》에 나오는 〈*Viva il vino spumeggiante*(포도주를 마시자)〉를 부르기 시작했다. 악단과 주변 사람들에게 보내는 그의 손짓에 노래를 잘 모르는 사람들도 같이 불렀다.

"우골리노 몬테펠트로예요." 할머니가 멀리서 키스를 날리며 옆의 손님들에게 말했다. "프랑스에서 돌아왔죠. 방금 프랑스에서 돌아왔어요."

코스타 씨가 오는 소리를 아무도 듣지 못했다. 그런데 난데없이 복도 한가운데 서 있는 그가 보였다. 어쩌다 이교도들의 진탕 마시는 난잡한 파티에 흘러 들어와서 아는 얼굴을 찾으려고 주변을 둘러보는 당황한 은둔자처럼 보였다. 여전히 봄버 재킷에 셔츠 깃을 풀어 헤쳤으며 머리는 기름을 발라 뒤로 넘기고 손질한 검은 턱수염은 윗입술에 닿을락 말락 했다.

"갑자기 죄송합니다." 코스타 씨가 할머니를 보자마자 말했다. "동생분, 각하를 꼭 만나야 합니다."

이런 갑작스러운 방문이 좋은 일일 리 없다는 사실을 잘 아는 빌리 할아버지가 "이런, 이런, 이런." 하고 중얼거리며 빠르게 걸어왔다. "주방으로 가지. 아니, 이쪽이야." 그가 코스타 씨에게 가끔 가정부 라티파의 방으로도 쓰이는 주방 옆 잡동사니 가득한 창고방을 가리켰다. "넌 나가거라." 빌리가 나를 가리켰다. "나도 들어갈래요." 나는 한마디도 하지 않고 조용히 있겠다고 했다. 울음을 터뜨리기 직전이었다. "그럼 들어와. 한마디라도 하면 가만 안 둔다."

"제 동생이 잡혀갔습니다." 코스타 씨가 숨도 쉬지 않고 말했다.

"위험했어. 다 알고 있었잖아." 빌리가 차분하게 말했다.

"그렇죠. 돈은 있습니다. 스위스 은행 계좌 번호도 있고, 명단도 있고."

"그 바보가 명단을 들고 다녔단 말인가?"

"그런 것 같습니다."

"그럼 다 끝이야."

코스타 씨는 아무 말도 하지 않고 계속 팔짱을 낀 채 무력하고 실망스러운 표정을 지었다. 당황한 표정을 일찍 보여 주면 충격을 피할 수 있을 것처럼.

"저도 각하만큼 곤란해졌습니다." 코스타가 마침내 입을 열었다. "오늘 밤 떠나는 배가 있어요. 그리스 상선인데 원한다면 타실 수 있게 조치하겠습니다. 저도 탈 거고요. 허락하신다면 몇 사람에게 더 알리겠습니다." 그 길로 보조 출입구로 나간 코스타 씨는 영영 소식이 없었다. 아내조차 소식을 몰랐다.

"가서 네심과 아이작 할아버지를 불러와라. 걱정스러운 표정 좀 짓지 마."

내 첫 번째 비밀 임무였다. 나는 적당할 때를 기다렸다가 두 할아버지에게 각각 *chambre des karakibs*, 아랍어로 빨리 창고방에 가 봐야 한다고 말했다. 두 사람을 그곳으로 안내하자 밖에 있으라는 지시가 떨어졌다.

문가에 귀를 대 보았지만 괴로움 섞인 외침 같은 소리밖에 들리지 않았다. 문이 열리더니 할아버지들이 가서 할머니만 데려오라고 했다. 할머니는 뭔가 잘못되었음을, 코스타 씨의 표정을 보고 경찰과 관련된 일임을 짐작했을 것이다. 아이작은 빌리에게 배를 타지 않는 게 좋겠다고 충고했다. 이제 코스타를 믿을 수 없다고. 대신 차를 준비해 줄 테니 곧장 카이로공항으로 가라고, 그러면 별다른 의심을 사지 않고 로마행 새벽 비행기를 탈 수 있을 거라고 했다.

이 모든 상황에도 빌리 할아버지는 전혀 놀란 기색이 없었다. 이집트 정부는 재산의 해외 반출을 금지했지만 그는 진작부터 이집트의 재산을 현금화해 몰래 스위스로 빼돌렸다. 들키면 감옥행이고 결국 추방될 수 있는 중범죄였다. 이집트에 남은 재산은 그저 명목상일 뿐 쉽게 포기할 만한 것들이었다. 그는 옷과 고가구도 유럽으로 보냈다. 두고 가는 거라고는 잡동사니와 러그, 무솔리니가 친필 서명을 담아 선물한 트레카니백과사전 세트가 있는 제대로 관리되지 않은 저택뿐이었다. 그 진귀한 백과사전 세트는 나중에 내 손으로 들어왔는데 이집트를 떠날 때 1달러도 안 되는 가격에 팔아 버렸다.

할머니는 창고방을 나오면서 손수건을 왼쪽 소매에 집어넣고 문을 닫았다.

"왜 그래요?" 아버지가 물었다.

"지금부터 왈츠를 추기로 했단다." 할머니가 대답했다.

그때 5중주단이 짧게 악기 소리를 냈고 사람들이 한가운데를 비워 놓았다. 막내아들 빌리가 백 살을 맞은 어머니와 베르디의 음악에 맞춰 왈츠를 추는 모습을 보기 위해서였다. 모자는 리허설 삼아 몇 번 방 안을 돌고 잠깐 멈추는 시늉을 하더니 다시 추었다. 박수갈채를 받으며 100개의 촛불 속에서 빙빙 돌았고 그대로 빌리가 제 어머니를 원래 앉아 있던 자리까지 데려다주었다. 그곳에서 기다리던 우리 어머니가 증조할머니를 자리에 앉혔다. 빌리는 자기 어머니를 내려놓자마자 물어보지도 않고 우리 어머니를 두 팔로 감싸더니 빠른 속도로 왈츠를 추기 시작했다. 아찔할 정도로 빠르게 방 안을 돌았다. 발 마조와 상트 오스발도 전투에 참가한 보병이 이브라히미에의 자전거 장사꾼 딸과 함께 빙빙 돌며 육순의 야수가 서른의 미녀를 사로잡을 수 있음을 과시했다.

왈츠가 끝나자 다들 손뼉을 쳤다. 빌리는 우리 어머니를 아버지에게 데려다주며 말했다. "네 아내한테 미안한 게 많다. 나하고 결혼했어야 하는데." 그는 우리 어머니 손을 잡고 입술 가까이 가져가며 말했다. "오랫동안 보지 못할 거야. 안녕히."

얼굴이 붉어진 어머니는 무슨 뜻인지 이해하지 못했지만 미소로 대답했다. "고마워요."

빌리는 서둘러 형의 운전기사와 형의 우비, 형의 정장, 창고방에서 꺼낸 낡은 여행 가방이 기다리는 주방으로 갔다. 공항에서 의심을 사지 않도록 누나들이 여행 가방에 낡은 옷을 잔뜩 넣어 둔 터였다. 보조 출입구가 열리자 층계참에서 들어온 강한 쓰레기 냄새가 주방에 퍼졌다.

한지붕 아래에서 지금 무슨 일이 벌어지는지 꿈에도 모르는 손님들이 이상하게 여기지 않도록 누나들이 한 명씩 가서 가장 소중한 형제와 작별 인사를 나눴다. 차례대로 눈물바람을 하다가 얼굴을 닦고는 다시 미소를 띠며 손님들에게 돌아갔다. 그다음에는 다른 누나가 가서는 어쩌면 두 차례의 세계대전 때도 그랬을 것처럼, 막내 남동생에게 몸조심하라고 당부했다. 빌리보다 열다섯 살이나 많은 우리 할머니는 마지막으로 인사했다. "울지 마라. 네가 울면 나도 울 거야." "안 울어요, 안 울어." 빌리는 포옹하고 입맞춤한 뒤에 부탁했다. "에스더 누나, 축복의 기도를 해 주세요." 할머니는 더 이상 눈물을 참지 못하고 소리 내 울기 시작했다. 떨리는 손바닥을 동생의 이마에 대고 흐느끼면서 히브리어를 읊고 "아멘."이라고 했다. "이제 됐어. 얼른 가거라." 할머니는 빌리의 재킷을 계속 어루만졌다. "편지한다고 약속해. 그냥 사라지면 안 된다." 빌리는 감정이 북받쳐 그저 고개만 끄덕일 뿐이었다.

운전기사가 여행 가방을 들고 먼저 원형 계단을 내려갔다. 빌리도 뒤따라갔지만 몇 계단 내려가지 못하고 갑자기 휘청거리며 난간에 기댔다.

"Santa Madonna(맙소사)*!"* 할머니가 소리쳤다.

몇 초 후 빌리는 때 묻은 계단 디딤판에 주저앉아 큰 소리로 울음을 터뜨렸다. "다시는 어머니를 못 볼 거야." 양손으로 얼굴을 감싸고 주정뱅이처럼 휘청거리면서 울기 시작했다. "어떻게 어머니한테 작별 인사도 하지 않고 간단 말이야, 어떻게!"

내가 그의 입술에 흐르는 피를 보고 소리쳤다. "피 나요!" 그는 호들갑 떨지 말라며 손바닥으로 피를 닦고 다시 울었다. 운전기사가 그를 도와주려고 여행 가방을 내려놓고 다시 올라왔다. "됐어. 잠깐 그냥 놔둬." 할머니가 나더러 가서 위스키 한 잔을 가져오라고 했다. "꼭 엘사 할머니한테 말하거라. 알아서 줄 거다." 하지만 나는 히샴에게 말했다. 히샴이 곧바로 한 잔 따라 주었다. 커다란 위스키잔을 들고 복도를 지났지만 뭐라고 묻는 사람이 아무도 없었다. 식료품 저장실에 이르렀을 때 걸음을 멈추었다. 아무도 없었다. 기둥 뒤에 숨어 위스키잔에 침을 뱉고 손가락으로 저었다.

"개 같은 삶이군." 빌리가 위스키를 마시고 신세를 한탄했다. "이러려고 지금껏 그 고생을 했나." 마침내 그가 작별 인사를 했다. "*Adios*(안녕히)."

할머니와 나는 조명이 흐릿한 저 아래 소용돌이 모양의 계단 난간에서 그의 회색 모자와 손이 완전히 사라져 보이지 않을 때까지 손을 흔들었다.

"아무한테도 말하면 안 된다." 할머니가 엄하게 말했다.

우리는 주방 문을 닫고 식료품 저장실을 지나 그 문도 닫고 어느새 손님들 틈으로 돌아갔다.

"어디 갔다 오셨어요?"

아버지의 물음에 할머니가 손사래를 쳤다. "묻지 마라." 하지만 할머니는 당혹스러워하는 아버지의 얼굴을 보고 말했다. "빌리가 갔다."

"이렇게 일찍요?"

"아주 떠났다고. 알아들어?"

그 사실을 이틀 동안 증조할머니만 몰랐다. 100세 파티를
망치지 않도록 다들 거짓말을 했다.

"카이로에 갔어요. 왕께서 보자고 하셔서." 결국은 이렇게
말했다.

아무도 말해 준 사람이 없어서 증조할머니는 왕이 몇 년 전
에 폐위된 사실을 몰랐다. 그래도 뭔가 이상하다는 것을 눈치
챘다. "혹시 죽은 건 아니지?"

"죽어요? 누가요, 빌리가요? 그 앤 불사조예요. 그 사람하
곤 달라요."

'그 사람'은 우리 할아버지를 말하는 거였다.

"아니, 그 사람은 스스로 죽길 원했지." 친척이자 우리 집
안의 동종요법 의사인 알카베스 박사가 말했다. 100세 파티
의 마지막 사흘째 되는 날 점심을 먹을 때였다. "내가 알베르
트한테 살 수 있다고 했거든. 그런데 치료법을 듣더니 싫다
는 거야. '그냥 덮어 두면 죽을 것이다.'라는 터키 속담을 들더
군. '알베르트, 이러면 결과는 하나뿐이야!'라니까 뭐라고 했
는지 알아? '배를 갈라 귀한 장기를 다 긁어내고 속 빈 피망처
럼 되느니 죽는 게 낫지. 사양하겠어.'라는 거야."

"불쌍한 사람이었지." 몇 주 후 속죄일에 좁은 무덤 사이를 지나다 외할아버지가 어머니에게 말했다. 우리는 외증조할머니의 무덤에 꽃을 놓고 이제 할아버지의 무덤으로 가는 중이었다. 성녀는 함께 오지 않았다. 아직 화가 풀리지 않아 공주와 마주치기 싫어서였을 것이다.

나는 전에 아버지랑 묘지에 와 본 터라 할아버지의 무덤을 알아서 낮은 묘비를 피하며 어슬렁어슬렁 앞장서 걸었다. 할아버지 묘에 도착해 보니 아버지가 기다리고 있었다.

아버지 혼자였다. 성녀와 마찬가지로 공주도 오지 않았다.

"불쌍한 사람." 외할아버지가 잠시 생각에 잠겼다가 말했다. "평상시 사이가 좋진 않았지만 신은 아실 거야. 내가 절대로 악의를 품진 않았다는 걸. 그래도……." 다 지나간 일이라는 뜻이었다. "내가 낭송을 좀 해도 되겠나?" 외할아버지는 종교 문제인 만큼 너무 강압적으로 보이지 않으려고 조심하면서 사위에게 물었다.

"그러세요." 아버지는 '꼭 하시겠다면요.'라고 말하듯이 속마음을 억누르는 표정이었다.

외할아버지는 약간 소심하며 온순할 정도로 나직하고도 느릿하게 몇 마디를 읊었다. 신앙인에게 기대하기 어려운 가볍게 사과하는 듯한 분위기가 풍겼다. 그 모습을 보니 인내심을 잃으면 분노와 표독함이 넘치고 고함을 치지만 평상시에는 온순하고 확신이 없고 상냥한 어머니가 떠올랐다.

외할아버지가 다 끝내고 쳐다보자 어머니는 즉각 히브리어로 두세 마디를 읊고 "아멘."으로 마무리했다.

"*Voila, Monsieur Albert*(아, 무슈 알베르트)." 외할아버지는 묘비를 가만히 쳐다보았다. 평상시 불편하기만 했던 사위의 어깨를 소심하게 만졌다. 도를 넘는 것 같아 걱정되지만 미루고 싶지 않은 질제된 조의였다. "자네 심정 이해하네. 우리 모두 조만간 이집트를 떠나야 하는데 사랑하는 사람들을 남겨 두고 간다는 생각만 하면 가슴이 아프지. 나는 우리 어머니, 자네는 자네 아버지. 태어난 곳에서 사랑하는 이들과 함께 묻힌 게 더 행복할 걸세. 자네 아버지가 한번은 이런 말을 했네. '다들 곧 여길 떠나는데 난 뭐 하러 이집트에 왔을까? 나 혼자 오도 가도 못 하고 발이 묶여서 관 속에 하릴없이 누워 있겠지. 더러운 발이 득실거리는 바싹 타들어 가게 건조한 먼지 구덩이에 누운 마지막 유대인이겠지.' 그는 이집트를 싫어했는데 이집트에 묻혔어. '아는 사람 하나 없는 공동묘지에 묻히는 것보다 끔찍한 일이 있겠소, 자크 씨?'라고 묻겠지." 외할아버지가 이어서 말했다. "잘 듣게. 죽는 것보다 무덤을 찾아오는 이가 아무도 없고 묘비의 이름을 닦아 줄 사람이 없다는 게 더 끔찍하네. 몇 달 몇 년 동안 기일에는 기억해 주겠지만 한 세대만 지나면 잊혀. 육신도 흙으로 돌아가 아예 태어나지 않은 상태가 되지. 백 살까지 살아도 태어나지 않은 거야."

아버지는 아무런 대답도 하지 않았지만 100세 파티를 암시한 걸 놓치지 않았다.

우리 네 사람은 공동묘지를 떠나면서 죽은 가족을 위해 기도하러 온 다른 유대인 가족들을 만나 인사했다. 외할아버지는 예배당에 갈 거라면서 같이 가겠느냐고 물었다.

"오늘은 됐습니다." 아버지가 거절했다.

"난 갈래."

어머니의 말에 혼자 가야 하는 처지였던 외할아버지가 기뻐했다.

특별한 것 없는 알렉산드리아의 가을 평일 아침이었다. 가자면 해변에도 갈 수 있는 날씨였다. 아버지는 시내를 걷자고 했다. 어디 들어가 커피를 마시기에는 아직 이른 시간이었다.

아버지는 갑자기 뭔가 떠오른 모양이었다. "가자." 우리는 대로를 좀 더 빠르게 걸었고 모퉁이를 몇 번 돌아 나온 셰리프거리의 골동품 가게 앞에 멈춰 섰다. 아버지는 가게 안을 들여다보며 망설이더니 커다란 유리문을 열었다. 차임벨 소리를 들으며 들어간 가게는 증조할머니의 집을 떠올리는 물건들로 가득했다. 직원 둘이 창가에 동전이 담긴 벨벳 패드를 진열하느라 바빴다.

"뭘 도와드릴까요?" 직원 중 한 명이 물었다.

아버지는 머뭇거렸다. "아뇨, 됐습니다."

서른도 안 되어 보이는 여직원은 당황하는 듯했다. 아버지는 초조해하고 있었다.

"실은 말이죠." 아버지가 창밖을 보며 운을 뗐다. "그쪽이 우리 아버지와 아는 사이라서 왔습니다. 아버지가 그쪽에게 내 아들 이야기를 했다는 것도 알고요. 내 아들을 보고 싶어 할 것 같아서 왔습니다."

"내가 손님 아버지를 안다고요? 잘못 아신 것 같은데요." 눈썹을 치켜뜨며 말하는 그녀의 목소리는 거만한 느낌마저 풍겼다. 하지만 내가 사태를 파악하기도 전에 그녀의 얼굴이 붉어지고 눈가에 촉촉이 눈물이 맺혔다. "그래요." 그녀는 우리가 들어왔을 때부터 줄곧 들고 있던 까만 벨벳 패드를 내려놓았다. "그래요." 앤티크 의자에 털썩 쓰러지듯 앉아 손등을 허벅지에 댔다. "네가 그 애구나. 어디 보자." 그녀는 무릎을 꿇어 눈높이를 맞췄다. "당신을 빼다 박았네요." 그녀가 우리 아버지를 쳐다보았다. "선생님도 만나서 반가워요. 이렇게 찾아와 줘서 얼마나 기쁜지 모를 거예요."

"그럴 것 같았습니다. 당신이 아버지의 손자를 보고 싶어 한다는 말을 아버지가 자주 했거든요. 마침 오늘 아침에 시간이 나서 이렇게 데려왔습니다."

"우연의 일치네요. 안 그래도 어제 선생님 아버지 얘기를 했는데." 그녀는 여전히 당황한 얼굴을 하고 한 손가락으로 내 손을 만졌다. "잠깐만요, 동생한테도 말해 줘야겠어요. 디에고! 이리 와서 누가 왔는지 봐봐." 그녀가 소리쳤다.

뒤쪽에서 그녀보다 약간 어려 보이는 남자가 나타나 귀찮은 듯이 물었다. "왜?"

"묻지만 말고 한번 자세히 봐봐." 누나가 동생을 재촉했다.

남자의 시선이 나와 아버지에게 고정되었다. "미안한데 뭔지 모르겠어."

"얘가 손자야."

"손자라니 대체 무슨 손자?" 남자는 화가 폭발할 것 같았다.

"넌 상아색 당구공을 보내 놓고도 못 알아보니?"

"맙소사!" 남자는 한 손으로 입을 막았다. "손자 얘기를 몇 번 하시긴 했지만 이렇게……."

그는 나에게 당구를 치는지 물었다. 나는 고개를 저었다. 그러자 자신이 나에게 전해 주라고 할아버지에게 준 당구공을 아직 가지고 있는지도 물었다. 방에 있다고 했다. 무슨 색깔이냐고도 물었다. 그래서 대답했다.

"그쪽 아버지, 참 대단하신 분이었죠! 무슨 말인지 알 겁니다." 남자는 잠깐 생각하고 나서 덧붙였다. "아니, 아마 모를 거예요. 누구든 자기 '아버지'는 잘 모르는 법이니까." 그는 즉흥적으로 떠오른 생각인 듯 물었다. "얘한테 뭐 줄 게 없을까?"

혈연관계가 아닌데도 자신의 아버지를 공경하는 사람이 있다는 사실이 여전히 믿기지 않은 아버지는 점점 불편해지기 시작했다. 그토록 쉽게 아버지에게 넘어가 사랑하게 된 저

남매가 바보천치는 아닌지 의심하는 눈치였다.

"그러지 않아도 됩니다." 아버지가 거절했다.

"별것 아니니까 부담 갖지 마세요."

"그러지 마세요."

"선생님, 선생님 아드님뿐 아니라 아버님에게 드리는 선물이기도 합니다. 제발 허락해 주세요." 디에고가 간청했다.

그는 손잡이 두 개에 사자 갈기가 달린 낡은 갈색 서랍을 열어 작은 보석 상자를 꺼냈다. 안에는 동그란 터키석이 박힌 금색 넥타이핀이 들어 있었다.

"네 거야." 디에고의 누나가 나에게 작은 상자를 건넸다.

"아이에게 키스해도 될까요?"

"물론이죠." 아버지가 대답했다.

"선생님 아버지는 정말 특별한 친구였어요."

아버지는 대답하지 않고 오래된 벽시계에 관심을 보이기 시작했다. 하지만 젊은 여성은 선물을 받았다고 꼭 뭔가를 사야 한다는 부담을 느끼지 말라며 막았다.

"대신 다음에 또 근처에 왔다가 시간이 나면 아이를 데려와 주세요."

남매는 우리를 문까지 배웅해 주고 작별 인사를 나눴다. 코니시의 커피숍으로 가는 길에 나는 작은 상자를 꽉 쥐고 있었다. 아버지가 상자를 달라고 할까 봐 길을 건널 때 아버지의 손도 잡지 않았다. 걱정한 그대로였다.

"내 주머니에 넣어 두마." 아버지가 조심스럽게 상자를 가져갔다. "우리만의 비밀로 하는 게 좋겠다."

아버지는 맑은 하늘을 올려다보며 잠시 생각에 잠기더니 정면을 응시하곤 아무 일도 없었다는 듯 말했다. "늘 앉는 자리가 있어야 할 텐데."

4장
불 꺼!

Taffi Al-Nur!

어머니는 그날 저녁 털실 가게에서 나오자마자 뭔가 이상한 낌새를 알아차렸다. 평상시 북적거리는 대형 광장의 버스 터미널이 웬일로 어둠에 덮여 있었다. 사람들이 초조하게 걸어가고 인도는 버스를 기다리는 사람들로 가득했다. 도착한 버스는 평상시보다 꽉 찬 승객들의 무게로 기우뚱했다. 문에 매달린 사람들, 옆 사람을 잡은 이들도 있었다. 도시에서 가장 큰 백화점 해나스에 갑자기 조명이 꺼지고 오른쪽의 해나스 아넥스도 불이 나가자 다들 깜짝 놀랐다. 웅성거리기도 하고 백화점에 조명이 꺼졌다며 크게 외치고 다니는 사람도 있었다. 그다음은 세인트 캐서린의 불이 꺼졌다.

사방이 어두워졌다. 어머니와 나는 띄엄띄엄 보이는 불안한 자동차 전조등 불빛을 따라 걸음을 뗐다. 다른 사람들도 그러는 것 같았다. 갑자기 갈라베야를 입은 남자들이 다급하게 몰려와 부딪힐 뻔했다. 그들은 뭐라고 구호를 외치고 있었다.

어머니는 내 손을 잡고 급하게 셰리프거리로 걷기 시작했다. 인도를 점점 더 빠르게 걷다 보니 근처의 식료품점이 눈에 띄었다. 그리스인 주인은 약탈자들을 쫓아 버리려는 듯 크랭크를 무기 삼아 들고 문 앞에 서 있었다. 가게 안을 보니 우리처럼 피할 곳을 찾아 헤매던 사람들이 가득했다.

가게 주인은 셔터를 무릎 정도까지 낮추고 몸을 수그려 기듯이 안으로 들어갔다. 기다란 크랭크는 문설주에 대놓았다. 앞치마를 잡아당겨 주름을 펴고 두 손을 비볐다. 이번 역경도 헤쳐 나갈 수 있으니 아무것도 아니라는 듯 다음 손님의 물건을 계산하기 시작했다.

식료품 주인은 이 가을 저녁에 가게를 일찍 닫을 생각은 조금도 없었다. 커피숍과 상점에서 흘러나오는 요란한 불빛이 넘실거리는 퇴근 시간 후에는 거리에 손님이 가득하기 마련이었다. 특히 낮이 짧아진 요즘은 해가 저문 후에도 늦게까지 영업하는 상점이 많았다. 창문 사이로 여자들이 장갑을 껴 보고 여직원들은 형형색색의 스웨터를 끝도 없이 개고 쌓는 모습을 볼 수 있었다. 스웨터 보풀이 턱을 간질였다. 찻집에서 보내는 기나긴 저녁, 크리스마스 쇼핑과 선물에 앞서 만나는 모직 스웨터의 푹신한 가을 냄새는 가슴이 따뜻해지는 무언가가 있었다. 나는 스웨터가 턱을 간질여도 그대로 내버려 두고 알렉산드리아에서 가장 큰 페이스트리 가게 델리스의 타르트와 핫초콜릿을 떠올렸다. 그날 저녁 우리는 델리스에서 플로라 숙모를 만나기로 했고 나중에 아버지도 올 예정이었다. 부드러운 오렌지빛 조명 아래에서 평상시처럼 오래된 항구가 내다보이는 테이블에 앉아 있으면 웨이터가 커다란 접시에 담긴 패밀리 메뉴를 가져다줄 터였다.

그날 어머니와 나는 내 첫 겨울 교복을 사러 나간 거였다. 오후에 어머니가 학교로 데리러 왔다. 어머니는 학교 밖 파라온스거리에서 택시에 앉아 기다리다 내가 보이자마자 운전기사에게 경적을 몇 번 울리라고 했다. 다른 아이들이 스쿨버스를 타려고 줄 서 있을 때 나는 택시에 탔다. 어머니는 나를 접이식 보조석에 앉혔다. 기사가 문을 닫자 뒤에서 나에게 키스했다.

한 시간도 채 안 되어 교복을 주문했다. 다른 아이들은 학교 매점에서 주문했지만 어머니는 외할머니가 다니는 양복점에서 내 교복을 맞추고 싶어 했다. 공주는 해나스백화점에서도 교복을 판다며 어머니에게 타협안을 내놓았다. 맞춤복보다 비싸지도 않고 다른 아이들이 입는 교복처럼 한쪽으로 기울지도 않을 거라면서. 겨울 코트도 사야 했다. 나는 반 아이들처럼 두 줄로 구멍이 뚫린 벨트에 커다란 가죽 버클이 달린 거친 모직 트렌치코트를 원했다. 하지만 몇 종류를 알아본 어머니는 재단사가 만드는 코트가 더 낫다고 결론 내렸다. 우리 집은 가난하지 않다면서.

해가 저물 무렵 우리는 아지자가 몇 주에 걸쳐 떠 줄 스웨터의 털실을 사러 아르메니아 사람이 운영하는 가게에 들렀다. 어머니는 나에게 스웨터 색깔을 직접 고르라고 했다. 망설이다 살구색을 골랐다. 어머니는 나에게 잘 받지 않는 색이라며 남색을 권했다.

하지만 가게 주인은 내가 고른 색깔을 자랑스러워했다. "그 아버지에 그 아들이네요."

"우리 남편은 절대 살구색 옷을 안 입어요." 어머니가 발끈하며 말했다.

"마담, 그건 그렇겠지만 그쪽 남편분 공장에서 이 털실을 염색했거든요. 보세요." 주인은 아래쪽 통에서 다른 털실 뭉치를 꺼냈다. "그쪽 남편분 아니면 울을 이런 색깔로 염색 못하지요. 절대로." 아버지가 평범한 이집트산 양털에 기막히게 멋진 색조를 입히는 미켈란젤로라도 되는 듯했다.

기분이 좋아진 어머니는 살구색도 사라고 했고, 가게 주인과 칭찬의 말이 더 오갔다. 그리고 털실 가게를 나와 모하메드알리거리 쪽으로 몇 걸음 떼지 않았을 때 갑자기 시내의 불빛이 꺼진 거였다.

10분 후 우리는 빽빽하게 들어찬 그리스인의 식료품점에 있었다. 얼마 후 주인은 가게의 조명을 전부 꺼야만 했다. 이집트인이 돌돌 말아 올리는 덧문을 치고 골목길을 뛰어다니며 "*Taffi al nur*, 등화관제다! 불 꺼!"라고 소리쳤다. 다들 그 말을 따라야 했다. "문제가 생기면 안 되잖아요." 그리스인 주인이 손님들에게 양해를 구했다.

어둠 속에서 나는 어머니의 손을 잡았다. 어머니는 도시의 떠들썩한 저녁을 뚫는 울부짖음, 알렉산드리아에서 가장 가난한 동네인 아타린지구에서 끊임없이 들려오는 굉음을 듣지 못했다. 누군가는 사이렌이라고 했다.

"도대체 무슨 일이에요? 어두워서 하나도 안 보여요." 한 여자가 이탈리아어로 투덜거렸다.

"잠깐만요." 식료품점 주인이 말했다. 철제 셔터가 덜거덕거리고 끝부분이 땅을 치는 소리가 들렸다. 몇 초 후 뒤쪽에서 누군가 약한 조명을 켰다.

"브라보!" 한 손님이 외쳤다. 모두 손뼉을 쳤고 다시 영업이 시작되었다.

"금방 끝나고 집에 갈 수 있을 거야." 누군가 말했다.

"하긴, 놈들이 얼마나 버틸까?" 다른 사람이 프랑스어로 이집트 군대를 비웃었다.

"길어 봤자 하루나 이틀?" 또 다른 사람이 추측했다.

"그렇다면 영국이 이 사태를 해결해 주고 이집트인이 수에 즈운하 국유화 이후에 간청한 호된 매질을 해 줄 겁니다. 수주 안에 정상으로 돌아갈 거고요." 네 번째 사람이 장담했다.

"*Inshallah*, 신이 허락하신다면." 유럽인이 아랍어로 말했다.

우리는 계산대로 갔고 어머니가 전화기를 쓸 수 있는지 물었다. 직원은 다른 사람들도 전화기를 쓰려고 차례를 기다리는 중이라고 했다. "그럼 우리도 기다리겠어요." 어머니는 우리 앞에 선 남자에게 손짓으로 먼저 전화를 쓸 수 있느냐고 물었다. 어린아이도 있고 짐도 많다는 걸 보여 주었다. 남자는 어깨를 으쓱하며 다들 급한 것은 마찬가지라고 했다. 어머니가 중얼거렸다. "미친놈 같으니!"

먼저 전화를 쓰던 사람이 사용료를 낸 뒤 남자가 수화기를 들고 다이얼을 돌리기 시작했다. 그는 매우 걱정스러운 얼굴로 수화기에 집중했다. 그러더니 갑자기 안도감으로 얼굴에 환한 미소가 피었다. "여보세요, 엄마?" 그가 북적거리는 식료품점 한가운데에서 소리쳤다.

그의 어머니는 귀가 잘 들리지 않아 크게 소리쳐 말해야 하는 듯했다. 그는 자기가 갈 때까지 꼼짝 말고 집에 있으라고 말할 때마다 머리를 홱홱 움직였다. "지하 대피실로 가세요. 딴 데 가시면 안 돼요, 아셨죠?" 수화기 너머에서 그의 어머니가 투덜거리는 소리가 들렸다. "아셨죠?" 그가 더 크게 말했다. 하지만 그의 어머니는 계속 뭐라고 지껄일 뿐이었다. "아셨죠? 알아들은 거예요, 아니에요?" 그가 소리쳤다. 드디어 어머니가 알았다고 했는지 그는 화난 듯 "꼭이요."라고 말한 뒤에 작은 소리로 "저도요." 하고는 통화를 끝냈다.

그가 계산대 직원에게 돈을 내고 우리 차례가 되었다. 어머니는 평상시처럼 수화기를 들고 잠깐 기다렸다가 다이얼을 돌리기 시작했다. 다이얼을 돌리자마자 나에게 수화기를 건넸다. 통화 중이라는 내 말에 어머니가 위협적으로 "정말이야?"라고 물었다. "정말이에요." 어머니는 다른 번호로 걸었다. 이번에는 신호가 갔다. 누구한테 걸었는지 받지 않았다. "사무실에 아무도 없나 보다." 이렇게 말하고 세 번째 번호로 걸었다. "어디니?" 수화기 너머에서 공주가 물었다. "여기저기 다 찾았어. 해나스백화점에 전화까지 했지 뭐니."

"여기 식료품점이에요." 내가 대답했다.

"식료품점! 이런 때 식료품점에서 뭐 하는 거야?" 공주가 소리 질렀다.

"왜 식료품점에 있냐고 하세요." 내가 어머니에게 전달했다.

"그거야 두아가제 때문이지. 말씀드려, 두아가제 때문이라고." 어머니가 지지 않고 응수했다.

"두아가제 때문이래요."

"뭐 때문이라고?"

"두아가제요."

"도대체 두아가제가 뭔데?"

"두아가제가 뭐예요?" 내가 어머니에게 물었다.

"전쟁 때 불을 다 끄는 거."

"등화관제지!" 할머니가 화나서 소리쳤다. "좀 제대로 말할 수 없니? 그러다 아들까지 그렇게 말하면 어쩌려고!" 할머니는 혼잣말처럼 말하고는 언제쯤 집에 오느냐고 물었다.

"택시가 없어요." 내가 할머니에게 설명했다.

"지금 있는 식료품점이 어디냐?"

"밀티아데스." 어머니가 알려 주었다.

"완전히 *끄트머리* 쪽이잖아. 하고많은 가게 중에 왜 하필 밀티아데스에 간 거야? 내가 데리러 가마."

"할머니가 온대요."

"뭐? 오지 말라고 해! 우리가 할머니 집으로 간다고 해."

할머니가 데리러 가겠다고 우기는 동안 밖에서 공습경보 해제 사이렌이 울려 퍼졌다. 할머니도 수화기 너머에서 그 소리를 들었다. "당장 오거라." 할머니가 명령했다. 그리스인 주인 부부는 큰 조명을 켜는 동시에 셔터를 올렸다. 제2차 세계 대전 때의 등화관제가 사람들의 기억에 생생히 남아 있을 때였다. "신사 숙녀 여러분, 지금까지 밀티아데스에 잘 계셨습니다. 이제 가셔도 됩니다." 주인은 팁을 기대하는 안내인처럼 문가에 서서 손님들에게 일일이 좋은 저녁을 보내라고 말했다. 동질감이 감도는 따뜻한 분위기가 좋았는데 벌써 가야 한다니 아쉬웠다. 담배와 향수, 축축한 양모 코트 냄새를 풍기는 사람들 틈에 있으니 이상하게도 편안했는데.

어머니는 집에 돌아갈 방법이 없다는 걸 깨달았다. 셰리프 거리에 이르렀을 때는 이미 모든 상점이 문을 닫았고 거리는 빠르게 인적이 끊기고 있었다. 택시도 없고 평상시 해나스백화점 앞 보도에서 대기하는 마차들도 사라지고 없었다.

유일한 선택권은 람레에서 할머니가 사는 그랜드스포팅까

지 가는 전차뿐이었다. 하지만 람레는 꽤 먼 거리였다. "걸을 수 있겠니? 람레역까지 걸어가야 해. 그것도 빨리 걸어야 해." 어머니는 작은 꾸러미 두 개를 주고 내 손을 잡은 채 힘차게 앞서서 걷기 시작했다. 밀티아데스에서 차와 쪽파 피클을 괜히 샀다며 투덜거렸다.

도시는 온통 어두컴컴했다. 오토만제방 벽에 바짝 붙어서 되도록 차를 피하며 투숨거리의 모퉁이를 돌았다. 어머니는 어두워서 팔라키거리를 놓친 게 아닌지 멈춰 서서 확인했다. 다행히 아니었다. 아직 팔라키거리가 나오려면 더 가야 한다고 말했다. 대로로 향하는 어둡고 좁은 인도를 걷고 있음을 알아차렸을 때 또다시 도시 전체에 사이렌 소리가 울려 퍼졌다. 뒤쪽에서 사람들이 뛰기 시작하고 근처 건물을 밝히던 불빛이 곧장 꺼져 버렸다. 공포에 질린 남자들이 알라신을 외치며 비명을 질렀다.

우리도 대로를 향해 더욱더 발걸음을 재촉했다. 교차로에 이르자 전차역 주변에 엄청난 인파가 모여든 것이 보였다. "생각보다 심한데." 어머니는 잠시 멈추고 숨을 돌렸다. 지금쯤 지하 대피소는 사람들로 꽉 찼을 것이다.

상점들이 영업을 끝내고 문을 닫은 늦은 저녁의 사아드자글룰대로를 예전에도 본 적이 있지만 이날은 달랐다. 불이 전부 다 꺼져 있었다. 옆에서는 *갈라베야*를 입은 사람들이 급하게 전차역으로 뛰어가고 한 여자는 귀가 찢어질 듯한 목소리로 남자아이의 이름을 불렀다. 별빛에 어두컴컴한 윤곽이 드러난 대로의 건물들 사이로 저 멀리 은색 반점들이 반짝였다. 항구였다.

우리는 델리스에서 2미터도 떨어지지 않은 곳에서 그곳의 수석 페이스트리 셰프 키리오 야니를 마주쳤다. 그는 우리를 알아보고 주방 시설이 있는 델리스 별관으로 몸을 피하라고 제안했다. 그러곤 어두운 주방에 서서 절대 스무하로 돌아가지 말라고 경고했다. "거기는 총격이 벌어지는 곳이라 위험할 겁니다." 어머니는 스무하로 가지 않을 생각이라고 말했다. 커다란 오븐처럼 생긴 것 앞에서 담배를 피우던 이집트인 페이스트리 셰프가 갓 구운 페이스트리 두 개를 갖다 주었고 우리는 그 자리에서 먹어 치웠다.

"두 개 더요, 두 개 더." 키리오 야니가 강력하게 권했다. 어머니가 거절하기도 전에 밀푀유 두 개를 내밀었다. 그렇게 부드러운 밀푀유는 처음이었다. 그가 다른 방으로 가더니 종이를 만지작거리는 소리에 이어 작은 꾸러미를 들고 나타났다. "이건 식구들 주세요. 이제 가야 합니다. 따라오세요."

키리오 야니는 경보 해제 신호가 들릴 때까지 기다리지 못하고 하얀 멜빵바지에 겨울 코트를 걸치며 계단의 불을 껐다. "천천히, 천천히." 그는 이렇게 속삭이고 거리로 난 문을 열었다. 인도에는 개미 한 마리 보이지 않았다. "주위에 폭탄이 있을까요?" 내가 물었다. "조용히 해!" 키리오 야니가 사납게 말했다. 미신을 믿는 그는 내 말 때문에 영국군의 폭탄이 터지는 걸 바라지 않았다. "우선 세실 호텔로 갈 겁니다. 거기가 역이랑 가까워요." 그가 다시 밖을 엿보았다. "갑시다." 그는 영국인 포로들이 독일의 수용소에서 탈출하는 영화 장면을 흉내 내는 듯했다. 어머니는 나를 앞으로 밀면서 뒤에서 서둘러 따라왔다. 뒤돌아보니 어머니는 반 정도 먹은 케이크 조각을 한 손에 들고 있었다.

모든 알렉산드리아 시민이 키리오 야니와 똑같은 생각을 했는지 호텔 로비는 다음 전차가 터미널에 들어오기를 초조하게 기다리는 사람들로 가득했다. 전차가 오면 다들 우르르 길을 건너 올라탈 생각이었다. 호텔에 도착하자마자 지치고 낡은 금속이 철커덕하는 전차의 종소리가 들린 듯했다. "*Yalla*, 갑시다." 키리오 야니가 속삭였다. 앞쪽에 붉은색으로 *빅토리아*라고 적힌 전차를 호텔의 그 누구보다도 재빨리 발견한 그는 어머니와 나를 가장 먼저 태울 생각이었다.

어머니는 내 손을 잡고 있던 그리스인이 서둘러 길을 건너기 시작하는 이유를 곧장 눈치 채곤 양손에 꾸러미를 들고서 뒤따랐다. 전차에 올라탄 키리오 야니와 나는 맨 끝의 일등칸으로 뛰어갔다. "여기 앉아라. 난 네 어머니를 살필 테니." 페이스트리 셰프가 나에게 지시했다. 그는 창문을 내려서 얼굴을 내밀고는 어둠 속에다 손을 흔들기 시작했다. 플랫폼에 어머니의 흔적은 보이지 않았다. "어디 있는 거지?" 키리오 야니가 중얼거렸다. 그때 어머니의 목소리가 들렸다. 어머니는 선로의 측선으로 우리가 탄 전차 뒤칸까지 달려왔다.

"죽을 뻔했어요!" 키리오 야니가 소리쳤다. 그는 전차에 먼저 타려고 선로로 달려올 생각은 해 본 적도 없었다. 우리의 구원자는 창문을 닫고 집까지 무사히 잘 도착하기를 빌어 주며 어머니더러 가족들에게 안부를 전해 달라고 했다. "그럼 다음에 뵙죠." 그는 사람이 꽉 들어찬 선로를 용감하게 빠져 나갔다. 이 시대에는 페이스트리를 굽는 요리사일 뿐이지만 다른 시대에는 용감한 저항군 투사였을 남자가 연상되는 모습이었다.

강철 바퀴가 리듬을 타고 덜커덕거리며 전차가 출발했다. 창밖으로 달 없는 하늘 아래 기이한 숲 같은 람레와 마자리타가 지나가는 모습을 바라보았다. 내 손밖에 보이지 않을 때도 있었다. 바퀴 소리와 객차의 흔들림, 이등칸에서 보이지도 않는 역 이름을 말하는 안내원의 유령 같은 외침만 들려왔다.

옆에 앉은 노부인이 내 쪽으로 기대 왔다. 근처에서 누군가 기침을 하기 시작했다. 어머니가 내 어깨를 툭 치고 사탕을 주었다. 자신이 먹을 사탕을 까는 소리도 들렸다.

캠프드세자르 다음에 두 번째 채트비역에 도착할 거라고 어머니가 말했다. 그다음이 이브라히미에역이며 프티스포팅을 지나면 할머니가 사는 역이 나온다고. 하지만 안내원이 채트비역을 외치는 순간 나는 그리 멀리 오지 않았고, 평범한 전차역이라고 생각한 곳이 혼잡한 선로를 따라 일정치 않게 들어선 가판대와 간이역에 불과하다는 사실을 깨달았다.

모두를 경악시킨 일이 그때 일어났다. 경보 해제 신호가 몇 분 전에 울린 모양이지만 아무도 듣지 못했다. 오랜 잠에서 깨어나듯 도시를 뒤덮었던 밤이 걷히고 갑자기 스포팅과 클레오파트라 전역이 번잡스러운 조명을 되찾았다. 이내 객차에도 불이 켜졌다.

우리는 창문을 열었다. 그랜드스포팅에서 두 갈래로 갈라지는 바코스와 빅토리아 노선을 따라 저 멀리 클레오파트라까지 점점이 흩어진 불빛은 마치 거대한 V자 모양의 가설 활주로 같았다. 텅 빈 플랫폼에는 허리를 구부린 형체가 홀로 서서 초조한 듯 전차가 멈추는 모습을 바라보고 있었다. 할머니였다.

할머니는 눈을 가늘게 뜨고 전차를 쳐다보았다. 뒤로 몇 발 자국 떨어진 가정부 라티파는 벌써 손을 흔들고 있었다.

"무사해서 정말 다행이다." 공주가 어머니에게 키스했다. "얼마나 기다렸는지 몰라."

"전차가 가다 서고 가다 서고 그랬어요." 어머니가 설명했다. "도대체 무슨 일이에요?"

"무슨 일이긴! 전쟁이 난 거지. 네 엄마가 빵집 사람한테 연락받고 전화했더라. 다들 걱정하고 있다."

내가 아버지는 어디 있는지 물었다.

"같이 왔지." 할머니가 대답했다. 아버지는 역장실에 구부정하게 서서 아랍어 뉴스 속보를 듣고 있었다.

"안 좋아, 안 좋아." 아버지가 이렇게 중얼거리며 우리 쪽으로 걸어왔다. "이집트 전역에서 등화관제를 실시했대요. 영국, 프랑스, 이스라엘이 공격을 개시했어요. 어떻게 될지 몰라요."

전차 옆에 선 아버지는 처음 보았다. 아버지는 항상 자가용으로 움직였다. 버스나 전차는 물론 택시조차 타지 않았다. 그런 아버지가 전차역에 있으니 대중교통으로 매일 출퇴근하는 다른 아버지들처럼 수수해 보였다. 그런 아버지가 더 마음에 들었다.

스무하는 위험하니 가지 말라던 키리오 야니의 말이 옳았다. 그날 밤 아버지는 전쟁이 벌어지는 동안 스포팅의 증조할머니 집에서 지내기로 결정했다. 다른 두 가족도 그날 오후에 하인들까지 데리고 피난 온 터라 평상시 어둡고 울적한 낡은 빅토리아식 아파트가 축제 분위기로 변했다.

"전쟁이 오늘 낮에 시작된 걸 몰랐단 말이냐?" 아이작 할아버지가 꾸짖는 기색을 감추지 않고 어머니에게 물었다.

"제가 어떻게 알겠어요? 말해 준 사람이 없는데요."

"다 무사하니까 됐다. 밥 먹자. 배고파 죽겠다." 증조할머니가 나서서 말을 끊었다.

집안 살림을 책임지는 엘사 할머니는 저녁 8시만 되면 저녁 시간을 알리는 징을 굳이 울렸다. 징 소리가 울리자 작은 거실에서 사람들이 더 나왔다. 두 해 전 증조할머니의 100세 파티 이후 처음 보는 사람들이었다.

"복작거리네. 참 좋은 일이지." 할머니가 조용히 말했다.

그 말에 어머니는 식료품점에서 산 물건, 특히 케이크를 떠올렸다.

"케이크도 있네! 몇 개나 있어?" 마르타 할머니가 반가워하며 외쳤다.

"스물네 개!" 누군가 소리쳤다.

"공습 터진 날 밤 케이크를 사러 가다니." 아이작 할아버지가 구시렁거렸다.

사이렌이 울리기 시작했다.

곧바로 밖에서 *"Taffi al-nur*(불 꺼)*!"*라고 외치는 크고 굵직한 목소리가 다이닝룸으로 들려왔다. *"Taffi al-nur!"* 테베거리에서 그 소리가 다시 울려 퍼지자 여기저기에서 거친 욕이 터져 나왔다.

"저것들이 어디다 대고 소리를 쳐? 태형을 내리고 찔러 버릴까 보다." 아이작 할아버지가 화를 냈다.

"이제 저들 차례야." 네심 할아버지도 맞장구를 쳤다. "전쟁이 끝나면 저 야만인들한테 보여 줘야지. 아무짝에도 쓸모없는 민족주의 때문에 고생하는 것도 끝이야."

"지금 왕께서 계셨다면……."

"우리에게 필요한 건 이 시대의 새로운 모세야." 마르타 할머니도 한마디 했다. "우리의 모세는 빌리뿐인데 빌리는 영국에서 귀족놀이를 하느라 바쁘지, 흥!"

"슈바브가 가고 없어서 다행이지." 아이작 할아버지가 담뱃불을 붙였다.

"알도 얘긴 하지 말아요. 불쌍한 사람이야." 그의 미망인이 말했다.

엘사 할머니가 두 번째로 징을 울렸다. 다이닝룸으로 가 보니 하인 하나가 분주하게 두툼한 커튼을 젖혔고, 또 다른 하인은 사이드보드에 막 올려놓은 석유 램프의 심지를 내리려고 안간힘을 쓰는 중이었다. 다이닝룸은 어두웠다. 어른들은 아이작 할아버지를 둘러싸고 바쁘게 뭔가를 상의했다. 아이작 할아버지가 와인병을 땄고 다들 걱정스럽게 앞으로 닥쳐올 상황을 예측했다. 왁자지껄 떠드는 소리가 소란스러웠다.

마르타 할머니의 아들인 아르노 당숙은 신경이 잔뜩 곤두선 것이 역력했다. "무엇보다 침착해야 해."

아이작 할아버지가 잔을 들었다. *"Prosit*(건배)*."*

누군가 말을 받았다. "그래, 한두 번 겪는 일도 아니잖아."

아이들에게 조용히 있으라는 지시가 내려지자 접시를 들고 침대 끄트머리에 앉았다. 나는 그 집 음식이 마음에 든 적이 한 번도 없었다. 어머니가 앉은 쪽을 쳐다보았다. 다이닝룸이 어두워서 어머니는 사람들의 입 모양을 읽을 수 없었다. 어머니는 꿈꾸는 듯한 표정으로 생선 가시를 발라냈다. 특정한 누군가를 쳐다보지도 않았고 누군가와 대화를 나누지도 않았지만 나는 어머니가 무언가를 생각하고 있음을 확실히 알았다. 포크를 입으로 가져간 후에 입을 오물거리는 동작을 잠깐 멈추더니 눈에 띄지 않세끔 어깨를 으쓱했기 때문이다. 어머니는 자신을 쳐다보는 나를 보고는 내 쪽을 향해 고개를 흔드는 동작으로 물었다. '왜 안 먹어?' 내가 얼굴을 찡그렸다. '맛없어.'

"왜 그러니?" 표정과 동작으로 소통하는 우리 모자를 보고 할머니가 물었다.

어머니는 기회를 놓치지 않았다. "실례가 안 된다면." 어머니는 남자들을 방해하지 않으려고 작게 속삭였다. "애랑 친정에 전화 좀 걸고 올게요. 걱정하실 거예요."

"그래라."

어머니는 다이닝룸 밖으로 따라오라는 신호를 보냈다.

어둠 속에서 어머니의 손을 잡고 곳곳에 가구가 비치된 기다란 복도를 조심조심 걸었다. 다이닝룸의 석유 램프와 컴컴한 주방에 앉아 있는 하인들의 목소리에 의지해 걸음을 내디뎠다.

전화기를 찾은 어머니가 손으로 더듬더듬 다이얼을 돌렸다. 내 목소리를 듣자마자 성녀가 익숙한 라디노어로 뭐라고 쏟아 내기 시작했다. 무슨 뜻인지 하나도 알아듣지 못했지만 넘쳐흐르는 애정이 수화기를 타고 전해졌다.

"왜 이제야 전화했니?" 성녀가 물었다.

"왜 이제야 전화한 거예요?" 내가 어머니에게 전달했다.

어머니는 잠깐 머뭇거렸다. "평상시와 같은 이유 때문이라고 말씀드려. 이해하실 거야."

"이해하실 거래요. 평상시와 같은 이유라고." 내가 똑같이 읊었다.

"내 딸인데 당연히 이해하지." 외할머니가 부드럽게 말했다.

나는 외할머니가 나에게 한 말이라고 생각해서 그냥 가만히 있었다.

"왜 엄마한테 말을 안 해? 내 딸이니까 당연히 이해한다고, 항상 생각한다고 전해."

"항상 생각한대요." 내가 어머니에게 전했다. 어머니 대신 전화 통화를 할 때마다 늘 그렇듯 따분하고 무심한 말투였다.

"내 딸이니까 당연히 이해한다는 말도 해야지." 수화기 너머의 외할머니가 계속 고집했다.

나는 아무 말도 하지 않았다. 소리 내지 않고 입 모양으로 전달했을 거라 생각하기를 바라며.

"네 엄마가 뭐래? 내일 만나자고 전해라." 성녀의 이 말은 어머니에게 전달했다.

"폭격이 있을 거래요."

"그래도 내가 가마. 아니, 네 엄마더러 오라고 얼른 전해!"

딸과 어머니는 다음 날 다시 전화하기로 약속하고 전화를 끊었다.

다이닝룸으로 돌아가 보니 다들 석유 램프의 불빛에 일렁이는 얼굴로 여전히 전쟁에 관한 이야기를 하고 있었다. 지하에서 비밀리에 모인 초조한 공모자들 같았다.

그날 밤 8시 55분, 다들 작은 거실로 자리를 옮기고 라디오 주변에 모여서 뉴스에 귀 기울였다. 누군가 작은 석유 램프를 라디오에 올려놓았다.

프랑스어로 전하는 이집트 뉴스 속보에서 결정적인 승리 소식을 전했다. 나세르 대령의 지휘로 용감무쌍한 이집트군이 영국과 프랑스, 이스라엘을 격파했다. 이미 하이파와 텔아비브로 진군이 이루어졌으며 1956년 12월 31일 자정에는 아랍연합군이 갈릴리 해안에서 거둔 승리를 축하할 거라고.

"헛소리하고 있네!" 아이작 할아버지가 중얼거렸다.

나는 거실 창밖으로 침울하고 적막한 어둠 속에 서 있는 건물들을 내다보았다. 가로등은 전부 꺼져 있었다. 거리를 오가는 얼마 되지 않는 차들도 전조등을 껐다. 벌써 적의 눈에 띄지 않으려고 암청색으로 칠한 차도 있었다.

갑자기 거리에 비명이 울려 퍼졌다.

"석유 램프도 꺼야겠어." 엘사 할머니가 급하게 말했다.

아이작 할아버지가 램프 심지를 내렸다. 아버지는 더듬더듬 단파 라디오의 다이얼을 돌렸지만 심한 전파 방해가 네심 할아버지의 짜증을 돋웠다. 그는 아버지에게 비키라고 한 뒤 숱 많은 콧수염 아래로 투덜거리며 직접 다이얼을 이리저리 돌리기 시작했지만 역시나 소용이 없었다. "빌어먹을 놈들!" 결국 마르타 할머니가 바늘에 실을 꿰는 앞 못 보는 여인처럼 꿋꿋한 인내심으로 라디오 레바논 채널에 주파수를 맞추는 데 성공했다. 라디오 레바논에서는 이스라엘을 맹렬하게 비난했다. 강대국에 붙어 뒤통수를 치는 신뢰할 수 없는 이웃이라고. 뉴스 진행자는 이집트에 전쟁이 터질 거라고 했다. 영국군이 포트사이드에 상륙한 것이다. 더는 들을 필요가 없었다.

"이미 끝났네." 누군가 결론을 내렸다.

"빌리가 있었다면 지금 샴페인을 터뜨렸을 거야." 마르타 할머니가 말했다.

이 소식을 들은 우리 할머니는 기쁜 나머지 커다란 현관에서 폴짝 뛰었다.

"잘한다, 에스더 언니." 엘사 할머니도 손뼉을 치며 칠순의 두 다리로 껑충 뛰었다.

나는 큰 복도로 이어지는 반쯤 쳐진 커튼 뒤쪽에서 뉴스 속보를 듣는 압두를 보았다. 그는 어둠에 반쯤 가려진 몸을 앞으로 기울이고 서 있었다. 오래된 두툼한 갈색 커튼 뒤에서 반짝거리는 그의 눈은 마치 전조등에 얼어 버린 호기심 많은 여우 같았다. 우리 쪽을 쳐다보다 나와 눈이 마주치자 죄책감을 느끼는 듯 얼른 돌려 버렸다.

나는 곧바로 아버지에게 말했지만 아버지는 무시해 버렸다. 할머니가 하인들의 좀도둑질을 불평할 때도 아버지는 무시했다. "나라도 그럴 거예요."라면서.

"그래. 하지만 생각해 봐." 항상 넓은 관점에서 보라고 주장하는 아이작 할아버지가 반박했다. "그들의 민족주의 열망은 이해되지만 우리가 없으면 이집트는 사막일 뿐이야."

"목소리 좀 낮춰." 압두가 들을까 봐 할머니가 주의를 주었다.

"왜 목소리를 낮춰요!" 아르노 당숙이 끼어들었다. 줄곧 온 가족이 프랑스로 가야 한다고 주장한 그였다. "자기 집에서 할 말을 못 한다면 집이 없는 거나 마찬가지라고요!"

"꼭 시인처럼 말하는구나!" 아이작 할아버지가 외치고는 덧붙여 말했다. "공포는 사람을 시인으로 만드는 법이지."

잠시 후 완전한 침묵이 집 안을 가득 채웠다. 아이들 일고 여덟까지 포함하여 모두가 낡은 필코 라디오를 통해 흘러나오는 낭랑한 목소리에서 엄숙함을 감지했다. 우리와 너무도 다른 위엄 있는 프랑스어였다. 라디오 몬테카를로! 영화배우들의 프랑스어, 내 종조부들이 그렇게 따라 하려고 애썼지만 성공하지 못한 프랑스어, 사람들이 겉으로는 비웃어도 속으로는 부러워하는 프랑스어, 별로 구사하고 싶지 않다고 말하는 프랑스어였다. 사람들이 브리 치즈나 생 앙드레 치즈는 절대로 신선한 그리스 페타 치즈(세계에서 가장 오래된 치즈-옮긴이)와 비교도 할 수 없다면서 별로 좋아하지 않는다고 말하는 것처럼. "결국은 페타 치즈로 돌아가지." 아이작 할아버지는 이렇게 말하곤 했다. 결국은 항상 아내 로테에게 돌아간다는 말처럼. 그것은 우리를 시대에 뒤떨어지고 열등한 존재로 느끼게 하는 프랑스어였다.

컴컴한 지중해 건너 저 멀리에서 말하는 그 목소리는 몇 광년이나 떨어진 것처럼 고결하고 세련되고 흔들림 없이 프랑스가 언제나 어둠의 세력에 저항하리라는 오랜 약속을 힘차게 읊었다. 통합군이 이집트에 대항하여 항공 작전을 개시했다. 포트사이드가 함락되고 연합군 공수부대가 수에즈를 장악했다.

"끝난 거야!" 네심 할아버지가 결론지었다.

"며칠 만에 여기까지 올 거야."

잠시 후 문 두드리는 소리가 났다. 아이작 할아버지는 즉시 라디오를 끄더니 작은 석유 램프를 들고 직접 확인하러 갔다. 천장에 거대한 그림자를 만들며 한참이나 걸려 현관에 이르렀다. 짐꾼이었다. 그는 문이 열리지도 않았는데 불을 너무 늦게 껐다며 소리쳤다. "전부 폭탄 세례를 받으려는 거야?"

아이작 할아버지는 놀란 표정으로 그를 쳐다보았다. "당연히 아니지."

"그럼 불 꺼, 이 유대인 늙은이야. 첩자라고 신고하기 전에."

짐꾼은 아이작 할아버지가 문을 쾅 닫을 기회도 주지 않고 직접 닫아 버렸다. 복도에서 가엾은 마담 실베라에게도 똑같이 윽박지르는 소리가 들렸다.

그날 저녁 거실과 현관의 가구들을 벽에 붙이고 매트리스를 펼쳤다. 매트리스가 부족하자 할머니는 창고에서 크림 전쟁 시절까지 거슬러 올라갈 만큼 오래된 이불을 꺼내 아이들용으로 깔았다. 나는 사촌들과 2주 동안 거실에서 자야 했다.

다음 날 아침 일찍 할아버지들이 하인에게 스포팅의 가장 큰 뉴스 가판대에서 신문을 죄다 사 오라고 시켰다.

"또 승리하다!" 네심 할아버지가 신문을 읽었다.

"여기도 승리야. 조국을 지키는 군인 중에 다친 사람도 거의 없고 포로도 없어."

"아무짝에도 쓸모없는 애송이 나세르가 영국과 프랑스 연합군을 도대체 어떻게 이긴 거지?" 마르타 할머니가 물었다.

증조할머니네 아침 식사는 항상 *a l'anglaise*(영국식)였다. 영화에서나 보던 것인데 세상에서 가장 호화로운 호텔에 들어온 기분이 들었다. 이국적인 꽃과 광낸 바닥, 따뜻한 음료와 버터, 토스트, 달걀의 기분 좋은 냄새가 신선한 아침 공기와 어우러졌다. 뷔페식으로 준비된 음식을 원하는 대로 담아서 자리에 앉으면 하인이 커피나 차, 핫초콜릿을 따라 주었다. 깔끔한 굴 모양 껍데기에 둥글게 말아 넣은 버터, 수를 놓은 보라색 천으로 감싼 바삭한 토스트, 식지 말라고 커다란 볼에 넣은 달걀. 치즈와 잼도 종류가 많았다. 바구니에 가득 든 브리오슈는 하나가 아니라 먹고 싶은 만큼 먹어도 된다는 뜻이었다.

"다 먹을 수는 있어?" 할머니가 내 접시에 음식을 담아 주며 물었다.

고개를 끄덕였다. 어머니가 나를 보며 고개를 저었다. 내가 아침을 그렇게 많이 먹은 적이 한 번도 없다는 걸 어머니도 나도 너무나 잘 알았다. 하지만 나는 어머니의 표정을 뒤로하고 할머니더러 배가 무척 고프다고 했다.

"그래라, 그럼." 할머니는 가족들, 특히 그 자리에 자식, 손주들과 함께 있는 자매들에게 보여 주고 싶었던 것이다. 손자가 하고 싶은 대로 하게 내버려 두는 이유는 세파르디 유대인 할머니의 맹목적인 손자 사랑이 아니라 깨어 있는 할머니와 보기 드물게 조숙한 손자의 특별한 사이라서 그런 거라고 말이다.

평상시와 마찬가지로 할머니는 작은 브레드 핑거를 잘라 주고 부들부들한 삶은 달걀을 크게 잘라서 소금을 살짝 뿌렸다. 옆에 앉은 나는 다이닝룸으로 쏟아지는 햇살을 올려다보았다. 할머니의 라벤더색 드레스가 아름답고 고요한 아침 햇살에 반짝였다. 마법과 전설의 공간으로 들어간 기분이었다.

나는 핫초콜릿을 따라 주러 온 하인에게 차를 마시고 싶다고 했다. 할머니를 흉내 내어 먼저 찻잔에 차를 따른 다음 뜨거운 물을 부어 달라고 했다.

다들 그냥 넘어가지 않았다. 그 후 며칠 동안 다이닝룸에서 음식이 나올 때마다 누군가 꼭 하인에게 잊지 말고 뜨거운 물을 부어 달라고 말했다. 다들 나에게 묻는 거였다. 수프에 뜨거운 물 넣을래? 샐러드에는? 물이 너무 차갑지 않니? 물에도 뜨거운 물 부어 줄까? 마르타 할머니가 만든 아이스크림을 좋아하는 아이작 할아버지는 아이스크림을 먹을 때마다 아이스크림에도 뜨거운 물을 넣어 줄까, 하고 물었다.

"이제 다들 그만 놀려라. 그냥 좀 내버려 둬." 사흘째 되는 날 할머니가 쏘아붙였다. "이제부터는." 할머니는 내 쪽을 보았다. "잰 체하지 말고 주는 대로 먹어라. 알겠니?"

할머니의 신식 자유주의가 온데간데없이 사라졌다.

"그렇게 *petit monsieur*(꼬마 신사)가 되고 싶으면 외알박이 안경에 중절모를 쓰고 *grands boulevards de Paris jeune flâneur*(파리의 대로를 걷는 어린 한량)가 되렴." 아이작 할아버지가 놀리며 커서 뭐가 되고 싶은지 물었다.

"외교관이요." 나는 그 생각을 심어 준 할머니를 보면서 대답했다.

"어느 나라 외교관?"

아직 모른다고 했다.

"너는 어느 나라 시민이냐?"

한 번도 생각해 본 적 없는 문제지만 너무 당연한 것 같아서 물어보는 이유를 간파하지 못했다. "당연히 프랑스인데요."

"당연히 프랑스인데요." 그가 따라 말했다. "자기가 어느 나라 사람인지도 모르는 손자한테 할머니가 외교관이 되라고 하네. 정말 기가 찬다, 기가 차! 넌 프랑스인이 아니야. 내가 프랑스인이지." 아이작 할아버지가 독기와 조롱이 가득한 깔깔한 목소리로 말했다. "넌 이탈리아인이야. 아니, 이탈리아인도 아니지. 정확히는 터키인이다!" 잠깐 나를 쳐다보곤 킥킥거렸다. "몰랐지, 응? 별로 기쁘지도 않은가 보구나."

나는 온 가족이 가스등이 비추는 머나먼 세계, 터키에 대해 말하는 걸 하루도 빠짐없이 들었다. 무지하고 더럽고 질병과 도둑질, 대학살이 판치는 곳이라고. 그래서 내가 터키인이라고는 생각조차 못 했다. 더럽혀지고 조롱과 배신을 당한 기분이었다. 식구들은 그냥 웃는 분위기였지만 나는 아이작 할아버지의 꼬인 반어법이 이해되지 않아 빤히 바라보았다. 아이를 겨냥한 장난기 어린 재치와 유쾌함이 세상에서 가장 잔혹한 사람들의 특징이라는 걸 그때는 알지 못했다.

어느 이른 오후 다들 낮잠을 잘 때 어린 고양이에게 새끼를 잃은 멧비둘기의 슬픔 가득한 울음소리가 들렸다. 비둘기는 안뜰 안쪽에서 미친 듯 빙빙 도는 것으로 주방 사람들에게 슬픔을 알리며 오후의 침묵을 깨웠다. 수컷은 방향을 바꿀 때마다 석조물에 부딪힐 뻔하면서 안뜰을 빙빙 도는 암컷을 바라보고만 있었다.

거실 유리문을 열고 다이닝룸으로 들어갔다. 한 시간 전쯤 어른들이 큰 소리로 우리의 앞날을 토론하던 곳이었다.

"그냥 기다리는 수밖에 방도가 없어." 아이작 할아버지가 말했다. "은행도 다 닫았어. 내 사무실 문도 막아 놨고. 지금 내 외상 거래를 받아 주는 건 담뱃가게뿐이라고." 영국군과 프랑스군이 명백한 승리를 거두었는데 코빼기도 보이지 않아서 걱정하는 거였다.

"그렇게 걱정되면 내각의 누군가에게 물어보지 그러니?" 증조할머니가 제안했다.

집안의 외무장관 격인 아이작은 그런 내각이 없어진 지 몇 년이나 되어 이제는 정부에 아는 사람이 한 명도 없다는 말을 차마 못 한 터였다. "봐서요." 그러곤 오렌지를 까서 느릿느릿, 그러다 갑자기 확 오렌지 껍질을 앞니에 붙여 괴물 입처럼 만들었다. 내가 무서워하리라는 걸 잘 아는 거였다.

"수에즈와 포트사이드를 점령했는데 왜 카이로나 알렉산드리아에 나타나지 않는 거지?" 내각 의원 출신인 아이작이 의아해했다.

"독일은 프랑스를 바로 점령했는데!" 마르타 할머니도 이해되지 않는 표정이었다.

"우고를 만나 봐야겠어. 그 친구라면 알 거야." 아이작이 말했다.

이제 그 점심 식탁의 흔적은 사라지고 매일 풍기는 정향과 계피, 낡은 천의 갑갑한 냄새 속에 희미하게 자리한 오렌지 향과 집 안으로 어슬렁어슬렁 들어갈 때마다 인사를 건네는 노인들뿐이었다. 증조할머니는 생강 비스킷을 좋아했다. 차도 좋아했다. 항상 춥다고 했다. 옆방에서 증조할머니의 기침 소리가 들렸다. 가정부가 오래된 스토브에 잉걸불을 넣었다. 하인들은 남은 음식을 먹고 있었다.

유리문을 닫자 벽에 클라라 할머니가 그린 정물화를 걸어 놓은 주방이 너무도 고요하고 평화로워졌다. 자고새 고기, 반으로 가른 앙주멜론, 와인병에 꽂은 들꽃, 마른 과일을 미끼로 쳐 놓은 올가미에 걸린 꿩, 가을에 쓰는 사냥 도구가 있는 작은 영국식 시골집. 사방이 갈색이었다. 베이지색 커튼, 다 비치는 빛바랜 원단, 색이 연한 참나무 가구, 누렇게 얼룩진 벽 등 슬프고 습하고 삭막한 갈색투성이 다이닝룸은 햇살이 희미하게 비춰서 가을도 아니지만 아직 겨울도 아닌 나날의 정오와 저녁 사이 나른한 오후 같은 느낌이 났다.

다이닝룸이 억압적인 회갈색 느낌을 풍기는 이유는 심지어 냅킨까지 그 안의 모든 원단에 찻물이 들었기 때문이다. 원래는 누런 얼룩이 들면서 해지는 하얀 원단에 영원히 지워

지지 않는 갈색 물이 들었다. 제 색깔을 잃은 모든 것은 결국 찻물이 들었다. 유월절(이스라엘 민족이 이집트에서 탈출한 날을 기리는 유대교 명절-옮긴이)의 삶은 달걀도 차 색깔로 물들였다.

사이드보드 위에는 악타이온의 이야기를 그린 마르타 할머니의 숲 그림을 걸어 놓았다. 사슴으로 변한 악타이온이 갈색 숲에서 자신의 사냥개들에게 쫓기고 사냥꾼들이 겁에 질린 사슴에게 창을 던지는 장면이었다. 식탁은 어두운 색 자수를 놓은 낡고 촌스러운 식탁보를 깔고 호두 그릇으로 고정했다.

현관에서 아이작 할아버지의 목소리가 들렸다. 지팡이와 모자, 코트 차림으로 누이들에게 산책을 하러 가겠는지 묻고 있었다. 가겠다는 사람이 없었다. 네심 할아버지는 골프를 치러 가고 나머지 사람들은 모두 잠든 터였다.

"그럼 *네가* 같이 가면 되겠구나." 그가 나를 가리켰다.

"어디로 갈 건데?" 할머니가 놀란 눈으로 미심쩍어하면서 물었다.

"산책하러 간다니까."

할머니가 더 물어보지 않으려고 애쓰는 모습이 보였다.

할머니는 나에게 코트를 입히고 어디서 빌려 온 냄새 나는 낡은 목도리도 둘러 주었다.

아파트를 나오자마자 전차역으로 향했다. 전차에 올라서는 내가 아직 어리니까 할인 요금을 내야 한다며 안내원과 실랑이 벌이는 아이작 할아버지 때문에 벌써부터 마음이 불편해졌다.

몇 정거장 지나 벌클리역에서 내렸다. 오르막길을 걸으면서 나무들을 훑어보니 널따란 정원에 철문이 달린 저택들이 쭉 늘어서 있었다. 계속 동쪽으로 걷다가 발아래에서 마른 나뭇잎이 부서지는 좁고 텅 빈 길에 이르렀다.

아이작 할아버지는 담쟁이와 재스민으로 뒤덮인 바깥 현관의 2층 테라스를 그리스 여인상이 받치고 있는 저택 앞에서 멈춰 섰다. 그리고 초인종을 눌렀다. 가정부가 현관문을 열고 그를 보더니 곧바로 달려 나와 대문을 열었다. "각하, 영광입니다."

아이작 할아버지는 어색하게 나를 대문 안으로 밀고 똑바로 걸으라고 경고했다. "얼마 안 있을 거다." 안에서 오페라 선율이 들려왔다.

"아이작." 남자의 날카로운 목소리가 들렸다. "이게 누구야. 아이작, 들어오게, 들어와." 남자는 두 팔을 벌려 맞이한 뒤 아이작 할아버지의 오른손을 잡고 흔들었다.

안으로 들어서자 창문을 죄다 두꺼운 코발트색 종이로 막아 놓은 것이 보였다.

"우린 아직 안 했어." 아이작 할아버지가 종이로 가린 덧문을 가리켰다. "우리도 해야겠군."

"그럼, 꼭 해야지." 나이 지긋한 신사는 베이지색 카디건에 폭넓은 적갈색 애스콧 타이를 매고 있었다. "어제 경찰이 왔는데 끔찍할 정도로 무례하게 굴더군. 그래서 오늘 아침에 일어나자마자 이렇게 창문도 막았다네."

그때 그의 아내가 서재에서 걸어 나왔다.

"아이작, 정말이지 서운하군요." 그녀가 대리석 복도를 걸어오며 소리쳤다. "오랫동안 뜸했잖아요."

아이작 할아버지가 그녀에게 키스했다.

"알리! 차 내와!" 그녀가 목청껏 소리쳤다.

"어디 말해 보게." 애스콧 타이를 한 노신사가 말했다.

"아직은 사태를 어떻게 봐야 할지 모르겠네." 아이작 할아버지가 입을 열었다. 일부러 얼버무리는 것인지, 혹은 그의 표현대로 말을 아끼고 심각한 분위기를 풍기며 '외교 수완'을 발휘하는 것인지 알 수 없었다.

"*È finita*(다 끝났어). 그렇게 봐야겠지. *La commedia è finita*(코미디는 끝났어)." 그는 태평스럽게 실망감을 노래했다. 금방이라도 노래를 부르려고 신호를 기다리는 오페라 배우처럼 과장된 동작으로 한쪽 팔을 들었다.

"*Siamo seri*, 우리 좀 진지해지자고요." 그의 아내가 말했다.

"*Siamo in due*(우리는 둘이라네)." 남편이 다시 노래하자 장단이 잘 맞는 헌신적인 아내도 남편에게 이끌려 푸치니의 오페라에 나오는 〈*O, soave fanciulla*(오, 사랑스러운 아가씨)〉를 부르기 시작했고, 아이작 할아버지도 끼어들어 불안정한 저음을 보됐다.

삼중창을 끝내고 셋이서 기침까지 할 정도로 웃은 후에 남자가 말했다. "아, 우린 살 만큼 살았고 터번 두른 깡패들을 두려워하기엔 좋은 추억이 너무 많지." 잠깐 생각에 잠겼다가 말을 이었다. "더러운 깡패들. 여긴 내가 맨손으로 쌓아 올린 집이야." 그가 대리석 바닥과 대리석 패널을 두른 대리석 계단을 가리켰다. 조각해서 만든 나무문 안에 서 있는 두 개의 대리석 동상에 크림색 오후 햇살이 빛났다. "절대로 놈들한테 넘겨주지 않아. 친구여, 난 앞으로 오래오래 더 살다가 이 집에서 죽을 거라네. 젊고 매력적인 밧세바의 품에서 죽은 늙은 다윗처럼." 그러곤 아내의 손목을 잡더니 도발적으로 자기 엉덩이를 그녀의 엉덩이에 대고 문질렀다.

"우고!" 아내가 나무라는 척했다.

"우고!" 그가 구세계의 난봉꾼 같은 매력남처럼 무례하게 아내의 말을 따라 했다. "*M'hai stregato*, 당신은 날 홀렸어." 아내의 목에 입술을 비비며 속삭였다. 곧이어 두 팔로 아내를 끌어안고는 아이작 할아버지를 보며 한쪽 눈을 찡긋했다. 장난꾸러기 소년처럼 능글맞고 음흉한 그 웃음은 두 바람둥이가 한통속이라는 분위기를 풍기는 듯했다.

시뇨르 우고는 이집트에서 가장 유능한 주식중개인으로 유럽인과 이집트인 엘리트들이 한몫 크게 잡아 주리라 믿어 의심치 않는 남자였다.

"우고, 말해 보게. 어떻게 돼 가는 건가?" 아이작 할아버지가 물었다.

"어떻게 돼 가느냐고?" 할아버지 말을 따라 하는 시뇨르 우고의 눈동자에 생기가 돌았다. "영국과 프랑스가 무엇을 가져가든 나세르한테 돌려줘야만 한다는 거야. 러시아가 가만히 있지 않을 거거는. 운하도 포트사이드도 그 무엇도 차지하게 놔두지 않을 거야. 영국과 프랑스는 그걸 알면서도 체면구기는 게 싫어서 계속 싸울 거라는 게 모순이지."

"그럼 끝장이네." 아이작 할아버지가 중얼거렸다.

"아이작, 내가 듣기로는⋯⋯." 시뇨르 우고가 멈추고 내 쪽을 보았다.

"말하게. 들어도 모를 걸세."

"친구들 말로는." 그의 고객인 이집트 정부 고위 관료들을 말하는 거였다. "친구들 말로는 나세르가 이번 공격을 용서하지 않을 거라더군. 전쟁이 끝나면 이집트 내 프랑스인과 영국인에 대한 보복이 시작될 거야. 재산 몰수, 추방. 유대인도 포함해서."

"유대인도?"

"이스라엘의 공격에 대한 보복이지."

"하지만 우린 이스라엘인도 아닌⋯⋯."

"그런 말은 나세르 대통령한테나 하라고!" 아이작 할아버지가 따지려고 들자 시뇨르 우고가 말했다.

"우린 끝장이야. 은행이 닫은 이유가 있었어. 프랑스인이라는 이유로 전 재산을 빼앗기고 추방되거나 유대인이라는 이유로 당할 거라 이거군."

"*Questa o quella*(이 여인이나 저 여인이나)." 시뇨르 우고는 오페라에 나오는 아리아의 제목에 빗대어 말했지만 눈치 없게 노래를 부르지는 않았다.

아이작 할아버지는 자신이 생각한 최악의 상황보다도 나쁘다고 말했다. 독일군이 알렉산드리아로 쳐들어오기를 기다리는 것보다도 끔찍하다고.

"우고, 나에게 무슨 일이 생기거든 이 이름을 기억해 주게. 무슈 크라우스. 제네바. 그렇게 말하면 빌리가 알 걸세."

시뇨르 우고가 하얀 담뱃갑을 꺼내 뒷면에 휘갈겨 썼다.

"미쳤나, 우고! 적어 놓지 마. 그냥 외워." 아이작 할아버지가 소리쳤다.

시뇨르 우고는 의미심장한 표정으로 말없이 고개를 끄덕이고 펜을 치웠다. 항상 유쾌해 보이는 그가 옆에 있는 어린아이를 위해서였는지, 더는 불길한 생각이 들지 않도록 기운 찬 표정을 하고는 거실에 차가 준비될 거라고 말했다.

"*Che sciagura*, 이런 참사를 보았나." 그가 이탈리아어를 할 때면 이상하게 노래하는 듯한 억양이 드러났다.

우고 몬테펠트로는 체르노비츠에서 휴고 블룸베르크라는 이름으로 태어났다. 그 세대의 똑똑한 루마니아인들이 으레 그러듯이 터키로 이주했으며, 시답잖은 일거리를 전전하다 우크라이나의 이디시어 신문 기자로 팔레스타인에 갔으나 첫 기사를 쓰기도 전에 회사가 망해 버렸다. 다음 목적지는 이집트였다. 언어와 노래에 재능이 있는 매력적인 젊은이는 머지않아 이집트에 사는 프랑스인과 이탈리아인을 상대하는 주식중개인이 되었다. 불과 4년 만에 부를 손에 넣었다. 유대인이 마주한 위험을 항상 걱정했던 시뇨르 우고와 아내는 카이로에서 반유대인 사건이 연속으로 터지자 성을 바꿔 버렸다. 독일어로 꽃이 만개한 산을 뜻하는 블룸베르크를 똑같은 뜻을 가진 이탈리아어 몬테피오레로 바꿀 생각이었다. 꽤 만족스러운 이름이지만 몬테피오레가 너무 유대인 같은 느낌을 풍긴다는 친구의 만류로 포기했다. 그래서 우고는 의미가 똑같은 프랑스어를 골라 귀족 같은 느낌을 주는 *particule*(전치사)를 붙였다. 그리하여 휴고 데 몽플레리가 되었다.

하지만 그 이름도 오래 가지 못했다. 누군가 프랑스인 극작가 몽플레리 부자(父子)의 본명이 앙투안과 자카리 야곱이라는 사실을 알려 준 것이다. 시라노 드 베르주라크의 신랄한 풍자 대상이었던 몽플레리 부자도 어쩌면 자신과 같은 처지였을 거라고 블룸베르크는 생각했을 것이다. 그는 서둘러 무슈 데 몽플레리를 지워 버리고 발음은 비슷하지만, 그가 항상 재미있다고 입술을 떨며 말했듯이, 매력은 물론이고 유서 깊은 혈통도 풍기는 이름을 선택했다. 그는 우고 몬테펠트로가 되었다. 불법으로 사들인 이탈리아 여권에 나온 그의 '본적지'는 레반트 유대인들이 조상의 고향이라고 주장하는 리보르노가 아니라 그가 반한 와인 생산지 몬탈치노였다.

몇몇 친구는 놀림 삼아 그를 우골리노 몬테펠트로라고 불렀는데 이 루마니아인 멋쟁이는 무척 마음에 들어 했다. 음울한 단테가 떠올라 귀족 느낌이 훨씬 커지는 이름이기 때문이었다. 그래서 아이작은 단테 데 몬테크리스토라는 별명으로 불렸다.

훗날 알렉산드리아에 사는 유럽인 남학생이라면 시뇨르 우고를 모르는 경우가 드물었다. 가난해진 말년에 그는 역사와 문학, 수학을 가르치는 가정교사로 생계를 꾸렸고 아내 폴레트는 이집트 신흥 부자들의 재봉사로 일했다. 그래도 일요일이면 두 사람이 스포팅 클럽에 나타나 팔짱을 끼고 큰 골목길이나 폴로장을 걷는 모습이 목격되었다. 그는 여전히 애스콧 타이에 트위드 재킷 차림이었고 아내는 당시 이집트에서 유행한 화려한 원단으로 《베르다(Burda)》지에 나온 패턴을 베껴서 직접 만든 옷을 입었다. 그 부부의 저녁 식사에 초대받아 갔을 때 우리 아버지는 폴레트의 얼굴에서 미소가 사라졌음을 알아차렸다. 우고 역시 자산몰수국 코앞에서 빼돌린 오래된 보르도 와인을 따기 전에 기대감으로 양손을 비빌 때도 노래하듯 하는 모습이 줄어들었다.

"마지막은 아니지만 와인이 얼마 남지 않았어. 와인이 다 사라지면 우리도 죽는 거겠지?"

"우울한 얘기만 한다니까. 와인이나 따요. 그냥 즐기자고요. *Après nous, le déluge*(내가 죽은 다음에 홍수가 나든 말든)." 아내는 베르디와 마리 앙투아네트가 했다는 말을 빗대었다.

그때 우리는 화려한 벌클리 저택과 완전히 동떨어진 드자바르티거리에 자리한 싸구려 민박의 침실 겸 주방에 앉아 있었다. 베르디를 알아채지 못할 리 없는 시뇨르 우고는 오페라《라 트라비아타》의 아리아를 연달아 부르다가 〈*Addio del passato*(지난 날이여 안녕)〉로 마무리했다.

그가 무슨 노래를 부르는지 알 수 없는 우리 어머니는 와인잔을 든 채 따분해하면서도 터져 나오는 웃음을 참으며 앉아 있었다. 어머니는 온갖 스카프로 처진 목을 감추는 이 겉만 번지르르한 노인이 언제나 그렇듯 울기 시작하리란 걸 알았다. 역시나 마지막 아리아까지 부르고 나서 어린아이처럼 울음을 터뜨렸다. 그럴 때면 아내는 연민이 담긴 너무도 상냥한 말투로 "*Tesoro*(나의 보물)*!*"라고 속삭였다. 곧이어 분위기를 띄워야 한다는 압박감에 잔을 들고 건배를 제안했다. "세상에서 가장 아름다운 영혼을 위해."

시뇨라 몬테펠트로의 얼굴에서 미소가 사라진 이유가 가슴 가득한 슬픔 때문만은 아니라는 사실을 아는 사람은 많지 않았다. 치료할 형편이 안 되는 상한 앞니를 사람들에게 보여주기 창피해서이기도 했다. 그녀는 간혹 예전에 치료받던 치과의사와 그의 친구들을 스포팅 클럽에서 마주쳐 같은 테이블에 앉을 때가 있었다. 치과의사가 "어디 한번 보죠."라고 하면 그녀는 예의에 어긋나는 일이라며 자기 나이의 여자더러 사람들 앞에서 입을 벌리라고 하는 갱생 불가능한 난봉꾼이라고 놀렸다. 그렇게 한참 저항하다 결국은 잇몸을 살짝 보여 주었다. "생각대로군요. 내일 오세요. 아셨습니까?" 치과의사는 치료비를 받지 않겠다는 말로 곤혹스럽게 하지 않으려고 한때 부잣집 마나님이었던 그녀에게 일부러 퉁명스럽게 위압적으로 말했다. "나중에 갈게요, 선생님, 나중에요. 내일은 브리지 모임이 있어서요."

'내일은 브리지 모임이 있어서요'는 몬테펠트로 부부의 유명하고도 어설픈 거짓말이었다. 상대를 속이기 위해서가 아니라 속이려는 시도가 실패했음을 보여 주려는 의도였다. 평계가 거짓말임을 상대에게 알려 주는 만능열쇠 같은 표현이었다.

"내일은 브리지를 해야겠군." 차와 핫초콜릿을 들고 오는 알리를 보자마자 시뇨르 우고가 말했다. 줄곧 카드 이야기를 나눈 척하며 하인을 속이는 그만의 방법이었다. "폴레트를 봐서 하는 거야. 난 브리지가 싫거든." 시뇨르 우고는 주방 문이 열리는 소리가 들리자마자 능숙하게 화젯거리를 바꾸었다는 사실에 만족스러운 듯 이야기를 이어 갔다. "요즘처럼 우중충한 날, 우중충한 가을날에는 뜨거운 차를 마시며 브람스를 듣는 게 최고지." 아내에게 피아노를 연주하라고 보내는 신호였다.

"지금은 싫어요, 우고. 레코드를 켜요."

시뇨르 우고가 멋쟁이 신사처럼 휘파람을 불며 거실로 갔다. 잠시 후 정원사가 끈기 있게 나뭇잎을 갈퀴로 긁는 듯한 소리와 함께 지직거리는 옛날 78rpm 레코드판에서 흐른 3중주가 날카롭게 퍼졌다.

"자, 초콜릿이다." 시뇨르 우고는 알록달록한 포장지로 하나씩 포장된 작은 토블러가 어지러운 모자이크화처럼 채워진 커다란 상자를 꺼냈다.

"무슨 맛으로 먹을 테냐?" 아이작 할아버지가 물었다.

나는 포장지에 헤이즐넛이 그려진 것을 골라 천천히 뜯어 입에 넣었다. 하지만 맛을 음미하거나 무슨 맛인지 알기도 전에, 구겨진 포장지를 상자 옆에 놓인 커다란 재떨이에 버리기도 전에, 초콜릿이 목구멍으로 넘어가고 말았다. 하나 더 먹고 싶은 마음을 애써 감추고 시뇨라 몬테펠트로에게 초콜릿이 정말로 맛있다고 말했다. "그럼 하나 더 먹으렴." 그녀는 내가 하나를 더 먹고 나서도 "하나 더 먹으렴." 했다. 또 권해주기를 바라면서 세 번째 초콜릿을 최대한 빨리 씹었다. 하지만 아이작 할아버지가 벌써 세 개나 먹었으니 많이 먹었다고 끼어들었다. 그러자 부인이 말했다. "그래요, 그럼. 이따 집에 갈 때 주는 건 말리지 말아요."

아이작 할아버지가 이만 가 봐야겠다고 하자 시뇨르 우고와 아내는 좀 더 있으라고 붙잡았다. 5분 후 할아버지가 이제는 정말 가 봐야 한다고 했지만 역시나 붙잡힐 걸 알기에 아예 일어나지도 않았다. 하지만 세 번째로 말했을 때는 부부도 일어났고 커다란 파티오를 지나 뒷문까지 천천히 배웅해 주었다. 좁은 복도를 지나 프렌치 창으로 향할 때 한쪽 벽에 몇 줄로 쌓인 빈 엘마스 담뱃갑이 보였다. 내가 수천 개는 되어 보이는 담뱃갑을 쳐다보는 걸 시뇨르 우고도 보았다. "무슨 생각이 떠오를 때마다 담뱃갑에 적어 놓거든." 그는 어디에 뭐가 적혀 있는지 정확히 기억한다고 했다. 그래서 남들에게는 길 잃은 생각의 공동묘지처럼 보이는 그것을 절대로 만지지도 옮기지도 먼지 털 생각도 하지 말라고 단단히 일러 두었다.

"깡패 같은 놈들한테 다른 건 다 빼앗겨도 이것만은 절대 안 되지."

결국 빈 담뱃갑은 비밀경찰에 압수당해 끝까지 돌려받지 못했다.

나는 밖으로 나오면서 초콜릿 챙겨 주는 걸 잊어버린 시뇨라 몬테펠트로에게 그 사실을 일러 주었다.

"이런, 내 정신 좀 봐." 그녀가 서둘러 방으로 들어갔다.

"경악스러운 행동이다." 아이작 할아버지가 나를 꾸짖었다. "누구한테 배워 먹은 짓이냐? 아랍인? 어디서 듣지도 보지도 못한 짓을. 앞으로 어디든 두 번 다시 너를 데려가나 봐

라. 이렇게 망신스러울 데가 있나." 그는 구시대 유람선에서 손을 흔드는 것처럼 과장되게 손을 흔드는 몬테펠트로 부부의 집을 뒤로하고 걸음을 떼며 또 말했다. "망신이야, 망신." 망신이라고 말할 때마다 지팡이를 인도에 찔러 넣었다.

아이작 할아버지는 내리막길을 걷는 내내 골을 냈고, 나는 할아버지가 기분을 풀기 전까지 손에 움켜쥔 작은 초콜릿을 하나라도 먹을 생각조차 하지 못했다. 언덕길 초입에 이르러 시뇨라 몬테펠트로가 알려 준 대로 방향을 틀었다. 아이작 할아버지는 다른 집도 방문하려고 했는데 갑자기 이집트인 청년 둘이 튀어나왔다. "유대인이지?" 한 명이 돌을 들고 조롱했다. 아이작 할아버지는 엘사 할머니가 제2차 세계대전 때 파리에서 두 경찰관에게 똑같은 질문을 받고 어떻게 행동했는지 떠올렸다. 그는 감히 유대인이라고 몰아세운다며 한 청년의 가슴팍을 세게 밀고 호통을 쳤다. "내가 유대인처럼 보이냐?"

"더러운 유대인 것들인 줄 알았어요."

"더러운 유대인 것들은 딴 데 가서 찾아봐라."

아이작 할아버지가 먼저 걷기 시작했다. "*Cammina*, 계속 걸어라." 그는 이탈리아어로 말했다. "난 돌아보지 않을 거다." 열다섯 걸음 정도 걸었을 때 또 말했다. "네가 돌아보고 저것들이 어쩌고 있는지 말해 다오." 돌아보았더니 둘 다 미심쩍기 시작한 듯 가만히 서 있었다.

우리는 뒷골목의 지름길을 이용해 최대한 빨리 전차역 쪽으로 향했다. "걱정하지 마라. 괜찮을 거다." 걸음을 재촉하기 시작했을 때 아이작 할아버지가 말했다. 곧이어 서 있는 마차를 발견하곤 목청껏 불러 댔다.

"*Shria Tiba*, 테베거리로." 할아버지는 마차에 타자마자 아랍어로 말했다. 가격 흥정이 벌어졌고 마부가 졌다. 마부가 말을 살짝 치자 마차가 출발했다. 빙 돌아 스포팅 쪽으로 달리면서 여인상 기둥과 제대로 작동한 적 없는 분수 구멍이 있는 몬테펠트로 부부의 정원을 포함해 수많은 저택을 지나는 동안 도로는 한산하고 조용했다. 저 멀리서 들려오는 개 짖는 소리와 부서질 듯 끽끽거리는 마차 소리뿐이었다. 신기하게도 말은 브람스의 호른 3중주를 아는 듯 그 리듬에 맞춰 느긋하게 발소리를 냈다.

벌클리를 한참 지나쳤을 때 내가 처음 보는 각도의 스포팅 전경이 펼쳐졌다. 저 멀리 폴로장과 거대한 경주로 여기저기에 즐비한 나무들이 보였다. 폭풍우가 몰아치려는 듯 공기가 찌뿌둥하고 눈에 보이는 곳까지 전차 선로를 따라 늘어선 건물이며 교회며 전부 주황색 얼룩이 박힌 점점 어두워지는 하늘 아래에 놓여 있었다. 빅벤을 흉내 낸 앰브로이즈랠리교회에서 5시 정각을 알리는 종소리가 들렸다.

"차 마실 시간에 맞출 수 있겠다." 아이작 할아버지가 말하며 기억난 듯 덧붙였다. "아, 초콜릿은 너 혼자 다 먹을 거냐?"

초록색 포장지로 싼 초콜릿을 건넸다. 내가 싫어하는 피스 타치오 맛이었다.

우리가 도착했을 때는 차가 나오기 직전이었다.

그사이 라티파가 또 실신한 모양이었다.

"사이렌만 울리면 아스피린처럼 허예진다니까. 무서운가 봐." 할머니가 알려 주었다.

"사이렌도 무서워해, 남자도 무서워해, 누가 목소리를 조금만 높여도 무서워해, 도대체 안 무서운 게 뭐야?" 아이작 할아버지가 투덜거렸다.

할머니는 젖은 헝겊을 불에 가까이 대고 연기를 피워 코에 가져다 댔더니 라티파가 정신을 차렸다고 자초지종을 밝혔다.

다들 거실에 모였다. 압두와 라티파가 차와 담백한 페이스트리를 가져왔다. "라티파, 바닥을 또 망가뜨렸다며." 아이작 할아버지가 두 번째로 페이스트리를 가져온 라티파를 놀렸다. 라티파가 얌전하게 웃으며 커다란 접시를 티 테이블에 놓고 돌아서려는 순간 증조할머니가 다시 그녀를 불러 세웠다. 생강 비스킷을 따로 접시에 담아 달라고 했는데 압두가 실수로 다른 것들과 같이 담아 온 것이었다.

현관과 거실의 창유리를 코발트색으로 칠한 것이 보였다. 압두, 이브라힘과 다른 하인 둘이 집 안의 나머지 덧문에도 두껍고 커다란 파란색 종이를 압정으로 고정하는 중이었다. 전조등도 이미 다 파란색으로 칠해 놓았다.

엘사 할머니가 버저를 누르자 유리를 끼운 문 뒤로 라티파의 둥그스름한 형체가 나타났다. 라티파가 들어와 조용히 그릇을 치우기 시작했다. 티타임이 끝날 무렵이었다. 아이작 할아버지와 내가 문을 열고 들어왔을 때, 해는 지평선 바로 위에 걸려 있고 거실에 모인 사람들이 서둘러 우리가 앉을 자리를 만들어 주었다. 그 마법 같은 순간이 벌써부터 그리워졌다. 다들 허벅지를 바짝 붙이고 어머니와 아버지, 사촌들, 할머니 할아버지들과 조용히 앉아 있노라니, 비록 싫은 사람투성이지만 그래도 다 같이 있으니 좋다는 생각이 들었던 것이다. 함께 차를 마시는 와자지껄한 소리도, 나를 보는 사람과 내가 볼 사람이 있다는 것도 좋았다.

모두 거실을 떠난 후 아이작 할아버지는 저녁마다 마시는 위스키의 첫 잔을 따르고, 집 안의 모든 열쇠를 가진 엘사 할머니가 아이들이 손대지 못하도록 땅콩을 숨겨 두는 작은 중국식 보관장을 열었을 때였다. 방금까지 다 함께 거실에 모였던 이유를 설명하듯 갑자기 온 도시에 울부짖는 듯한 사이렌 소리가 울려 퍼졌다. 즉시 아래쪽에서 *"Taffi al-nur! Taffi al-nur!"* 하는 소리가 들렸다.

누군가는 곧바로 일어나 구석으로 가서 커튼을 살짝 들춰 밖을 보고 또 누군가는 즉각 불을 껐다. 때 이른 밤이 순식간에 방 안을 뒤덮었다. 나는 창밖에서 스포팅의 모든 불이 하나씩 꺼지면서 점점 어둠으로 들어가는 걸 가만히 지켜보았다.

"도대체 이해가 안 돼." 마르타 할머니가 새된 목소리로 말했다. "알렉산드리아에 폭탄이 하나도 안 떨어졌다는 게."

"난 공습 때마다 네가 똑같은 말을 하는 게 더 이해가 안 된다." 우리 할머니가 쏘아붙였다.

한 시간 가까이 어둠 속에서 다 같이 앉아 있었다. 가끔 건물 안뜰에서 *"Taffi al-nur!"* 하고 외치는 성난 목소리나 증조할머니가 방금 누가 한 말을 다시 묻거나 라티파가 라디오 소리에 방해되지 않도록 까치발로 살금살금 걸어와 잔을 치우는 소리만 들렸다. 그럴 때면 이런 말을 하는 사람이 꼭 있었다. 우리가 이집트에 있을 날도 얼마 남지 않았고 새해는 다른 나라에서 맞이할 것이며 이렇게 한집에 다 같이 모이는 것도 마지막이라고.

그 뒤로 이어진 나날 동안 사촌이나 할머니들과 밖에 나갈 때마다 하루가 유난히 반짝거렸다. 거리를 걷거나 어디에 들르거나 익숙한 놀이를 하거나 예고 없는 방문으로 성녀를 기쁘게 해 주는 것 따위의 일 때문이 아니었다. 어둠 속에서 고리타분한 사람들과 모여 있어야 하는 그 답답한 공간으로 돌아갈 수 있다는 이상한 안도감이 들어서였다.

전쟁이 시작된 지 열흘째 되는 날 저녁, 짐꾼이 경찰 제복을 입은 남자와 함께 올라왔다. 우리 아파트에서 한밤중에 적군의 배에다 모스 신호를 보냈다는 것이었다. 가족들은 착오가 있는 것 같다고, 모스 신호를 아는 사람도 없다고 설명했다. 할머니는 아이작과 네심에게 명예를 걸고 맹세하라고 시켰다.

라티파의 얼굴이 백지장처럼 하얘졌다. 할머니가 앉혀서 얼굴에 부채질을 하기 시작했다.

"또 기절하려고?"

"모르겠어요. 아마도요." 라티파가 힘없이 말했다.

"분명히 또 기절하겠네." 엘사 할머니가 짜증을 내며 속삭였다.

경찰은 집 안을 한 번 더 둘러보더니 실례했다고 했다.

할머니가 곧장 알카베스 박사를 불렀다. 그사이 우리 집안에서 유일하게 주사를 놓을 수 있는 어머니가 라티파에게 증조할머니의 회복제를 놓을 준비를 했다. 증조할머니가 잔뜩 가지고 있는 회복제는 모두의 질투 속에서 엘사 할머니가 관리했는데, 나중에야 알아낸 사실이지만 그 약은 원래 빌리 할아버지 것이고 발기불능에 가까운 남자들이 쓰는 수상쩍은 묘약에 불과했다.

"꼭 지금 회복제를 놔 줘야 하니? 괜히 오밤중에 2층 가정부들하고 수다나 떨고 싶어서 그러는 거 아닐까?" 증조할머니가 물었다.

"필요가 있나 없나 직접 얼굴을 보시든가요." 어머니가 쏘아붙였다.

"엄살이 아닌 게 확실해?" 노인이 고집스럽게 물었다.

"구두쇠 노인네하고는." 어머니가 작게 중얼거렸다.

주사를 싫어하는 라티파는 제발 주사를 놓지 말아 달라고
애원했다. 하지만 어머니는 아랑곳하지 않았고 미친 듯 발길
질까지 하며 저항하는 라티파를 압두와 이브라힘을 시켜 제
압한 뒤 아랫도리를 내렸다. 급기야 라티파는 자기 어머니와
자매들의 이름까지 부르면서 도와달라고 격렬한 비명을 내
질렀다. "도대체 뭐가 무서워서 그러는 거야?" 화가 머리끝
까지 난 아이작 할아버지가 한 대 칠 것 같은 기세로 라티
파의 어수선한 방에 쿵쾅거리며 들어왔다. 라티파는 오래된
karakib(잡동사니)에 둘러싸여 임시변통으로 만든 침대에 누워
있었다. "나쁜 소식을 들을 때마다 그렇게 기절해야겠어?"

"여기가 아파서 그래요." 라티파가 한숨을 내쉬며 배를 가
리켰다. "걱정돼서 그래요."

"도대체 뭐가 걱정인 거냐?"

라티파는 대답 대신 같은 건물에 사는 산파가 배에 구멍을
내고 끈을 집어넣어 몸에서 나쁜 것을 빼냈다고 말했다.

"이집트의 요사스러운 술법이야! 도대체 그 나쁜 거란 게
뭔데?" 아이작 할아버지가 물었다.

"나쁜 게 뭐냐고요? 나쁜 게 나쁜 거지요." 라티파가 고집
스럽게 말했다.

그녀는 어머니에게 주사를 놔 줘서 고맙다고 했다. 그 친절함을 알라신도 보았다면서. 그러고는 벌써 한결 나아졌다며 침대에서 일어났다.

몇몇이 라티파를 돌보는 동안 다른 이들은 최근의 상황을 이야기했다. 누군가 영국군이 이미 포트사이드에서 철수 중이라는 소문을 확인해 주었다. 그때 초인종이 울렸다. 주방에서 현관까지 대리석 바닥을 걸어가는 압두의 슬리퍼 소리가 들렸다. 문이 닫히는 소리도 들렸다. 또 경찰일까? 압두에게 인사하는 플로라 숙모의 목소리였다.

플로라는 저녁을 먹고 간다고 했다. 그녀도 영국과 프랑스가 러시아의 최후통첩에 뒷걸음칠 거라는 소문을 들었다고 말했다. 이집트를 떠날 생각이지만 어디로 가야 할지는 모르겠다고 덧붙였다. 파리에서 유대인들의 재산을 빼앗고 추방할 거라는 소문이 있는데 독일인 유대인도 같은 취급을 받을지는 확실하지 않았다.

그날 거실에선 모두가 프랑스어로 대화를 나누었다. 아르노 당숙은 당장 외국으로 떠나야 한다는 쪽을 지지했다. 그와 네심 할아버지 사이에 논쟁이 벌어졌다. 네심 할아버지는 가만히 있어야 한다는 쪽이었다. "우린 여기서 잘만 살았다."

"그럼 터키로 돌아가시지 그래요? 거기서도 잘만 사셨잖아요." 조카가 빈정거렸다.

그날 저녁 메뉴는 커다란 생선을 설탕과 향신료를 넣은 와인에 채소와 함께 조린 요리였다. 이집트 해군 예비군인 운전기사 하산이 알렉산드리아 해안을 순찰하다 잡은 커다란 블루피시 두 마리를 신문에 싸서 그날 교대 근무가 끝나고 제복 차림으로 가져왔다. 할머니들은 생선을 어떻게 요리할 것인지를 두고 티격태격했다. 하는 수 없이 증조할머니가 끼어들어 맛있는 *pa-lamita*(블루피시) 조림을 먹어 본 지 한참 됐다고 말했다. 채소를 넣고 조린 생선에서 걸쭉하고 맛있는 수프도 만들어져 할머니가 페늘로 장식했다. 프랑스 루르드의 검소한 생활이 몸에 뱄지만 *bonne vivante*(좋은 인생)도 잊지 않은 엘사 할머니는 특별히 귀한 와인을 따기로 했다.

라티파가 수프 그릇을 치우자 히샴이 커다란 생선 접시를 가져와 사이드 테이블에 놓았다. 히샴과 라티파는 다이닝룸을 둘로 나눠 라티파가 할머니와 아이들을, 히샴이 나머지 가족을 담당했다.

그때 갑자기 엘사 할머니가 격앙된 목소리로 하느님, 천국, 성모님을 연달아 외치는 소리가 들려왔다.

아버지와 네심 할아버지가 막 집어 든 하얀 냅킨을 내려놓고 구석으로 달려갔다.

다이닝룸 카펫에 스테이크 모양으로 크게 자른 생선 조각이 흩어져 있고 생선조림 국물이 흥건했다. 생선 옆에는 한 손으로 배를 움켜쥔 채 쭈그려 앉은 라티파가 있었다. 라티파는 울면서 자기 때문에 사방이 엉망진창이 되었다고 계속 사과했다.

"어쩌다 넘어진 거야?"

그녀는 기억나지 않는다고 했다.

"팔을 다친 거니?"

"아뇨."

"다리는?"

"아뇨."

"허리는?"

그런 것 같기도 한데 아니라고 했다.

"그럼 누가 무서운 말이라도 한 거야?"

"아뇨."

"지금은 좀 괜찮고?"

아파서 움직이지 못하겠다고 했다. 가만히 있어도 아프다면서.

"도대체 어디가 아픈 건데, 응?" 아이작 할아버지는 인내심이 바닥난 듯했다.

"여기요." 라티파가 배를 가리켰다. "배, 위, 간, 신장 그리고 허리도 조금요."

"그게 뭐야, 도대체!" 아이작 할아버지가 화를 터뜨렸다.

"내가 알아서 할게." 할머니가 나서서 어머니에게 도와달라는 신호를 보냈다.

나는 두 사람이 라티파를 거실 소파에 뉘는 소리를 들었다.

힘없이 간청하는 목소리도 들렸다. 라티파가 어머니에게 또 주사 맞기 싫다고 간청하는 소리였다.

엘사와 마르타 할머니는 카펫에 흩어진 생선을 치우고 걸레를 던지며 투덜거렸다. "도대체 이걸 어떻게 치우라고?"

증조할머니는 의자에 앉아 새장 속의 새처럼 딸들을 내려다보며 카펫을 문지르지 말고 국물을 꾹꾹 눌러서 닦으라고 지시했다. 아르노 당숙은 어차피 몇 주 안에 이집트를 떠날 테니 상관없다고 말했다.

"왜 상관이 없어!" 아이작 할아버지가 버럭 소리쳤다. "이 카펫은 아직 우리 카펫이다. 그것도 아주 비싼 거야." 그에게는 카펫이 더러워진 것보다 카펫을 두고 떠나야 할지도 모른다는 사실이 더 큰 문제였다.

그 뒤로 카펫은 한쪽 구석의 색깔이 짙어졌고 코를 대고 킁킁거리면 희미하나마 지독한 생선 냄새가 풍겼다. 우리는 지명처럼 카펫의 그 부분을 라티파의 모서리라고 불렀다.

마침내 알카베스 박사가 도착하여 곧장 라티파의 방으로 갔다. "라티파, 일어나 앉아 봐." 그가 맥박을 재려고 하면서 위압적인 아랍어로 지시했다. 라티파는 할머니에게 매달린 채로 거부하면서 손목을 빼려고 애썼다. 라티파가 기절하는 것을 본 히샴은 그녀가 의사에게 진찰을 받아 본 적이 없어서 도축업자보다도 더 의사를 무서워한다고 말했다. "그럼, 무서워해야지." 알카베스 박사가 말했다.

"아주 희극배우가 따로 없다니까." 아이작 할아버지가 끼어들었다.

"퍼레진 얼굴이 안 보입니까? 다들 눈이 안 달렸어요?" 의사가 호통쳤다. "얼굴이 호박보다 시퍼런데." 그는 라티파의 오른손을 잡고 손목을 가리켰다. "여기 아파?" 라티파가 고개를 끄덕였다. "가끔은 여기도 아프고?" 그녀의 배를 만지며 묻자 라티파가 또 고개를 끄덕였다.

"언제 아파?"

라티파는 다른 사람들처럼 의사도 꾀병이라는 증거를 잡아내려는 건가 의심하며 말했다. "계속 아파요. 점점 더 심해져요."

알카베스 박사는 라티파에게 누우라고 했다. 주사를 놓겠다는 말에 라티파는 또 버둥거리기 시작했다. 그는 통증을 없애 주는 거라고 설명했다. "괜찮아, 괜찮아." 그가 그녀의 손을 잡고 아랍어로 말하며 우리 어머니가 주사기를 끓는 물에 소독해 오기를 기다렸다.

"괜찮아질 거야."

"어떤가, 벤?" 증조할머니가 주사를 다 놓은 의사를 불렀다.

"가망이 없습니다."

"뭐가 가망이 없는데? 공포증?" 아이작 할아버지가 소리쳤다.

"아이작은 가끔 보면 당나귀처럼 아둔할 때가 있다니까."

의사의 말에 그가 발끈했다. "아니, 이해가 안 되잖아. 기절했다가 덜덜 떨었다가 공습 때마다 얼굴이 창백해지고. 그런데 이제 가망이 없다고? 그렇게 갑자기?"

"아이작, 벤 애길 들어 보자." 할머니가 진정시켰다.

"그래, 말 좀 해 봐. 누가 아둔한지 나도 궁금하군." 아이작 할아버지가 화를 누르고 밀했다.

알카베스 박사는 전혀 개의치 않았다. "종양이 간을 누르고 있어요. 척수신경을 누르면 그 고통이 엄청나니까 기절하는 거죠. 간단합니다."

"그렇게 간단하면 이제 어쩔 건데?" 아이작 할아버지가 물었다.

"어쩌긴요. 할 수 있는 게 없어요."

"요즘은 이런 거 수술하고 그러잖아. 중세 시대도 아니고."

"지금으로서는 손쓸 도리가 전혀 없다고요. 알아들어요?"

커피를 다 마신 알카베스 박사는 곧바로 다른 환자를 보러 가야 한다고 말했다. 그는 어머니를 따로 부르더니 주머니에서 뭔가를 꺼냈다.

"모르핀이에요." 의사가 떠난 후에 어머니가 말했다.

"세상에, 모르핀일 줄이야." 아이작 할아버지와 알카베스 박사의 대화를 듣지 못한 마르타 할머니가 외쳤다. "모르핀이면 암이잖아. 암이야." 그녀는 죽음이 자신에게도 불쑥 찾아온 것처럼 안절부절못했다. 통증과 의사, 주사를 너무도 무서워한 마르타 할머니는 가족들에게 자신이 끔찍하게 고통스러운 병에 걸리면 그냥 죽게 해 달라 당부하곤 했다. 하지만 훗날 그녀는 라티파와 똑같은 병에 걸려 파리의 병원에 누워 있을 때 극심한 통증에 몸부림치면서도 살기 위해 싸웠다. 마르타 할머니는 9개월을 버텼지만 라티파는 2주 만에 세상을 떠났다.

다음 날 아침 할머니와 엘사 할머니는 불운을 막는 의식을 거행하기로 했다. *Faire boukhour*, 향로에 향을 피워 바닥에 놓고 남자, 여자, 하인 순으로 온 식구가 향로를 뛰어넘는 의식이었다. 할머니와 증조할머니가 라디노어로 기도문을 읊었고, 우리 집안에서 가장 서구화된 아이작 할아버지와 종류를 막론하고 의식이라면 무조건 질색하는 우리 아버지를 포함해 모든 남자가 억지로 사방치기를 하는 어린아이처럼 차례차례 향로를 뛰어넘었다.

그다음은 여자 차례였다. 여자들은 으레 수줍은 미소로 뛰어넘었다. 어색하게 치맛자락을 들기도 했다. 증조할머니는 첫째와 둘째 아들 네심과 아이작의 도움을 받아 뛰었다. 다음은 할머니의 큰딸부터 가장 어린 내 사촌까지 쭉 이어졌다. 다음은 압두, 히샴, 이브라힘 차례였다. 저음의 목소리가 근엄한 이브라힘은 양손으로 얼굴을 가리고 갑자기 부끄러운 듯 고음으로 킥킥거리더니 움직이기 편하도록 *갈라베야*

를 들어 올리고 식료품 저장실까지 물러나 복도를 달려와서 향로를 뛰어넘었다. 얼마나 뛰었는지 하마터면 엘사 할머니 방 유리문에 부딪힐 뻔했다. 마지막은 가엾은 라티파 차례였다. 침대에 혼자 누워 있는 편이 더 나았을지 모르지만, 그녀는 압두의 어깨에 기대어 이집트인 특유의 유쾌하고 환한 미소로 의식을 거행했다.

몇 시간 후 라티파가 또 비명을 질렀다. 한 손으로 손목을 누르고 있었다. 괜찮아진 줄 알았는데 오히려 통증이 심해졌다며 애타게 신을 찾았다. 어머니가 어제 의사가 놓아 준 것과 똑같은 약을 놓아 줄 거라고 안심시켰다. "남자애 앞에서는 싫어요." 라티파의 말에 어머니가 나더러 나가라고 했다. 나는 라티파의 헐떡거리는 소리가 들리자마자 돌아서 반쯤 열린 문을 슬쩍 엿보았다. 라티파의 얼굴이 백지장처럼 창백했다. 이번에는 주사가 듣지 않는다고, 계속 아프다고 투덜거렸다. 끙끙거리며 *"Yarab, ya rab, ya rab, ya rabbi."*라고 계속 중얼거렸다. 자려고 누운 지 한참 지났는데 잠이 오지 않는다고 우는 아이처럼 졸린 목소리로 계속 신을 찾았다.

어머니가 방을 나와 조용히 문을 닫았다. 밖에서 압두가 기다리고 있었다. "좀 어떤가요?" 어머니가 입술을 깨물었다. 압두는 도둑질을 했다고 의심받을 때마다 그만두겠다고 말할 때처럼 목끈이 벗겨질 정도로 앞치마에 얼굴을 묻고 "라티파한테는 아무도 없어요, 아무도."라고 흐느끼며 주방으로 걸어갔다. 라티파는 아들이 하나 있었지만 나쁜 친구들과 어울리느라 거의 찾아오지 않았다.

오후 3시 정각에 깨어난 라티파는 맑은 닭고기 수프를 받고는 싱겁다고 불평했다. 레몬을 너무 많이 넣었다고도 했다. 어쩌면 아파서 혀가 이상해진 건지도 모르겠다며. 어쨌든 좀 나아졌고 계속 자고 싶어 했다.

하지만 저녁 먹을 때 또 비명을 질렀다. 처음에는 하인들이 쓰는 공간에서 극심한 말다툼을 하는 듯한 소리가 들렸다. 라티파가 안뜰에서 이웃과 미친 듯이 싸울 때 내는 까마귀처럼 깍깍거리는 소리였다. 하지만 압두와 히샴은 다이닝룸에 있고 이브라힘은 저녁 휴무라 없었다. 나는 라티파가 누구에게 소리치는 게 아니라 혼자 소리치는 거라는 생각이 들어 더 무서워졌다. 11월 밤에 울려 퍼지는 악마 같은 울부짖음이었다.

라티파에게 무슨 일이 있는 것 같다고 하자 어머니가 일어나서 확인하러 갔다. 할머니도 복도로 따라갔다. 그때 두 사람은 이제 모르핀이 없다는 사실을 떠올렸다. 알카베스 박사에게 급히 전화를 넣었다. 그의 아내가 전화를 받아서 지금은 남편이 없으니 돌아오는 대로 전해 주겠다고 대답했다.

방에 가 보니 라티파가 침대에서 몸부림치고 있었다. 라티파는 두 번이나 침대에서 일어나려고 했지만 도로 쓰러졌다고 소리쳤다. 기침을 하니까 목에서 커다란 벌레가 나왔는데 유리잔으로 잡았다고 했다. "보세요." 그녀가 받침접시로 덮은 유리잔을 가리켰다. 할머니는 구불구불한 갈색 회충을 살펴보더니 라티파가 샐러드를 제대로 씻지 않아서 그런 거라고 안심시켰다. "걱정하지 마. 이젠 회충이 안 나올 테니까." 하지만 라티파는 그 말을 믿지 않았다. 아직도 잔뜩 남아 있어서 꿈틀거리며 뱃속을 야금야금 갉아먹는 게 지금 이 순간도 느껴진다고 했다. 그러더니 갑자기 미친 듯 띄엄띄엄 아랍어 기도문을 외쳤다.

어머니는 곧 주사 효과가 나타날 거라고 안심시켰다. 하지만 라티파는 곧바로 또 애처롭게 울부짖었다. *"Hayimawituni, 그게 날 죽일 거야! Hayimawituni!"* 회충을 말하는 거였다. 그 소리가 뜰 안쪽에 울려 퍼졌다. "라티파가 왜 저러지? 죽나 봐! 죽나 봐!" 이 집 저 집 가정부와 하인들이 격려와 동정을 하며 신에게 기도하느라 건물 전체가 공황에 빠졌다.

아이작 할아버지가 급하게 달려왔다. 비명 때문에 쓸데없는 관심을 끌까 봐 두려운 듯했다. 그때 초인종이 울리고 아버지가 문을 열었다. 알카베스 박사였다.

"신이 자네를 보낸 모양이네." 할머니가 그를 맞이했다.

"아래층까지 소리가 들립니다."

"빨리 약 좀 놔 줘, 벤. 다들 우리가 라티파를 죽이는 줄 알겠어." 아이작 할아버지가 말했다.

알카베스 박사는 라티파의 방으로 가서 노크도 하지 않

고 문을 열었다. 끓인 물을 가져오라고 한 뒤 직접 주사를 놓 았다.

"계속 그러다간 다들 귀가 먹겠어." 의사가 라티파에게 농 담을 던졌다.

"어떤가, 벤?" 진찰이 끝난 후 증조할머니가 물었다.

알카베스 박사는 동료들과 이야기를 나눠 봤지만 수술하 기엔 이미 늦었다고 대답했다. 모르핀도 너무 많이 맞은 것 같다고.

"그럼 병원에 보내는 게 낫겠어. 문제라도 생기면 안 되니 까." 아이작 할아버지가 나섰다.

"저 상태로요? 오늘 밤도 버티지 못할 겁니다." 알카베스 박사가 사실대로 말했다.

"꼭 저렇게까지 소리를 질러야 해? 좀 과장하는 거 아냐?"

"아이작, 라티파는 이미 죽은 거나 마찬가지예요."

다음 날 아침 짐꾼이 민간인 복장의 남자 둘을 데려왔다. 경찰서에서 나온 사람들이었다. 한 명은 프랑스어를 했는데 가난한 유대인과 중산층 이집트인 가정의 아이들을 가르치 는 프랑스 유대인 학교에 다녔다고 했다.

"저희가 무슨 일로 왔는지 알겠습니까, 선생님?" 그는 아직 목욕가운 차림인 아이작 할아버지에게 물었다. 나는 라티파 의 비명 때문에 온 것이 분명하다고 생각했다.

"나도 그게 궁금하군요." 아이작 할아버지가 대답했다.

위압적으로 들리게 하려고 했지만 애원조로 들리는 목소리였다.

경찰들이 소파에 앉았다. 그에게 온 편지 때문에 찾아왔다고 했다.

"무슨 편지 말이오?"

몇 주 전 파리에서 온 편지를 이집트인 검열관이 가로채 분석했는데, 조카딸이 딸을 낳았다는 내용이라고 했다. 검열관이 편지를 들고 내용을 읊었다. "우리에게 금과 같은 아이를 지난주에 받았습니다."

"알겠소?" 프랑스어를 하는 경찰이 물었다.

"뭘 말이오?" 아이작 할아버지는 짜증이 섞였지만 예의를 갖춘 말투로 덧붙였다. "파리에 사는 내 조카딸이 딸을 낳았다잖소."

"'우리에게 금과 같은 아이'라는 게 무슨 뜻입니까?"

"아주 귀한 아이라는 뜻이겠지요."

"그런데 보통은 아기를 낳았다고 하지, 이 편지처럼 *받았다*고 합니까?" 예리한 경찰관이 물었다.

"신을 믿는 사람에게는 신이 주신 선물을 받은 거니까요." 할머니가 끼어들었다. 경찰들이 오기 전까지 알베르토 모라비아의 소설 《무관심한 사람들(*Gli indifferenti*)》을 읽고 있던 할머니는 읽다 만 페이지에 손가락을 끼운 채로 책을 들고 서 있었다. "당신들 종교에서도 그렇고 우리 종교에서도 그렇지요."

할머니가 말을 이었다. "그래서 편지가 어쨌다는 건가요?"

"당신이, 그 전에 당신 동생 아론도 돈과 보석을 오랫동안 해외로 빼돌렸다는 증거라는 이야기지요."

아이작 할아버지는 혐의를 부인했다. 한 손가락으로 다급하게 윗입술을 문지르고 엄지와 검지로 그 부분을 꼬집었다. 이마가 번들거렸다.

"저희와 같이 가야겠습니다." 경찰관이 말했다.

"'당신들하고' 같이 간다니 무슨 뜻이오?"

"체포한다는 겁니다."

두 번째 경찰관이 아이작 할아버지의 팔을 붙잡았다.

"옷 입어요."

"그렇게는 못 해!"

"그럼 이대로 데려가겠습니다."

"말도 안 되는 소리. 혐의가 뭔데?"

"반역죄입니다."

"헛소리하고 있네! 나는 팔순 노인네일 뿐이야!"

아이작 할아버지는 팔을 빼려고 몸부림쳤으며, 넘어질 뻔한 것처럼 보였지만 다른 경찰관이 잡아 주었다.

"이런 식으로 체포하는 게 어딨어요?" 할머니가 따졌다.

남자들은 대답하지 않았다.

"어디로 데려가는 겁니까?" 아르노 당숙은 자신이 외삼촌을 포기하기 전에 끝까지 싸웠음을 보여 주기라도 하는 것처럼 숨을 헐떡거리며 물었다.

경찰서로 데려간다고 했다.

바로 그때 지독한 냄새가 풍겼다. 나는 주위를 둘러보다가 할머니를 보았는데 역시나 불안한 표정이었다. 아이작 할아버지의 실내화와 발목에 뭔가 흘러내렸다. 얼굴은 하얗게 질려 있었다. 그는 벽난로 위 선반에 기댄 채 뒤돌아서 거실에 모여 있는 식구들을 바라보며 숨도 쉬지 않고 속삭였다. "Mamá querida(오, 어머니)." 그러곤 옷 갈아입을 시간을 달라고 했다.

엘사 할머니는 아이작 할아버지에게 해외 국적자니까 집 밖으로 나가지 않겠다고 거부하라고 했다. 하지만 그는 사태만 악화시킬 뿐이라며 고개를 저었다.

10분 후 그는 짙은 색 아스트라칸 모피 코트를 입고 한 손에 지팡이를 들고 외알박이 안경을 목에 걸고 거실에 나타났다. 거실의 작은 테이블에 놓인 무늬가 새겨진 작은 상자에서 담배를 최대한 많이 꺼내 담배 케이스에 채워 넣었다. 그러곤 문제가 생겼다는 걸 알아차리고 눈물바람을 하는 라티파에게 작별 인사를 하러 갔다. 라티파가 갑자기 통곡하는 소리에 전부 눈물이 터졌다. 다들 층계참까지 우르르 따라오자 아이작 할아버지가 뒤돌아섰다. "다들 그만 좀 해! 그렇게 독수리 떼처럼 몰려오면 내가 어떻게 조용히 갈 수 있겠어."

바로 전에 아들을 껴안은 증조할머니는 복도에서 큰딸에게 기대어 슬프기보다 멍한 표정으로 서 있었다. 큰딸은 연방 코를 누르던 손수건을 흔들기 시작했다. 엘사와 마르타 할머니도 마찬가지였다. "숙녀 여러분, 누이들, 그럼 이만!" 아이작 할아버지는 뒤돌아 막내 여동생을 집 안에 밀어 넣고 문을 쾅 닫았다.

　"감옥에서 하루도 버티지 못할 거야." 엘사 할머니가 울었다.

　"이제 죽은 목숨이지." 네심 할아버지가 조그맣게 말했다.

　잠시 조용하던 밖에서 사람들이 엘리베이터에 오르고 철문이 덜커덕 닫히는 소리가 들렸다. 안쪽의 나무문이 찰칵 닫히고 헐거운 유리판이 흔들리는 소리가 뒤따랐다. 그다음은 안뜰 안쪽에서 엘리베이터의 전동기가 계속 삐걱거리고 평행추 케이블이 끼익거리는 소리가 들렸다.

　서서히 아침이 찾아왔다. 다들 아직 잠옷 차림에 머리도 풀어헤치고 입 냄새를 풍기며 망연자실 거실에 앉아 있었다. 사망 통보가 도착한다면 더욱더 망연자실할 터였다. 다들 아이작이 보통 사람들과 마찬가지로 연약한 인간일 뿐이라는 생각을 한 번도 해 본 적이 없었다. 세상에는 그가 행할 수 없는 기적도 있고 그 역시 라티파처럼 두려움을 느낀다는 것을.

일주일 후 아이작 할아버지가 보낸 전보가 도착했다. 사랑하는 프랑스에 안전하게 잘 있다는 내용이었다. "아이작은 운이 좋아." 가족들이 한마디씩 했다.

그다음에는 시작할 때와 마찬가지로 갑작스럽게 공습이 끝났다. 사이렌 소리와 등화관제도 마찬가지였다. 전쟁이 끝났다.

우리는 뉴스를 보고 크게 기뻐하지 않았지만 이웃과 하인들을 위해 대체로 안도하는 척해야만 했다.

다들 걱정하고 있었다. 사이렌과 등화관제가 사라졌는데도 매일 밤 컴컴한 어둠 속에 모여 최악의 상황이 벌어질까봐 두려워하던 때보다 걱정이 커졌다. 부모님은 증조할머니의 아파트에서 계속 지내기로 했다. 같이 있는 편이 낫다고 다들 입을 모았다.

프랑스인과 영국인이 추방되었다는 소문이 들렸고 뒤이어 공장과 사업체, 주택, 은행 계좌를 즉각 국유화한다는 소문이 퍼졌다. 유대인의 운명도 다르지 않을 거라고 했다. 우리는 걱정했다. 증조할머니까지 프랑스로 가자고 말하기 시작했다. 물론 라티파도 꼭 데려가야 한다고 못을 박았다.

가족들은 그 후 몇 주 동안 최악의 상황에 대비해 유럽보다 이집트에서 싸게 마련할 수 있는 물건들을 사들였다. 마침 크리스마스 시즌이라 미친 듯 쇼핑하며 연휴의 들뜬 분위기에 휩쓸렸다.

그해 12월 아침 어머니와 테베거리로 나가 안개 속에서 상쾌하고 깨끗한 아침 공기를 맞으며 스포팅역으로 갔고, 전차가 몇 정거장 지났을 때 탑승한 플로라 숙모를 만나 오전 내내 이 상점 저 상점 돌아다니던 즐거운 기억이 아직도 생생하다.

상점마다 포장지에 싼 상자와 반짝이 조각, 가짜 눈으로 창가를 장식하고 창문에는 두툼한 솜으로 알파벳을 만들어 '메리 크리스마스'를 붙여 놓았다. 해나스와 샬론 백화점은 층마다 소나무 냄새가 풍겼다. 해나스에서 수염을 단 산타할아버지가 나를 무릎에 앉히고 착하게 지냈는지 물었다. 공습 때 조명을 가지고 논 것만 빼면 착하게 행동했다고 대답했다. 산타할아버지는 전쟁이 끝났으니 걱정할 것 없다고 한 뒤 손가락 하나를 흔들면서 "*Ne mens jamais*, 절대 거짓말하면 안 된다."라고 했다. 나 다음으로 아랍인 남자아이가 산타의 무릎에 앉았다. 산타는 아랍어도 할 줄 알았다.

어머니와 플로라 숙모는 모직 옷을 샀다. 유럽의 겨울은 추워서 따뜻한 옷을 넉넉히 준비해야 한다고 생각한 것이다. 우리 식구 수대로 크고 두툼한 양모 담요도 세 개를 샀다. 그날 오후 일찌감치 스포팅으로 배달된 양모 담요를 보고 아버지가 소리를 질렀다. 담요가 너무 커서 여행 가방을 전부 차지하겠다고. 할머니도 같은 생각이었다. 하지만 담요를 만져 보더니 평생 쓸 수 있겠다며 잘 샀다고, 프랑스에서는 구할 수 없는 물건이니 자신도 사야겠다고 했다.

라티파는 끊임없이 모르핀을 맞았다. 모르핀을 맞고 나면 자리에 누워 두 눈을 크게 뜨고서 천장을 바라보았다. 입가에 침이 흐르고 오므린 입술에서는 숨 쉴 때마다 꿈꾸는 듯한 한숨 소리가 새어 나왔다. 라티파는 오른쪽 손바닥을 가슴에 댄 채 눈에 보이지 않는 무언가를 천천히 잡고는 천장을 가리키듯 팔을 들어 방금 가슴에서 가져온 공기 한 줌에 불과한 것을 전구에 바쳤다. 그런 행동이 매일 오후 몇 시간씩 계속되었다. 왜 그런 무언극을 하는지, 무슨 이유가 있는지 아무도 알지 못했다. 결국은 할머니가 어머니를 라티파의 방으로 데려가 그녀의 행동에 관해 물었다. 어머니는 보자마자 이해했다.

"영혼을 신에게 바치는 거예요. 신에게 자기를 데려가 달라고 하는 거죠."

어느 날 오후 드디어 라티파의 아들이 찾아왔다. 압두가 청년을 라티파의 방으로 안내했고, 뭐라도 훔쳐 갈까 봐 밖에 서서 그를 지켜보았다. 열여섯인데도 고작 열두 살 정도로 보였고 서양식 옷차림이었다. 나는 거실에 앉아 있다가 그가 들어오는 모습을 보았다.

"누구냐?" 증조할머니가 작게 물었다.

"라티파의 아들이에요."

"뭐 하러 온 거야?"

대화를 들은 할머니가 자수바늘을 내려놓고 소년을 보러 갔다. 할머니는 그가 있는 창고방을 노크하고 안으로 들어가 반갑다고 말했다. 할머니를 멀뚱멀뚱 쳐다만 보던 소년은 제 어머니의 권유로 방 안에 하나뿐인 의자에서 일어나 앉으라고 권했지만 할머니는 사양했다. 그래도 소년은 계속 선 채로 초조하게 두 손을 꼼지락거리다 사타구니 앞에 모았다.

"어머니하고 이야기 나누거라. 끝나면 나에게 들르고." 할머니는 이렇게 말하고 방을 나갔다.

몇 분 후 라티파의 방문이 열리고 머뭇거리던 소년이 여전히 두 손을 모은 자세로 나왔다. 나는 그가 울었는지 확인해 보려고 했다. 따분해하는 것으로 보일 만큼 침착하고 울지도 않았다.

"어머니하고 이야기 다 나눴습니다." 그가 할머니의 말을 그대로 기억해서 읊었다.

"그럼 이리 오너라." 소년은 내키지 않는 듯 거실로 들어왔다. 거실이라는 공간이 평생 처음일지도 모르는 소년은 이 집과 수많은 얼굴, 꼬치꼬치 캐려는 듯한 시선에 주눅 든 모습이었다.

"네 어미 말로는 도둑질을 한다는데, 사실이냐?" 할머니가 물었다.

소년은 대답하지 않았다.

"대답해!"

소년은 고개를 젓더니 입술을 깨물고 대답했다. "네."

"감옥에 가고 싶은 거냐?"

또 대답이 없었다.

"도둑질이 잘못인 거 몰라? 도둑질하면 어떻게 되는지 알아? 두 발을 묶어서 거꾸로 매달아 놓고 화장실도 못 갈 정도로 발을 때린다. 내 동생 아이작이 라티파의 아들이 도둑이라는 말을 듣고 화가 잔뜩 났다. 다음에 도둑질했다는 소리가 또 들리면 왕께 말씀드려서 널 감옥에 집어넣겠다고 하더구나." 할머니는 그 말이 정말로 사실이라고 믿는 듯했다.

소년은 아무 표정 없이 서서 아무 말도 하지 않았다.

"이제 가 봐라. 그리고 내일 내 아들의 공장으로 가. 일자리를 줄 거다."

라티파는 할머니가 호통치는 걸 들은 모양이었다. 아들이 작별 인사를 하려고 다시 방에 들어왔을 때 라티파가 할머니에게 고마워하는 목소리가 들렸다. 하지만 나는 소년이 어머니 방에 다시 들어가면서 문을 닫기 전에 가운뎃손가락을 들어 보이는 걸 놓치지 않았다.

이틀 후 라티파가 죽었다. 어머니와 나는 아침에 쇼핑하러 나가고 없었다. 나가기 전에 어머니는 나더러 방 밖에서 기다리라고 한 뒤 라티파에게 어김없이 모르핀을 놔 주었다. 그런데 뭔가 이상했다. 하인들의 거처가 소란스럽고 압두는 두 눈

이 빨갰다. 까닭을 묻는 나에게 고개를 저으며 알라신만 안다
는 손짓을 해 보였다.

우리는 예상보다 일찍 쇼핑을 끝내고 집에 돌아왔다. 아
파트 건물로 들어가 엘리베이터를 타자마자 비명이 들렸다.
그런 비명은 난생처음이었다. 집에 가 보니 모두가 울고 있
었다. 가장 늦게 사태를 깨달은 증조할머니까지. 보조 현관
에서 비명이 들려왔다. 할머니가 라디노어로 주방에 들어가
지 말라고 했지만 나는 듣지 않았다. 식료품 저장실 문을 열
자 소리가 확 커졌다. 주방으로 가 보니 테이블에 라티파가
누워 있었다. 압두와 이브라힘이 회색 삼베처럼 보이는 천
으로 라티파를 머리부터 발끝까지 감쌌고, 이웃 하인들은
마지막으로 그녀를 보기 위해 보조 현관에 서 있었다. 그들
은 나를 보고 아무 말도 하지 않았지만 내가 거기 있는 걸
탐탁해하지 않는 게 느껴졌다. 그래도 나는 문가에서 꼼짝
도 하지 않았다. 팔은 하나뿐이지만 하인 셋 중에서 가장 힘
이 센 히샴이 라티파를 어깨에 짊어지고 보조 계단으로 향
했다.

히샴이 계단을 내려가기 시작하자 점점 커지는 날카로운
비명이 안뜰에 울려 퍼졌다. 같은 건물 가정부들이 전부 창문
에 서서, 몇몇은 둘이나 셋이 바싹 붙어서, 손수건을 흔들고
라티파의 이름을 외치며 제발 돌아오라고, 히샴에게 제발 라
티파를 데려가지 말라고 애원했다. 입은 옷을 찢거나 자기 얼

굴을 때리거나 벽에 머리를 박으며 *"Ya Latifa! Ya Latifa*(아, 라
티파! 아, 라티파)*!"* 하고 소리치는 이들도 있었다.

다음 날 나는 할머니와 함께 외출했다. 프티스포팅에서 소
금을 넣어 볶은 땅콩 1페니어치를 샀고, 어쩌다 이브라히미에
까지 갔다. 멤피스거리로 향하다 연석에 앉은 다리 저는 거지
를 보았다. "갖다 주거라." 할머니가 나에게 동전 몇 개를 주며
"라티파의 영혼을 위해."라고 덧붙였다. 우리는 할머니가 최
근 콥트인 가정에 임대한 옛집에 잠깐 들렀다. 나는 밖에서 기
다렸고 할머니는 봉투를 가지러 들어갔다. 남자아이가 밖으
로 나오더니 아무 말 없이 서서 미심쩍은 눈길만 보냈다.

그리고 길 건너에 사는 성녀의 집으로 갔다. 피곤하고 슬퍼
보이는 성녀는 일주일 넘게 잠을 못 잤다고 했다. 정부가 전
재산을 막아 놓았고 프랑스 국적의 아들네는 이미 추방 통보
를 받았다며 이제 곧 자신도 그렇게 될 거라고 했다. 남편이
어떻게든 돈을 구하지 않으면 먹을 것도 못 사고 하인들 급료
도 못 줄 거라고 했다.

"프랑스인일 줄은 몰랐네." 공주가 의외라는 듯이 말했다.

"자기네가 이탈리아인인 것처럼 우리는 프랑스인이야, 마
담 에스더. 그게 얼마나 좋은 건데!"

"그래도 이탈리아 유대인은 쫓겨나지 않지." 공주가 대답
했다.

할머니가 네심 할아버지에게 "우리가 이탈리아인이라 다행이다."라고 말하는 걸 나도 들었다.

아들과 손녀들을 다시 볼 수 없을지도 모른다는 생각에 성녀는 제정신이 아니었다. 누가 프랑스에 가고 싶다 했느냐고, 극빈자로 살아도 좋으니 이집트에 남고 싶다고 했다.

두 여인은 즐거운 하루를 보내라는 인사를 나누었다.

그날 저녁을 먹기 전 아르노 당숙이 이집트에서 추방당하는 건 오히려 잘된 일이라며 파리에 이만큼 넓은 아파트를 구해 다 같이 살면서 새 출발을 하자고 했다. 긍정적인 면을 열거하기라도 하듯 죽은 사람도 없고 다친 사람도 없고 새로 시작하기에 너무 늙은 사람도 없지 않으냐면서. 네심 할아버지는 아무 말 없이 증조할머니와 우리 할머니를 쳐다보았다. 아르노 당숙은 프랑스라면 밥 굶을 일도 없을 거라고 강조했다. 우리가 아는 대단한 사람이 파리에 살지 않느냐고, 설령 그렇지 않아도 우리의 외모와 능력이라면 어떤 사회도 들어갈 수 있다면서.

하지만 아르노 당숙은 빌리를 흉내 내는 가짜일 뿐이었다. 엘사 할머니와 네심 할아버지는 이집트에서 한 발자국도 움직이지 않기로 마음을 굳힌 터였다. 아버지도 떠나는 걸 거부했다. 사업이 그 어느 때보다 잘된다고, 이제 이집트 최고의 섬유 공장에 들어갔으며 카이로에 새 공장을 지을 생각이라고 덧붙였다.

"에트나산에도 하나 지어라." 증조할머니가 맞장구를 쳤다.

그런데 저녁을 먹는 동안 전혀 예상치 못한 일이 벌어졌다. 갑자기 사이렌이 울리기 시작했고 다들 제자리에 얼어붙었다. "이번엔 핵전쟁일 거야. 분명해." 마르타 할머니는 아들의 가슴에 얼굴을 파묻고 훌쩍이다 왈칵 울음을 터뜨렸다. 사이렌이 울리자마자 스포팅 곳곳에서 불이 꺼지기 시작했다. 또다시 사람들이 뛰어다니며 외쳤다. "Taffi al-nur! Taffi al-nur!"

"전쟁이 끝난 지 몇 주나 됐잖아요." 저녁에 잠깐 들른 알카베스 박사가 말했다. "장난질일 거예요. 그냥 불 켜요."

"벤, 그러다 문제라도 생기면 어쩌라고. 그냥 불 꺼." 할머니가 단호하게 말했다.

"사기라니까. 정전을 틈타서 뭔가 구린 짓을 하려는 게 분명해."

석유 램프를 켰다. 엘사 할머니가 거실 커튼을 닫고 문도 전부 닫았다. 알뜰한 자신의 직감 덕분에 창문에 덧댄 파란색 종이를 떼지 않아 다행이라고 말했다.

머지않아 우르릉거리는 이상한 소리가 들리기 시작했다. 처음에는 멀리서 들려오는 대공포 소리인 줄 알았는데 아니었다. 엄청나게 많은 장갑차와 트럭 호송대가 알렉산드리아를 지나는 소리였다. 탱크가 쿵쿵거리며 델타거리를 지나 앰브로이즈랠리로 나아갈 때는 집 안이 흔들리기도 했다.

"내가 뭐랬어." 커튼 틈으로 밖을 엿보던 알카베스 박사가 말했다. "공습하고는 상관이 없다니까. 군인들을 비밀리에 재배치하느라 그런 거야. 이스라엘이 풀어 준 죄수와 부상당한 군인들이 트럭에 탔을걸. 정전 상태에서 비밀리에 고향으로 옮기는 거지."

가냘픈 램프 심지에서 기름 타는 냄새가 올라오며 다이닝룸이 점점 더 어두워졌다.

아버지도 알아차리고 말했다. "엘사 이모님, 제발 다음부터는 램프에 기름 좀 더 넣어 두세요. 저녁 식사는 끝내야죠."

나는 쿵쾅거리는 엔진 소리가 희미해지면 경보 해제 신호가 울리고 가족과 이웃들이 안도의 한숨을 내쉬며 불을 켠다는 걸 알고 있었다. 어둠 속에서 다 같이 5분, 10분만 더 견디면 되는 거였다. 잘 보이지 않지만 상관없었다. 그동안 두 눈이 어둠에 익숙해진 터라 아버지를 포함해 모두가 캄캄한 데서 저녁을 마저 먹어야 해도 개의치 않을 테니까.

이 밤이 그리워질 것 같았다. 전쟁이 아니라 등화관제가, 할머니 할아버지들이 아니라 집 안의 불을 다 끄고 라디오 주변으로 모여들 때 조용히 하라던 그들의 낮은 목소리가 그리울 것이다. 우리는 적이 엿듣기라도 하듯 소곤소곤 이야기를 나누었다. 등화관제는 우리가 함께 하는 저녁 시간에 마법의 주문을 걸었다. 다이닝룸이 음식도 잘 보이지 않을 만큼 캄캄해서 천천히 먹을 수밖에 없었으므로 식사 시간이 길어졌다.

차와 카드놀이, 잡담, 말다툼, 눈물바람, 손님이 사라진 우리의 저녁 시간은 석유 램프의 기름 타는 냄새가 향내처럼 맴돌며 신성한 예배식 같은 분위기를 자아냈다.

"라티파!" 증조할머니가 비스킷을 더 먹고 싶다며 라티파를 불렀다.

"가엾은 라티파는 이제 없잖아요." 할머니가 알려 주었다.

"이 밤에 어딜 갔단 말이야?"

일주일 후 몇몇 가족이 이집트에서 추방되었다.

3개월 후에는 네 명이 스스로 떠났다.

곧바로 여섯이 더 떠났다. 다들 프랑스에 정착했다.

1년 6개월 후에는 성녀와 남편도 프랑스로 떠났다.

이제 이집트에는 엘사 할머니, 플로라 숙모, 공주, 네심 할아버지, 증조할머니 그리고 우리 세 가족 해서 여덟 명밖에 남지 않았다.

"라티파가 보면 웃었을 거야." 엘사 할머니가 말했다. 그렇게 칭찬이 자자하고 아르노 당숙이 그토록 굳건히 믿은 파리의 아파트는 알고 보니 조르주망델대로의 정교한 19세기 말 건물 5층에 있는 방 한 칸짜리 아파트였다. 건물에는 엘리베이터도 없고 한 층씩 올라갈수록 계단이 더더욱 좁고 가파르게 변했는데, 4층 이후는 대리석 계단이 돌계단이 되고 6층 이후는 돌계단이 푹 꺼져 삐걱거리는 널빤지로 변했다. 나는

1970년대 초 할머니와 엘사 할머니를 보러 미국에서 이곳을 방문했다. 아르데코 스타일의 자홍색 병풍으로 그날 밤 내가 잘 곳과 분리한 다이닝룸에서 점심을 먹었다.

텅 빈 파리에 낮게 걸린 자욱한 잿빛 하늘이 비가 계속 내릴 것임을 예고했다. 엘사 할머니는 비가 아니라 눈이 내릴지도 모르겠다고 했다. 대로에서는 아무 소리도 들리지 않았다. 파리 일요일 오후의 적막이 온 동네에 내려앉았다. 밖에서 푸조 자동차 한 대가 요란한 소리와 함께 멈춰 섰다. 밖을 내려다보았다. 커플이 포장된 상자를 들고 택시에서 내렸다. 긴 크리스마스 오찬이 되겠구나, 생각했다.

식사를 끝내고 할머니들이 *petit salon*(작은 응접실)이라고 이름 붙인 곳으로 자리를 옮겼다. 그래 봤자 같은 공간을 나무 칸막이로 나눠 놓은 거였다. 엘사 할머니가 초록색 양철 상자에 든 영국산 담배에 이어 터키 커피를 권했다. 우리는 다리를 꼬고 앉아서 이야기를 나눴다. 대부분은 미국에 관한 이야기였다. "사람은 새와 같아서 오늘은 여기에, 내일은 저기에 있구나." 할머니가 말했다. 오랫동안 소파 한쪽에 앉아 있다가 갑자기 반대쪽으로 옮겨 앉기로 했다는 게으른 술탄에 관한 터키 우화가 떠올랐다. 겉보기와 달리 사람들은 아주 멀리 이주하는 경우가 드물어서 바뀌는 게 별로 없고 삶도 똑같이 돌아간다는 뜻이었다.

커피를 다 마시고 나서도 잠깐 앉아 있었는데 할머니들이 시차 때문에 피곤하겠다고 걱정했다. 괜찮다고 했지만 할머니들은 소파에서 한숨 자라고 권했다. 안 그래도 엘사 할머니의 드레스를 수선해야 하니까 잠깐 눈을 붙이라고. 내가 소파에 기대어 눕자 할머니들은 소곤소곤 말하기 시작했다. 내 재떨이와 커피잔을 치우는 소리가 들린 것 같았다. 갑자기 후두두거리다가 한참 있다 또 후두두거리는 수동 재봉틀의 조심스러운 바느질 소리가 아득하게 들리더니 너무도 오랜만에 들어 보는 언어로 말하는 노인의 짜증 섞인 소곤거림이 이어졌다. 싱거 재봉틀 소리가 간간이 섞여 들려오고 아무리 숨죽여도 매섭게 들리는 그들의 목소리가 1956년 겨울로 나를 데려갔다. 당장 이집트를 떠나라는 통보가 떨어질까 봐 두려워하던 스포팅의 아파트에서 집 안의 모든 여인이 가족들의 옷을 만들거나 수선하느라 번갈아 가며 하나뿐인 재봉틀을 붙잡고 있었다.

일어나 보니 저녁이 다 된 시간이었다. 우리는 산책하러 앙리마르탱대로로 나갔다. 라마르틴분수를 지나 불로뉴의 숲 끄트머리에 가까워졌다. 엘사 할머니는 잿빛으로 흠뻑 젖은 풍경을 살피며 해 질 무렵이면 아름다운데 길 건너 숲으로 들어가 보겠느냐고 물었다. 헐벗은 나무들을 보니 코로가 그린 발다브레의 추운 겨울이 떠올랐다. 다음에 산책할 때 가자고 대답했다. 이렇게 한적한 파리는 처음이었다. 할머니들은 크리스마스여서 그렇다고 했다.

길모퉁이에 이르렀을 때 빅토르 위고 조각상의 쭉 뻗은 손을 만졌다.

"위고는 별로야." 엘사 할머니가 수염이 덥수룩한 로댕의 빅토르 위고를 쳐다보며 말했다. 그러더니 여생을 이집트에서 보내고 싶어 이집트 시민이 된 늙은 시뇨르 우고 이야기를 꺼냈다. "종교까지 바꿔서 이름도 하그 가발자리로 바꿨지. 지금은 이집트 육군 장교들에게 요가를 가르친단다. 참 대단한 생존력이야."

"생존력이 아니라 카멜레온이지."

"기회주의자야."

하지만 할머니들은 시뇨르 우고가 미치광이라는 데는 이견이 없었다.

어두워지자 우리는 빅토르위고대로를 지나 집으로 돌아가다 카페에 들렀다. 카페는 거의 텅 비어 있었는데 직원들이 할머니들을 보자 차를 내왔다. 할머니는 아몬드 페이스트리를 주문하곤 나를 위한 거라고 했다. "어릴 때 아주 좋아했잖니." 나는 반만 먹겠다고 했지만 말하다 보니 어느새 다 먹고 말았다. 크리스마스의 텅 빈 카페에서 왠지 포근함이 느껴졌다. 내 도움 없이 두툼한 양모 코트를 간신히 벗은 두 노인을 보자니 손을 잡으며 앞으로 정말 잘하겠다 약속하고 싶어졌다.

이내 카페가 차기 시작했고 주위에서 더 많은 목소리가 들려왔다. 스페인어나 포르투갈어를 하는 사람이 많았는데 파리 16구 주택의 고용인들이었다.

길 건너편에는 빅토르위고영화관 밖에 벌써 가족 단위 손님들이 줄을 서고 있었다. 한 무리가 옆 테이블에 앉더니 리카르를 주문했다.

"저녁에 영화 보러 가겠니?" 엘사 할머니가 제안했다.

고개를 저었다. 할머니들은 일주일에 한 번씩 기분 전환을 위해서 간다고 했다.

계산할 때가 되자 엘사 할머니는 자기 몫에 해당하는 3분의 1만 내겠다고 했다. 할머니가 격분하며 3분의 1도, 4분의 1도, 16분의 1도 필요 없다고, 자신이 다 내겠다고 했다. 엘사 할머니는 그 말을 무시하고 관절염에 걸린 주름 가득한 손으로 기어코 지갑에서 각양각색 크기의 동전을 힘들게 꺼내기 시작했다.

"네 동전 따위는 필요 없으니까 나중에 네 상속자한테나 물려줘라." 할머니가 평생 아이를 낳지 못한 여동생한테 고래고래 소리 질렀다.

두 90대 노인은 화가 잔뜩 나서 먼저 나가려고 힘겹게 서둘러 코트를 입었다. 급기야 할머니가 동생에게 더는 같이 못 살겠다고 말하는 것으로 갈등이 최고조에 이르렀다. 할머니는 앞으로 살날도 얼마 남지 않았는데 내일 당장 굶게 생긴 사람처럼 아껴 먹는 게 지겹다고 했다. "남 말 하고 있네." 엘사 할머니는 이렇게 쏘아붙이며 내가 미국에서 사 온 오랄B 칫솔 열두 개를 할머니가 한 개도 나눠 주지 않았다는 사실을 꼬집었다. "살날이 얼마 안 남긴, 칫솔을 안 주는 걸 보면 앞으로 틀니 열 개는 더 바꿀 때까지 살 거면서."

엘사 할머니는 텅 빈 거리를 건너 반대편 롱샹거리에서 집을 향해 걷기 시작했다. 나는 두 사람 사이를 왔다 갔다 하면서 화해시키려고 애썼지만 둘 다 상대방이 사과해야 한다며 거부했다. 그 말을 전하면 두 사람 모두 이렇게 말할 뿐이었다. "마음대로 떠들라고 해."

우리는 할머니들이 즐겨 보는 TV 프로그램 시간에 맞춰 집에 도착했다. 엘사 할머니가 의자 다리에 걸려 넘어지는 바람에 화해가 이루어졌다. "저 애는 장님이나 다름없어." 할머니가 속삭였다. "왜 싫어도 같이 사느냐고? 저 애는 나 아니면 아무도 없거든." 우리는 요구르트와 잼, 치즈를 à l'américaine(아메리칸 스타일)으로, 즉 TV를 보면서 먹었다.

창밖을 바라보며 기다란 빛줄기가 회전해서 올라가 하늘에 만드는 뿌연 분홍색 길을 눈으로 좇았다. "에펠탑이야." 창가로 와서 나에게 기댄 엘사 할머니가 말했다. "네 할머니가 깜빡깜빡하기 시작했어." 이어서 내 귓가에 소곤거렸다. "내가 눈치 못 챈 줄 알지. 네 할머니도 나밖에 없어."

그날 밤 두 자매는 그때가 오면 너무 호화롭게 하지도, 공을 들이지도 말라고 했다. 나는 민망해서 미소로 답한 뒤 화제를 바꾸려고 애썼는데, 할머니들이 말한 건 장례식이 아니라 100세 파티였다. "옛날에야 그렇게 화려했지. 우린 잠깐 보러 오는 것으로 충분하다."

20년 후 아내와 다시 찾은 파리는 변한 게 없었다. 역 이름도 다 기억났다. 빅토르위고대로의 카페도 아직 있었다. 할머니가 넥타이를 사 준 생토노레의 가게도 더 커지고 일본인 관광객이 가득한 것만 빼면 여전했다. 빅토르위고영화관은 없어졌다. 우리는 오래된 모퉁이 카페에서 크림 커피와 햄 샌드위치를 주문했다.

이른 아침의 조르주망델대로는 조용했다. 길모퉁이가 가까워지자마자 엘사 할머니가 살던 아파트가 시야에 들어왔다.

나는 위층 창문을 가리키며 엘사 할머니가 한 해의 마지막 날 소원을 빌기 위해 남편의 파이프를 던진 곳이라고 말해 주었다. 마리아 칼라스가 살았던 근처 건물도 알려 주었다. 할머니들은 마리아 칼라스와 그리스어로 이야기를 나눈 적이 한 번 있는데 그녀의 그리스어를 고쳐 줬다고 했다.

우리는 사진을 찍었다. 건물 사진. 그 건물 앞에 선 내 사진. 건물 앞에 선 나를 찍는 아내 사진. 아내는 할머니들이 몇 층에 살았느냐고 다시 물었다. 5층이라고 대답했다. 우리는 5층을 올려다보았다. 엘사 할머니의 방 한 칸짜리 아파트는 불도 꺼지고 덧문도 내려져 있었다. 집에 아무도 없으니 당연히 불이 꺼졌겠지. 할머니들이 돌아가신 지 20년이나 되었으니까! 하지만 아파트를 그렇게 오랫동안 비워둘 리 없는 터, 분명히 다른 사람의 소유가 되었을 것이다. 빌리 할아버지가 아파트를 판 기억이 나는 듯도 했다. 하지만 그동안 주인이 바뀌지 않았다면, 엘사 할머니가 돌아가신 날 병원으로 실려 가기 전에 떨어뜨린 포크와 카디건도 그대로라면, 아무것도 변하지 않았다면? 엘사 할머니가 자아 준 생명력으로 영원히 할머니 것일 수밖에 없는 평생 모은 가구와 그릇, 옷가지가 제자리에서 할머니를 조용히 기다리고 있다면?

문득 이집트 테베거리의 아파트도 그럴지 모른다는 생각이 들었다. 우리 가족과 60년을 함께 한 그 아파트는 다른 누구의 것이 될 수 없으며 영원히 우리의 것이라고. 우리가 떠나온 그대로 남아 있다고. 우리가 떠난 뒤 그곳에서 울거나 싸운 사람도 없고 구석에는 먼지가 쌓였으며 플로라가 살았고 빌리가 울었고 라티파가 죽은 창고방을 뛰어나가며 소리지른 아이들도 없을 거라고.

다시 올려다보았다. 엘사 할머니의 캄캄한 아파트 옆집은 환했다. 주방에서 다이닝룸이 분명한 곳으로 걸어가는 그림자가 보였다. 그림자는 창가로 돌아서 잠깐 내다보더니 다시 뒤돌았다. 내가 목욕할 때 물을 너무 많이 쓴다고 불평했던 이웃이 아직 사는 모양이었다.

하지만 내가 틀렸다. 너무 오랜만이라 창문을 착각한 것이다. 이웃의 늙은 구두쇠는 집 안의 불을 전부 끄고 살았다. 그러니 지금 불을 환하게 밝힌 저 창문은 엘사 할머니의 집이었다. 엘사 할머니가 집에 있다! 그런 생각이 들자 이제 마음껏 기뻐해도 된다는 허락이 떨어진 것 같았다.

"저 집에 가 보고 싶은 생각이 든 적은 없었어?" 아내가 물었다.

할머니들이 5층 층계참에서 내려다보며 계단을 오르는 우리를 기다리는 모습이 그려졌다. 전형적인 세파르디 유대인처럼 퉁명스럽게 입을 여는 것으로 반가움을 드러냈다.

"이제야 보러 온 거니?"

"자그마치 20년 만이야."

"생각이든 기도든 해 줘야 우리가 버티지. 아무것도 없어!"

"뉴욕 살면 다 그렇지."

"그만 해라, 엘사. 이렇게 왔으니 됐잖니."

나는 할머니들이 먹고 왔다는데도 주방을 분주히 오가며 저녁을 준비하는 모습을 상상했다.

"미리 얘길 하고 오지."

"배 안 고프다니까요."

"어떻게 배가 안 고프겠니?"

아내가 내 팔을 두드리며 "그냥 하시게 둬."라고 한다. 아내는 재미있다는 듯 고대 유적지의 먼지를 털어내서 발견된 머나면 인척들을 바라본다.

할머니들은 아닌 척해도 소용없다는 사실을 깨닫고 노인의 힘겨운 목소리로 말한다. "너무 늦게 왔구나." 할머니들이 사교적인 프랑스어로 한마디 더 한다. "미안해서 어쩐담." 우리가 좋지 않은 타이밍에 도착해서 늦은 오후의 티타임을 놓쳤다는 듯이.

5장
연꽃 먹는 사람들

The Lotus-Eaters

부모님은 꿈에 그리던 집을 3년 만에 클레오파트라에서 찾았다. 1956년 전쟁이 끝나자 스무하가 너무 위험하고 불쾌하게 변했다. 부모님은 부랑자랑 먼지만 너무 많고 유럽인은 몇 안 된다고 말했다. 특히 한밤중의 스무하는 기이했다. 집회를 열어 확성기로 정치 선전을 해대는 윙윙거리는 소음 때문에 더 그랬다. 마침내 부모님이 찾아낸 집은 한쪽은 바다를, 한쪽은 스무하의 거대한 바나나 농장을 마주 보는 스포팅 근처의 아파트였다.

　아버지는 서재를, 어머니는 발코니를 마음에 들어 했다. 옴 라마단은 세탁실에 열광했다. 나의 새로운 그리스어 가정교사 마담 마리가 쓸 작은 방까지 있었다. "정말 멋진 집이야." 공주가 와서 보고 말했다. 공주는 복도에서 길도 잃었다. "이런 집을 어떻게 구했니?" 어머니는 아주 간단한 일이었다고 대답했다. 부모님의 오랜 친구인 벤투라 씨가 이집트를 떠나면서 급하게 아파트를 팔았다는 것이다.

　새 아파트로 이사한 지 얼마 되지 않은 어느 날 저녁, 다이닝룸이 두껍고 커다란 코발트색 종이로 어질러져 있었다. 압두가 증조할머니 집에서 가져온 거였다. 어머니는 "그 집은 뭘 버리는 법이 없다니까."라고 말했다. 그날 어머니는 저녁 내내 마담 마리, 아지자와 함께 내 교과서와 공책을 다시 싸기 위해 파란색 종이를 네 등분 하느라 분주했다. 2주 전 내가 교칙을 어겼다며 학교에서 전화를 걸어온 적이 있는데 또 전화가 온 것이다. 공책을 정리하지 않은 것도 문제지만 다른 아이들처럼 교과서와 공책을 싸지 않은 것도 문제라고 지적했다. 처음에 전화를 받은 압두가 어머니한테 제대로 전달하지 못한 것이다.

교칙대로라면 파란색 종이로 싼 공책 앞표지에는 정확한 대문자로 이름과 과목, 연도, 반, 권수를 적은 라벨을 붙여야 했다. 게다가 파란 종이는 고무풀로 붙이지 말고 딱 맞게 접어서 안으로 집어넣어야 했다. 어머니는 영국 학교의 꼼꼼한 요구 사항에 질린 나머지 프랑스 학교처럼 라벨을 그냥 오른쪽 위에 붙이려고 했다. 나는 라벨을 앞표지 중앙에 붙여야 한다고 주장했다.

"파란색 종이가 다 떨어졌는데 베이지 종이로 싸면 안 돼?" 어머니가 물었다.

"안 돼요. 파란색이어야 해요. 다들 파란색 종이로 쌌단 말이에요."

그때 압두가 테베 아파트에 파란색 종이가 더 있다는 걸 기억해 내서 앞치마를 벗고 스포팅까지 걸어가 한 시간 만에 돌아온 거였다.

"한 달이 지나서 말하면 어쩌냐?" 퇴근한 아버지가 여자들을 도와 교과서와 공책을 싸면서 말했다. 마담 마리도 계속 종이를 잘랐다. "그런 걸 잊어버리면 어떡해?"

나는 잊어버린 게 아니라고 항변했다.

"그럼 왜 지금에서야 이러고 있는데?" 아버지가 물었다.

모르겠다고 했다. 조만간 이집트를 떠날 테니까 상관없다고 생각했는지도 모른다.

하지만 아버지는 이집트를 떠나고 싶어 하지 않았다. 그 증거로 공장을 한 층 더 올리고 새 가구 제작을 맡기고 자신의 오랜 꿈대로 아홉 살의 나를 빅토리아칼리지에 입학시켰다. 아버지가 이집트에 처음 왔을 때 영국식 웅장함이 형상화된 엘리트 학교라고 생각한 곳이었다.

1956년 이집트군이 영국과 프랑스, 이스라엘과 싸워 승리한 후 빅토리칼리지로 바뀐 빅토리아칼리지는 한때 대영제국 교육 제도의 자존심이었다. 영국의 명문 공립학교처럼 잘 관리된 커다란 운동장과 멋진 사각형 안뜰을 자랑하는 대규모 캠퍼스가 있고, 시인 매슈 아널드의 아버지인 브라우닝칼리지의 통통한 들창코 교장을 황홀경에 빠뜨렸을 법한 엄격한 교칙에 따라 운영했다.

한때 영국인 작가와 철학자, 수학자들이 잔뜩 몰려와 가르치던 시절이 있었다. 부유한 영국인들은 당연히 이 학교에 아들을 보냈고 알렉산드리아의 엘리트들도 프랑스 학교인 프랑수아국제학교보다 VC를 선호했다. 설립자들의 음울한 부(富)를 연상시키는 어두운 인테리어부터 제 선생들에게 배운 그대로 학생들을 대하는 졸업생 출신 교사들의 침통하고 옹졸한 얼굴까지 VC의 모든 것에는 형식뿐인 빅토리아식 고상함이 깃들어 있었다.

그 외에 영국의 유산은 의미 없는 특징으로 전락했다. 끔찍한 음식, 눈에 띄게 현대적인 것에 대한 거부, 풍선껌과 볼펜 금지, 남색 가두리 장식이 들어간 회색 교복, 특히 탄산음료 등 미국적인 것에 대한 완고한 저항, 필수적인 체조 수업, 체벌, 무엇보다 학교 수위를 비롯해 형태를 막론한 모든 권위에 대한 경외심까지도. 영국 학교에 다녀 본 적이 없고 영국 공립학교에 다닐 수 있는 새로운 삶을 준다면 무엇이든 하겠다는 전형적인 세파르디 유대인의 사고방식을 지닌 아버지는 나약한 안락함을 거부하는 빅토리아 시대의 엄격한 생활이 굳어 버린 이 학교를 숭배했다. 아버지에게는 남을 괴롭히는 사람을 신사로, 피부가 창백한 허약한 사내아이를 남자로 만들어 주는 학교였다. 과연 영국다운 발상이었다. 또한 아버지에게 VC는 사람이었다. 나중에 케임브리지대학이나 옥스퍼드대학에 가서 세상을 주무르는 대형 은행과 위대한 국가의 지도자가 될 파란 눈의 금발 소년. 하지만 캠퍼스가 텅 빈 어느 여름날 아버지가 이 명문 학교를 탐방하면서 알아차리지 못한 사실은 VC가 영국이라는 누더기를 입은 사실상 아랍인 학교라는 것이었다.

VC는 이름을 바꾼 이후 안타까운 시대로 접어들었다. 대부분의 영국인이 이집트를 떠나자 팔레스타인, 쿠웨이트, 사우디아라비아 출신의 부잣집 아이들이 다니는 기숙학교로 변한 것이다. 나일밸리의 소박한 시골 지주와 부유한 시장(市長)을 포함해 신흥 이집트 중산층은 전부 맏아들을 VC에 보냈다. VC는 여전히 영어학교로 통했지만 수업 시간 외에는 아무도 영어를 쓰지 않았다. 선호되는 언어는 딱 하나, 아랍어뿐이었다. 애초에 영어가 완벽하지 못한 교사는 $2\pi r$을 영어로 설명하기 어려우면 여지없이 아랍어로 돌아갔다. 우리 반에서 프랑스어를 주로 쓰는 사람은 나를 포함해 유럽인, 아르메니아인, 기독교도 시리아인 등 여섯 명이었다. 프랑스어를 모르는 찰리 앳킨슨은 전교에서 유일한 영국인 학생이었다. 유대인은 내가 유일했다.

1960년에 이르러 아랍어는 외국인 학생들의 필수 과목이 되었지만, 아랍어로 가르치는 수업은 유럽인 남학생들에게 별 도움이 되지 않았다. 우리 중에는 고전 혹은 문어체 아랍어를 아는 사람이 드물었다. 대부분 길거리 이집트어밖에 몰랐다. 이집트인이 유럽인과 대화할 때 쓰는 링구아 프랑카는 약간 희석된 버전의 아랍어였다. 어느 날 아침 하인 모하메드가 전화를 걸어 아들이 트럭에 치였다며 하루 쉬게 해 달라고 했다. 그는 '모하메드의 아들이 죽었다'라는 뜻으로 *"Al bambino vita Mohammed getu morto."*라고 했으며, '장례식 때문에 내일 쉬어야 한다'는 뜻으로 *"Bokra lazem congè alashan lazem cimetière."*라고 했다. 이집트어로 말한 것도 아니었다. 프랑스어와 이탈리아어, 아랍어가 뒤죽박죽 섞인 말이었다. 덕분에 아랍어를 전혀 배우지 않은 유럽인도 현지인과 대화할 수 있었다.

내가 조금 아는 아랍어는 보조 현관 문가에서 배운 거였다. 그 문은 라마단(아랍어로 더운 달을 뜻하며 이슬람에서는 9월을 코란이 내려진 신성한 달로 여겨 한 달 동안 일출부터 일몰까지 매일 단식한다.-옮긴이) 저녁이면 활짝 열어 놓았고, 우리 클레오파트라 아파트 위아래층의 요리사와 하인들이 전부 우리 주방에 모였다. 그들은 독실한 이슬람교도들에게 긴 하루의 금식이 끝나고 이제 먹어도 된다는 걸 알려 주는 커다란 대포 소리가 항구에서 들려올 때까지 시간을 때웠다. 자기들끼리는 링구아 프랑카를 쓰지 않았지만 내가 있으면 자연스레 유아어로 변했다. 무례하고 기운 넘치는 조롱 같은 가볍고 상스러운 분위기가 섞여 있었지만.

옴 라마단이 주방으로 와서 압두, 아지자와 함께 앉았다. 이웃집 가정부 파우지아도 우리 주방으로 왔다. 이른 아침에 세 여인이 함께 앉아 있기도 했다. 압두는 계단을 오르내리는 배달부 소년의 외침, 접시와 조리 도구 부딪히는 소리가 들려오는 가운데 쌀이나 껍질 깐 콩을 정리했다. 나는 그들의 순수하고 악의적이고 자잘한 뒷말과 당사자 뒤에서 늘어놓는 불평불만이 좋았다. 그들은 윗사람, 우리 어머니, 어머니의 악쓰는 소리, 범죄의 길로 들어선 아들들, 건강, 병, 죽음, 추문, 집, 가난, 삭신이 쑤시는 고통을 늘어놓았다. 그들은 류머티즘을 *루마티즘*이라고 했는데, 특히 파우지아는 *마라티즘*이라고 해서 매번 모두를 웃겼다. 마라티즘이 여자, 엉덩이와 관련된 상스러운 말 *maraftizu*를 연상시키기 때문이었다.

나는 압두, 히샵, 파우지아와 함께 스툴에 앉아 있기도 했다. 압두는 닭 자르는 커다란 가위로 발톱을 깎고, 파우지아는 주방 문을 무릎 사이에 끼고 앉아서 정교한 리듬에 맞춰 문 양쪽을 두드렸다. 그러면 외팔이 히샵이 자리에서 일어나 삼류 댄서처럼 엉덩이를 힘차게 흔들었다. 그를 포함해 다들 웃음을 터뜨렸다. 우리는 히샵에게 춤을 또 춰 달라고 애원했다. 셋이서 테이블을 두드리며 꼬드겼다.

가족들이 식사하는 자리에서 내가 그 춤을 추자 할머니는 혐오스러워하며 나를 이집트에서 키우면 안 된다는 생각을 더욱 부추겼다. "영국의 기숙학교에 보내야겠어."

할머니 말에 부모님과 플로라 숙모까지 찬성하는 듯했다.

"우물우물하지 않고는 두 마디도 할 줄 모르고 식사 예절도 엉망이야." 그날 저녁 네심 할아버지가 말했다. "앙리, 솔직히 네 아들의 영어는 못 들어 줄 정도다."

"갈 상황만 된다면 빌리한테 편지를 보내 여름 방학 동안 데리고 있어 달라 부탁하고 싶구나." 엘사 할머니도 덧붙였다.

할머니는 여동생의 비난에 발끈하여 그래도 명문 빅토리아 칼리지에 다니지 않느냐고 했다. 주방에서 아랍인 하인들과 어울리는 걸 자신도 용납할 수 없다는 사실은 덧붙이지 않았다. 할머니는 마담 마리(어머니는 그녀를 할머니의 첩자라고 불렀다)에게 제발 그런 사람들과 어울리지 못하게 해 달라고 간청했다. 보조 계단으로 담배 한 개비를 얻으러 갈 때만 제외하고 평상시 아랍인을 대단히 불쾌하게 여기는 마담 마리도 동의했다. "개도 아랍인을 보면 짖곤 하지요."라면서.

계단에서도 하인들이 마담 마리를 흉보는 소리가 끊이지 않았다. 같은 건물의 하인 하나는 그녀의 화를 돋우려고 이집트에 사는 그리스인을 조롱하는 짧은 이행시를 계속 읊어 댔다. 첫 줄은 그리스어, 둘째 줄은 아랍어였다.

Ti kanis? Ti kanis?
Bayaa makanis.

안녕하세요? 안녕하세요?
빗자루 장사꾼.

반면 아버지는 내가 아랍인들과 어울린다고 나무라지 않았다. 오히려 아랍어를 배우는 좋은 기회라고 했다. "애는 이건물의 요리사와 하인을 전부 다 안다니까." 아버지가 손님들에게 말했다. 내가 그리스 신화에 나오는 신과 여신의 이름을 다 안다고 자랑하는 말투였다. 결국 내가 아레스와 아프로디테는 잘 알지만 카인과 아벨은 들어 보지도 못했다는 사실이 드러나자 엘사 할머니와 네심 할아버지는 대단히 슬퍼했다.

"홍해가 갈라진 이야기는커녕 아브라함과 이삭 이야기도 몰라." 클레오파트라에서 맞이한 첫 유월절에 엘사 할머니가 믿지 못하겠다는 듯이 말했다.

"우리가 이교도란 말이냐?" 네심 할아버지도 한마디 했다.

"마담 마리, 제발 이 아이를 구해 주겠다고 약속해. 약속할 수 있지?" 할머니가 간청했다.

식사 중에 드디어 말을 걸어 주자 기뻐서 얼굴이 환해진 마담 마리는 자기만 믿으라고 큰소리쳤다. "*Si fidi di me, signora*, 저를 믿으세요." 그녀는 우리 어머니가 이탈리아어를 한마디도 모른다는 사실을 잊어버린 듯 이탈리아어로 말했다.

"은총이 있기를." 할머니가 간절하게 말했다.

"*Salud y berakha.*" 증조할머니도 똑같이 말했다.

유대인의 구전 설화집 《하가다》를 꺼내 든 네심 할아버지가 책을 펼치고 읽기 시작했다. 엘사 할머니의 신호로 마담 마리를 포함해 모두가 자리에서 일어났다. 할머니가 마담 마리를 그냥 집에 보내거나 가족들이 저녁을 먹는 동안 하인처럼 방에 있게 하는 건 예의가 아니라며 유월절에 초대한 거였다. 스미르나 출신의 독실한 그리스정교회 신도인 마담 마리는 우리 가족들이 하는 대로 똑같이 일어났다가 앉고 똑같은 소스에 음식을 찍고 똑같은 음식을 먹고 "아멘"이라고 했다. 원주민이 만든 차를 마시는 선교사처럼 경계하는 표정을 지었지만. 그녀가 유대인 가정에서 일하며 가장 두려워하는 건 자신도 모르게 유대교로 개종되는 것이었다.

"우리도 '아멘'이라고 해요." 그녀는 화기애애한 분위기를 만들려고 애썼다.

"모든 종교에서 '아멘'이라고 하죠." 아버지가 설명했다.

아버지는 신 안에서는 유대교, 이슬람교, 그리스정교회 할 것 없이 모두 형제인데, 특히 올해는 유월절과 부활절, 라마단이 며칠밖에 차이 나지 않으니 종교의 구분은 불필요한 게 아니냐고 마담 마리를 짓궂게 놀리며 즐거워했다.

"부활절과 유월절은 정말로 차이가 없습니다. 그리스어로 부활절을 뜻하는 *paska*는 이탈리아어로 *pasqua*인데 히브리어 *pesah*에서 온 것임을 봐도 알 수 있죠. 최후의 만찬이 뭐였다고 생각합니까, 마담 마리?"

"예수의 마지막 식사였지요."

"네, 맞아요. 하지만 최후의 만찬을 위해 모인 제자들이 뭘 했죠?"

"당연히 음식을 먹었죠."

"또 뻔한 소리로 귀찮게 하지 마라." 아버지의 의도를 파악한 엘사 할머니가 얼른 마담 마리를 감쌌다. "그럼 음식을 먹지 뭘 했겠니?" 엘사 할머니는 가장 어려서 영향받기 쉬운 나도 자유사상가로 변할까 봐 우려하는 마음에 덧붙였다. "그리고 부활절과 유월절은 엄연히 다르지." 그녀가 퉁명스럽고 위압적인 분위기를 풍긴 이유는 마담 마리를 구해 주기 위해서였지만, 감히 두 종교를 연결 짓는 아버지를 꾸짖는 것이기도 했다.

"네, 그만 하죠." 아버지가 물러섰다. 그해 부활절에도 최후의 만찬에 관해 똑같은 이야기를 나눈 적이 있다는 사실을 잊어버린 듯했다.

하지만 마담 마리는 아버지가 이번에도 예수가 유대인이라는 악의적인 거짓말을 늘어놓도록 놔둘 생각이 없었다. "제가 아는 건 어릴 때 어머니가 가르쳐 주신 게 전부예요. 예수와 제자들이 최후의 만찬 때 다른 걸 했다면 그게 뭔지 듣고 싶지 않네요."

신앙심이 독실한 마담 마리는 예수의 수난에 감정이 북받쳐서 부활절 내내 눈물을 흘렸다. 젊은 예수가 손에 못이 박히고 가시나무 월계관을 쓰고 어깨에 끔찍한 무게를 짊어진 채 절뚝거리며 *십자가의 길*을 걸었는데 도와주는 이가 아무도 없었다는 말을 계속했다. 그녀는 매일 이른 오후면 우리 집 어두운 거실에 틀어박혀 그리스정교회 라디오를 들으며 울었다. 예배 방송을 들으며 흥얼거리다 울고 울고 또 울었다. 그룬디히 라디오에 뚝뚝 떨어진 눈물을 손수건으로 닦았다. 자신처럼 독실한 라디오의 눈물을 이해하여 위로해 주고 싶은 듯이. 그리스 뉴스 방송과《그리스 어린이의 시간》을 들을 때도 울었다.

마담 마리는 교회도 열심히 나갔는데 종종 나도 데려갔다. 교회에서도 울었고, 오빠 페트로를 위해(검지로 조각조각 벗겨진 교회 천장을 가리켰다), 혹은 테라스에 지금보다 훨씬 큰 비둘기장을 놓을 수 있도록 집주인을 설득시켜 달라고 빌기 위해 봉헌초를 밝혔다. 봉헌초를 여러 개 밝힐 때도 있었는데 소원을 더 많이 빈 것이 아니라 기도에 집중하지 못하고 비둘기장을 떠올리는 바람에 소원이 자동으로 무효가 되었을까 봐 초를 다시 밝힌 것이다. 봉헌초 하나는 반 페니에 해당하는 1피아스터였다. 나는 일부러 기도에 만족하고 돌아갈 준비를 하는 그녀의 귀에 속삭이곤 했다. "마담 마리, 초를 다시 켜야 할 거 같아요. 제가 비둘기장을 생각했거든요."

비둘기를 사랑하는 그녀에게 압두가 만든 이집트 별미 요리인 속 채운 비둘기를 떠올리는 것보다 괴로운 일은 없었다. 두 사람 사이의 또 다른 갈등 원인도 마찬가지였다.

"비둘기는 지극히 순하고 악의를 몰라요." 그녀는 압두를 설득하려고 했다.

압두는 대구하지 않고 계속 비둘기를 잡았다. 그것도 유대인 방식으로. 잘 드는 칼로 목을 한두 번 그었다. "겨우 비둘기 가지고."

압두는 우리 아버지처럼 그녀에게 미끼를 던지곤 했다. 기독교도, 이슬람교도, 아랍인, 그리스인, 유대인 모두 알라신과 똑같다고 말하는 거였다. 그러면 마담 마리는 분개해서 새나 죽이는 이슬람인이라고 멸시하는 손짓으로 반박했다. 그리고 신은 언제나 기독교도 편이라는 사실을 증명하기 위해 보조 계단에 모인 사람들에게 말했다. 튀르크가 콘스탄티노플을 점령한 뒤 아야소피아성당을 신전으로 바꾸고 믿음 없는 자들이 그리스정교의 벽화를 초록색 칠로 덮어 버렸지만, 밤이면 그림이 스며 나와 성당으로 몰래 들어온 용감한 그리스인들에게 위안을 주었다고. 이 이야기를 들은 술탄이 기독교도를 전부 말살하고 벽에서 우상을 긁어내는 등 아무것도 남기지 않았다고.

하지만 압두는 전혀 개의치 않고 어깨를 으쓱하며 무시했다. "*Mush mumkin*, 말뿐인 얘기예요."

"그럼 성 지오르지오는요?" 마담 마리가 이성을 잃을 듯이 반박했다. "사막 한가운데서 내 남편의 차를 세워 타이어가 펑크 난 걸 경고해 주신 성 지오르지오는요?" 마담 마리는 기적을 믿었다. 그녀는 악마를 한 번은 직접 보았으며, 마담 롱고가 키우는 앵무새의 모습으로 나타나 자신의 비둘기에 올라타려는 악마와 이야기를 나눠 보기도 했다고 덧붙였다.

"Kalam, kalam(말뿐이야, 말뿐)." 압두는 이 그리스인 미치광이가 가장 소중하게 여기는 두 가지, 신앙과 비둘기를 모욕하는 건 그녀를 조롱하는 거라는 사실을 잘 알았다.

마담 마리는 가끔 참지 못하고 폭발해서 결국은 모두 기독교도가 될 거라고 했다. "네심, 압두, 옴 라마단 전부." 그녀는 마침내 그리스도가 승리할 거라고 믿었다.

"헛소리." 압두가 비웃었다.

"흥! 이교도 같으니. 처음에는 노아, 그다음에는 아브라함, 그다음에는 야곱, 그다음에는 모하메드가 있었고 그다음에 예수 그리스도가 오셨어요." 그녀는 잔뜩 흥분하여 검지를 내민 채 오른팔을 빙빙 돌리면서 열변을 토했다. "Wu baaden al-Messiah getu kulu al Chretiens(그리고 예수 그리스도의 허락으로 모든 게 만들어졌죠)."

계단에 모인 하인들이 전부 웃음을 터뜨렸다. 압두와 파우지아, 나도 마찬가지였다. 나는 그녀가 무슨 말을 하려는 건지 정확히 알지 못했다. 그 말은 '예수 그리스도 다음에 기독교도가 만들어졌다' 아니면 '예수 그리스도 다음에 모두가 기독교도가 될 것이다'라는 두 가지 뜻을 담고 있었다. 하지만 그 의미와 상관없이 우리는 팔을 빙빙 돌리는, 우주를 뜻하는 그 거만한 동작을 흉내 낼 때마다 웃음을 터뜨렸고, 머지않아 그 동작은 클레오파트라 아파트의 안뜰 전체로 퍼졌다. 마담 마리는 그걸 흉내 내는 나를 보자마자 학교 선생님들에게 이르겠다고 협박했다.

VC에서는 절대 웃을 일이 없었다. 학교와 아무런 관련도 없는 조그만 개인 소지품을 잃어버려도 교칙 위반이 될 수 있고, 모든 교칙 위반엔 체벌이 따랐다. 체벌에도 등급이 있었다. 죄의 심각함에 따라 혹은 그때그때 교사의 기분에 따라 등급이 매겨졌다. 교사가 손바닥으로 아무 데나 때리는 것이 첫 번째였다. 그다음은 자, 회초리, 그다음은 무시무시한 카라즈네나무 지팡이 순이었다. 똑같은 등급이라도 조금씩 달라서 종류가 다양했다. 자의 평평한 끝부분으로 맞거나 금속 부분으로 맞거나, 평평한 손바닥을 맞거나 손가락을 맞거나, 팔을 맞거나 허벅지를 맞거나, 울퉁불퉁한 지팡이로 맞거나 평평한 지팡이로 맞거나 젖은 지팡이로 맞거나 젖지 않은 지팡이로 맞거나⋯⋯.

나는 첫날부터 맞았다. 산수 시간에 6 곱하기 8을 틀렸다고 손바닥으로 맞았다. 아랍어 시간에는 다섯 개 단어로 이루어진 문장에서 단어 다섯 개를 잘못 읽었다고 자로 다섯 대를 맞았다. 다들 웃음을 터뜨렸다. 그다음에는 밥을 다 먹지 않았다고, 나이프와 포크로 생 대추야자를 깔 줄 모른다고 벌을 받았다. 다들 커다란 테이블에 앉아 식사를 계속하는데 나만 테이블 옆에 서 있어야 했다. 할아버지의 펠리컨 펜으로 테이블 상석에 앉은 아랍어 선생님 미스 샤리프의 이마를 찌르고 싶었다. 첫날 수업이 끝나고 클레오파트라 아파트 입구에 도착해 스쿨버스에서 내리자마자 학교에서 먹은 얼마 되지도 않은 음식을 토해 버렸다. 나는 곧바로 씻겨지고 침대로 보내졌다.

VC 학생들은 손을 맞고 나면 주먹 쥔 손을 미친 듯 후후 불었다. 나도 마찬가지였다. 그렇게 하면 이상하게도 진정이 되었다. 맞기 전에 후후거리는 아이들도 있었다. 그것도 도움이 되는 듯했다.

입학 첫 주에 감기에 걸렸다고 말했다가 맞았다. 수영 시간 전에 남들 앞에서 옷 벗는 게 싫었다. 유럽인 중에서 할례를 받은 아이는 나뿐이었다. 아버지가 말해 주지 않아도 유대인이라는 사실을 아무에게도 말하지 않는 편이 낫다는 것쯤은 알고 있었다.

멍하게 딴생각을 했다고, 수업 시간에 말했다고, 펠리컨 펜으로 공책에 잉크 자국을 남겼다고 맞았다. 그 잉크 자국을 지우려고 했다가 또 맞았다. 지우지 못했다고도 맞았다. 나는 문장을 제대로 쓰는 것보다 틀린 철자를 지우는 시간이 더 많았다. 끝부분에 침을 살짝 묻힌 지우개로 조심스럽지만 끈질기게 문질러 대면 공책에 구멍이 생기거나 잉크가 흐려지면서 얼룩이 더 크게 번졌다. 공책이 망가지면 그 한 가지 잘못에 대해 여러 번 맞을 수도 있었다. 미스 샤리프가 공책에 얼룩이나 구멍이 생겼다고 이미 혼낸 사실을 깜빡하는 일이 잦았기 때문이다. 망가진 페이지를 찢어 버려도 소용없었다. 미스 샤리프는 학생마다 공책의 페이지 수를 셌다. 32쪽이었다.

그녀가 책상으로 다가온다는 건 언제나 위험하다는 뜻이었다. 바로 몇 센티미터밖에 보이지 않는 그녀는 공책을 눈가까이 들어 얼굴을 완전히 가리고 조금 읽다가 홱 던져 버리며 모욕적인 말을 줄줄이 내뱉었다. 공책을 던진 다음에는 손바닥으로 때렸고 그다음은 발길질이었다. 그녀는 학생에게 책, 분필, 칠판지우개, 필통, 잡지 등 별걸 다 던졌다. 미사일을 발사하기 전엔 꼭 "오, 자매님!"을 외쳤다. 나에게 핸드백을 던진 적도 있다. 물론 그다음에는 자를 이용한 체벌이 이어졌다. 나는 더 고통스러운 체벌 도구가 필요하다고 판단했는지 내 손을 때릴 때는 이단나무 필통을 썼다.

구두가 지저분하다고 맞은 적도 있었다. VC 학생은 구두에서 광이 나야 했는데 아침에 갑자기 축구 시합을 하느라 구두가 더러워지고 진흙이 잔뜩 들러붙었다. 머지않아 터득한 것인데 더러워진 구두에 광을 내는 가장 쉬운 방법은 교장이 검사하는 동안 차렷 자세로 서 있으면서 양말 신은 발로 슬쩍슬쩍 닦는 거였다.

교장인 미스 바다위는 손톱과 사물함, 주머니, 머리 검사를 고집했다. 내가 학교에서 머리카락 검사를 했다고 말할 때마다 어머니는 당장 내 머리에 이가 있는지 살폈다. 학생들 사이에 머릿니가 퍼져서 머리카락 검사를 한 거라고 생각한 것이다. 머리를 숙인 상태에서 미스 바다위나 미스 샤리프, 영어 교사 미스 길버트슨이 손가락과 손톱으로 두피를 거칠게 훑은 기억이 생생하다. 이가 발견되면 반 아이들 앞에서 크게 말해 망신 주는 것도 모자라 즉시 학교 이발사에게 보내 두피의 흉터가 전부 드러나 보이도록 머리를 빡빡 깎았다.

한번은 영국 시인 루퍼트 브룩 같은 금빛 곱슬머리에 성격도 매우 온순한 찰리 앳킨슨이 머리를 깎였다. 교실을 나갈 때만 해도 머리카락이 햇살을 받아 환하게 빛났다. 하지만 돌아온 찰리를 보고 반 전체가 웃음을 터뜨렸다. 찰리의 두상이 그렇게 작은 줄 누가 알았을까. 다음 날 전 재산을 잃고도 이집트를 떠나고 싶어 하지 않는 찰리의 60대 아버지가 낡은 캐딜락에서 내렸다. 그는 뚱뚱한 몸으로 빡빡머리 아들의 손을 잡고 교장실을 찾아갔다.

아들이 당한 불공평한 처사에 대해 따지러 왔다는 걸 누구나 알 수 있었다. 미스 길버트슨이 열심히 문법을 가르칠 때 다들 귀를 쫑긋 세웠다. 가슴이 쿵쾅거려서 지명당했을 때 문장을 제대로 읽지 못했다. 아무 소리도 들리지 않았다. 다들 최악의 상황을 예측했다. 10분 후 노크 소리가 들렸다. 수업을 방해받아 짜증 난 미스 길버트슨이 으르렁거렸다. "들어

와요." 찰리였다. 찰리는 늦어서 죄송하다고 사과한 뒤 살금 살금 자기 자리로 갔다. 조용히 앉아 진도에 맞춰 교과서를 펼치나 싶더니 최악의 죄를 저질러 모두를 경악시켰다. 책상 덮개를 쫙 들어 올린 것이다. 자로 때리려고 사악하게 기뻐하며 찰리의 책상으로 걸어가는 미스 길버트슨을 문가에서 들려오는 목소리가 멈춰 세웠다. 미스 바다위였다. 옆에는 찰리의 아버지가 서 있었다. 다들 너무 흥분해서 두 사람을 미처 보지 못한 것이다.

찰리는 매우 민첩하게 책상을 비웠다. 책과 필통, 공책을 스포츠 백에 쑤셔 넣었다. 여러 번 예행연습을 하여 생각해 볼 필요도 없다는 듯 조용히 교실 뒤쪽의 사물함으로 가서 자물쇠를 열고 안의 내용물을 스포츠 백과 주머니에 넣었다. 그리고 이제는 이집트에서 구할 수 없는 완충재가 들어간 탁구채를 꺼내더니 잔뜩 신나는 목소리로 소리 높여 외쳤다. "이거 가질 사람?" 갑자기 교실에서 집단 히스테리가 일어났다. 다들 누가 보든 말든 상관없이 미친 듯 "나!"를 외쳤다. 찰리는 탁구채를 교실 한가운데로 하나씩 연달아 던졌다. 다들 미친 듯 달려가 아므르를 덮쳤다. 아므르의 자리가 교실 한가운데였기 때문이다. 하지만 영어를 하나도 모르는 아므르는 도대체 무슨 영문인지 알지 못했다.

그러고 나서 찰리 앳킨슨은 교실을 나갔다. 운전기사가 사각형 안뜰을 돌아 태우러 오는 걸 아버지와 함께 서서 기다리는 모습이 그의 마지막이었다.

한 달 뒤에는 대니얼 비아기가 머리를 빡빡 깎였다.

그다음 차례는 오사마 알 바샤였다. 오사마의 아버지는 이집트인이지만 어머니는 전형적인 영국인이었다. 오사마도 전형적인 영국인의 외모였고 완벽한 억양으로 말했으며 가끔 재미 삼아 자신과 외모가 닮은 로렌스 올리비에처럼 고음으로 말하기도 했다. 아랍어는 한마디도 할 줄 몰랐다. 오사마도 머리를 깎인 뒤 VC를 그만두었다.

내 차례가 오리라는 예감이 들었다.

아랍어 교사가 준 편지를 일주일 넘게 네모난 가죽 가방에 두었다가 아버지한테 내밀었다. 아버지는 깔끔한 프랑스어 편지의 날짜를 보더니 지금껏 숨긴 거냐고 물었다. 잊어버렸다고 대답했다. 예상대로 편지는 내가 숙제도 하지 않고 수업 시간에 집중하지도 않으며 한 학년을 다시 다녀야 한다는 내용이었다.

아버지는 나를 거실로 데려가 아랍어 숙제를 한 번도 하지 않은 이유를 물었다.

나는 왜 아랍어 숙제를 한 번도 하지 않았는지 모르겠다고 했다.

"몰라?"

몰랐다.

"아랍어 숙제를 한 번이라도 한 적 있니?" 가벼운 호기심에서 나온 듯한 질문이었다.

나는 잠깐 생각해 보고 VC에 입학한 뒤로 아랍어 숙제를 한 적이 단 한 번도 없음을 깨달았다.

"단 한 번도 없다고?" 아버지가 빈정대듯 물었다.

"단 한 번도 없어요." 내가 거듭 말했다. 아버지의 빈정거림이 아랍어 숙제를 해야 한다는 사실이 아니라 나를 향한 것임을 눈치 채지 못했다.

아버지가 마담 마리를 불렀다. 유리문을 닫은 뒤 내가 숙제를 했는지 확인하지 않은 것에 대해 질책하기 시작했다. 마담 마리는 아버지가 소리 지르는 걸 잠자코 듣다가 무지한 바보라는 말에 의자에 털썩 주저앉더니 아이 앞에서 그런 말을 하지 말라고 강력하게 항의했다. 자기 어머니에게도 들어 보지 못한 말일뿐더러 마흔이나 되어 그런 소리를 가만히 듣고 있지도 않을 거라고.

"마담 마리." 이미 인내심을 완전히 잃은 아버지는 내가 아랍어를 공부하지 않는 게 현 정권에 대한 선동 행위로 여겨질 수 있다고 설명했다. 누구든 아랍어를 배워야 한다고.

"하지만 다른 유럽 남자애들은 아랍어를 공부하지 않는데요." 내가 끼어들었다.

"이집트를 떠날 사람들은 아랍어 걱정을 하지 않아도 되겠지. 하지만 우린 떠날 생각이 없으니까 아랍어를 중요하게 생각하는 척이라도 하자꾸나. 가장 최근의 숙제를 보여 다오."

나는 가죽 가방에서 새 책이라 아직 붙은 페이지를 자르지도 않은 아랍어 교과서를 꺼냈다. 시를 외워야 한다고 했다.

"어딘데?"

문제의 페이지를 찾으려고 했지만 붙은 페이지를 떼지 않아서 찾을 수가 없었다. "42쪽이에요." 겨우 기억하고 말했다.

"벌써 42쪽을 배우는데 그동안 숙제를 한 번도 안 했다고?" 아버지가 펜 나이프로 붙은 페이지를 자르는 걸 도와주면서 물었다.

젊은 이집트인 병사가 세 가지 깃발로 만든 누더기를 걸친 세 노인에게 언월도(偃月刀)를 흔드는 그림이 시에 딸려 있었다. 첫 번째 노인은 영국 국기를, 두 번째 노인은 프랑스 국기를, 대머리에 키가 작고 갈고리 모양의 큰 코와 뾰족한 수염, 뻣뻣한 구레나룻이 있는 세 번째 노인은 허름한 다윗의 별을 걸쳤다.

종이에서 헤엄치는 것 같은 스무 줄의 단어를 보니 식은땀이 났다. "눈이 타는 것 같아요."

마담 마리가 다가와 내 뒤에서 시를 보았다. 아버지의 노려보는 눈빛을 피하는 방법이었다.

"못 읽겠어요."

"못 읽겠다고?" 아버지가 흠칫 놀랐다. "그게 무슨 소리야? 시를 모르는 데다 어떻게 읽는지조차 모른다고?"

고개를 끄덕였다.

"읽지도 못하면 어떻게 외울 생각인 거냐?"

"모르겠어요." 계속 고개를 숙인 채 책만 쳐다보았다. 이내 몸이 떨리기 시작했다. 떨고 있다는 걸 숨기려고 그림을 더욱더 열심히 쳐다봤지만 숨이 가빠지고 턱은 나사가 빠진 것처럼 흔들렸다. 나도 모르게 얼버무리듯 몇 단어를 읽었다. 돌이킬 방법이 없었고 울음을 터뜨릴 게 분명했다.

"왜 그러는데?"

"아니에요." 내가 흐느꼈다.

아버지가 그림을 보았다. "어떻게 해서든 내일 아침까지 이 시를 외워 놓아야 한다."

"우리 중에 아랍어를 읽을 수 있는 사람이 없는데 애가 어떻게 외우겠어요?" 마담 마리가 물었다.

"압두에게 도와달라고 하지."

아버지가 압두를 불렀다. 곧바로 거실 문을 두드리는 소리가 들렸다. 압두가 들고 있는 받침접시에 놓인 물컵이 흔들렸다. 내가 우는 소리를 듣고 나를 위해 가져온 거였다.

"애가 시 외우는 걸 좀 도와주세요."

"전 글을 못 읽는데요."

"여기 아랍어 읽을 줄 아는 사람 없어?"

"제 아들 아메드가 있습니다. 오라고 할까요?"

"그래요, 오라고 하세요." 아버지가 급하게 말했다. 그리고 나를 쳐다보며 덧붙였다. "가서 저녁 먹어라. 아메드가 오면 다시 얘기하자."

"그래도 아이들한테 저런 추한 걸 가르치면 안 되죠." 마담 마리가 아버지에게 작은 목소리로 말했다. 그림을 말하는 거였다.

"추하든 말든 우리 애는 남들 하는 대로 할 거요."

30분 후 손님들이 왔다. 아래층에 사는 벨기에인 마담 니콜은 이집트 콥트인 남편과 함께 왔다. 또 다른 이웃이자 유대인인 사리나 살라마는 딸 미미, 친구 화가 무슈 파레스와 함께였다. 음료가 나오고 아버지는 모하메드에게 소금으로 간한 땅콩을 사 오라고 심부름을 보냈다. 다들 모여서 그날 무슨 영화를 볼지 상의했다. 《사요나라》와 《OK 목장의 결투》 중 하나를 골라야 했다. 어머니와 마담 살라마, 미미는 서부 영화는 싫다고 했다. 《사요나라》가 좋을 것 같다고. 총싸움과 총소리가 나오는 영화는 당연히 고려해 볼 가치도 없다면서. 어머니는 마담 살라마의 백만장자 이집트 연인 압델 하미드도 데려가자고 했다.

"그이도 올 거야. 영화관 불이 꺼지면. 내가 영화표를 사 줘야 해. *내가* 그이에게 영화표를 사 줘야 한다니! 아무튼 표를 사고 무슈 세자르라고 적어서 부스에 맡겨 두기로 했어."

"그런데 말론 브란도는 유대인 아닌가요?" 미미가 끼어들었다. 유대인 배우가 나오는 영화를 상영하지 않는 정부의 정책을 언급한 것이다.

《클레오파트라》가 이집트에서 상영되지 않은 이유였다. 에드워드 G. 로빈슨의 영화들도 상영 금지였고 유대인으로 추측되는 폴 뉴먼이 나오는 영화도 마찬가지였다. 《벤허》《십계》《영광의 탈출》처럼 유대인을 주제로 하는 영화도 알렉산드리아에서 상영되지 못했다. 하지만 커크 더글러스는 지극히 미국적이어서 검열관은 물론이고 우리를 비롯해 이집트의 그 누구도 그의 본명이 이수르 다니엘로비치라는 걸 알지 못했다. 미미의 말에 무슈 파레스는 모든 유명인을 형제라고 생각하다니 지극히 유대인답다면서 킥킥거렸다.

어머니는 아버지에게 몸을 기울여 나를 영화관에 데려가도 되는지 조심스럽게 물었다.

"평일에 영화 보러 가는 학생이 어딨어?" 아버지가 버럭 화를 냈다.

문을 살짝 두드리는 소리가 들렸다. 압두였다. "제 아들이 왔습니다."

문으로 얼굴을 살짝 내민 아메드가 보였다.

"잘됐군." 아버지가 일어나 아메드와 악수했다. 아메드가 온종일 금식했음을 알고 압두에게 먹을 걸 주라고 지시했다. 아버지는 주머니에서 1파운드 지폐를 꺼내 젊은이에게 주었다. 아메드는 돈을 받으려고 온 게 아니라고 사양하며 뒷걸음쳤다. 아버지는 라마단인데 와 줘서 고맙다며 거절하면 속상

할 것 같다고 고집을 부렸다. 압두의 아들은 "*Mush lazem*, 필요 없습니다."라고 했지만, 아버지가 "*Lazem, lazem*(필요하다고, 필요해)."라며 간청하자 결국 수그러들었다.

아메드는 음식도 먹는 둥 마는 둥 하고 급하게 복도를 지나 내 방으로 끌려왔다. 압두가 아들에게 내 책상 옆에 놓인 의자를 가리켰다. 젊은이는 재킷을 벗어 내 침대에 올려놓았다가 얼른 다시 들어서 의자 등받이에 단정히 걸었다. 내 책상 가까이 의자를 당겨 앉고는 어색한 듯 웃으며 얼굴을 붉혔다. 42쪽으로 책을 넘기는 앙상한 올리브색 손이 떨렸다. 나머지 페이지가 분리되지 않은 것을 보더니 곧바로 뒤돌아 주머니 깊숙한 곳에서 작은 펜 나이프를 꺼냈다. 재빠르고도 결단력 있는 동작으로 손목을 움직여 칼날로 페이지를 뗐다. 읽기와 쓰기를 가르쳐 준 이슬람 지도자에게 배운 것이다. 붙은 페이지를 자르고 책을 반듯하게 펴 놓은 뒤 42페이지가 펼쳐진 채 고정되도록 책등이 상하지 않게 조심하면서 제본 부분을 위아래로 눌렀다.

그가 또 얼굴을 붉혔다. 뒤바뀐 역할 때문에 어색해서 그랬을 수도 있지만, 유대인에게 유대인을 비난하는 시를 가르쳐야 한다는 사실을 깨닫고 그랬는지도 모른다.

아메드가 먼저 시를 읽었다. 아랍어 교사처럼 처음 몇 단어를 소리 내어 읽은 뒤 반복하고는 내가 따라 읽기를 기다렸다. 시에 관해 설명하지는 않았다. 책에 실린 것들은 굳이 설명이 필요하지 않았다. 항상 독, 유대인, 복수, 조국에 관한 내용이니까. 아메드는 서두르지 않고 신중하게 단어를 읽었다. 내가 틀리면 실수를 바로잡는 대신 곧바로 다시 읽어 주었다. 그리고 내 입에서 소리가 나올 때마다 미소를 지어 보였다. 내가 이해되지도 않는 고대 아랍어를 소리 내어 말하는 것만으로 그에게 특별한 호의를 베푸는 것처럼.

한 시간 만에 시를 외웠다.

"자기 전에도 읽고 아침에 일어나서도 읽어." 아메드는 약을 처방해 주듯 말했다. 그도 그런 식으로 코란을 외웠을 터다.

나는 아랍어를 잘 읽지 못한다고 말했다. "내가 가르쳐 줄까?" 너무도 자연스러운 일인 것처럼 물었다. "아주 쉬워." 이어서 또 한 시간 동안 그 시를 쓰는 법도 배웠다. 아메드는 가기 전에 한 번 더 암송을 시켰다. "이렇게 쉬운데 괜히 겁냈지?" 마담 마리와 함께 주방 쪽으로 갈 때 아메드가 말했다. 내가 두려움을 아주 교묘하게 잘 숨긴 모양이다.

침대에 누웠을 때 그 시가 나오기 전의 페이지를 획획 넘겼다. 건장한 아랍인 청년들이 뾰족한 총검을 들고 팔레스타인 해방을 향해 돌진하는 한편 초조해하는 수많은 유대인의 코가 이스라엘 깃발을 짓밟는 용감무쌍한 승리자들을 향한 그림을 쳐다보았다. 모래에 시체가 즐비했다. 시가 나온 페이지는 전부 비슷한 삽화가 있었다. 〈어머니의 날〉만 예외였다. 약간 힘없는 중년의 이집트인 어머니가 일곱 자식에게 애정을 쏟는 그림이었다. 첫째는 한 손으로 커다란 이집트 깃발을, 다른 손으로 나세르 대통령의 초상화를 흔들었다. 훈련생 제복과 교복을 합친 듯한 옷을 입었는데 소매를 어깨까지 걷어 올렸다.

그때 갑자기 어떤 생각이 가슴을 죄어 오면서 공황상태에 빠져 버렸다. 오늘 외운 시를 까먹으면 어떡하지? 얼른 첫 문장을 외워 보았다. 아직 머릿속에 그대로 있었다.

한밤중에 유리창을 때리는 가벼운 빗소리에 눈을 떴다. 큰 기쁨과 감사를 느끼며 클레오파트라의 거리에 내리는 평화로운 봄비 소리를 들었다. 빗소리로 미루어 보건대 빗물이 덧문의 널 사이로 뚝뚝 떨어져 창턱에 고이는 게 아니라 빗방울이 유리를 직접 두드리고 있었다. 압두가 나를 위해 어머니의 지시를 어기고 덧문을 활짝 열어 둔 것이다. 새벽에 햇살이 방 안 가득 쏟아져 들어오면 만다라의 바닷가 별장에서 맞이하는 여름날 아침을 떠올리라고. 나는 평상시 어머니가 왜 덧문을 열어 두지 말라고 하는지 이해되지 않았다. 밤중에 근처 건물에서 나오는 빛이 천장에 반사되는 걸 보고 싶은데 말이다.

라디오를 켜고 프랑스 노래를 들었다.

몇 시간 후 어머니가 살금살금 내 방으로 들어오는 소리가 들렸다. 옷깃이 바스락거리는 소리로 미루어 코트도 벗지 않고 잠깐 나를 보러 왔다는 걸 알 수 있었다. 일행과 춤을 추고 온 것이다. 어머니는 춤추는 걸 좋아했다. 어머니가 몸을 구부려 키스할 때 와인 냄새가 났다. 즐거운 시간을 보낸 것 같아 나도 기분이 좋았다.

아침에 일어나자마자 시가 아직 기억나는지 머릿속으로 짚어 보았다. 한 글자도 빠뜨리지 않고 아직 머릿속에 그대로 있어서 깜짝 놀랐다.

다이닝룸으로 가 보니 아버지가 반숙 달걀을 먹고 있었다. 방금 샤워하고 나온 듯 목욕가운 차림이었다. 무슈 폴리티도 아버지 옆에서 반숙 달걀을 먹고 있었다. 아버지 뒤에 서서 차를 따르는 압두는 아들 칭찬을 듣고 싶은 기색이 역력해 보였다.

아버지가 어젯밤 수업에 관해 물었다. 시를 외웠다고 대답했다. 암송해 보라고 했다. 나는 고개를 저었다. 아버지는 압두에게 "아메드가 얘한테 개인 수업을 해 주면 어때요?"라고 물었다. 압두는 더할 나위 없이 좋은 일이지만 곧 육군에 입대해서 2년 동안은 자유롭지 못하다고 대답했다. "아쉽군. 다른 가정교사를 찾아봐야겠어."

하지만 아메드에게 배운 그날 저녁처럼 아랍어가 쉽게 느껴진 적은 그 후에도 없었다.

그날 학교에서 쉬는 시간에 내가 아므르를 놀렸다. 아랍어를 쓰는 사람들이 으레 그렇듯 영어의 *b*와 *p* 발음을 구분하지 못하기 때문이었다. 그날 아침 미스 길버트슨이 아므르에게 그 차이를 알려 주려고 했다. 심술궂고 무지몽매한 그녀가 보기에는 아므르가 앙심을 품고 일부러 배우지 않으려 하는 듯했다. 그녀는 아므르를 앞으로 불렀다. 종이를 색종이 조각처럼 잘게 찢어서 대여섯 개를 손바닥에 놓았다. 그러고는 손바닥을 입으로 가져가 *b*를 발음했다. 종잇조각이 그대로 있었다. "이제 차이를 한번 보렴." 그녀가 *p*를 발음하자 손바닥의 종잇조각이 날아갔다. "자, 너도 해 봐." 그녀는 아므르의 손바닥에 종잇조각 몇 개를 올려놓았다. "따라 해 봐. *버.*" "*버.*" 아므르가 따라 했다. 종잇조각이 그대로였다. "자, 이제 *퍼.*" 하지만 아므르는 "*버.*"라고 했다. "아니, *퍼.*" "*버.*" "아니라니까. 바보 같긴. *퍼, 퍼, 퍼*라고." 그녀의 목소리가 커지는 바람에 두 사람의 손바닥에서 종잇조각이 떨어졌다. "*버, 버, 버.*" 아므르는 미스 길버트슨을 기쁘게 하려고 열심히 따라 하다가 그녀의 화난 얼굴을 보고는 힘없이 마지막 발음을 토해 냈다. "*버.*"

이미 교실은 통제 불능 상태가 되었다. 웃다가 의자에서 굴러떨어지는 아이도 있었다. 절대로 소리 내어 웃는 법이 없고 악의에 찬 눈빛이 얼굴에 단단히 박혀 있는 미스 길버트슨마저도 환하게 웃었다. 그녀는 아므르가 실패할 때마다 킥킥거리다 마침내 박장대소를 했다. 아이들도 이때다 싶어서 따라 웃으며 난리가 났다. 풀이 죽은 채 어리둥절해하던 아므르도 다들 웃는데 자신도 웃지 못할 이유가 없다고 생각했는지 같이 웃었다.

쉬는 시간에 아므르와 마주쳤을 때 "*Blease bass de bebber* [please pass the pepper(후추 좀 건네줘)의 p를 전부 b로 바꾼 것이다.-옮긴이]."라고 농담을 던졌다. 그러자 놀리는 소리임을 알아채고 나를 '*Kalb al Arab*, 아랍인의 개'라고 불렀다. 너무 심한 욕이라 내가 달려들었다. 우리 둘은 미스 바다위가 헐레벌떡 달려와 떼어 놓을 때까지 운동장에서 몸싸움을 벌였다.

"누가 싸우래!" 미스 바다위가 소리쳤다.

"쟤가 저한테 욕했어요. '아랍인의 개'라고 했다고요."

하지만 그녀는 내 항변이 끝나기를 기다리지 않았다. "아랍인의 개 맞잖니." 그녀는 세상에서 가장 당연한 사실이라도 되듯 웃으며 아랍어로 말했다.

나는 너무도 놀란 나머지 순간 잘못 들은 줄 알았다. 다시 따지려고 하다가 입을 다물고 화장실로 갔다. 이집트에서 가장 부유한 기독교 집안 출신으로 프랑스어가 모국어인 미셸 코르다히가 까진 무릎에 물 뿌리는 걸 도와주었다. 최대한 깨끗하게 씻었지만 여전히 빨간 무릎으로 아랍어 수업을 들으러 갔다.

미스 샤리프는 시를 암송하기 전에 전 세계 아랍 국가들을 칠판에 나열한 뒤 시의 내용을 설명했다. 아랍 세계의 통일에 바치는 길고 고상하고 애국적인 시였다. 모든 유럽 국가를 비방하다 *마지막* 행에서 아랍의 소년, 소녀에게 마지막 두 아랍 국가 알제리와 팔레스타인을 해외 자치령의 굴레에서 해방하라고 촉구했다. 영국과 마찬가지로 프랑스도 저주했다. 마침내 미스 샤리프는 짧은 연설을 끝맺는 방식으로 거수경례를 흉내 내어 주먹으로 허공을 찌르며 *Yahud*, 유대인을 맹렬하게 비난했다. 그녀가 *Yahud*를 말할 때마다 내 몸에 아드레날린이 퍼졌다. 학생들은 질문하고 맞장구를 치면서 미스 샤리프의 함성에 답했고 그들의 분노도 점점 더 커졌다. 학생들이 가져온 컬러 잉크로 만든 포스터가 교실 벽면에 쭉 걸려 있었다. 제국주의와 시오니즘, 유대인의 배신을 매도하는 내용이었다.

*Yahud*가 나올 때마다 추하고 험악한 분위기가 교실을 에워쌌다. 나는 그저 무기력하게 경직된 채로 누군가 나를 멀리 데려가 주거나, 미스 샤리프 위로 천장이 무너져 내리거나, 무서운 바다 괴물이 나타나 우리 교실에 대고 입김을 내뿜길 바랄 뿐이었다. 의자에 꼼짝 않고 앉아서 멍하게 허공을 응시하며 어디론가 흘러가 사라지고 싶었다.

미스 샤리프가 나세르의 범아랍주의 이상에 대해 말할 때 나는 운명의 순간을 기다렸다. 그녀는 우선 나부터 시를 암송시킬 거라고 경고했다. 또한 나는 알고 있었다. 서론이 끝나자마자 책상으로 가서 핸드백을 열고 안경을 꺼내 책을 펼친 뒤 창밖을 바라보며, 아무 생각 없이 VC의 거대한 초록색 크리켓 경기장을 바라보는 듯하다가 별안간 내 이름을 부르리라는 것을. 이제 곧 다가올 그 순간을 기다렸다. 조용히 공책 모서리를 아주 작게 찢어서 다윗의 별을 그렸다. 행운을 가져다줄지도 모른다는 생각으로. 하지만 그 종이를 어떻게 처리해야 할지 난감했다. 반 아이들이 다 보는 데서 불시에 검사하는 책상이나 주머니에는 두고 싶지 않아 입 안에 넣었다. 잠깐 우물거리다 입천장에 붙여 두었다. 혀도 치아도 닿지 않았다. 미셸 코르다히는 성찬식 빵을 그렇게 한다고 했다.

다시 한번 시의 첫 구절을 떠올려 보았다. 평상시보다 일찍 잠자리에 누운 아이가 팔다리를 꼼짝도 하지 않는 것처럼 아직 한 글자도 빠짐없이 머릿속에 그대로 있었다. 사랑스럽게 느껴질 지경으로 시를 떠올렸다.

미스 샤리프가 내 이름을 불렀다. 순간 감각을 마비시키는 차가운 경련과 함께 온몸에 전율이 퍼졌다. 앞으로 나가서 목을 가다듬었다. 또 가다듬었다. 최대한 빨리 암송하고 해치울 참이었다. 우선 제목을 말한 뒤 제목이나 다름없는 첫 번째 행을 외웠다. 꽤 만족스러웠다. 하지만 세 번째 행부터는 기억이 잘 나지 않더니 시가 머릿속에서 완전히 사라져 버렸다.

앞줄에 앉은 남자아이들이 몰래 소곤소곤 알려 주었지만 몇몇 단어는 생각나도 온전한 문장으로 만들 수가 없었다. 게다가 아이들의 조롱과 수군거림을 미스 샤리프도 들었을 테니 아이들에게 지나가듯 미소라도 보여야 할지, 아니면 못 들은 척해야 할지 난감했다.

"이건 중요한 시야." 미스 샤리프가 입을 열었다. "책에서 가장 중요한 시인데 왜 공부하지 않았지?" 왜 공부하지 않았는지 모르겠다고 했다. "널 어떻게 해야 할지 이제 나도 모르겠다." 그녀는 화가 부글부글 끓기 시작했다. "모르겠다. 모르겠다고. 오, 자매님!" 급기야 화가 폭발했다. 금방이라도 나를 때릴 기세였다. "오, 자매님!" 그녀가 아랍 세계의 지도를 그린 색깔 분필을 던지며 다시 소리 질렀다. "교장 선생님께 가야겠다."

맑고 쌀쌀한 그날 아침 교장실로 향하는 길에야 나는 깨달았다. 미스 바다위는 회초리를, 어쩌면 지팡이를 사용할 것이다.

사실 더 끔찍한 것은 퇴근해서 내가 저지른 잘못을 알게 된 아버지가 머리끝까지 화를 내는 거였다. 아버지는 또 내가 시를 외우지 못한 건 정부 정보원에게 우리 집에서 아랍어 공부를 진지하게 받아들이지 않는다는 걸 보여 준 거라고 말할 게 분명했다. 그렇다면 우리 부모님은 끝장이었다.

하지만 놀랍게도 회초리로 맞지 않았다. 대신 미스 바다위가 우리 집에 전화해서 하루 동안 나를 정학시키겠다고 했다. 어머니와 마담 마리가 부랴부랴 택시를 타고 30분 만에 나를 데리러 왔다. 어머니는 마담 마리를 통역사로 내세워 미스 바다위에게 사과하고 앞으로 아랍어 가정교사를 붙여 날마다 공부시키겠다고 약속했다.

학교를 빠져나온 뒤 어머니가 왜 시를 공부하지 않았냐고 묻는 순간 나는 울음을 터뜨렸다.

"전차 타고 가자." 어머니가 생각을 바꿨다.

우리 세 사람은 빅토리아역에서 이등칸 전차에 오르자마자 2층으로 올라가 나선형 계단 오른쪽의 뻥 뚫린 비좁은 난간에 붙어 섰다. 알렉산드리아에서 나고 자란 어머니는 전차를 타기 전에 잊지 않고 구운 땅콩을 샀다. 바람이 불고 하늘은 옅은 잿빛으로 흐렸지만 곧 날이 맑고 환해질 것 같았다. 전차 2층에서 학교 식당 위로 솟은 스투코를 바른 탑이 보였다. 학교 식당에서 점심을 먹으려고 줄 설 시간이었다. 항상 똑같은 토할 것같이 역겨운 음식이 떠올랐다. 고기 조각이 들어간 설익은 쌀밥. 누군가 아랍어로 짧은 노래를 만들었는데 아랍어 시와 다르게 절대로 잊어버리지 않았다.

Captain Toz,
akal al-lahma,
wu sab al roz.

편식대장은
고기만 먹고
쌀은 다 남겼다네.

노래가 생각나 웃음이 터져 나올 뻔했다. 그런 나를 보고 왜 웃는지 묻는 어머니에게 가사를 알려 주었다. 어머니는 마담 초초우의 기숙학교도 식당 음식이 형편없었다며 교사들은 저마다 잔혹한 구석이 있다고 맞장구를 쳤다. 그러곤 편식 대장이 용케도 쌀을 남겼다며 웃었다. VC에서는 음식 남기는 걸 허용하지 않았다.

"남기면?"

"아주 세게 때려요."

"어디 두고 보자." 어머니는 종이로 만든 원뿔 모양의 땅콩 봉지로 손을 가져갔다.

전차가 흔들리며 끽 소리를 내기 시작했다. 이내 빅토리아 역의 커브를 벗어나 속도를 내며 다음 역으로 향했다.

"집에 가지 말고 시내로 가자." 어머니가 즉흥적으로 말했다.

기적이었다. 도시의 정반대편 방향으로 가는 것이다. 시내에서 점심을 먹은 뒤에는 미스 샤리프와 미스 바다위, 아랍통일 찬가 따위는 다 잊어버릴 터였다. "걱정 그만 해!" 그래도 미스 바다위가 아버지에게 뭐라고 말할지 계속 묻는 나에게 어머니가 말했다. 그러고는 오른쪽으로 고개를 돌려서 빅토리아 다음 역의 이름을 말했다. 태평스럽고 활기찬 소녀 같은 미소를 짓고서. 아버지는 나쁜 소식을 전할 때 어머니가 그 웃음을 보이면 불같이 화를 내면서 무책임하고 이기적인 낙관주의자라고 했다. 아버지처럼 얼굴을 찌푸리고 걱정스러운 표정을 짓지 않는다고.

"로렌스역이야." 어머니가 다음 역을 가리켰다. 그 시간의 플랫폼은 사람 하나 없이 적막했다. 어느새 어머니는 빅토리아 노선의 역 이름을 줄줄이 읊었다. 프랑스어, 그리스어, 독일어, 아랍어, 영어로 지은 그 이름들은 그때 어머니의 모습과 함께 내 가슴에 영원히 새겨졌다. 선글라스를 끼고 바다를 배경으로 달리는 제국의 전차에 서서, 담배를 피우고 알록달록한 스카프와 까만 머리카락을 나부끼며 아들이 학교 일을 잊어버리도록 최선을 다하던 모습. 그 역 이름들은 절대로 잊을 수가 없다. 사와트, 산스테파노, 지지니아, 마즐룸, 글리메노풀로, 사바파샤, 루치디, 무스타파파샤, 시디가버, 클레오파트라, 스포팅, 이브라히미에, 캄프드세자르, 채트비, 마자리타, 람레.

루치디가 가까워졌을 때 아름드리나무와 정원, 몇몇은 분수까지 있는 오래된 저택이 줄줄이 나타났다. 전차가 방향을 틀어 왼쪽으로 기울었을 때 몬테펠트로 부부의 집이 눈에 띄었다. 다른 집들과 마찬가지로 아랍 공립학교가 되어 버렸다. 정원에 헐렁한 카키색 원피스를 입은 시끄러운 여자아이들이 득실거렸다. 내가 시뇨르 우고 이야기를 꺼내자 어머니는 그가 생마르 프랑스 학교의 역사 교사가 되었다고 알려 주었다.

"영화관에 가자."

그해 라마단이 끝나고 아버지는 압델 나구이브 씨를 아랍어 가정교사로 고용했다. 내가 기억나는 것은 그의 심한 발냄새와 코란 발음을 고쳐 줄 때 내 허벅지에 올려놓은 굳은살 박인 손뿐이다. 그는 코란만 가르쳤는데 한두 장(章)을 외우라고 시킬 뿐이었다. 무슨 뜻인지는 설명해 주지 않았다. 매일 코란 구절을 여러 번 베껴 쓰는 것이 숙제였다.

내 방 책상에서 몇 시간 동안 똑같은 구절을 열 번, 스무번, 서른 번 베껴 쓰는 일은 학교의 아랍어 수업 시간에 비하면 그렇게 마음이 편안할 수가 없었다. 공책에 머무는 4월의 햇살이 고요하고 평화로운 마법의 주문을 걸어 벽과 책, 책상, 내 손, 베껴 쓴 코란 구절에서 여름 한낮의 강렬한 햇볕과 따뜻한 바닷물, 친근한 바닷가 별장이 멀지 않았음이 느껴졌다.

내 방에 걸린 오래된 마티스의 복제화가 아침 햇살에 빛나며 손짓했다. 마티스의 니스 집 발코니 난간 사이에는 파란 공간, 언제나 그렇듯 바다가 있었다.

압두의 주방에서 라임과 멜론, 너무 익은 오이 냄새가 풍겼다. 이제 곧 짐을 챙기고 가구는 천으로 덮어 놓고 만다라의 여름 별장으로 떠날 것이다. 압두는 "*Lazem bahr,* 바다가 필요해."라고 말했다. 라마단은 항상 여름을 기다리는 것으로 시작되었다.

나는 읽지도 이해하지도 못하는 단어를 온종일 책상에서

베껴 쓰는 중세 필경사들의 공허한 행복감을 느끼며 조용하고 신중하게 썼다.

하지만 압델 나구이브 씨는 조금도 만족하지 않았다. 내가 같은 구절을 서른 번 베껴 쓰는 동안 계속 한 줄을 빼먹은 것이었다. "한 줄이 빠졌는데 말이 안 되는 것도 몰랐단 말이야?" 높아진 그의 목소리에 나는 조용하고 예의 바르게 몰랐다고 대답했다. 나를 아는 사람이라면 다 알겠지만, 아랍어를 읽을 때 먼저 설명해 주지 않으면 전혀 이해하지 못한다고.

압델 나구이브 씨는 만다라의 여름 별장으로 떠나는 휴가 기간 내 숙제를 두 배로 늘렸다. 코란 한 장을 예순 번씩 쓰라고 했다. 보통 한 시간 정도 걸렸는데, 먼저 한 장을 쓰는 데 몇 줄이 필요한지 계산한 뒤 첫 단어를 예순 번 쓰고 그 옆에 두 번째 단어를 예순 번 쓰고 같은 방법으로 세 번째 단어를 예순 번 쓰는 방법으로 하면 그랬다. 똑같은 장을 베껴 쓰는 내 방식이 옳은 건지 어떤지 모르는 마담 마리는 한 번씩 내 방으로 와서 진행 상태를 보고는 걱정스러운 듯이 말했다. "지나치게 열심히 하는구나."

멀리서 늙은 베두인족이 연주하는 백파이프 소리가 들렸다. 그는 만다라의 불타는 듯 뜨거운 모랫길을 맨발로 느릿느릿 걸으며 3시쯤 모습을 드러냈다. 넝마가 된 영국 군악대 제복을 입은 그를 다들 '가엾은 악마'라고 불렀다. 다음은 거지랑 개코원숭이가 쇼를 보여 주기 위해 모습을 드러냈다.

그다음에는 al zabbalah(알 자발라), 피진 프랑스어로 *la zibal-iere*(라 지발리에르)라 부르는 쓰레기 줍는 여자가 나타났다. 뜨거운 날씨에 썩어 버린 음식이 담긴 악취 풍기는 마대를 들고 매일 오후 우리 집 문을 두드리며 물 한 잔을 청했다. 밖에 서서 더위에 숨을 헐떡이며 "*Allah yisallimak, ya Abdou,* 압두, 알라신의 구원이 있기를."이라고 했다.

이어서 빵과 비스킷 장수, 아이스크림 장수의 외침이 들렸다. 우리 집에서 멀지 않은 곳에 삼삼오오 모이는 동네 남자 아이들이 시끄럽게 떠드는 소리도 들려왔다. 나는 그 아이들이 하는 말을 알아듣지 못했지만, 코란을 베껴 쓰던 혼미한 상태에서 깨어나 열심히 귀 기울이면 내 또래들이고 내륙의 모랫길로 연싸움을 하러 간다는 것 정도는 알 수 있었다. 아이들은 연의 머리와 꼬리에 면도칼을 붙이는 중이었다.

만다라의 그리스 아이들은 최고의 연을 만들었고 연싸움에서 항상 이겼다. 근처 그리스 고아원 아이들인데, 여름이면 파랄로스와 살라미니아라는 거대한 연 두 개가 하늘에서 군림했다. 파랄로스와 살라미니아는 우리 연이 가까이 다가오면 같이 놀기를 거부하면서 게으른 코브라처럼 섯섯거리듯 우아하고 위압적으로 방향을 틀어 고개를 까딱거리며 꺼지라고 명령했다. 그러다 경고도 없이 가까이 다가와서는 둘이 엉키지도 않고 휙 급강하하면서 연속 공격을 가했다. 우리 연은 깜짝 놀라서 속수무책으로 휘청거리다 곤두박질치며 모랫길에 추락했다. 다들 면도날이 무서워 혼비백산 흩어졌다. 좀 더 나이가 있는 그리스인 둘이 멀리서 지켜보며 싸움이 거칠어질수록 소리쳐 지시했다. 그리스 아이들은 다음 표적을 포위하는 파랄로스와 살라미니아를 보며 환호하고 손뼉을 쳤다.

코란을 베껴 쓰는 내내 마음 한편에서는 살라미니아가 이름 없는 가엾은 희생양을 발견하는 순간 위에서 덮치며 뾰족한 부분으로 찔러서 산산조각 내는 모습이 떠올랐다. 한 글자 한 글자 쓸 때마다 잡념이 떠올랐다. 그러다 갑자기 멀리서 그리스 아이들이 지르는 승리의 함성이 들렸다. 살라미니아가 또 승리했다.

아이들은 내가 코란 구절을 다 베껴 쓸 때까지 모래언덕에서 기다렸다. 모모 카르모나가 울고 있었다. "쟤들이 반칙을 썼어." 누군가 너덜너덜해진 우리 이카루스를 들고 있었다. 얇은 대나무 조각, 아버지의 공장에서 만든 찢어진 하얀 캔버스천. 어머니와 아버지조차도 안타까워했다. "괜히 시간 낭비만 하고 있구나." 아버지가 언짢아했다.

VC에서 맞이한 두 번째 해는 첫해와 다를 게 없었다. 두 달이 지나자 내가 미술을 포함한 모든 과목에서 낙제하리라는 사실이 확실해졌다.

어느 날 아침 마담 마리가 미스 길버트슨이 아버지한테 전화해서 나의 새로운 문제점을 전달했으며, 아버지가 나를 불렀다고 말했다. 무슈 폴리티가 강한 유대 아랍인 프랑스어 억양으로 끈질기게 하나, 둘, 하나, 둘을 세는 가운데 아버지의 거친 숨소리가 들렸다. 평상시보다 일찍 일어나 초록색 가운을 걸친 어머니는 방금 샤워해서 덜 마른 까만 머리를 급하게 빗어 넘긴 듯 보였다. 어머니는 내가 먹을 크루아상을 작게 자르는 등 아침을 먹는 동안 유난히 나를 챙겨 주었다.

압두는 안타깝다는 표정으로 나를 보더니 아버지가 들어오자 귓가에 속삭였다. "*Shid haylak*, 용기 내."

"그래, 말해 봐라." 아버지가 물었다.

나는 아무 말도 하지 않았다. 어차피 사태가 점점 고조되어 결국은 크게 야단칠 거면서 저렇게 모호한 서두로 시작하는 방식이 싫었다. 어머니는 본인이 야단맞는 것처럼 팔짱을 끼고 앉아 고개를 숙였다. 나는 웃어 달라고 간청하듯, 아니면 나를 봐 달라는 듯 어머니를 계속 쳐다보았다.

"나가 있어요." 아버지가 마담 마리에게 말했다. "당신도." 마담 마리가 일어나자 어머니에게도 말했다. 마담 마리는 문가에서 어머니를 기다렸다.

"아니, 난 여기 있겠어." 어머니는 화를 억누르려고 애쓰면서 마담 마리에게 나가 보라고 손짓했다.

"또 그런다. 참견 안 하면 큰일이라도 나는 줄 알지. 참견하지 마. 이건 우리 둘의 문제니까." 아버지가 고집을 부렸다.

"난 이 애 엄마야. 그 망할 영국 여자는 당신이 아니라 *나한테* 전화했어야 해. 나한테!"

"누가 대신 통화해 주게? 압두가?" 아버지가 빈정거렸다. "애 앞에서 교사를 그런 식으로 말하지 마."

"하려는 말이나 빨리 하든가. 애가 불안해하는 거 안 보여?"

"내 결정을 말해 주겠다." 아버지가 내 쪽을 보았다. "미스 길버트슨한테는 이미 말했다." 벌써 정해진 일이라는 뜻이었다. "미스 길버트슨도 동의했어. 네가 당분간 하숙생으로 그 선생님 집에 들어가 살면 좋겠구나."

내 인생에서 가장 무시무시한 위협이었다. 그날, 그 주, 남은 학기는 생각조차 할 수가 없었다. 오직 미스 길버트슨 집에서 하숙해야 할지도 모른다는 걱정만이 한동안 악령처럼 따라다니며 사방에 스며들어 즐거울 만한 걸 모조리 없애 버렸다.

"미안하지만 이건 미친 짓이에요!" 어머니가 소리쳤다.

"미친 건 당신이야!"

"당신은 괴물이야."

아침을 먹으면서 좀 진정된 아버지가 상냥하게 계획을 설명해 주었다. 목소리에서 사과하는 듯한 분위기가 묻어났다. 아버지는 내가 공부 습관, 영어 실력, 아랍어 공부, 태도, 심지어 자세까지 모든 게 나쁜 터라 과감한 해결책이 필요하다고 했다. 유대인은 외국에 돈을 보낼 수도 없고 이집트를 떠나면 돌아올 수도 없어서 영국의 기숙학교로 유학 가는 것도 불가능하니 개인교사를 붙이거나 지역의 기숙학교에 보내는 방법뿐이었다. 개인교사를 쓰는 방법은 이미 해 봤고 아버지는 기숙학교를 믿지 못했다. 시끄러운 말썽꾸러기들과 밤마다 베개싸움이나 할 게 뻔하고, 그런 분위기에서 제대로 공부하는 학생도 없다는 것이었다.

아버지는 수고비를 지불하고 미스 길버트슨과 함께 지내는 방법이 현재로서는 최선이라고 말했다. 게다가 그녀는 그렇게 끔찍한 사람이 아니며, 같은 또래의 영국 남자아이들이 아는 걸 전부 가르쳐 줄 거라고 장담했다. 또한 압두의 주방과 어머니의 폭풍 같은 영향권에서 벗어나 나를 교화시킬 거라고 믿었다. 미스 길버트슨의 집이라니. 작고 캄캄한 방과 줄무늬 잠옷, 욕실에 그녀의 칫솔과 나란히 놓인 내 칫솔, 오래된 갈색 가구밖에 떠오르지 않았다. 혼자 살고 혼자 책을 읽고 밤이면 불면증 걸린 영국 노인처럼 기다란 갈색 테이블에 혼자 앉아 있는 사람들이 사는 오래된 갈색 아파트에서, 미스 길버트슨은 나만의 세계를 캐내기 위해 교도관의 눈빛으로 내 꿈과 비밀과 수치스러운 생각들을 종일 감시할 것이다.

어머니는 절대로 그렇게 두지 않을 테니 걱정 말라고 안심시켰다. 하지만 할머니는 찬성이었다. 엘사 할머니도 "안 될 것 없잖아?"라고 했다. 마담 살라마는 내 또래 남자아이가 타락한 노처녀와 단둘이 있는 것은 결코 나쁠 게 없다고 킥킥거렸다. 그녀의 연인 압델 하미드는 오히려 역효과가 날 수도 있다고 걱정했다. 마담 니콜은 부모가 자식을 위해 내린 선택은 결국 틀렸음이 밝혀지기 마련이라고 했다. 자식에게 가장 해로운 영향을 끼치는 것이 부모이며, 어차피 서로 전쟁을 치를 운명이니 떨어져 지내는 것도 괜찮지 않겠느냐고 덧붙였다.

아버지는 스트레스가 심하면 늘 그렇듯이 결정을 미뤘다. 나를 미스 길버트슨의 집에 보낸다는 계획 자체가 백지화된 것은 아니었다. 다만 정체되고 연기되었을 뿐 나는 드레퓌스와 마찬가지로 공식적인 면죄부는 받지 못했다. 아버지 자신도 과연 현명한 생각인지 의심했다. 포기한 게 분명해졌을 때도 누구 하나 감히 다 끝난 일 아니냐고 말하지 못했다. 괜히 그런 말을 꺼냈다가 아버지가 이미 기각된 문제인데도 아직 고려 중이라고 믿으며 다시 생각해 볼까 봐 두려웠기 때문이다. 결국 아버지는 그 아이디어에 싫증을 느꼈다.

차선책으로 새로운 가정교사 무슈 알 말렉이 왔다. 아랍계 유대인 무슈 알 말렉은 영어와 프랑스어, 아랍어를 유창하게 구사하고(압두의 모국어인 아랍어를 그보다도 더 잘 알았다), 프랑스계 이스라엘 공립학교의 교장이었다. 평일 오후 5시에 집으로 와서 압두를 포함한 모두에게 영어로 인사하고는 나에게 방으로 가자고 했다. 그러곤 내가 장난치거나 거짓말을 한 흔적이 없는지 가방부터 뒤졌다. 어김없이 문제가 발견되면 따끔하게 야단치고 나서 아랍어와 산수 숙제를 봐 주었다. "아버지한테는 말하지 않으마." 매번 하는 말이었다. "하지만 이래서는 시간만 낭비할 뿐이야. 넌 도통 집중하지 않잖아." 그는 책을 덮고 자신의 두 아들을 예로 들어 가며 집중은 어떻게 하는 것인지 설명했다.

수업 시간에 거실이 차와 술을 마시러 온 손님들로 북적이는 일이 잦았다. 멀리서 초인종 소리가 들리면 압두가 문을 열고 미리 연습한 놀라면서 기뻐하는 모습으로 누구 씨와 누구 부인을 맞이한 후 딱딱한 마룻바닥을 걷는 신발 소리가 거실로 이어졌다.

어느 날 저녁 무슈 알 말렉은 현관을 나서기 전에 평상시보다 훨씬 꾸물거리다 어머니를 마주쳤다. 어머니는 진심이라기보다는 예의상 차를 권했다. 그는 사양하다가 어머니가 한 번 더 권하자 그러기로 했다. 방금 입은 외투를 다시 벗고 아지자에게 모자를 건넨 후 거실로 이어지는 현관에서 추위에 떨다 방금 들어온 사람처럼 손을 비비며 서 있었다. 아버지가 다가가서 그를 맞이했다. 아버지는 어머니보다도 더 그를 좋아하지 않았지만 다들 뛰어난 교사라고 말하는 만큼 그를 매우 존중했다.

아버지는 그의 잔에 스카치를 따르고 커다란 얼음 조각 하나를 넣은 뒤 비시 광천수를 넣을지 물었다. "비시, 비시 부탁합니다." 무슈 알 말렉은 항상 스카치에 비시 광천수를 넣어 마시는 듯이 말했다. 한 모금 마시고는 훌륭하다면서 "역시 조니 워커야!"라고 감탄했다. 그날 손님들 사이에 끼어 있던 플로라 숙모가 속삭였다. "못 봐 주겠네." 대로에서 들려오는 자동차 소리가 숙모의 목소리를 가려 주었다. 마침 어머니가 발코니 창문을 다 열어 둔 덕에 스무하의 농장에서 향기로운 바람이 불어왔다. 누군가 가져온 재스민이 은밀하고 퀴퀴한 담배 냄새와 합쳐져 거실에 관능적이고 풍요로운 분위기가 감돌았다.

갑자기 초인종 소리가 울렸다. 압두가 큰 현관으로 이어지는 주방 문을 닫는 소리가 들렸다. 압두가 반가움을 나타내기도 전에 시끄러운 목소리가 울려 퍼졌다. 압두가 챙 넓은 중절모를 한 손에 들고 거실 문가에 나타났다. 압두 뒤에는 신사가, 신사 뒤에는 그의 부인이 있었다.

"우고!" 할머니가 외쳤다.

"우고 맞습니다." 그가 '그러니까 길을 터 줘.'라고 외치듯 성큼성큼 거실로 들어왔다. "자, 여기, 여기, 여기. 더는 못 샀어." 그가 최근의 해외여행에서 사 온 선물을 나눠 주었다. 토블러 초콜릿 바를 열 개 사 왔는데 무슈 알 말렉을 포함해 모두가 그 자리에서 먹어 치웠다. 시뇨르 우고는 우리 어머니에겐 커다란 크렙데신 향수병을, 나에게는 어린이용《플루타르크 영웅전》을, 아버지에겐 라루스출판사에서 만든 프랑스어

사전 최신판도 사다 주었다. 이제는 이집트에서 구할 수 없는 것들이었다. 우리 집에 있는 사전은 6년이나 된 거였다.

"우고, 당신은 천사야." 할머니는 그가 프랑스에서 사다 준 핸드블렌더의 포장지를 뜯고 바라보면서 말했다. "이건 기적이야."

작은 나선형 칼날이 달린 기계를 보고 다들 감탄했다. 처음 보는 물건이었다.

"어떻게 쓰는 거지?" 마담 살라마가 물었다.

"내가 지금 보여 줄게." 시뇨르 우고의 아내가 말했다.

거실에 있던 사람들이 주방으로 옮겨 가서 할머니가 간편 마요네즈 만드는 모습을 지켜보았다. 주방에 윙윙 소리가 퍼지더니 60초 후 할머니가 노란색 반죽이 담긴 커다란 유리 잔을 위풍당당하게 흔들었다. 기뻐서 어쩔 줄 모르는 여인들의 함성이 이어졌다. 할머니는 횃불을 든 자유의 여신상처럼 오른손에 든 그릇을 내밀었다. 다들 직접 해 보고 싶어 했다.

모두 거실로 돌아갔을 때 시뇨르 우고가 이탈리아어로 할머니를 불렀다. "내 옆에 앉아, 늙은 마녀. 난 다시 젊어진 기분을 느끼고 싶거든."

그날 저녁 줄곧 조용했던 할머니를 포함해 다들 웃음을 터뜨렸다.

할머니는 아래층에서 엘리베이터 타는 걸 도와줄 압두를 기다리다 마담 사르피를 만났다. 마담 사르피는 실수로 할머니를 대리석 바닥에 밀쳤고 설상가상으로 덮치듯 할머니한테 쓰러져 버렸다. "우고, 조용히 해. 나 다리 아파 죽겠으니까."

"잘라 버려, 달링. 잘라 버려!" 시뇨르 우고는 마침 떠올랐는지 야한 농담을 건넸는데, 여자들만 사는 하렘에 몰래 들어가려고 내시로 변장한 돈 많은 바보가 "잘라 버려, 친구. 잘라 버려."라고 말했다는 것이나.

그는 아내가 말리는데도 아랑곳하지 않고 농담을 던졌다. 특히 가장 중요한 부분에서는 더욱더 열정적이었다. "우고, 당신은 역겨워요." 아내가 그의 어깨를 때렸다.

"난 당신만 보면 불타오르는데, 달링." 그가 짓궂게 대답했다. "*Ardo, ardo*(달아오르는군, 달아올라)." 그러곤 아내를 깨무는 척했다.

"우고, 당신은 어디에 있든 사람들을 웃게 만들어." 할머니가 칭찬했다. "이 문제도 좀 도와줘. 우리 손자 때문에 걱정이 많아. 학교에서 아랍어 교사들한테 매일 맞더니 이젠 아예 공부를 놓아 버린 거 같아."

나는 아무 소리도 듣지 못한 채 플로라 숙모와 계속 말하는 척했다.

어머니는 조용했다.

마담 살라마의 연인 압델 하미드가 곧장 끼어들어 아이들은 규율만 알면 된다고 강조했다. "다들 아이의 감정만 중요시하는데 부모도 감정이 있다고. 그리고 교사들은 이유 없이 때리지 않지."

"공부를 아예 안 해요." 마담 마리가 끼어들었다.

"그게 중요한 게 아닙니다. 공부를 왜 안 하는지 그 이유를 알아야죠." 무슈 알 말렉이 나섰다. 줄곧 가만히 상황을 살펴보다가 과감하게 한마디 던진 것이다. 화가 무슈 파레스는 구부린 검지를 코 옆으로 가져가 구부리는 동작을 반복했다. 앵무새 부리를 뜻하는 것인데 내 매부리코를 놀리는 거였다. "아뇨, 그것도 이유가 아닙니다." 무슈 알 말렉이 케이크 접시를 압델 하미드에게 건넸다. 당뇨가 있는 압델 하미드는 케이크를 쳐다보다 마담 니콜에게 넘겼다. "문제는 우리가 아이의 머릿속으로 들어갈 생각을 하지 않는다는 거예요. 인내심이 필요합니다. 심리학도 많이 필요하죠." 무슈 알 말렉이 충고했다.

"인내심, 심리학 모두 좋은 말이지만 지금 사태가 심각해요. 그들(아버지는 정부 기관의 정보원들을 말하는 거였다) 이 이 집안에서 아랍 문화와 관련된 모든 것을 무시한다는 걸 알면 어떻게 나올지······. 그들은 이미 이 집 안에서 일어나는 일을 다 알고 있어요." 아버지의 말이 이어졌다. "그러니까 식구들 모두 제멋대로 굴지 말고 남들이랑 똑같이 행동할 수는 없습니까?"

"당신이 걱정해야 할 사람은 그들이 아니야." 플로라 숙모가 아버지를 쳐다보았다. "당신이 생각해야 할 사람은 바로

이 애라고. 학교에서 애를 때리게 그냥 두면 안 돼."

어머니도 고개를 끄덕였다. 체벌은 야만스러운 짓이라고 말했다.

"앙리, 내가 자네라면 아들이 맞게 놔두지 않을 걸세." 무슈 파레스도 맞장구를 쳤다.

아버지는 그 정도를 때리는 서라고 한다면 자신이 어릴 적 예수회에서 받은 대우는 무엇이겠냐고 반문했다.

"학교에서 뭐로 때리니?" 압델 하미드가 물었다.

"자로 때려요." 내가 대답했다.

"자? 그것 참 놀랍기도 하네. 자로 때린다니!" 압델 하미드가 껄껄 웃었다. "나 때는 말이야, 대나무 회초리와 채찍으로 맞았단다. 대나무 회초리 기억나지?" 그는 추억이 어린 회상에 젖은 듯 아버지를 보며 물었다. "무슈 데 폰차트레인의 지팡이, 페레 안톤의 정원용 고무호스로도 맞았잖아. 절대 잊어버릴 수가 없지!"

플로라 숙모는 아이가 체벌 위협을 느끼는 순간 공부를 그만두는 거라고 주장했다. 아버지는 잘은 모르지만 전문 교육자들의 판단에 따를 거라고 말했다. 그러자 할머니가 애초에 아랍인과 교육자는 서로 모순되는 말이라고 했다. 마담 니콜은 교사들이 어린 남학생들을 때릴 때마다 쾌감을 느낄 거라고 냉소적으로 말했다.

마담 살라마와 무슈 파레스, 마담 사르피는 내가 계속 VC

에 다니면서 특별히 최선을 다하도록 노력해야 한다는 의견이었다. 무슈 알 말렉도 같은 생각이지만 기독교 수업을 빼고 이슬람교 수업을 들어야 한다고 조언했다. 기독교도도 무슬림도 아닌 내가 어느 종교를 배우든 무슨 차이가 있을까만, 적어도 이슬람교 수업은 매주 아랍어를 다섯 시간 더 듣는다는 장점이 있었다. 제대로 된 아랍어를 들으면 큰 도움이 될 거라고 했다.

"그거 좋은 생각인데요." 아버지가 골똘히 생각에 잠겼다.

나는 내키지 않았다. 코란을 공부하는 것도 싫고 이슬람교 수업에서 유일한 유럽인이 되는 것도 싫고 독실한 아랍인들을 따라 종교 수업 시간에 신발을 벗는 것도 싫었다.

할머니와 몬테펠트로는 서로 반대되는 의견을 내세우며 토론했다. 시뇨르 우고는 아버지에게 우리가 이탈리아인이니까 나를 알렉산드리아의 돈보스코 이탈리아 학교로 보내야 한다고 주장했다. 이탈리아인이라면 결국 이집트를 떠나 이탈리아에 정착해야 할 테니 이탈리아어를 배우는 게 어떠냐고. 할머니는 반대했다. 가정교사에게 이탈리아어를 일주일에 두 번 정도 배우는 거라면 몰라도.

"그것도 좋은 생각이에요." 아버지가 동의했다.

무슈 알 말렉이 수수께끼의 결정적인 단서라도 쥔 것처럼 대화에 뛰어들어 아버지에게 물었다. "이집트에는 언제까지 있을 계획인가요?"

"나라에서 허락할 때까지 있어야죠. 질문도 참!"

"그렇다면 이 애는 아랍어를 배워야 합니다. 아주 간단한 문제죠!"

어머니는 반대였다. "언젠가는 떠나야 해요. 떠나면 아랍어에 투자한 세월은 시간 낭비일 뿐이에요. 모르겠어요? 아랍어를 못해서 매년 낙제해도 상관없어요. 유대인을 증오하라고 가르치는 역겨운 시를 배울 시간에 정말 중요한 걸 배우게 하자고요."

시뇨르 우고는 근심스러운 표정이었다. 그는 아버지에게 불과 몇 달 전에 시청에서 닥터 카츠를 본 이야기를 시작한 터였다. 다들 그 유명한 의사가 스파이 혐의로 구속된 사실을 신문에서 읽어 알고 있었다. 학교에서도 수업 시간에 그의 이름이 적어도 한 번은 나왔다. "1958년보다 상황이 더 나빠. 마음만 먹으면 누구든 잡아가서 날조한 혐의로 감옥에 집어넣지. 난 양복점에 있다가 시청으로 끌려갔잖아. 옷을 다 벗기더니 이만한 도베르만 사냥개를 내 거시기 앞에 놓고는 심문하기 시작하는 거야. 개 목줄을 당기면서 거짓말하면 개가 안다고 경고하더군. 너무 무서웠어. 상황이 너무 안 좋아." 시뇨르의 얼굴이 점점 더 어두워졌다.

"카츠 박사는 고문을 당했대요. 우고는 운이 좋았죠." 그의 아내가 말했다.

"그런데 우고가 유대인이라는 건 정부에서도 알지 않아

요?" 아버지가 물었다.

"몰랐어?" 시뇨라 몬테펠트로가 물었다.

"뭐를요?" 아버지가 되물었다.

"정부는 유대인인 거 몰라!" 그녀가 남편을 쳐다보았다. "우고, 당신이 말해 줘요."

"별것 아니야. 우리 지난달에 세례받았거든. 뭐 결국은 소용없겠지만 그래도 예방책으로. 내 친구 파파나스타시우 신부의 아이디어였어."

"뭐로 개종한 건데요?"

"파파나스타시우 신부를 따라서 우리도 그리스정교회로 개종했지. 뭐 어차피 다 똑같은 기독교잖아?"

사람들이 놀라서 입이 떡 벌어진 모양이었다.

"이런, 이런, 너희 세파르디들도 다 하는 일이면서 그렇게 충격받은 척하지 말라고."

"충격받은 게 아니야. 당신의 그리스어 실력이 형편없는 게 문제지." 할머니가 지적했다. "좀 더 그럴듯한 종교를 선택했어야지."

"그 얘긴 그만! 안 그래도 잔뜩 골머리를 썩였으니까. 충고를 원한다면 파파나스타시우 신부와 면담 약속을 잡아 주지. 그가 여기 있는 모두를 기독교도로 만들어 줄 테니까 말이야. 에스더 당신, 무슈 압델 하미드, 앙리, 요리사 압두까지 전부 다."

마담 니콜은 웃음을 참기 힘들었다. 그 옆에 앉은 아버지는 몸을 숙이고 몰래 웃었고, 마담 니콜은 계속 웃음을 참으려고 애썼다.

그 옆에서 성숙하고 화려하게 보이고 싶어 자기 어머니 옷을 입고 지나칠 정도로 조용히 앉아 있던 미미가 갑자기 일어나 손수건을 얼굴로 가져가며 급하게 뛰쳐나가더니 주방에서 큰 소리로 흐느끼기 시작했다.

"무슨 일이야? 왜 그래?" 할머니가 물었다.

"*Mimi é una civetta*, 미미는 연애 고수라니까." 시뇨르 우고가 노래하듯 말했다.

"울잖아요." 마담 살라마와 친한 마담 사르피가 쏘아붙였다.

"왜 울지?" 압델 하미드가 물었다.

"눈물이 나니까 우는 거죠." 거실로 돌아오던 마담 살라마가 압델 하미드의 말을 듣고 대답했다. "미미는 집에 갔어." 그녀가 주방 문을 가리켰다.

잠깐 침묵이 감돌았다.

"알겠지만 미미가 내 사무실로 전화를 해." 아버지가 입을 열었다.

"알아요. 인내심을 가지고 대해 줘. 그것만 부탁할게. 다 지나갈 거야." 어머니가 이렇게 말하고 마담 살라마를 보았다. "미미는 왜 그런 거예요?"

"똑같지, 뭐." 마담 살라마가 대답했다.

"아직도?"

그녀가 고개를 끄덕였다.

초인종이 또 울렸고 압두가 카셈과 하산이 왔다고 알렸다.

카셈과 하산은 아버지 공장에서 일하는 정비공이었다. 그들은 평상시처럼 오버롤 작업복이 아닌 외출복처럼 보이는 회색 옷을 입고 있었다. 둘 다 얼굴에 수심이 가득했다.

둘 중에서 나이가 적은 쪽인 카셈은 붉은 끈으로 묶은 투명한 플라스틱 상자를 들고 있었다. 거실에서 나오는 어머니를 보고는 다가와 인사하며 상자를 건넸다. "저희 두 사람이 함께 드리는 겁니다." 몇 걸음 뒤쪽에 서 있는 하산이 어머니를 보고 미소 지었다. 두 사람은 그것이 유럽식 선물 전달 방법이라고 생각한 모양이다.

어머니는 상자를 열자마자 무척 기뻐하며 반짝이는 실크로 만든 은색 장미 브로치를 꺼냈다. 고맙다는 말을 하고 두 사람 앞에서 드레스에 브로치를 꽂으며 돈이 많이 들었겠다고 걱정했다. 압두가 손님들을 위해 뚜껑을 따지 않은 코카콜라 두 병을 가져오자 그들은 군대 소식을 몇 마디 주고받았다. 압두의 아들과 하산의 동생이 같은 연대 소속이었다.

아버지는 두 정비공에게 반갑게 인사를 건네고 거실로 안내했다. 카셈과 하산은 어색해하면서 콜라병을 든 채 거실로 들어왔다. 어디에 앉아야 할지 난감해하다 발코니 옆의 빈 소파로 가서 나란히 앉았다. 카셈이 하산에게 콜라병을 건네주고 이상한 엔진 모델이 그려진 커다란 투사지를 펼쳤다. 아버지는 빛을 비추어 자세히 들여다보더니 이번에는 마음에 든다고 했다.

"이 신사들이 뭘 했는지 다들 상상도 못 할 겁니다." 아버지가 거실에 있는 모두에게 말했다. "제2차 세계대전 때 침몰한 독일 화물선의 보일러를 보강해서 내 공장에 설치했어요."

"자네 공장이 항해라도 떠나나 보지?" 시뇨르 우고가 농담을 던졌다. 그해에 이집트 정부가 더 많은 사업체와 공장을 국유화할 거라는 사실이 널리 알려진 상황이라 뼈 있는 농담이었다.

두 이집트인은 프랑스어를 몰라도 아버지가 방금 자신들을 칭찬했다는 것 정도는 아는 듯했다. 아버지가 술을 권하자 머뭇거리면서 콜라병을 가리켰지만 결국 아버지의 고집에 지고 말았다. 카셈은 마담 살라마에게 담배를 받아 이집트식으로 약지와 새끼손가락으로 쥐었다. 그들은 둘 다 좋아하는 이집트의 유명 가수 옴 칼툼에 대해 이야기했다. 하산은 마담 살라마가 주는 담배를 사양했다. 먹기 싫어서가 아니라 남들 앞에서 먹는 게 부끄러워 음식을 사양하는 사람처럼 불편한 표정이었다.

"죄송하지만 이만 가 봐야겠습니다." 카셈이 일어서며 말했다. 나이가 많은 하산도 그의 신호를 눈치 채고 덩달아 자리에서 일어났다. "아내가 기다려서요."

"남자들이란! 아내가 없으면 어디서 뭘 하려나?" 마담 살라마가 아랍어로 농담했다.

아버지는 두 사람을 현관까지 배웅했다. "내 장담하는데 자네들은 언젠가 부자가 될 거야."

카셈이 아버지의 말을 받아 대답했다. "신께서 꼭 들어주시길!"

나는 그제야 카셈이 누군지 생각났다. 바로 라티파의 아들이었다.

잠시 후 마담 니콜이 그만 가 봐야겠다고 불쑥 일어섰다.

"벌써?" 할머니가 물었다.

"아쉽지만 어쩔 수 없네요."

"이 시간에 어딜 가는데?" 마담 살라마가 물었다.

"재봉사한테."

"그래, 재봉사한테." 마담 살라마가 위층에 사는 이웃의 말을 따라 했다.

"재봉사한테." 마담 니콜의 목소리에는 누구나 짊어져야 할 십자가가 있고, 자신의 십자가는 열정이라고 말하는 듯한 한숨 같은 것이 묻어났다.

"아, 마담 니콜……." 할머니가 안타까운 듯 이름을 불렀다.

"Bonsoir tous(다들 좋은 저녁 되시길)." 마담 니콜은 퉁명스럽게 말하고 티 테이블에서 열쇠와 담배 케이스를 집었다.

"가엾은 여자야." 마담 니콜이 나가고 할머니가 말했다. "아름답지만 남편이 그 모양이니······."

할머니는 마담 니콜이 "*Bint al-sharmuta*, 창녀 같으니라
고!" 하며 때리는 남편을 피해 도망치면서 "*Arrete, arrete, sa-
laud*(그만, 그만 해. 개자식 같으니라고)*!*"라고 외치는 소리를 들은
적이 있었다. 부부는 철제 계단에서 냄비와 프라이팬이 치고
받듯 서로에게 달려들었다. "마담 니콜도 맞고만 있는 건 아
니니까 걱정할 필요는 없지." 할머니가 덧붙였다.

아버지가 마담 니콜을 문까지 배웅했다. 마담 니콜이 가자
마자 아버지는 고객을 만나러 가야 한다고 말했다.

"이 밤에?" 어머니가 물었다.

"금방 올게."

"뭐라고 말하는지 알아들을 수도 없는 사람들이랑 나만 남
겨 두고? 내일 가면 안 돼?"

"안 돼." 무거운 침묵이 흘렀다. "지금 이러쿵저러쿵할 시
간이 없어. 거짓말 같으면 나랑 같이 가 보든가."

결국 어머니는 그냥 집에 있겠다며 물러났다.

"앙리는 어디 가는 거야?" 레인코트를 입는 아버지를 보고
시뇨르 우고가 물었다.

"몰라요." 어머니가 대답했다. 인내와 불굴의 용기에 대해
말하는 마담 살라마의 목소리가 들렸다. 어머니는 계속 이렇
게 사느니 차라리 창밖으로 몸을 던지는 게 낫겠다고 푸념
을 했다.

나는 그럴 때마다 어머니가 창문 가까이 가면 두 눈에 불을 켜고 살폈다. 밤에 자려고 누워서도 두 귀를 쫑긋 세우고 어머니가 움직이는 소리를 놓치지 않았다. 침대를 빠져나와 살그머니 복도를 지나서 커튼 뒤에 숨어 어머니를 감시할 때도 있었다. 소파에 앉아 소설책을 읽거나, 연기 자욱한 스무하쪽 들판이 내려다보이는 베란다에서 커피를 마시거나, 저녁에 보석이나 골동품 따위를 들고 오는 장사꾼들과 앉아 있는 모습을. 어머니가 거실에서 몰래 전화기 다이얼을 돌리며 한 손으로 수화기를 잡고 다른 손으론 송화구를 감싼 채 숨죽인 모습을 보기도 했다. 아버지를 찾으려는 거였다. 하지만 아무런 소리가 들리지 않을 때도 있었다. 어머니가 거실에 있다가 보조 현관을 통해 이웃에 사는 마담 살라마의 집에 간 것이다. 그런 밤이면 온 집 안의 창문이 꽉 닫혀 있었다. 마담 살라마의 집에 갔다가 밤늦게 돌아올 경우를 대비해 소설책에 가죽 책갈피를 끼워 두고, 식료품 저장실만 남기고 온 집 안의 불을 꺼 놓았다. 정부의 스파이가 집에 온 가족이 있는 것처럼 생각하도록 침실엔 불을 켜 두는 것도 잊지 않았다.

몇 개월이 지난 금요일 아침, 아버지와 나는 시뇨르 우고의 제안을 받아들였다. 정장을 입고 드자바르티거리의 싸구려 민박으로 그를 데리러 갔다. 그가 좀처럼 나오지 않아 텅 빈 인도로 나가 기다렸다. 알렉산드리아의 조용하고 반투명한 봄날 아침이었다. 상점들도 아직 문을 열지 않았으며 도시는 느긋하게 인내심을 가지고 아침기도를 하는 사람들을 기다렸다. 이집트 사람들이 아침으로 즐겨 먹는 *ful*, 콩 요리 냄새가 퍼졌다. 아버지도 나도 배가 고팠다. 하지만 우리가 먹는 모습을 본다면 가난한 사람이나 먹는 거라고 시뇨르 우고가 화를 낼 터였다. "먹고 나면 지저분해져서 안 돼." 아버지는 허기를 참기로 했다. 민박의 열린 문 사이로 다른 냄새가 풍겼다. 커피와 *loucoumades*, 동그란 그리스식 꿀빵 냄새였다. "아무래도 가면서 뭘 좀 먹어야겠다." 아버지가 인내심이 한계에 이른 듯 말했다.

시뇨르 우고는 다른 사람은 절대로 피할 것 같은, 희미한 광택이 도는 실크 넥타이를 맸다. 나중에 아버지가 특정한 나이의 부자들만 매는 넥타이라고 말해 주었다. 그는 볼사리노 중절모와 꼼꼼하게 다린 트위드 재킷에 금색 버클이 달린 반짝거리는 구두를 신었다. "아하, 일찍 왔군." 그가 인사 대신 말을 건넸다. "아내는 못 가. 날씨가 이러면 두통이 심해서. 전형적인 알렉산드리아 사람이지. 햇빛을 좋아하는데 그늘에서 즐겨야 하니까." 그러곤 차에 올라탔다. "코니시 바로 근처야. 만다라 뒤쪽에서 멀지 않아." 조수석에 앉은 시뇨르 우고가 엘마스 담배를 꺼내며 말했다. 그는 역시나 감청색 잉크로 뭔가를 휘갈겨 쓴 하얀 담뱃갑 뒷면에 담배를 가볍게 쳤다.

구름 한 점 없는 금요일 아침 8시의 코니시는 도로가 텅 비어서 우리는 익숙한 풍경을 빠르게 지나치며 만다라로 향했다. 시뇨르 우고가 창문을 내리자 시원한 바람이 들어왔다. 만다라로 가는 길에서 가장 큰 해변인 시디비시르를 지나쳤다. 아직 여름이 왔음을 알려 주는 신호는 보이지 않았다. 해변은 텅 비었고 해안 도로를 따라 들어선 광고판은 작년 거였다. 해변에 줄지어 선 오두막들은 페인트칠도 안 한 채 덧문을 닫아 놓았고 여름철이면 그 옆에 우후죽순처럼 들어차는 상점과 가판대도 없었다. 식당들 역시 지난해 테이블을 인도에 내놓으면서 손님을 보호하려고 대나무와 짚으로 만든 지붕을 치우지 않았다. 곰팡이가 피어 길 한가운데 폭삭 주저앉은 것도 있고, 나무 서까래에 매달려 끝부분으로 바닥을 쓸며 여름 끝 무렵 어딘가에 걸린 연처럼 바람에 퍼덕이는 것도 있었다.

만다라가 가까워지자 비포장도로가 나타났는데 모래가 단단하게 굳은 길이었다. 얼마 전의 모래폭풍으로 여기저기 모래가 휩쓸렸다. 알 누누의 코카콜라 오두막도 모래에 파묻히다시피 했는데, 그가 여름에 거주하는 그 오두막을 둘러싼 양철 울타리의 물결 모양 홈마다 모래가 가득 찼다. 알 누누의 오두막에서 멀지 않은 오두막 중에는 모래의 무게에 쏠려 함몰된 것도 있었다.

시뇨르 우고가 아버지에게 우회전하라고 했다. 한 번 더 우회전하니 아주 가파른 오르막길이 나왔다. 터번을 두른 베두

인족이 코고리를 낀 두 딸과 함께 작은 오두막에서 나와 자동
차 바퀴가 회전하며 모랫길을 힘겹게 오르는 모습을 구경했
다. "철로 건너에 수도원이 보일 거야." 뾰족한 못과 가시철사
를 덧댄 벽으로 둘러싸인 약간 황폐한 저택이 보였다. 차를
세우자 또 다른 베두인족이 커다란 대문을 열어 주었고, 언
덕길을 계속 오르다 보니 자갈이 박힌 평평한 차도가 나왔다.
차도를 따라 말끔한 수목이 즐비하고 그 옆으로는 잘 손질된
들판과 화단이 펼쳐졌다. 마침내 낡고 황폐한 예배당처럼 보
이는 곳 앞에서 멈춰 섰다. 차에서 내리자 너무도 익숙한 냄
새가 났다. 도착한 곳은 사막 한가운데였지만 만다라와 몬타
자 해변이 한눈에 내려다보였다. 가장 가까운 해안선부터 짧
은 하얀색 줄무늬가 섞인 짙은 파란색이 심해를 향해 수십 킬
로미터까지 뻗어 있었다.

"Vre pezevenk(이 바람둥이)!" 수염을 기른 키 큰 남자가 차에
서 내리는 시뇨르 우고를 보자마자 소리쳤다. 그는 화단에서
작업하는 정원사를 감독하는 중이었다. 환하게 웃는 얼굴로
전지가위를 든 채 천을 펼쳐서 손가락에 묻은 흙을 닦아 내며
우리를 향해 걸어왔다.

"Pezevenk kai essi(바람둥이는 그쪽이지)!" 시뇨르 우고가 터키
어와 그리스어를 섞어서 받아쳤다.

두 사람은 반갑게 악수했다. 수염을 기른 키 큰 그리스인은
전지가위를 시뇨르 우고의 사타구니로 가져가 자르는 시늉

을 했다. 그리고 아버지와 나를 보더니 "*Conversos*(개종자)가 더 필요한 거야?"라고 시뇨르 우고가 소개하기도 전에 농담과 함께 환한 미소로 인사했다.

"나와 같은 유형의 *conversos*지. 무슨 말인지 알려나."

"알아, 알고말고." 파파나스타시우 신부가 대답했다. "일요일은 기독교 성찬식, 금요일은 유대교 신앙 고백. 한마디로 *alborayco*, 잡종이지, 이 바람둥이야."

"정확해!" 시뇨르 우고가 킬킬거렸다.

"하여간 유대인들은 뭐 하나 분명한 게 없다니까. 들어가서 레모네이드나 마시자고." 그리스인이 유쾌하게 말했다. 그는 아버지를 보며 두 사람의 우정이 오래전으로 거슬러 올라간다고 설명했다. "전쟁 전이지." 나는 어떤 전쟁인지 물어보지 않았다. 그는 *alborayco*가 말도 노새도 아니고 암컷도 수컷도 아닌 모하메드의 말 알 부라크에서 나왔다고 말해 주었다. "가엾은 유대인들. 나라도 없고 사방에 반역자만 있지. 같은 민족을 배신하기까지. 그런 표정 짓지 말게, 우고. 내가 아니라 네 선지자들이 한 말이니까."

서재로 들어가자마자 파파나스타시우 신부가 가장 먼저 한 말은 "난 남들과 다르다네."였다. 아버지는 당연한 사실을 확인하듯이 고개를 끄덕였다. "왜인 줄 알아?" 신부는 답변을 기다리듯 한참 동안 가만히 있었다. "이유를 말해 주지. 보통 성직자는 인간이기 전에 성직자거든. 그런데 나는 어떤지 알아?" 그가 또 한참 동안 입을 다물었다. 안다고 대답해야 할지 모른다고 대답해야 할지 몰라서 수많은 우상과 오래된 책들로 가득한 방을 둘러보았다. 고약한 향냄새가 가득했다. 내 손과 그가 준 레모네이드잔에서도 났다. "나는 어떤지 말해 주지. 난 성직자이기 전에 인간이야." 그가 엄지를 들어 살짝 흔들었다. "그다음은 군인." 이번에는 검지를 들었다. "그다음이 신부야." 가운뎃손가락도 들었다. "아무한테나 물어봐. 저 친구한테도. 이 두 손에 대해서." 그가 두 손을 주먹 쥐었다. 표트르 대제와 라스푸틴, 이반 뇌제까지도 두려워할 저 커다란 주먹으로 치면 책상에 놓인 낡은 로열 타자기의 자판이 부서져 버릴 것 같았다. "이 두 손으로 만져 보지 않은 것도, 해 보지 않은 일도 없거든. 무슨 말인지 알겠어?" 그가 내 쪽으로 고개를 돌리고 너무도 강렬한 눈빛으로 쳐다봐서 "네, 알아요."라고 대답해 버렸다. "아니, 넌 몰라." 그가 날카롭게 몰아붙였다. "바라건대 알아서도 안 되고, 안다면 그대로 놔둘 수 없는 일이지. 솔직히 신하고 나하고 누가 더 나쁜지 모르겠군."

"바실리, 빌어먹을 헛소리는 그만두고 본론으로 들어가지." 시뇨르 우고가 끼어들었다.

"그냥 잡담 좀 한 거 가지고."

"애가 악마라도 본 것처럼 떨잖아. 그게 잡담이야?"

"잡담이 아니면 뭔가?"

"바실리, 가끔 보면 자네는 말도 행동도 아나톨리아의 그리스인 양치기와 다를 게 없어. 그거 아나?" 시뇨르 우고가 아버지를 보면서 타자기를 가리켰다. "이 친구는 세계적인 파이윰 권위자라네."

아버지는 이 건장한 신부가 질병 통제 분야의 전문가인 모양이라고 생각했다. 파이윰이 오염수로 유명한 지역이기 때문이었다. 그래서 콜레라 비슷한 증상으로 죽어 가는 농민이 많다고 들었는데, 파파나스타시우 신부도 콜레라가 곧 이집트를 덮칠 거라 보느냐고 물었다.

"그런다 한들 내가 신경이나 쓸까?" 신부가 으르렁거렸다.

"지금의 파이윰 말고." 시뇨르 우고가 끼어들었다. "이 친구는 파이윰에서 나온 초기 기독교 초상화 전문가야. 그런 초상화를 보면 진짜인지 가짜인지 단번에 알 수 있지. 여기서 고아들에게 초상화 그리는 법도 가르쳐 주고."

"고아들 하니 생각났네요." 아버지가 화제를 바꿨다. "아이들 주려고 뭘 좀 가져왔습니다. 차에서 가져와야 하는데 손 좀 빌려 주실 분?"

"손? 이건 뭐겠어?" 신부가 목소리를 높이며 팔을 쭉 내밀고는 펠로폰네소스반도만큼이나 큼지막한 손바닥을 펼쳐 보였다.

서재를 나왔다. 아버지가 트렁크를 열자 파파나스타시우 신부는 판지 상자 세 개를 꺼냈다. 청바지를 입은 그리스 청년 둘이 뒷좌석에서 상자를 더 가져왔다.

"이게 뭔가?" 신부가 물었다.

"애들 여름 셔츠야. 머서 가공한 면이야. 한번 만져 보게."
시뇨르 우고가 셔츠 한 장을 신부한테 건넸다.

신부는 셔츠를 펴서 훑어보았다. "엄청 비싸겠군." 벨벳 같
은 광택을 자세히 보려고 셔츠를 구기며 나무라듯이 말했다.

"바실리, 그냥 고맙다고 하면 돼." 시뇨르 우고가 충고했다.

"고맙네." 신부의 말에 아버지는 별것 아니라고 했다. "이
따 오후에 애들이 오면 새 셔츠를 보고 좋아하겠군. 안 그래
도 부활절 선물이 필요했는데. 불쌍한 녀석들."

나는 입구에 상자를 쌓는 어른들을 보면서 아버지가 나에
게는 왜 저런 셔츠를 한 번도 주지 않았는지 이상했다. 나중
에 시뇨르 우고를 호텔에 내려 주면서 "셔츠가 또 필요하면
몇 백 장도 줄 수 있어요."라고 말했으면서.

"어른들끼리 할 말이 있다." 상자를 정리한 후 아버지가 신
부를 쳐다보면서 내게 말했다. "차에서 기다릴래?"

나는 정원에 있겠다고 했다. 세 남자는 서재로 돌아갔다.

문득 수도원 주변에 나밖에 없다는 사실을 깨닫고 한동안
우두커니 서 있었다. 상자 꺼내는 걸 도와준 청년 둘이 서둘
러 내리막길을 걸어가는 게 보였다. 모랫길을 걸을 때마다 신
발이 빠질 듯했는데 이내 적응해서 미끄러지듯 모래를 타고
팔짝팔짝 뛰면서 어느새 쭉 뻗은 야자수 뒤로 사라졌다.

바람 한 점 없는 데다 아무 소리도 들리지 않았다. 까마귀 울음조차 없었다. 고요한 사막이었다. 알렉산드리아에 있는 고대 그리스의 도시 공동묘지 같기도 하고, 해변에 가기 좋은 맑은 일요일 새벽 같은 침묵이었다.

주위를 둘러보았다. 건물이 다 쓰러져 가는데 정원을 이렇듯 아름답게 가꾸는 게 무슨 소용인가 싶었다. 수도원은 부유한 그리스 가문이 가난한 사람들에게 기부한 사유지인 듯했다.

바다가 내려다보이는 부서진 퍼걸러(식물이 타고 올라가도록 만들어 놓은 아치형 구조물~옮긴이) 쪽으로 가 보았다. 한때는 책을 읽거나 저 멀리 시디비시르까지 뻗은 바다를 보며 생각에 잠기기 딱 좋은 아늑한 공간이었으리라. 왼쪽에는 여러 개의 빨랫줄 뒤로 작은 아랍인 판자촌이 숨겨져 있었다. 매처럼 보이는 커다란 새가 먹이를 찾기 위해 근처 바위로 내려앉았다.

예배당 창문을 훑어보는데 교실 같은 곳이 눈에 들어왔다. 벽에 지도와 아이들이 그린 그림, 우상, 페리클레스 그림이 걸려 있었다. 좁은 복도를 지나자 낡고 오래된 마구간을 개조한 작업장이 나왔다. 더 걸어가자 거대한 해바라기가 울타리처럼 빙 둘러싼 작은 땅이 또 나왔다. 조심스럽게 한 걸음씩 내딛는 나를 해바라기가 무서운 눈으로 쳐다보았다. 갑자기 뒤에서 누군가 쳐다보는 듯한 불길한 느낌에 사로잡혀 획 뒤돌아보았다.

그것들이 보였다. 커다란 우산 두 개가 뒤집힌 듯한 모양으로 마구간 벽에 나란히 기대어 있었다. 탄력 있는 대나무 기둥 살이 노랗게 반짝였다. 나보다 두 배는 더 커 보였다. 항상 멀리에서만 본 터라 생각보다 훨씬 컸다. 그리스 아이들의 연인 *파랄로스*와 *살라미니아*였다. 거대한 꼬리가 작은 배 안에 쑤셔 넣은 커다란 내장처럼 여러 번 감겨 있었다. 아직 마무리가 덜 된 나룻배처럼 뼈대뿐이라 연약해 보였다. 작년의 셀로판지를 떼어 내고 새로 붙이기 위해 준비하는 거겠지. 가까이 다가가 살을 만져 보았다. 대나무에 베이면 유리에 베이는 것보다 끔찍하다는 사실이 생각나 특별히 조심했다. 다른 연들을 갈기갈기 찢어 버릴 수 있는 못처럼 생긴 것의 정체를 본 건 그때였다. 우리 연처럼 주운 면도칼을 몸통에 붙인 것이 아니라 대나무 살을 날카롭게 깎아 놓은 거였다. 나중에 모모가 설명하기를, 주운 면도칼과 뾰족하게 깎은 대나무는 할머니의 틀니와 암컷 늑대의 이빨 같은 차이가 있다고 했다.

모모가 알았다면 나를 절대로 용서하지 않았겠지. 녀석들의 연을 발견한 그날 내가 펜 나이프로 그 대나무 못만 자르면 되는 거였는데. 그러면 그해 여름 우리 연이 하늘을 지배할 수 있었을 텐데. 적에게 최대한 피해를 주려고 그리스 조선소에 잠입했지만, 간단한 정비를 위해 반대편 부두에 위풍당당하게 서 있는 아테네 해군 함대의 자부심 *파랄로스*와 *살라미니아*를 보고 용기가 사라져 버린 페니키아인 첩자가 된 기분도 잠깐 들었다.

작업장을 나오니 아버지가 부르는 소리가 들렸다.

집으로 돌아오는 내내 조용했던 차 안에서 문득 분한 생각
이 머릿속을 떠나지 않았다. 마담 마리는 우리가 그녀의 종교
로 개종한다는 걸 알면 봐 주기 힘들 정도로 콧대가 높아질
것이다. 시뇨르 우고는 일요일마다 교회에 가야 한다고 했다.
마담 마리가 두 팔 벌려 환영할 일이었다.

하지만 아버지는 그날 저녁 시뇨르 우고를 데려다준 뒤 아
파트 건물 앞에서 차를 세우고 한동안 나를 쳐다보더니 입
을 열었다. "걱정하지 마라. 그 그리스인 신부와는 뭘 하고 싶
지 않구나. 매주 그 사람 얼굴을 볼 자신이 없거든. 좀 더 생
각해 봐야겠지만 말이다." 예배당을 나선 뒤로 줄곧 고심한
듯한 말투였다. 그리고 갑자기 생각났다는 듯이 개신교로 개
종하는 게 더 쉬울지도 모르겠다고 덧붙였다. "어쨌든 서두
를 건 없지." 나는 내려서 차 문을 닫고 아버지의 차가 멀어
지는 걸 바라보았다. 아침 먹기 전까지는 아버지를 볼 수 없
을 것이다.

예전과 마찬가지로 부활절과 유월절이 라마단과 겹쳤다.
하지만 올해는 분위기가 암울했다. 압두와 마담 마리의 논쟁
도 없고 내 행동거지를 지적하는 사람도 없었다.

스포팅에서 가족끼리 조촐하게 유월절을 보낸 뒤 증조할

머니가 다쳤다. 한밤중에 깨서 침대 옆 테이블 서랍을 열었는데 아무리 뒤져도 생강 비스킷이 보이지 않았다. 유월절에는 효모 넣은 비스킷을 먹지 않으니 엘사 할머니가 치워 버린 것이다. 그런데 증조할머니는 유월절엔 발효 과정 없이 만든 맛초를 먹어야 한다는 사실을 잊고 가장 좋아하는 간식이 제자리에 없자 컴컴한 주방으로 가다가 그만 오래된 스툴에 걸려 넘어진 거였다. 머리에서 피가 나자 할머니와 네심 할아버지, 엘사 할머니가 달려들어 지혈을 하려고 애썼다. 한 명은 상처에 커피 가루를 올려놓기도 했다. 우리 가족의 새로운 주치의인 닥터 자쿠르가 와서 처치했지만 증조할머니는 끝내 의식이 돌아오지 않았다. 구급차를 부를 필요도 없었다.

그날 오전 온 가족이 증조할머니의 방문 앞에 모여 있었다. 네심 할아버지가 방에서 나와 문을 닫고 말했다. "돌아가셨다." 수의를 입히고 몇 시간도 채 안 되어 옮겨졌다. 마담 마리는 기독교에서는 고인을 옮기기 전에 애도하는 시간을 가진다며 투덜거렸다. 그러더니 증조할머니에게 3파운드를 빌린 사실을 떠올리고는 액운을 쫓아 버리기 위해 바로 빵집으로 가서 설탕 입힌 빵 세 덩이를 샀다. 그리고 집으로 돌아오는 길에 만난 거지 세 명에게 주었다.

가족들은 비 오는 오후를 작은 거실에서 보냈다. 우는 사람도, 고인이 생전에 이랬지 저랬지 하는 사람도 없었다. 압두가 들어와 오후에는 쉬겠다고 했다. 누군가 영화관에 가자고 제안하여 그날 저녁 마담 마리까지 일곱 명이 영화를 보러 갔다.

사흘 후 마담 마리는 병원으로 실려 가서 담석을 제거했다. 몇 주가 지나서 돌아왔을 때는 체중이 많이 줄고 더 나이 들어 보였다. 그녀는 병원에 있었을 뿐인데 손에 습진이 생겼다고 투덜거리더니 점심 먹는 나를 보며 학교생활을 물었다. 내가 대답하자 그녀는 정상적인 종교가 아니라 무슈 알 말렉의 권유대로 이슬람 수업을 듣는다는 사실에 적잖게 실망한 눈치였다. "이슬람교도가 된 거니?" 나는 고개를 저었다. "그럼 코란을 공부하고 싶은 이유가 뭐야?" 가족이 이슬람교로 개종할 생각이라고 말했다. 내가 점심을 다 먹었는데도 마담 마리는 평상시처럼 자리에서 일어나 접시를 치우지 않았다. 손을 씻으라는 말도 하지 않았다. 빨리 숙제하라거나 주방에서 하인들과 놀지 말라고 하지도 않았다. 그 대신 언젠가 성카타리나수도원에 데려가 주겠다고 말했다. 그리고 커피를 마신 뒤 압두에게 고맙다고 말하며 자리를 떴다.

일주일 후 부모님은 새로운 가정교사로 록사네를 고용했다. 마담 마리가 그리스 양로원에서 덜 고된 시간제로 일하게 되었다며 미안하다고 전화를 걸어왔던 것이다. 록사네는 스페인에서 무용을 공부하고 불행이 겹치면서 알렉산드리아까지 오게 된 젊은 페르시아 여성인데, 이집트의 영어 신문사에서 일하는 영국인 기자 조이와 함께 살았다. 검은 머리에 대단한 미인이며 젊고 활기가 넘쳤다. 내가 바다에서 수영할 때면 다른 보모들과 함께 그늘에 앉아 있던 마담 마리와 달리 록사네는 나와 함께 물에 들어왔고 누구보다 빠르게 헤엄쳤다. 물에서 나오면 파라솔로 달려가 수건을 뒤집어쓴 채 헤나로 물들인 긴 머리를 빗고 담배를 피웠다. 몸을 움직일 때마다 수건 밖으로 나온 피부가 햇살에 반짝였다.

만다라에서 보내는 저녁이면 진청색 폴카 도트 원피스를 입고 여전히 선탠 로션 냄새를 풍기며 부모님과 함께 베란다에 앉아 조이를 기다렸다. 록사네는 별로 심각한 성격이 아니었다. 자기가 말할 때도 남의 말을 들을 때도 항상 즐거워했다. 어떤 이야기든 실제보다 흥미롭게 만드는 재주도 있었다. 그녀와 말하다 보면 사실은 내가 생각보다 훨씬 더 똑똑한 게 아닐까 싶은 기분에 취하곤 했다. 현실의 나와 이상의 나를 전부 다 이해하는 사람 같았고, 그녀 앞에서는 뭐든 솔직해졌다.

록사네는 그간의 규칙을 모조리 어기는 것은 물론 지각을 하거나 마음대로 수업을 쉬기도 했지만 아무도 불쾌해하지 않았다. 그녀의 끊이지 않는 웃음과 쾌활함은 내가 한 번도 해 보지 않은 일과 먹어 보지 않은 음식에 도전하게 만들었다. 록사네가 집에 있으면 나는 주방에서 놀 필요가 없었다.

아침에 집에 올 때면 특유의 미소로 내게 인사를 건넸는데, 마치 남들에게는 절대 말하지 않기로 약속한 우리 둘만의 비밀이라도 있는 듯한 기분이 들었다. 저녁에는 함께 《플루타르크 영웅전》을 읽었다. 그녀가 남동생은 다리우스, 아버지는 캄비세스라고 말했다. 농담이라지만 그 말을 들을 때면 내 삶도 평범함을 넘어 그들처럼 전설이 될 수 있다는 확신이 들었다. 자기 전에는 다음 날의 행운을 위해서라며 꼭 하피즈의 시를 몇 구절 읽어 주었다. 페르시아 원문을 먼저 읽고 해석한 뒤 잘 자라며 볼에 입을 맞춰 주었다.

록사네에게 가장 빠져든 사람은 이탈리아인 가정교사 시뇨르 달라바코였다. 무솔리니 정권 때 고향 시에나를 탈출한 전직 외교관으로 시뇨르 우고가 알렉산드리아의 이탈리아인 개인교사 가운데 가장 뛰어나다며 찾아 준 사람인데 그해 4월부터 5년 동안 내 가정교사로 있었다. 시뇨르 달라바코는 읽지 않은 책도 잡지도 없었다. 알렉산드리아의 이탈리아 서점에서 빌린 잡지를 여러 학생의 집으로 수업하러 가는 전차에서 읽은 뒤 완벽한 상태로 반납했다. 그는 무슈 알 말렉을 불쾌해하여 마주치고 싶어 하지 않았지만 수업 시간대가 비슷하여 자주 마주칠 수밖에 없었다. 시뇨르 달라바코도 무슈 알 말렉처럼 수업을 마친 뒤 차와 칵테일 마시는 걸 좋아해서 부모님이 거실로 초대할 때마다 거절하는 법이 없었다. 외로운 노총각 신세인 그가 세상에서 가장 좋아하는 문학과 오페라에 대해 평상시 하지 못한 이야기를 할 수 있는 기회였기 때문이다.

시뇨르 달라바코가 단테를 가르치기 시작할 무렵이었다. 아버지가 노크를 하고 들어와 테이블 끄트머리에 앉더니 수업을 들어도 되겠냐고 묻자 그는 매우 흐뭇해했다. 록사네도 함께 수업을 들었다. 그녀 앞에서 파리나타와 우골리노 백작, 브루네토에 대해 이야기하거나 파올로와 프란체스카에 대해 이야기할 때 옛 시에나 귀족의 피가 온몸을 빠르게 흘렀으리라. 이탈리아어라고는 스페인어를 제멋대로 바꾸는 것밖에 모르는 페르시아 여자가 황제가 아닌 교황을 지지한 단테와 시에나를 떠나온 신사, 하피즈와 조이, 나를 비롯해 세상 모든 남자를 이해한다는 걸 느꼈기 때문일 것이다. 그녀는 모든 걸 잃고 평생 먹어 온 무염 투스카나 빵 대신 소금을 잔뜩 넣어서 좀처럼 썩지 않는 빵을 먹으며 살아야 한다는 게 어떤 건지 잘 알았다. 몇 푼 되지 않는 돈을 남에게 의존해 벌어야 한다는 게 어떤 건지도 잘 알았다.

Tu proverai si come sa di sale
lo pane altrui, e come e duro calle
lo scendere e'l salir per l'altrui scale.

너는 다른 이들의 빵이 얼마나 짠지,

남의 집 계단을 오르내리는 것이
얼마나 힘겨운 일인지 알게 될 것이다.

시뇨르 달라바코는 록사네에게, 나에게, 자신에게, 단테에
게 말하고 있었다.

"지금부터 8월까지 매일 한 곡씩 외우면 3개월 후에는《신
곡》전문을 외울 수 있을 거야." 어쩌면 줄곧 록사네에게 말
하고 있었는지도 모른다.

그는 록사네에게 영국이 이집트에 거주하는 이탈리아 남
성을 전부 억류했을 때, 19세기 이탈리아인 애국자 실비오
펠리코처럼 감옥에서 매일 하루에 한 곡씩 외웠다고 말했다.
그녀가 "시뇨르 달라바코가 감옥에 있었다고요? 도무지 상
상이 안 되는걸요."라고 하자 무척이나 감동했다.

그녀가 그렇게 말한 것은 6월 초 금요일 아침에 만다라로
가는 자동차 안이었다.

창문을 열어 놓고 바짝 붙어 앉아서 시뇨르 달라바코가 오
페라《토스카》에 대해 설명했다. 잘 알려진 화음을 몇 개 짚
어 준 다음 카바라도시가 마지막에 부르는 아리아를 부르기
시작했다. 몇 번 반복해서 부르더니 나에게 불러 보라고 했
다. 만다라에서 하룻밤 자기로 한 내 친구 코르다히에게도,
어처구니없지만 어머니에게도, 마지막으로 록사네에게도 불
러 보라고 했다. 노래를 부르는 동안 운전기사 하산까지 모두

가 깔깔거렸다. 하산도 몇 소절을 불렀는데 본의 아니게 아랍식이 되고 말았다. 시뇨르 달라바코는 중동 감성이 들어간 하산의 아리아를 마음에 들어 했다. 이번에는 베르디의 《나부코》에 나오는 유명한 합창곡을 가르쳐 준 뒤 한번 불러 보라고 청했다. 하산이 노래를 부르자 록사네가 이집트 스타일로 흉내 내어 분위기가 무척 화기애애했다. 이어서 시뇨르 달라바코가 알렉산드리아의 모하메드알리극장과 카이로 대형 오페라 하우스의 역사를 들려주었다. 이집트 총독이 카이로 오페라 하우스의 공연을 위해 의뢰하여 《아이다》가 만들어졌다고 했다.

"베르디가 이집트에 왔어요?" 내가 놀라서 소리쳤다.

"왔고말고." 그가 미스 샤리프처럼 애국심 넘치는 목소리로 대답했다.

만다라로 가는 길에 바퀴가 한쪽으로 기울어진 익숙한 마차가 보였다. 아버지 공장에서 쓰는 것으로 마차꾼 아부 알리도 우리 가족의 짐을 싣고 만다라로 가는 길이었다. 여름옷과 여름용품, 조리도구, 장난감은 물론이고 새 아이스박스와 마담 마리의 눈물로 닳고 닳은 커다란 그룬디히 단파 라디오까지 있었다. 아버지는 최신 모델을 샀지만 그 오래된 라디오를 버리지 못했다. 짐들은 쓰러지지만 않게 대충 쌓아 오래된 끈으로 묶어 두었는데, 영국제 탱크에서 떼어 낸 바퀴를 달아서 말이 비틀거리며 간신히 끌고 가는 마차는 여름 별장으로 휴가용 짐을 실어 나른다기보다는 굶주림과 적의 침략으로부터 도망치는 집시 캐러밴처럼 보였다. 하산이 손을 흔들자 늙은 마부 아부 알리도 채찍을 흔들어 답했다.

조이는 할머니와 플로라 숙모, 네심 할아버지, 엘사 할머니를 태우고 따로 차를 몰며 뒤따라 왔다. 증조할머니의 죽음을 유독 슬퍼한 엘사 할머니는 집에 혼자 남기 싫다며 막판에 합류했다. 하지만 만다라에 가는 내내 부루퉁한 얼굴로 애도 기간에 휴가를 떠나다니, 처음 가 보는 바다에 들뜬 무지렁이들 같다며 계속 투덜거렸다.

만다라에 도착하자마자 나와 코르다히는 물론 록사네와 어머니까지 수영복으로 갈아입고 바다에 나갈 준비를 서둘렀다. 엘사 할머니의 말이 맞는다는 걸 증명한 셈이었다. 바다가 내려다보이는 베란다에 편안히 자리 잡은 시뇨르 달라 바코는 수영복을 가져오지 않았다고 했는데, 우리가 바다에 가자고 우기지 못하게 일부러 편안해 보이는 척했는지도 모른다. 아니면 베란다에서 어머니가 건넨 레모네이드를 받아 들인 것으로 타고난 수줍음을 극복했다고 생각했는지도 모른다. 어쩌면 단순히 낯설고 복잡한 해변 나들이 준비가 싫었는지도 모른다.

하지만 나는 너무도 즐거웠다. 지난번에 놓아둔 자리에 그대로 있는 노를 챙기고, 어깨에 파라솔을 올려놓은 채 중심을 잡고, 비치 타월과 선탠 로션과 절대로 망가지지 않는 불멸의 테니스공을 챙기고, 여분의 수영복도 준비하고, 해변에 쌓인 타르에 까매진 발을 닦을 벤진과 솜도 챙기고.

하인들도 서둘러 차에서 짐을 내리고 옮기느라 분주했다. 몇몇은 어젯밤에 먼저 와서 어느 정도 정리해 둔 터였다.

시뇨르 달라바코가 차지한 베란다의 조용한 구석 자리는 사람을 피하려고 데어난 남자에게 안성맞춤이었다.

수영을 싫어하는 그가 이해되었다. VC에서 직접 겪은 일이기 때문만은 아니었다. 그동안 우리 만다라 별장에서 보아 온 수많은 손님, 특히 아버지 공장의 직원들은 바다를 말도 안 되게 무서워하는 척했는데 사실 그들이 정말로 두려워한 건 별장 주인인 우리 가족이었다. 가족의 휴가를 방해할까 봐 두려워했다. 수건을 달라고 말하기가 조심스러워 같이 수영하러 가지 않는 이들도 있었다. 바닷가에서 돌아온 우리에게 "수영 잘했어요?"라고 물을 뿐이었다.

어머니는 시뇨르 달라바코에게 옷장에 다양한 치수의 수영복이 있으니 빌려 입으면 된다고 했다. 하지만 그는 겨울 몇 달 동안 닫아 놔서 답답하고 퀴퀴한 냄새가 진동하는 집 안에서 계속 꾸물거릴 뿐이었다. 심지어 오래된 스페인 가구에 관심을 보이는가 하면 겨울에도 별장에 오는지 물었다. "크리스마스에 오기도 해요." 어머니가 대답했다.

"서둘러요." 록사네가 차도에서 조이의 차를 가리키며 소리쳤다. "곧 바다에 갈 거란 말이에요."

"먼저 가요. 난 나중에 갈 테니까." 시뇨르 달라바코가 소리쳐 대답했다.

"자, 시뇨르 달라바코, 수영복으로 갈아입을 거예요, 말 거예요?" 록사네가 다시 물었다.

"알겠어요. 하지만 수영할지 안 할지는 몰라요."

록사네는 시뇨르 달라바코를 책임지기로 한 듯 초조한 모습이었다. 시뇨르 달라바코는 하인들을 도와 자동차 지붕 위 짐칸에서 오두막에 쓸 새로 말린 짚을 꺼내는 조이를 쳐다보았다. 그는 젊은 기자를 부러워했고, 싫어했더라도 그가 될 수만 있다면 뭐든지 다 할 터였다.

"물이 아직 따뜻하지 않을 수도……." 시뇨르 달라바코가 설명하기 시작했다.

"그래도 수영복은 꼭 입어야 해요." 록사네가 못을 박았다.

그리고 시뇨르 달라바코를 어느 방으로 안내했다. 그는 머뭇거리다 순순히 따라 들어갔다. 그리고 나와 코르다히가 방에서 나가기를 기다렸다가 내키지 않는다는 듯 천천히 문을 닫고는 열쇠로 조용히 문을 잠갔다. 우리는 족히 5분을 기다렸다. 록사네가 노크하며 서두르라고 하자 그는 초조한 목소리로 사과하며 안에 있는 수영복을 다 입어 보았지만 마른 몸에 맞는 것이 하나도 없다고 말했다.

마침내 방에서 나온 이탈리아 가정교사는 누구인지 몰라도 그보다 살집도 많고 키도 큰 사람의 수영복이 분명한 수영복을 입고 있었다. 허리를 몇 번이나 접어 말았지만 여전히 헐렁해 보였다.

시뇨르 달라바코는 온몸이 뼈밖에 없었다. 막대기 같은 다리에는 털 한 가닥조차 보이지 않았다. 하지만 록사네가 웃음을 터뜨린 이유는 그의 커다란 엄지발가락 때문이었다. 엄지발가락이 계속 위로 올라간 모양이었다. 어머니도 그 특이한 엄지발가락을 알아채고는 록사네에게 시뇨르 딜리바코는 왜 엄지발가락을 저렇게 세우는 거냐고 물었다.

"저도 모르겠네요." 시뇨르 달라바코가 자신을 원망하듯이 대답했다. "일부러 이러는 게 아닙니다."

"그런 상태로 걸으면 잘 넘어지지 않아요?" 록사네가 물었다.

그는 혈연관계를 부정하고 싶은 먼 친척이라도 되듯이 엄지발가락을 쳐다보았다. "전 신경 쓰이지 않습니다."

우리는 늘 하듯이 백악질 토양으로 이루어진 지름길을 통해 바다로 갔다. 모래밭을 가로지르자마자 다들 바다로 뛰어들었다. 시뇨르 달라바코는 바닷물에 발을 담그고 서서 온화한 표정을 지은 채 우리가 물속으로 달려들어 첨벙거리며 뛰어다니는 모습을 지켜보았다.

"거봐, 수영 안 할 거라고 했잖아." 어머니가 록사네에게 말했다.

시뇨르 달라바코는 자기 입으로 만다라가 좋다고 했으면

서, 일주일에 두세 번 나에게 단테와 데 아미치스의 《사랑의
학교》를 가르치고 남는 시간을 우리 가족과 보내는 1년 동안
록사네에게 관심을 보이는가 하면 심지어 플로라 숙모와 어
머니에게도 차례로 관심을 보였으면서 여름 내내 수영하는
모습을 단 한 번도 보여 주지 않았다.

그해 여름 만다라에서 보낸 첫날, 저녁 식사 후 다들 석유
램프 두 개를 밝힌 식탁에 둘러앉아 카드놀이를 했다. 엘사
할머니가 알렉산드리아에서는 귀한 간식인 *마롱 글라세*(밤을
설탕에 절인 프랑스식 과자-옮긴이) 상자를 개봉했다. 나와 할머니
는 손님들에게 줄 것이 모자랄까 봐 한 개를 나눠 먹었다. 하
지만 양이 충분하다는 걸 확인하고 하나를 더 나눴다. 그러고
도 또 하나를 나누려고 하자 엘사 할머니가 온전히 하나씩 먹
을 게 아니면 아예 먹지 말라고 잔소리를 했다. 계속 반으로
나눠 먹어 봤자 결국 똑같은 양을 먹는 것인 터, 보기 좋지 않
은 버릇일 뿐이라고. 가만히 지켜보던 네심 할아버지가 진정
시킨 후에야 엘사 할머니의 잔소리가 겨우 멈췄다.

시뇨르 달라바코는 단것을 좋아하지 않았다. 반면에 조이
는 무척 좋아했다. 그는 시뇨르 달라바코의 *마롱*도 먹은 뒤
마지막 남은 하나까지 먹으려고 포크를 내밀었다.

"뭐 *ne vous genez pas*, 부끄러워할 필요는 없지." 엘사 할머
니가 입술을 오므리며 말했다.

그녀의 귀한 간식은 결국 5분도 안 되어 동이 났다. 조이는

의자에 걸어 둔 트위드재킷 주머니에서 담뱃갑 두 개를 꺼냈다. 그레이스와 크레이븐 A였다.

"이거야말로 특식이군." 암시장에서 물건을 한 번도 사 보지 않은 아버지가 말했다.

"나도 한 대 줄래요?" 시뇨르 달라바코가 물었다.

"물론이죠, 시뇨르 딜라바코."

"마리오라고 불러요."

"마리오." 영국인 조이가 재미있다는 듯 발음해 보며 스카치를 더 들이켰다. 거의 모두가 담배를 피웠다. 조이는 압두에게도 한 개비 권했는데 압두는 마지못한 듯 받아 들고 나중에 피우겠다고 했다.

시뇨르 달라바코는 베란다에서 아버지, 근처에 사는 손님들과 술을 마시다 잠시 시내에 다녀와야 한다고 일어섰다. 누군가 시디비시르역까지 태워다 주었고, 그는 야간 전차의 이등칸에 올라 람레로 향했다. 이탈리아산 캐주얼 재킷 왼쪽 주머니에 대여한 잡지를 깔끔하게 접어 넣고서.

밤까지 이런저런 이야기가 오갔고, 마침내 피해 갈 수 없는 학교 이야기가 나왔다. 조이는 시인인 동료의 그리스인 아내가 알렉산드리아에서 최고로 좋은 미국 학교 교사라고 했다. 오래 상의할 것도 없었다. 새 학기부터 나를 거기에 보내기로 다들 동의했다. 지난 라마단에 일어난 사건 때문에 VC에 계속 다닐 수 없으니 별도리가 없었다.

"아무런 파장만 없다면 당신 아내가 한 일은 정말 용감했어." 플로라 숙모가 말했다.

"아무런 파장이 없다면 말이지." 아버지가 강조했다.

"우리 때는 더 심했어." 플로라 숙모는 음악학교 시절 온갖 교칙을 어겼다고 털어놓았다.

"나도 공포의 대상이었죠." 이튼 출신의 조이가 담배 연기를 눈으로 좇으며 말했다. "수업 시간에 체육복으로 갈아입는 것보다 훨씬 나쁜 짓도 했죠."

"이슬람 시간이니까 문제가 된 거지." 아버지가 끼어들었다.

유난히 따뜻했던 그해 5월 이슬람 시간에 일어난 사건이란 내가 수업 중에 몰래 회색 바지를 벗고 하얀 반바지로 갈아입은 거였다. 이어서 넥타이는 그대로 두고 셔츠를 벗었다. 속셔츠와 양말, 시계도 차례로 벗었다. 다른 아이들도 나를 따라 옷을 갈아입었는데 이슬람교를 존중하는 의미로 운동화를 신지 않았다는 점이 나와 달랐다. 타렉이 악의가 아닌 독실한 신앙심에서 미스 샤리프에게 일렀다. 그녀는 코란을 읽다가 반 전체가 하얀 옷으로 갈아입은 걸 보고 깜짝 놀랐다. "쟤 때문에 다들 체육복으로 갈아입은 거예요." 타렉이 일렀다. "오, 자매님!" 미스 샤리프는 나에게 달려와서 코란으로 머리를 세게 쳤다. "오, 자매님!" 또 한번 새된 소리로 외쳤다.

나는 곧장 교장실로 끌려갔다.

그날 저녁 축구 시합을 끝내고 집에 왔을 때 록사네가 내 허벅지 뒤쪽에서 퍼런 얼룩을 발견했다. 맹세컨대 그녀가 발견하지만 않았어도 절대 아무에게도 말하지 않았을 것이다. 그녀는 뭔가 묻은 줄 알고 손바닥으로 비벼서 지우려고 했다. 하지만 이내 경악하며 어머니에게 뛰어갔고 어머니가 방으로 달려와서 멍든 이유를 설명해 보라고 말했다. 록사네의 당황한 표정과 학교에서 일어난 일을 울면서 말하는 내 모습에 어머니는 침착해야 한다고 생각한 모양이었다. 나를 욕조에 집어넣고 록사네와 나란히 무릎을 꿇은 채 함께 온몸을 씻어 주었다. 수건으로 닦아 주는 손길이 어찌나 세심하고 조심스러운지 젊은 수녀들에게 상처를 치료받는 군인이 된 기분이었다.

아버지는 혼란스러워했다. 저녁을 먹는 내내 학교에 항의할지, 나에게 화를 낼지 정하려고 애썼다.

"이번엔 학교가 너무 심했어." 어머니가 단호하게 말했다.

"아니, *쟤가* 너무 심했지. 이슬람교를 모독한 거야. 쟤가 이슬람교를 모독하면 *우리가* 이슬람교를 모독하는 거고, 감옥으로 끌려가 전 재산을 잃은 채 이집트에서 추방되는 거야. 내 이름이 시청에서 거론될 필요도 없어진다는 거야. 이해가 돼?"

"난 이해하고 싶지도 않아."

다음 날 아버지가 운동하고 목욕할 때였다. 어머니는 무슈 폴리티에게 빨리 재킷을 입으라고 했다. 압두에게는 스쿨버스 운전기사한테 내가 오늘 등교하지 않는다고 말하게 시켰다. 그러고는 모두를 데리고 서둘러 아래층으로 내려가더니 아버지의 운전기사 하산에게 VC로 가자고 했다. 우리는 첫 스쿨버스가 도착하기 20분 전, 기숙사 학생들이 아직 아침을 먹을 때 학교에 도착했다. 어머니는 나에게 차에서 내리라고 했다. 재킷 밖으로 운동선수처럼 다부진 가슴이 튀어나온 데다 깜박하고 넥타이를 두르지 않아 조직 두목의 경호원처럼 보이는 무슈 폴리티도 어리둥절한 얼굴로 따라왔다.

어머니는 우리를 데리고 지난번에 와 봐서 기억하는 교장실로 향했다. 무슈 폴리티에게는 밖에서 기다리라고 했다. 노크하자 기다리라는 대답이 돌아왔다. 마침내 문을 연 미스 바다위는 전혀 예상치 못한 방문이라는 말로 인사를 건넸다. 그녀의 다분히 계산된 미소는 미안함보다 문제아 자식을 둔 부모를 대하는 거만한 동정심을 풍겼다.

영어를 할 줄 모르는 어머니는 나를 시켜 미스 바다위에게 무슨 일인지 알고 싶어 왔다고 말했다. "어제 일 말인가요?" 미스 바다위의 말에 내가 고개를 끄덕였다. 그녀는 나에게 통역할 시간을 주면서 교칙을 장황하게 설명했다. 나는 내내 그녀의 강렬한 시선을 느끼며 그녀가 생각하는 내 잘못을 어머니에게 전달하려고 애썼다. 어머니는 한 문장 한 문장마다 고개를 끄덕였다. 하지만 내 통역이 너무 두서없어서 어머니가 제대로 이해할 리 만무했다. 어머니와 나는 평상시처럼 제3자들을 위해 몸짓을 섞어 가며 대화했다. 갑자기 어머니가 내 말을 막고 "알아, 이해해. 이해한다고 전해."라고 하더니 나를 휙 돌려세우고 가지 색깔로 변한 허벅지 뒤쪽을 가리켰다. "이걸 보세요. 여기, 여기." 맞춤 드레스를 펼쳐 놓고 어설픈 조수가 낸 흠집과 얼룩을 좀 보라며 재봉사를 다그칠 때와 똑같은 태도였다. 미스 바다위는 한번 사 갔으면 끝이지 불량품을 받아 줄 순 없다고 거절하는 상점 주인처럼 눈썹을 찡그렸다.

그러는 사이 나도 모르게 5분 가까이 계속 쳐다보고 있었다. 미스 바다위의 의자 뒤쪽 구석에 세워 놓은 지팡이. 지금은 별로 위험해 보이지 않지만 대단한 무기였다. 물결처럼 구부러진 부분으로 맞으면 최고로 아팠다. "널 두 번 다시 지팡이로 때리지 않겠다고 약속할 수는 없다고 말씀드려라." 그대로 전하자 어머니가 고개를 끄덕였다. 그만 물러서려는 걸까? 나는 교장 선생님이 거듭 설명하는 교칙과 이어지는 어머니의 질문을 계속 통역했고, 어머니가 그대로 물러설까 봐 걱정되었다.

그때 갑자기 끔찍한 고함이 울려 퍼졌다. 어머니가 상점 주인, 하인, 보따리 장사꾼들에게 하는 그대로 악을 쓰기 시작한 것이다. 창밖 테라스에 있던 학교 수위와 정원사의 놀란 얼굴이 창문으로 보였다. 어머니는 지팡이를 가리키며 계속 소리쳤다. "교장한테 말해. 저걸로 맞으면 얼마나 아픈지 모르냐고." "저걸로 맞으면 얼마나 아픈지 모르냐고 하세요." "물론

아프지요." 미스 바다위는 어머니의 고함에 약간 불쾌한 듯했지만 문을 열었을 때와 똑같은 미소로 답했다. 하지만 그 표정은 '항의는 얼마든지 들어 주겠지만 학교에서 사과하는 일은 절대로 없을 겁니다.'라고 말했다. 나를 '아랍인의 개'라고 부를 때처럼 으스스하고 무례하고 악의적인 웃음을 띤 채로. 지팡이를 들며 교복을 입고 맞을지, 체육복을 입고 맞을지 물을 때 얼굴에 스친 바로 그 웃음이었다. 그 웃음이 어머니가 찾아온 보람도, 나를 구해 줄 작은 가능성도 없음을 말해 주었다.

이어진 어머니의 행동은 너무도 갑작스러웠다. 워낙 순식간에 일어난 일이라 미스 바다위는 여전히 웃음 짓고 있었다. "나한테 그렇게 웃으면 안 되지. 웃지 말라고!" 어머니의 악쓰는 소리가 너무 커서 그날 VC에 있던 모두가 들었을 것이다. 미스 바다위는 불쾌하기보다는 깜짝 놀라 한쪽 손바닥을 뺨으로 가져갔다. 믿기지 않아서일 수도 있고, 방금 뺨에 생긴 붉은 손자국을 가리기 위해서일 수도 있었다.

"이게 무슨, 이게 무슨 짓이에요?" 그녀가 아랍어로 따졌다.

어머니는 미스 바다위의 책상에 올려둔 가방을 들고 나에게 말했다. "가자." 어머니를 따라 돌아서 나서려는데 미스 바다위의 머리핀 하나가 떨어진 게 보였다. 발로 슬쩍 밀어서 치웠다. 어머니는 문을 나서며 "시청에 신고할 겁니다."라고 말했다.

교장실에서 나와 보니 미스 샤리프가 미스 길버트슨과 함

께 서 있었다. 어머니는 미스 길버트슨을 발견하고는 그녀를
똑바로 바라보며 "*Sale putain*(더러운 창녀)."이라고 한 뒤 바닥
에 침을 뱉었다.

나는 어머니에게 교실로 돌아가기도 싫고 사물함에 든 물
건을 챙겨 오고 싶지도 않다고 했다. 우리는 곧장 사각형 안
뜰 반대편에서 대기 중인 자동차로 향했다. 나는 그날 이후
VC에 돌아가지 않았다.

20분도 안 되어 집에 도착했다. 사건으로 인한 충격이 여
전히 가시지 않았다. 자초지종을 들은 아버지는 이성을 잃었
다. 어머니에게 온갖 욕을 퍼붓고 하산과 무슈 폴리티에게도
길길이 날뛰며 앞으로 절대 어머니 말을 듣지 말라고 경고했
다. 그러고는 한마디 더 했다. "하, 이제 다 무슨 소용인가. 우
린 끝장인데."

몇 주 후 아버지는 알 말렉 씨의 수업 시간을 줄였다. "애들
은 여름에 놀아야죠."라면서. 하지만 아버지가 무슈 알 말렉
의 수업 시간을 시뇨르 달라바코의 수업 시간과 똑같이 만들
었다는 것은 우리 가족이 이집트에서 영원히 살지 않을 수도
있으므로 아랍어가 그렇게 중요하지 않다는 사실을 처음 인
정한 거였다.

그 사건에 대해 VC에서는 아무런 연락도 오지 않았다. 내
성적표는 엉망이었다. 오직 아랍어로만 수업하는 이집트 국
가학은 예상대로 0점이었다. 아버지는 어떻게 그따위 점수를

받을 수 있느냐며 나무랐고, 그 벌로 일주일 동안 영화관 나들이를 금지했다. 하지만 달리 할 일이 없는 비 오는 금요일에 아버지는 그 사실을 잊고 나를 영화관에 데려갔다.

만다라에서는 아침에 일어나자마자 창가로 달려가 바다 상태를 확인했다. 침대에 누워 멀리서 들려오는 파도 소리만 듣고 그날의 날씨를 알 때도 있었다. 아이들이 물살에 이리저리 떠밀리며 소리치는 날은 파도가 거칠다는 뜻이었다. 한편 아무 소리도 들리지 않을 때가 있었다. 그럴 때면 파도 소리도, 아이들 소리도, 노점상의 목소리도 들리지 않고 공기 중의 무언가가 모든 소리를 덮어 버린 것처럼 고요했다. 그런 날은 플로라 숙모의 표현대로 바다가 엷은 기름막처럼 매끄러워 잔물결조차 없었다.

집 안에 커피 가루 향기가 퍼졌다. 록사네는 아침 일찍부터 주방에서 담배를 피우며 작은 주전자에 커피를 내리고 있었다. 수영복 차림이었다. 조이는 아직 잔다고 했다. 아무도 일어나지 않았고 하인들도 오기 전이었다. 우리는 베란다 문을 조용히 열었다. 성글게 짠 커튼을 들어 올리면 기적 같은 풍경이 나타난다는 걸 알고 있었다. 사람은 한 명도 없고 주차된 차들의 후드만 이른 아침 햇살에 반짝였다. 그 너머로 모래언덕과 오래된 야자수, 일요일의 고요함에 잠긴 저택들, 반짝거리는 엷은 파란색 바다가 펼쳐졌다.

"날씨 정말 좋다!" 록사네가 외쳤다. 그녀는 컵에 담은 커피를 흘리지 않으려고 돌아가신 할아버지의 작지만 묵직한 철제 테이블로 조심스럽게 걸어갔다. 그 테이블은 녹이 슬어 여름마다 다른 색 에나멜을 새로 칠해야 했다. 모서리의 페인트가 떨어지면 나이테처럼 페인트 겹이 드러나 우리 집에 몇 해나 있었는지 셀 수 있었다. 만다라 별장에 있는 많은 것이 그렇듯 나보다 나이가 훨씬 많았다.

록사네와 함께 바다가 내려다보이는 난간 옆에 앉으려는데 갑자기 시뇨르 달라바코가 보였다. 막대기 같은 다리를 난간에 올리고 몸을 살짝 젖힌 채 구석의 고리버들 의자에 앉아 있었다.

"언제 일어났어요?" 록사네가 물었다.

"몇 시간 전에요. 해돋이 보려고 나왔죠."

나는 해돋이를 본 적이 한 번도 없었다.

"잘 잤어요?" 그가 물었다.

"음, 엄청요." 그녀가 대답했다. "엄청." 기지개를 켜며 하품까지 했다. "이런 아침을 본 게 언제인지 기억도 나지 않네요." 그러곤 바다를 바라보며 물었다. "또 일어난 사람 있어요?"

"아뇨." 시뇨르 달라바코가 대답했다.

록사네는 난간에 발을 올리고 천천히 커피를 마셨다. "커피 드려요?"

시뇨르 달라바코는 다른 사람들이 일어날 때까지 기다리 겠다고 했다.

그때 문 열리는 소리가 들렸다. 실망스러웠다. 다른 사람이 끼어들면 이 마법 같은 순간이 깨질 텐데.

다행히 집 안이 아닌 정원에서 들려오는 소리였다. 누군가 대문을 열고 들어와 베란다로 이어지는 자갈길을 걷는 소리 가 들렸다. 순간 누군지 기억났다. 만다라에서 맞이하는 아침 의 작은 행복을 까맣게 잊고 있었다. 바로 무화과 장수였다. 항상 그가 가장 먼저 왔고 그다음은 얼음 장수, 채소 장수, 마 지막으로 10시쯤 오는 과일 장수 순서였다.

록사네는 신선한 무화과 스물네 개를 고른 뒤 무게를 재어 달라고 했다. 우리에게 하나씩 나눠 주면서 "딱 하나만."이라 고 했다. '아침 먹을 때까지 더는 안 돼.'라는 뜻이었다.

하지만 아침을 먹으려면 한두 시간이나 남았다. 내가 *ful* 을 사러 가자고 제안했다. 이 시간에 먹는 *ful*은 기막히게 맛 있을 수밖에 없었다. "어디서 파는지 알아?" 만다라가 처음 인 록사네가 물었다. 고개를 끄덕였다. *ful* 장수가 모래언덕 옆쪽의 모르도거리 구석에 차를 세워 놓으면 사람들이 커다 란 냄비를 들고 찾아왔다. 시뇨르 달라바코가 만다라의 *ful*은 먹어 본 적이 없다고 했다. "마리오, 여기서 30년이나 살았잖 아요."라고 말하는 록사네에게 그가 *"E pazienza."*라고 대답했 다. '이제 와서 어쩔 수 없죠!'라는 뜻이었다. 나는 *ful* 장수가 똑같은 자리에 오래 있지 않으니 서둘러야 한다고 재촉했다. 그가 들르는 곳마다 따라갔는데 번번이 놓친다면 최악일 거라고.

하지만 내가 서두른 이유는 따로 있었다. 다른 사람이 끼어들어 우리의 아침 모험을 막을까 봐 그런 것이다. 나는 옷을 갈아입어야 한다는 시뇨르 달라바코에게 반바지도 괜찮다고, 이 시간에는 돌아다니는 사람도 없다고 했다. 록사네는 수영복 위에 셔츠를 걸쳐서 옷자락을 허리춤에 묶고 한 손에는 담배를, 다른 손에는 커다란 냄비를 들었다.

나는 그들을 데리고 뒤쪽 정원을 지나 차도로 갔다. 정원에서 윙윙거리는 벌 소리가 어찌나 큰지 저 멀리서 들려오는 폭포나 거대한 증기기관 소리 같았다. 시뇨르 달라바코가 벌이 무섭다고 해서 갑작스럽게 휙 움직이지 말고 그냥 천천히 걸어가면 절대 쏘지 않는다고 말해 주었다. 두 사람 모두 내 말을 믿었다.

시뇨르 달라바코가 정원의 낡은 문을 열었다. 수십 년 전에는 저택으로 연결된 유일한 문이었다는데 지금은 사용하지 않았다. 쓰지 않게 된 알렉산드리아의 모든 문이 그렇듯 비바람에 시달린 가문 문장과 문을 확 잡아당겨 열어도 소리 나지 않는 초인종, 오래된 식민지 시대의 고리쇠가 달려 있었다.

시뇨르 달라바코는 이 낡은 고리쇠가 나중에는 무척 귀한 물건이 될 거라고 장담했다. "언젠가 19세기 물건을 유럽에

서 살 수 없어지면 이 고리쇠를 사려고 전 세계인이 몰려올
거야."

"하지만 쓸모없는 물건인걸요." 록사네가 동의하기 힘들다
는 듯 말했다.

"명심해요. 20년 뒤에 와서 확인해 봐요. 금값하고 똑같아
졌을 테니까."

"그나저나 *ful* 장수는 어디 있니?" 록사네가 말을 잘랐다.

"그러게. *ful* 장수는 어디 있니?" 시뇨르 달라바코도 똑같이
물었다. 그는 누구보다도 상냥해서 중간에 말을 잘라도 개의
치 않았다.

우리는 모모 카르모나의 집을 지났다. 겨울에 판자로 막아
둔 상태 그대로였다. 유럽으로 이주한 걸까, 아니면 올해는
조금 늦게 오는 걸까? 아버지는 모모의 삼촌이 전 재산을 잃
었다고 했다. 모모네도 마찬가지일까. 삼촌이 전 재산을 몰수
당한 날 모모가 바다에도 오지 않고 연싸움을 할 때도 나오지
않았다는 사실이 떠올랐다. 히샴이 그날 재산과 사업체를 몰
수당한 사람들의 이름을 신문에서 큰 소리로 읽어 주었는데,
나는 명단에 아버지 이름이 없어서 기뻤지만 아직 기뻐하기
가 꺼려져서 신문에 난 이름을 전부 다 읽은 게 맞는지 물었
다. "잠깐, 많이 남았어." 히샴이 웃으면서 재산을 몰수당한
사람들의 이름이 세로로 쭉 적힌 페이지를 넘겼다. 마담 살라
마의 애인, 플로라 숙모, 네심 할아버지…… 거의 다 우리가

아는 사람들이었다.

내가 록사네와 시뇨르 달라바코에게 빌리 할아버지의 옛 집을 가리켰다. 하지만 그들은 별 관심을 보이지 않았다. 그러다 러시아 백작 부인의 저택이 나왔다. 지금은 누가 사는지 궁금했다. 그들은 여전히 관심이 없었다.

비포장도로를 건너자 짚 울타리를 친 정원이 나왔다. 다음은 모래언덕이 나왔다. 모래언덕을 따라가면 만다라의 해변 하나가 나오고 반대편에는 그리스 수도원이 있었다. 그 너머는 사막이었다.

걷는 내내 발이 모래에 빠졌지만 모래가 아직 뜨겁지 않아 괜찮았다. 마른 대나무 부스러기가 샌들에 들어와 불편할 뿐이었다. 하지만 이 또한 발을 흔들어 털어내면 그만이었다.

저 앞에서 어렴풋이 *ful* 장수의 차가 보였다. 우리는 손을 흔들며 기다려 달라고 소리쳤다. 그도 손을 흔들었다. 마침내 목적지에 도착해 록사네가 냄비를 건넸다. *Ful* 장수는 냄비에 음식을 채워 주며 성스러운 일요일이 되라고 빌어 주었다. 우리는 어리둥절해져서 그를 쳐다보았다. 이슬람교도가 왜 성스러운 일요일을 빌어 준단 말인가? 그는 우리가 놀란 표정을 짓자 슬쩍 주변을 살피고는 소매를 걷어 손목 안쪽의 커다란 십자가 문신을 보여 주었다. "나는 콥트인입니다." 현재 이집트 정권은 콥트인에게 호의적이지 않았다.

시뇨르 달라바코는 무신론자, 록사네는 조로아스터교, 나는 유대인이지만 우리도 그에게 성스러운 일요일을 빌어 주었다. 시뇨르 달라바코가 한사코 돈을 내겠다고 했다. 주말을 함께 보내 준 감사의 표시라고. 나는 록사네가 내게 놔두라고 했지만 그는 절대 안 된다고, 자신은 수영복을 비롯해 아무것도 가져오지 않았으니 더더욱 내야 한다고 고집부렸다. 록사네가 거절하자 아예 애원해서 결국 그가 돈을 냈다.

돌아가는 길에 시뇨르 달라바코는 분위기를 바꾸려고 아까 콥트인의 십자가 문신을 보니 오디세우스가 20년 만에 이타카로 돌아왔을 때 유모 에우리클레이아가 흉터로 주인을 알아본 게 생각난다고 말했다.

록사네는 오디세우스를 알지 못했지만 늙은 병사가 그렇게 오랜 세월 귀향하지 못한 사실을 슬퍼했다. "20년이라, 정말 긴 세월이네요." 오디세우스가 같은 시대를 살아가는 인물이고 그의 결론 나지 않은 운명이 걱정되는 듯한 말투였다.

"20년은 아무것도 아닙니다." 30대 후반 이후 이탈리아에 발을 딛지 못한 시에나 출신의 신사가 말했다. "내가 이탈리아를 떠날 때 당신은 태어나지도 않았어요, 록사네." 이탈리아를 떠나온 때가 세월을 계산하는 기준이 된 듯한 말투였다.

"그런데 당신은 나한테 빠진 것 같은데요, 시뇨르 달라바코."

"나도 그렇게 생각합니다."

두 사람은 웃음을 터뜨렸다. 웃으면 웃을수록 록사네가 들고 있는 *ful*을 흘려서 우리는 더더욱 크게 웃었다.

"바보처럼 냄비 뚜껑을 깜빡하다니." 록사네가 웃으며 말했다.

나는 수정처럼 눈부신 아침 햇살을 바라보았다. 인간의 숨결이 섞이지 않은 듯한 공기 냄새가 새롭고 신선했다. 견디기 힘들 정도로 더워지기 전의 여름 아침 냄새였다. 눈부신 햇살을 머금은 모래언덕마저도 깨끗한 느낌이었다. 우리는 하늘을 쳐다보고 나서 고개를 내려 저 앞의 저택들조차 보이지 않는 두 눈을 주변에 가득한 모래 색깔로 진정시켜야만 했다. 그리고 얼굴만 들면 바다가 있었다.

"태양이 티끌 하나 없이 넘실대는 바다에서 청동 같은 하늘로 솟아올랐다."

시뇨르 달라바코는 호메로스를 그리스어로 인용한 뒤 이탈리아어로 번역했다. 나는 문득 지금 이 햇살이 고대 그리스의 햇살이라는 사실을 깨달았다. 반짝거리는 석영이 몇 킬로미터나 뻗어 나가다 바다에 닿고, 바다는 초여름의 하늘에 닿고, 하늘은 모든 나무와 언덕, 언덕 너머의 집에 닿는 에게해의 반투명한 아침 햇살. 지금도 나는 근처에 바다와 맑은 하늘, 고개를 숙여야 할 정도로 강렬한 햇살만 있으면 세계 어디에 있더라도 강렬한 햇살 속에 빛나는 고대의 시인이 떠오르고, 그를 처음 만난 그날 만다라의 모래언덕을 따라 *ful*을 흘리면서 터덜터덜 집으로 돌아가던 아침이 생각난다. 시뇨르 달라바코는 오디세우스 일행이 연꽃을 먹고 이타카로 돌아가려던 계획을 까맣게 잊어버린 이야기를 들려주었다. 20년 만에 혼자 살아서 집에 돌아간 사람은 오디세우스뿐이라고 했다.

"또 오디세우스 얘기네요!" 록사네가 외쳤다.

"하지만 그게 아닐 수도 있지." 시뇨르 달라바코가 말을 이었다. "단테는 오디세우스가 이타카로 돌아간 뒤에도 또 다른 곳을 탐험하러 떠났다고 가르치지요. 많은 사람이 동의합니다. 하지만 나는 알렉산드리아인 카바피가 맞다고 생각해요. 카바피는 오디세우스가 아내에게 돌아갈지, 요정 칼립소의 섬에서 불사의 몸으로 함께 살지 망설였다고 하지요. 결국 오디세우스는 불사의 몸을 선택했고 고향으로 돌아가지 않았다고. 칼립소가 이렇게 간청했지요." 시뇨르 달라바코가 낭송을 시작했다.

어찌하여 내 집이 싫다 하시나요.
떠도는 삶이 당신의 집이거늘.
당신이 원하는 이타카는
갖지 못해야만 가질 수 있는 것입니다.
당신은 그녀의 해안을 걸어도
이곳을 걷던 시간을 그리워하고
페넬로페에게 키스해도 아내를 안고 싶어지고
그녀의 살을 만져도 내 살을 갈망할 것입니다.

이제 당신의 집은 시간의 잔해로 이루어진 집이기에
당신은 잃은 것을 그리워할 뿐이지요.

록사네는 아내와 자식, 고향 대신 정부와 죽지 않는 삶을 선택한 남자의 이야기에 분노했다. 시뇨르 달라바코는 자기가 감히 호메로스와 카바피에게 뭐라 할 수 있겠느냐는 듯 눈썹을 치켜올리며 어깨를 으쓱할 뿐이었다. 나는 호메로스의 시를 더 암송해 달라고 했고, 그가 암송해 주었다.

나는 이번 여름에, 앞으로 맞이할 모든 여름마다 하고 싶은 일이 무엇인지 분명히 알 수 있었다. 태어나 처음 있는 일이었다. 시뇨르 달라바코에게 그리스어를 가르쳐 줄 수 있는지 물었다. 그는 기뻐하면서 이탈리아어 수업이 끝난 다음에 가르쳐 줄 텐데 배우려면 몇 년이 걸릴 수도 있다고 했다. "두고 봐야 알겠지만." 정원의 오래된 문을 열면서 미소 띤 얼굴로 말했다.

시뇨르 달라바코는 5년 동안 천천히 정성을 다해 그리스어를 가르쳤다. 오래전 시에나에서 가난한 시칠리아인 교사에게 배운 그대로. 우리 가족이 이집트를 떠난 후에도 편지로 그리스어 수업을 계속했다. 나는 그가 골라 준 구절을 약간 급하게 죄책감과 의무감을 가지고 번역했다. 내가 번역한 글은 뭔가를 휘갈겨 쓰기 좋아하는 그가 카페의 담배 냄새와 정성 들여 빡빡하게 채워 쓴 낙서 같은 메모를 가득 담고 열흘 후쯤 되돌아왔다. 그는 내가 사용한 단어 위에, 플로라 숙모가 학생들의 점수표에 하듯이, 그리스어로 숫자를 달아 올바른 단어의 사용 순서를 표시했다. 어떤 단어가 가장 좋은지 모호할 때는 생각나는 그리스어 동의어를 전부 적어 놓기도 했다.

오랜 세월이 흘러 매사추세츠의 내 방에서 그의 편지를 읽으며, 늙은 시뇨르 달라바코가 '무사 귀환 항구'라는 뜻의 오래된 포르투스유노스투스항구가 내려다보이는 아티네오스의 작은 테이블에 앉아 담배를 피우며 작은 글씨로 빡빡하게 여덟 페이지에 달하는 편지를 쓰는 모습을 상상해 보았다. 나를 위해 그리스어 원문을 이탈리아어로, 다시 그리스어로 번역했을 것이다. 내 그리스어가 갈수록 형편없어지고 번역 공부가 서로 연락을 끊지 않으려는 정성스러운 핑곗거리에 불과해졌다는 사실을 알면서도 말이다.

그는 편지에서 알렉산드리아와 바다, 여름마다 찾아오는 카이로 사람들, 록사네, 그녀의 남편이자 몰라볼 정도로 뚱뚱해지고 대머리가 되어 버린 조이에 대해 이야기하고 항상 "*Lazem scribacchiare*(휘갈겨 써야겠구나)."라는 말로 마무리 지었다. 전쟁 이전에 파시스트가 몰수해 간 재산을 돌려달라고 오래전 이탈리아 정부에 낸 반환 청구 소송 때문에 이탈리아의 변호사들에게 편지를 써야 한다는 뜻이었다. 그는 연금만 받았어도 만족했을 거라고 말하곤 했다. 나는 답장에서 공부와 여자, 후덥지근한 날씨, 이탈리아인 친구, 옥스퍼드스트리트에서 먹은 오이와 페타 치즈를 넣은 샌드위치 이야기를 했다. 아무리 기다려도 바다의 계절이 오지 않는다며 *lazem bahr*, 바다가 필요하다는 말도 잊지 않았다.

그는 이렇게 답장을 보냈다. "넌 헤라클레스의 기둥을 건넜다. 이젠 못 할 일이 없어!" 그가 아는 사람 가운데 미국으로 간 사람은 나뿐이라고 했다. "하지만 절대로 선생이 되어서는 안 된다. 그럼 남의 빵을 먹고 남의 계단을 오르내리려야 하니까 말이야."

그러다 연락이 끊겼다. 처음에는 시뇨르 달라바코가 바보 같은 수업으로 나를 귀찮게 하는 걸 그만둘 때가 되었다고 생각한 줄 알았다. 그런데 내 두 번째 편지에도 답장이 없었다. 세 번째도 마찬가지였다. 그해와 그다음 해 크리스마스 카드에도. 결국 나도 편지 쓰는 걸 그만두었다. 이유를 짐작하면서도 부정하고 싶었으리라. 전화를 걸어 볼 수도 있었지만 한 번도 그러지 않았다. 어쩌면 10년 동안 한결같이 휘갈겨 쓰겠다는 두 단어로 편지를 끝맺은 남자에게 어느 날 사과의 편지가 오리라는 기대가 있었는지도 모르겠다.

몇 년 후 제3국의 튼튼한 종이로 포장된 작은 소포가 도착했다. 배편으로 도착한 소포를 묶은 끈에는 매듭과 납 소재의 작은 도장이 가득했다. 모르는 글씨체였다. 소포를 열어 보니 유산지로 감싼 저렴하게 제본한 책이 나왔다. 《알렉산드리아 사람들》. 마리오 달라바코가 고대에서 현대에 이르는 알렉산드리아 출신 작가들의 작품을 모아 편집한 책이었다. 처음 보는 시도 있고 아는 시도 있었다. 오디세우스에 관한 시는 카바피가 아니라 시뇨르 달라바코의 시였다. 누구에게 고마움을 표시해야 할지 몰라서 인쇄소로 수표를 보냈다.

몇 달 뒤 소포가 또 왔다. 역시 코발트색 종이로 포장했지만 더 컸다. 이번에도 《알렉산드리아 사람들》일 거라고 생각하며 상자 안에 구겨 넣은 신문지를 치웠다. 하지만 손에 만져진 것은 내 손과 닿기를 기다리는 손바닥처럼 차가운 것이었다. 오래된 청동 고리쇠였다. "우린 만다라 집을 재건축한다는 소식을 듣고 곧장 달려갔어. 이건 마리오가 떼어 와서 문진으로 사용하던 거야. 그도 네가 갖기를 바랐을 거야. 1년 전에 편안히 갔어. 날 기억해 주기 바라며, 사랑하는 록시가." 그 후 고리쇠는 내 손을 떠나지 않았다. 지금도 내 책상에 있다.

6장
마지막 유월절

The Last Seder

아버지가 수화기를 내려놓고 다이닝룸에 모인 가족들에게 말했다. "시작됐어." 무슨 뜻인지 굳이 말해 주지 않아도 다들 알고 있었다. 한밤중에 시도 때도 없이 걸려 온다는 *바로 그* 터무니없고 모욕적인 전화를 모르는 사람은 없었다. 정부 관계자라고 주장하는 익명의 목소리는 가족들의 소재와 손님, 일상에 관해 온갖 질문을 해대며 우리가 아무런 권리도 없는 지극히 하찮은 존재이고 프랑스인과 영국인들처럼 곧 쫓겨 날 것임을 상기해 주었다.

전화는 1964년 가을에 시작되었다. 그 전까지만 해도 그런 전화는 오지 않았다. 그 목소리는 우리 가족의 모든 것을 아는 듯했다. 해외에 사는 친척들도 다 알았다. 우리 집에 오는 편지를 전부 읽은 듯했고, 심지어 내가 4년 전부터 VC를 그만두고 다니는 미국인 학교 친구와 교사들의 이름까지 줄줄이 읊었다. 그 목소리는 모르는 것이 없었다. 그날 일어난 돌팔매 사건까지 알고 있었다. "그러니 오늘은 메추라기 고기를 먹겠군요. *Bon appétit*(맛있게 드시길)."

"불길한 징조야." 할머니가 두려운 목소리로 말했다.

엘사 할머니는 수요일이 싫다고 했다. 나쁜 일은 꼭 수요일에 생긴다고.

아버지도 불길한 예감이 든다면서, 그 목소리가 언급한 돌팔매 사건이 도대체 무슨 말인지 모르겠다고 했다.

바로 그때 플로라 숙모가 아버지에게 털어놓기로 했다. 우리는 그날 낮에 나세르 대통령을 보려고 코니시에 몰린 인파에 끼어 있었다. 사람들은 뜨거운 태양 아래 몇 시간을 서서 몬타자궁전의 커브를 돌아 나오는 자동차처럼 생긴 것만 보이면 환호하고 손을 흔들었다. 마침내 캐딜락에 앉아 평평한 손바닥을 펴서 흔드는 사진과 똑같이 생긴 그가 나타났다. 사람들이 환호하기 시작했는데 남녀 할 것 없이 팔짝팔짝 뛰고 손뼉을 치며 작은 종이 깃발을 흔들었다. 휠체어에 탄 소녀는 연석에 닿을 듯 인도 끄트머리에서 둥글게 말아 초록 끈으로 묶은 종이를 들고 있었다. 대통령이 지나갈 때도 들고 있었는데 실망한 듯 눈물을 흘렸다. 호소문이 적힌 종이를 대통령의 자동차로 던지는 데 실패한 것이다. 우리와 함께 간 압두는 그 소녀를 진작 알아보곤 대통령에게 수술비나 새 휠체어를 도와달라는 말일 거라고 했다. 오빠도 동생을 자동차 가까이 데려가지 못했다는 사실을 자책하는 듯 심란한 모습인데 괜찮다고, 다음에 다시 하면 된다고 동생을 달래느라 바빴다.

"이렇게 살기 싫단 말이야." 휠체어에 탄 소녀는 수치심에 얼굴을 가리고 울며 자리를 떴다.

별장으로 돌아가는 길에 플로라 숙모가 다리에 돌을 맞았다. "외국인은 꺼져!" 누군가 아랍어로 소리쳤다. 누가 던졌는지는 보지 못했지만 고함이 들리자마자 한 무리의 청소년들이 흩어지기 시작했다. 플로라 숙모는 발목을 맞았지만 피부가 벗겨지지도 않고 피도 나지 않았다. "걸을 수 있으니까 됐어." 그녀는 계속 한 손으로 정강이를 문질렀다. 가방에 화장수가 들었다는 걸 기억하고 꺼내서 멍든 부위에 듬뿍 발랐다. 절뚝거리면서 가끔 다리를 주물렀다.

그날 오후 별장에 도착하자마자 또 다른 소동을 마주했다. 다들 정원에서 고함을 지르고 있었다. 갑자기 밖이 시끄러워지자 알 누누는 마체테(칼날이 넓고 무거워서 무기로도 사용한다.-옮긴이)를 들고 뛰쳐나왔다. 사태를 파악한 알 누누는 누구보다 크게 소리를 질렀다. 다음은 모하메드와 우리 어머니였다. 다들 이리저리 바쁘게 뛰어다녔다. 할머니까지 목청껏 소리쳤다. 알 누누의 조수인 고마에게 무슨 일인지 물어보았다. 고마가 숨을 헐떡이며 소리쳤다. *"Kwalia!"*

메추라기!

여름이면 메추라기가 저 멀리 시베리아에서 이집트로 내려왔는데 육지에 닿자 기진맥진한 몸을 가누지 못하고 그대로 하늘에서 떨어졌다. 그날 오후 할머니가 이집트를 떠난다고 작별 인사를 하러 온 알렛 호아니데스 모녀와 정원에서 차를 마실 때도 바로 옆으로 메추라기 한 마리가 떨어졌다. 할머니는 본능적으로 1년 넘게 자수를 놓아 온 캔버스천을 메추라기를 향해 던졌다. 메추라기는 할머니보다 빨랐지만 날아갈 힘은 없었다. 메추라기는 계속 정원을 뛰어다녔는데 할머니가 모르는 사이에 이미 떨어져 있던 것이 분명한 두 마리가 합류했다. 횡재가 따로 없다는 생각에 할머니는 흥분하여 소리치기 시작했다. 그러자 다들 무슨 큰일이라도 생겼나 싶어서 달려 나왔다가 메추라기를 보고 잡으러 나선 것이다. 멀리 모르도거리의 마당에서도 비슷한 외침이 들려왔다. 다들 집이나 거리에서 하던 일을 멈추고 하늘에서 매년 떨어지는 특별한 양식을 붙잡으려 애썼다.

압두는 저녁을 다시 만들어야 했고, 플로라 숙모는 난리통에 잊어버린, 아침에 다리 다친 걸 아버지한테 알리지 않으리라 결심했으며, 할머니는 메추라기 시즌이 과일 절임을 만드는 시즌과 겹쳐 분주했지만 다들 무척 즐거워했다. 하지만 이 집트의 별미가 미친 듯 쫓아오는 식구들의 손길을 피하려고 애쓰는 모습은 이제 완전한 가을이고 만다라의 여름이 끝났음을 의미하는 것이기도 했다.

메추라기 시즌 이후에는 아무도 만다라에 남지 않았다. 10월 초가 되면 1년 내내 이곳에 사는 베두인족 이집트인 몇 명만 남을 뿐 거리에 인적이 끊겼다. 여름 별장 주인들이 데려와 기르다가 여름이 끝나면 내버리는 강아지들이 들개가 되

어 먹이를 찾아 헤매다 밤이면 우리 별장 앞에서 짖기도 했
다. 그즈음이면 해변은 완전히 텅 비었다. 코카콜라 오두막도
문을 닫았다. 밤에 영화관에 갔다가 돌아오는 길에 보면 불
을 켜 놓은 집은 우리 별장뿐이었다. 압두가 라디오에서 아랍
어 노래를 들으며 우리를 기다리는 주방에서 희미한 전구 불
빛이 흘러나왔다. 하지만 압두가 밤에 시내로 돌아가는 날이
면 우리를 기다리는 불빛도 없고 만다라는 유령도시로 변했
다. 아버지가 자동차 라디오와 엔진을 끄면 우리가 차에서 내
리는 소리와 현관문으로 이어지는 자갈길 걷는 소리, 집 뒤편
저 아래에서 들려오는 파도 소리뿐이었다.

안으로 들어가면 입구의 불부터 켜고 숨 막히는 복도를 달
려가 방마다 불을 밝히고 싶은 생각이 간절했다. 베란다, 주
방, 거실 불과 내 방의 라디오까지 켜고 집 안에 활기를 되살
려 아직 집 안에 있는 여름 손님들이 자기 방에서 나올 거라
는 착각을 하게 만들고 싶었다. 혹은 곧 손님이 도착할 거라
는 착각에 빠질 수도 있을 터였다.

그날 자정, 이름 모를 목소리가 또 전화해서 영화관에 갔
느냐고 물었다. 아버지는 순순히 무슨 영화를 봤는지 말했다.

우리는 그해 늦은 가을까지 만다라에 머물렀다. 해마다 그
랬다. 여름이 끝났다는 사실을 그렇게라도 부정하고 싶었던
것이다. 하지만 그해는 여느 해보다 유독 오래 머물렀는데 이
유가 있었다. 만다라를 떠나면 클레오파트라가 아니라 스포

팅으로 이사해 모든 가족이 함께 지내기로 했기 때문이다. 클레오파트라의 가구를 처분하는 일은 어머니가 맡았다.

몇 주 후 클레오파트라의 아파트를 마지막으로 찾았다. 어머니가 압두와 아지자에게 줄 옷을 챙기러 같이 가자고 했다. 10월에도 햇살이 가득 쏟아지는 우리 아파트는 가구를 전부 천으로 덮고 덧문을 꽉 닫아 놔서 어둑하고 음산한 분위기였다. 압두가 6월 초 만다라로 떠나기 직전에 낡은 천으로 덮어 둔 소파와 안락의자가 늙고 지친 유령처럼 보였다. "모조리 팔 거야." 어머니가 퉁명스럽고 분주하게 말했다. 화난 것처럼 보이지만 사실 열정을 표현하는 어머니만의 방식이었다. 새로운 것과 변화를 좋아하는 어머니는 5년 전 이 집에 이사 올 때처럼 잔뜩 들떠 보였다.

나는 우리 가구를 전부 샀다는 남자는 물론 침실과 다이닝룸 가구들이 인도에 쭉 늘어선 채 팔리는 모습도 보지 못했다. 어느 날 학교에서 돌아오니 벌써 집 안이 텅 비어 있었다.

"괜히 이사하는 건가." 러그와 가구가 빠진 집 안에서 아버지의 목소리는 평상시와 다르게 들렸다.

나는 바닥에 쌓인 책들을 다 버릴 것인지 물어보았다. 아버지는 스포팅으로 가져갈 거라고 했다. 하지만 아버지는 20~30권 정도 되는 두툼한 초록색 공책을 하나씩 휙휙 넘기면서 보관할 부분만 찢었다. 뭐 하는 것인지 물었다. "내가 젊을 때 쓰던 공책이야." 버릴 거냐고 물었다. "다는 아니야. 하지만 없어졌으면 하는 것들도 있지." 정부에 관한 내용인지 물었다. "아니, 정치 얘기는 아니야. 다른 거." 아버지는 희미한 미소를 감추지 못했다. "너도 나중에 크면 안다." 이미 다 컸다고 말하고 싶었지만 '그건 네 생각이지.'라고 할 게 뻔했다.

아버지는 30년 전 콘스탄티노플을 떠날 때 본 텅 빈 집이 아직도 기억난다고 했다. 아버지의 아버지도 텅 빈 집을 보았으리라. 그 전의 우리 선조들도. 아버지는 그러지 않기를 바라지만 언젠가 나도 또 보게 될 거라고 했다. "모든 역사는 반복되거든." 나는 그런 운명론이 싫다고, 세파르디의 미신을 믿지 않는다고 반박했다. "그건 네 생각이지."

아파트를 둘러보았다. 가구가 없으니 몇 배는 더 넓어 보였다.

이 집을 처음 찾은 5년 전이 떠올랐다. 할머니와 나는 너무 많은 문과 복도가 헷갈려서 길을 잃기 십상이었으며, 인부들이 바닥에 사포질을 하고 마담 마리의 방을 만드느라 벽을 세우는 모습도 보았다. 라마단이 있는 달에 주방에서 나눈 대화, 갓 칠한 페인트 냄새, 새로 착색한 가구 냄새, 어머니의 재스민 향기, 아버지가 바람피운다고 생각할 때마다 어머니가 여기서 떨어져 죽겠다며 협박하던 창문도 떠올랐다. 이스라엘로 떠난 미미와 마담 살라마도 떠올랐다. 무슈 파레스는 플로리다에 살았다. 압델 하미드는 하반신이 마비되었다. 마담 니콜의 남편은 이슬람교로 개종하고 부적절한 행동을 한 아내와도 이혼했다. 파우지아는 심보 고약한 이집트인 집에서 일했다. 무슈 알 말렉은 마르세유에서 2군 학교 교사로 일하며 정년 퇴임을 기다렸다. 상냥한 압두의 아들 아메드는 예멘에서 게릴라 순찰대에 붙잡혀 참수당한 시신으로 돌아왔다.

플로라 숙모는 갑작스러운 전화를 받았다. 2주 안에 이집트를 떠나라는 통보였다. 그녀는 그해 가을 이집트를 떠났다. 스포팅으로 이사하기 바로 며칠 전이었다. 우리는 우리 가족의 차례도 멀지 않았음을 알았다.

엘사 할머니는 나쁜 일은 꼭 세 번씩 일어난다고 했다. 접시가 두 개 깨지면 반드시 하나 더 깨지고, 손을 두 번 베면 반드시 날카로운 무언가가 또 찌를 준비를 하고, 두 번 혼나거나 두 번 시험을 망치거나 두 번 내기에서 지면 며칠 동안 몸을 사리며 세 번째 불운이 닥쳐도 너무 놀란 것처럼 보이지 않으려 애써야 한다는 것이다. 하지만 세 번째 불운이 닥쳤을 때 그것이 마지막이라고 생각해서는 절대로 안 되는데, 네 번째가 닥칠지도 모르기 때문이다. 그러면 스스로 숫자를 잘못 셌거나 이 천년의 법칙이 자신을 혼란에 빠뜨리기 위해 숫자를 바꿨다고 생각해야 한다. 그게 바로 전술이라는 것이다. 운명의 심오한 섭리를 거스르려고 하거나 하찮게 여기는 주제넘은 짓을 하지 않는다는 뜻이었다.

하지만 한밤중에 걸려 오는 전화의 목소리는 우리의 이런 생각까지도 다 꿰뚫는 듯했다. 그 목소리는 한밤중에 전화를 두 번 걸고는 우리가 세 번째 전화가 올 때까지 잠들지 않으리라는 걸 알고 다시 걸지 않았다. 아니면 세 번째 전화를 걸어 와 모두를 안심시켜 놓고는 다들 자려고 할 때 또 걸었다. "집에 있나?" 목소리가 아버지를 찾았다. "아니, 바꿔 주지 않아도 된다. 확인만 하는 거야." "오늘 손님은 누가 왔지?" "오늘 뭘 샀지?" "어디에 다녀왔지?" 등을 물었다.

괴롭히는 전화는 우리의 저녁을 망쳐 놓기 시작했다. 전화가 오지 않을 때도 마찬가지고 할머니가 전화를 끊는 순간 가족끼리 함께 하는 평화로운 저녁은 갈등의 시간으로 변해 버렸다.

"왜 받았어요? 받지 말라니까." 아버지가 할머니에게 투덜거렸다. "내가 어디 있는지 왜 안 알려 줬어요?" 그러고는 또 한소리를 덧붙였다.

"그 사람이 알아야 할 게 아니니까 그러지." 할머니가 쏘아붙였다.

"꼭 그렇게 무례하게 받아야 해요? 군이 자극할 필요 없잖아요." 아버지가 소리쳤다.

"난 내가 하고 싶은 대로 할 거다. 그럼 다음엔 네가 받든가."

한밤중에 걸려 오는 전화 목소리는 아버지가 집에 없는 걸 알면서 전화하는 계략도 썼다. 아버지나 내 친구가 전화한 줄 알고 내가 받으면 전혀 위험하지 않고 심지어 아첨하는 것처럼 들리는 낯선 목소리가 내가 알면 안 되는 이야기를 하기 시작했다. 그런가 하면 걸걸한 노점상 같은 목소리가 온갖 질문을 쏟아 낼 때도 있었다. 의도도 알 수 없고 어떻게 대답해야 할지는 더더욱 몰랐다. 그 목소리는 항상 이렇게 말하고 끊었다. "내일 또 전화한다고 전해."

하루 때로는 이틀, 사흘 동안 전화가 오지 않을 때도 있었다. 그러다 두 통이 연속으로 걸려 왔다. 아무도 전화를 받으려고 하지 않았다. 할머니는 "아범일지도 몰라."라고 했지만 역시 아니었다.

그 후 일주일 내내 전화가 오지 않았다. 어쩌면 엘사 할머니가 알려 준 *jamais deux sans trois*(세 번 없는 두 번은 없다) 법칙이 틀렸는지도 모른다고 생각할 즈음, 다시 규칙적인 신호가 나타나더니 한참 동안 계속되며 우리를 속였다.

엘사 할머니는 이집트 정부가 아버지의 전 재산을 압류하기 일주일 전에 불길한 징조를 느꼈다. 가슴을 가리키며 바로 여기에서 알 수 없는 피로움이 느껴진다고 했다. "여기, 여기. 가끔은 여기도 그래." 가슴의 이상한 감각을 제대로 짚어 내지 못하는 게 오히려 더 신빙성 있는 듯 말했다. "내가 이럴 때마다 꼭 무슨 일이 생겼지." 케네디 대통령이 암살당한 전날도 그랬다고 했다. 1914년에도, 1939년에도. 엘사 할머니의 경고를 받아들여 1922년에 스미르나를 떠난 마담 에프리키안은 지금도 그녀를 *une voyante*, 선지자라고 불렀다.

"선지자 좋아하시네!" 할머니가 뒤에서 비웃었다. "저 앤 싸구려 기압계를 삼켰어. 그게 저 늙은 가슴팍에서 덜컹거리는 것뿐이지. 가슴팍에서 뭐가 꿈틀거리는지 모르겠지만 그건 분명히 양심일 거야."

할머니는 갑작스럽게 이집트를 떠난 빌리 할아버지의 값진 19세기 기압계를 두고 엘사 할머니와 서로 갖겠다고 싸운 일 때문에 그러는 거였다. 빌리 할아버지는 오리 사냥을 좋아해서 소총을 가지고 있었는데 두 할머니는 당연히 그걸 두고도 싸웠다. 그런데 어느 날 아직 주인이 정해지지 않은 소총과 기압계, 골프채가 사라졌다.

"*Les domestiques*(하인들 짓이야)." 엘사 할머니가 넘겨짚었다.

"하인들 짓 좋아하네! 쟤가 삼킨 거야. 언젠가 우리 물건도 전부 삼켜 버리겠지!" 할머니가 소리쳤다.

"그런 걱정은 하지 않아도 돼요. 이집트 정부가 벌써 눈치 챘을 테니까." 아버지가 끼어들었다.

아버지가 전 재산을 잃었다는 소식은 1965년 초봄의 토요일 새벽에 도착했다. 소식을 전한 사람은 공장의 야간 작업반장이 된 카셈이었다. 그가 초인종을 눌렀고 아버지가 문을 열었다. 그는 그 시간에 찾아온 자신을 보고 바로 이유를 짐작한 사장이 절망하는 모습에 미친 듯 울기 시작했다. "빼앗겼나?" 공장을 뜻하는 거였다. "빼앗겼습니다." "언제?" "어젯

밤에요. 전화도 못 하게 해서 직접 왔어요." 두 남자는 현관
에 조용히 서 있다가 주방으로 들어갔고 아버지가 담담한 얼
굴로 차를 준비했다. 그들은 식탁에 앉아 낙담하지 말자고 서
로 격려하다가 결국은 무너져 얼싸안고 흐느끼기 시작했다.

"둘이 어린애처럼 울더라. 어린애처럼." 그날 엘사 할머니
는 몇 번이고 구시렁거렸다.

두 사람이 우는 소리에 할머니도 깼다. 고민거리 때문에
잠을 못 잔다는 주장과 달리 할머니는 깊이 잠드는 편이었
다. 할머니가 서둘러 주방으로 가 보니 어느새 압두도 와서
함께 울고 있었다. "왜 이러고 있는 거야?" 할머니가 쏘아붙
였다. "이러다 네 심까지 깨겠다. 대체 무슨 일이야?" "빼앗겼
어요." "뭘?" "공장이지 뭐겠어요?" 압두는 공장을 아랍어식
영어로 *al-fabbrica*라고 했다.

그 말을 들은 할머니는 울지 않았다. 대신 분노하며 발을
구르고 차느라 얼굴이 붉어졌다. 언니는 슬퍼서 우는 게 아니
라 철혈재상 비스마르크처럼 분노 때문에 운다는 엘사 할머
니의 말이 맞았다. 할머니의 눈꺼풀이 점점 부풀어 오르고 붉
어지더니 분노에 휩싸인 채로 더 큰 고통을 느끼려는 것처럼
손수건으로 눈을 쿡 찌르듯 눈물을 닦아 내기 시작했다. 할
머니는 집안 남자가 전 재산을 잃는 모습을 아홉 번째로 보
는 거였다. 할아버지부터 아버지, 남편, 다섯 형제 그리고 이

제는 아들까지.

잠시 침묵이 흘렀다. "자." 할머니가 아버지에게 설탕물을
내밀었다. 불안을 가라앉히는 데 좋다면서. "고맙지만 전 차
마실게요." 아버지가 거절했다. 그러자 아직 울음을 그치지
않은 압두가 마시겠다고 했다. "쯧, 내가 뭐랬어? 이럴 줄 알
았지. 그래서 경고했잖아?" 그 와중에도 엘사 할머니는 계속
구시렁거렸다. "입 좀 닥쳐!" 할머니가 갑자기 주방 조리대에
놓인 간밤에 만든 요구르트가 담긴 커다란 그릇을 힘껏 밀쳤
다. 그릇이 벽에 부딪혀 산산조각이 났다. "그게 무슨 소용이
야?" 동생의 잔소리를 예상한 할머니가 소리를 질렀다. "이제
와서 그런 게 다 무슨 소용이냐고?" 할머니는 깨진 조각을 줍
기 시작했다. 하지만 압두가 계속 울면서 그만두라고, 자기가
나중에 치우겠다고 할머니를 말렸다.

나 역시 토요일 아침의 그 시끄러운 말다툼 소리에 깼다.
뭔가 잘못됐다는 걸 바로 느낄 수 있었다. 가족들은 누군가
죽을 때마다 무조건 나에게 숨기려고 했다. 죽은 사람의 이름
을 일상의 대화에서 용의주도하게 빼 버렸고, 어쩌다 이름이
나오면 내가 이해할 수 없는 모호한 한숨이 들썩거렸고, 장
례식에서 고인에게 붙이는 별칭처럼 이름 앞에 *pauvre*, '가엾
은'이라는 형용사를 붙였다. *pauvre*는 죽거나 싸움에서 지거
나 배신한 사람 앞에도 붙었다. 돌아가신 할아버지는 '*pauvre*
알베르트', 돌아가신 로테 할머니는 '*pauvre* 로테', 식민지를

전부 잃은 영국은 'pauvre 영국'이었다. 다들 상황이 아주 나쁠 때면 'pauvre naus(가엾은 우리)'라고 했으며, 어머니는 아버지를 원망할 때마다 'pauvre mai(가엾은 나)'라고 했다. 그날은 온 가족의 입에서 'Pauvre fabrique(가엾은 공장)'라는 말이 떠나지 않았다. 가족들이 그 표현을 마지막으로 쓴 것은 공장에서 가장 큰 보일러가 폭발하는 바람에 아버지의 사업이 망할 뻔했을 때였다.

아버지는 거실에서 카셈, 하산에게 작은 목소리로 지시를 내렸다. 나를 보자 약간 정신없이 고개를 끄덕였는데 방해하지 말라는 신호였다. 나는 신문을 집어 들고 다이닝룸에 가서 앉았다. 내가 흉내 내려고 애쓴 어른의 습관이었다. 미국인 학교에서 듣기로 미국의 젊은 사람들은 아침에 일어나자마자 커피를 마시며 신문을 읽는다고 했다. 나는 커피도 마시고 싶었다. 보통은 커피를 마시며 그날 할 일을 생각하다 신문을 읽는 중이라는 사실을 떠올리기 마련이니까. 그날 아침은 요구르트 대신 주방에서 달걀과 베이컨, 토스트에 녹는 버터 냄새가 풍겼다. 영화와 학교에서 미국식 아침 식사를 보고 압두에게 토요일마다 달걀과 베이컨을 해 달라고 한 터였다.

초봄의 햇살이 다이닝룸의 갈색 테이블로 쏟아져 의자 뒤쪽을 지나 빛바랜 붉은 러그로 흩어졌다. 할머니는 나와 비슷했다. 우리는 온종일 덧문을 열어 두는 환한 방을, 햇빛에 말린 깨끗한 이불과 햇살에 씻긴 방 냄새를, 바람 부는 여름날의 발코니를, 견디기 힘들 정도로 무더운 여름날 덧문을 닫은 방문 아래로 은밀하고 고집스럽고 재주 좋게 새어 나오는 햇살을 좋아했다. 심지어 햇볕을 너무 쫴서 살짝 머리가 아픈 것도 좋아했다. 맑은 토요일 아침이면 늘 그렇듯 창밖으로 저 멀리 흔들림 없는 청록색 지대가 펼쳐졌다. 그것은 알렉산드리아의 남학생이면 누구나 아는 바닷물에 대한 갈증을 일으키고 뜨거운 여름 해변에서 보낼 몇 시간을 생각하게 만들었다. 이제 두 달만 기다리면 다시 여름이었다.

다이닝룸으로 들어온 할머니는 울었다는 사실을 감추려고 했다. "아무것도 아니야." 내가 하지도 않은 질문에 할머니가 대답했다. "정말 아무것도 아니야. 자, 오렌지 주스 마셔라." 할머니는 그 어느 때보다 애처롭게 건막류가 생긴 발을 이끌고 와서 내 뒤통수에 키스하고 목덜미를 꼬집었다. "*Mon Pauvre*(불쌍한 것)." 할머니가 내 머리카락을 손가락으로 훑었다. "조금만 더 있다가 터졌으면 얼마나 좋아?" 고개를 끄덕이며 계속 중얼거렸다. 내가 또 질문할 것을 눈치챘는지 "아니다, 아무것도 아니야."라고 말하며 다이닝룸을 나갔다. 나는 침묵 속에서 달걀을 먹었다. 이번엔 어머니가 와서 맞은편에 앉았다. 어머니도 속상한 표정이었다. 아침을 먹는 사람이 아무도 없었다.

"이집트 정부가 우리의 전 재산을 빼앗아 갔어." 어머니가 알려 주었다.

누군가 죽었다는 말을 들은 것처럼 가슴이 철렁 내려앉고 귀 뒤쪽이 간질간질했다. 접시를 옆으로 치웠다. 언제 일어났는지 어머니가 설탕물을 타고 있었다. "얼른 마셔." 내가 불안에 떤다는 뜻이었다. 나도 이제 다 큰 것이다.

　그래도 재산을 잃는다는 게 뭐 그리 무서운 일인지 아직 완전히 이해되지 않았다. 우리가 아는 사람 중에는 재산을 잃고도 똑같은 숫자의 집과 자동차, 하인을 거느리고 평범하게 살아가는 이가 많았다. 아들과 딸들은 똑같은 식당을 찾고 똑같이 영화를 보러 다니며 예전과 똑같은 액수의 돈을 썼다. 하지만 그들에게는 추락한 자, 쫓겨난 자라는 오명이 따라다녔다. 그리고 스스로 정체를 드러내는 이상한 냄새를 풍겼는데, 바로 가죽 냄새였다. 아버지는 그 냄새를 '도살장 냄새'라고 표현했다. 전 재산을 몰수당한 사람들은 머지않아 이집트를 떠나야 한다는 사실을 알았으며, 손님들이 잘 드나들지 않는 방에 여행용 가죽 가방 30~40개를 넣고 잠가 두었다. 집안의 여자들이 언제라도 상황이 바로잡히기를 바라며 느릿느릿 꼼꼼하게 짐을 싸 두는 거였다. 그들은 끝까지 희망을 잃지 않았다. 남자들은 고위 정부 관계자를 알고 있으니 뇌물을 먹이면 된다고 큰소리쳤다. 그들처럼 아버지도 인맥을 자랑하기 시작했다.
　그제야 실감이 나기 시작했다. 사람들이 우리 집에 올 때면 코를 킁킁거리며 괴상한 가죽 냄새를 맡을 것이다. 뒤에서 도살장 운운하며 도대체 가죽 가방을 어디에 쌓아 놓았는지 집안을 조심스럽게 돌아다니겠지. 곧 도살장 단계가 본격적으로 시작되면 가족들이 티격태격 싸우는 정도도 심해질 터였다. 여행 가방은 어디가 더 싸지? 가족들은 이 문제로 싸움을 벌일 것이다. 유럽으로 가기 전에 무슨 물건을 사 둬야 하지? 장갑, 양말, 담요, 신발? 아니, 레인코트. 아니, 모자를 사야지. 싸움은 계속될 것이다. 두고 가야 하는 물건은 뭐지? 엘사 할머니는 남김없이 다 가져가려고 할 것이다. 전부 두고 가려는 할머니는 그럴 줄 알았다고 하겠지. 떠나는 걸 사람들한테 알려야 하나? 그래야지. 안 돼. 어째서? 또 큰 소리가 날 것이다. 그리고 마지막 문제가 모두의 분노를 폭발시키겠지. 어느 나라에 가서 정착하지? 그 나라 말을 하나도 모르잖아. 이집트는 아랍어를 알고 왔어? 아니. 그래서 어디로 가지? 거긴 너무 추워. 여긴 너무 더웠잖아. 자기 입으로 그래 놓고선.

우리 가족에게 유예 기간이 주어졌다. 일시적인 감형이 이루어져 깜짝 놀란 죄수처럼, 돌아가는 교통편이 알 수 없는 이유로 지연되어 발이 묶인 여행자처럼 마음대로 돌아다니며 뭐든 할 수 있는 짧은 자유가 허용되었다. 우리의 유예된 삶은 온통 비현실적인 활동에 소비되었다. 추락한 자들이 걱정보다 돈 쓰는 일에 집중한다는 사실은 익히 잘 알려져 있었다. 정부가 몰수하려는 재산을 해외로 가져가지 못하니 돈을 펑펑 쓸 수 있어서 이집트를 떠난다는 사실이 오히려 좋은 사람들도 있었다. 또 어떤 사람들은 유예 기간을 이용해 온종일 싸돌아다니거나 유죄 선고를 받고도 흔들림 없는 품위를 드러내는 귀족처럼 보이기를 바라며 카페에서 빈둥거렸다.

그날 아침 아버지의 입을 통해 우리 가족에게 닥친 상황을 들을 수 있었다. 아버지는 전혀 놀랍지 않은 일이라며 잠자리에 들기 전부터 아침에 닥칠 일을 예상했지만 아무에게도, 어머니에게조차 말하지 않았다고 했다. 나는 앞으로 어떻게 되는지 용기를 짜내어 물어보았다. 아직 공장에는 아버지가 필요하지만 시간이 지나면 피할 수 없는 일이 닥칠 거라는 대답이 돌아왔다. "그게 뭔데요?" 전 재산을 남겨 두고 이 나라에서 나가라는 명령이었다. 빈털터리가 되었지만 다행히 여기저기 숨겨 놓은 돈이 있다고 했다. 가구를 팔게 해 줄지 모르지만 차는 이제 우리 소유가 아니었다. 받을 돈도 있지만 수월하지 않을 거라고 했다. 돈을 빌린 사람들이 누군지 궁금했다. 아버지가 말해 주었다. 놀라웠다. 아들이 항상 새 맞춤구두를 신고 다니는 집도 있었다. "시간이 얼마나 남은 거예요?" 나는 의사에게 아예 희망이 없는 건 아니라고 말해 주기를 간청하는 환자처럼 물었다. "몇 주, 어쩌면 한 달." 아버지는 잠시 후에 덧붙였다. "어쨌든 이제 끝났어."

우리의 일상생활, 한 시대, 1905년 아이작이라는 청년이 확신 없이 처음 발 들인 이집트, 친구들, 바다, 옴 라마단, 록사네, 압두, 구아바, 주사위 놀이의 칩이 바를 치는 심술궂고 시끄러운 소리, 늦여름 아침에 먹는 가지튀김, 비 내리는 평일 저녁에 흘러나오는 이스라엘 라디오 방송, 영화관을 전전하는 중에 아는 사람들을 만나 함께 거리를 돌아다니다 누군가 전차를 타자고 제안하면 이등칸 2층으로 올라가서 산스테파노를 지나 빅토리아 종착역까지 갔다가 다시 돌아오는 알렉산드리아의 나른한 일요일. 내가 아는 모든 게 끝났다는 뜻이었다. 그동안 살아온 거짓된 삶이 발각된 것처럼 이제는 비현실적이고 덧없게만 느껴지는 일상이 남아 있었다.

"그럼 나는 뭘 해야 해요?" 최대한 괴로워하는 목소리로 물었다. 앞으로 평범한 일상이 계속되는 척할 수 있을 것 같지 않았다.

"뭘 하긴, 네가 하고 싶은 대로⋯⋯."

여기까지 듣자마자 나는 벌써 학교를 그만두고 매일 아침 박물관에 갔다가 북적거리는 알렉산드리아 시내를 쏘다니며 기분 내키는 대로 행동하는 상상에 빠져들었다.

하지만 할머니가 끼어들었다. "그건 절대로 안 된다." 할머니의 목소리에서 불안감이 점점 커졌다. "용납할 수 없어. 하고 싶은 대로 하라니. 애는 계속 학교에 가야 해."

"봐서요, 봐서." 아버지가 뭐라고 계속 말하려는 할머니를 막았다. "언성 높이지 마세요. 지금은 그럴 때가 아니에요."

할머니가 나가면서 중얼거리는 말이 들렸다. "자식을 타락시키려고 하다니. 세상에 그런 부모가 어디 있단 말이야, 응?"

그때 현관문이 딸깍거리고 네심 할아버지가 들어왔다. 얼마 전부터 동이 트자마자 나가서 코니시를 따라 오랫동안 산책하는 습관을 그만둔 그를 이 시간에 보고 다들 소스라치게 놀랐다. 방에서 자는 줄 알고 아침 내내 소곤소곤 말했던 것이다. 나쁜 소식을 그에게 전해야 할지 아직 상의하지 못한 상태였다.

사실 아흔둘의 네심 할아버지는 위암으로 죽어 가고 있었다. 고통이 가장 적다면서 뱃속 태아처럼 상체를 웅크리고 껴안은 자세로 침대에서만 시간을 보냈다. 그 자세 그대로 잠들 때도 있었다. 네심 할아버지가 그런 자세로 있는 걸 실제로 본 것은 딱 한 번이었다. 사람들이 할아버지 방을 청소할 때 열린 방문 앞을 지나다 줄무늬 잠옷 차림으로 세상에서 가장 소중한 것이라도 되듯 가슴을 껴안고 누운 모습을 보았다. 얼굴이 누렇게 뜬 데다 체구도 작아 보였다.

지난주 금요일 저녁 안식일 기도를 할 때도 할아버지는 멍하니 지친 모습이었다. 기도하기 전 아버지가 *"Falla brève, 외삼촌, 짧게 하세요."*라고 했을 때도 평상시처럼 웃지 않았다. 음식도 먹지 않았다. 누이들이 특별히 준비한 분홍색 젤리 푸딩이 유리 고블릿에 담긴 채로 기도문을 읽는 내내 네심 할아버지를 빤히 쳐다보았다. 하지만 숟가락을 푸딩 그릇에 넣고 만지작거리며 맛을 보는가 싶더니 못 먹겠다고 말했다. 그제야 나는 네심 할아버지의 짙은 색 스모킹 재킷과 반짝이는 보라색 애스콧 타이 밑으로 드러난 파란 줄무늬 잠옷을 보았다. 그는 침대에 눕고 싶다고 했다. 남은 기도를 대신할 사람이 없었다. 아버지도 나도 히브리어를 몰랐다. "참 슬픈 일이야." 엘사 할머니가 말했다. "이 방이 사람들과 촛불로 가득한 때가 있었는데. 테이블 덧판까지 펴도 앉을 자리가 모자랐지. 이제 이 집은 너무 커졌어. 네심 오빠도 건강이 좋지 않고."

등화관제 시절 가장 나이 많은 사람과 가장 어린 사람이 백 살은 차이 나는 몇 세대가 이 집에 모여 있던 밤이 떠올랐다. 그 많던 사람이 거의 남지 않았다. 좋은 도자기와 화려한 은식기는 해외로 몰래 실어 보냈기에 저녁 식사도 단출했다. 식사 시간에 라디오를 틀기도 했다. 생활비를 관리하는 엘사 할머니가 다이닝룸의 전구 와트 수를 줄여서 파리한 주황색 불빛이 남은 가족들의 얼굴과 음식을 비추었다. 우리 가족이 이집트에서 보낸 마지막 해의 그림자였다. 어머니는 휘황찬란했던 다이닝룸 샹들리에가 죽어 가는 사람 곁에 놓인 야간 등처럼 변해 버렸다고 말했다.

오래된 가구들은 더욱더 낡고 칙칙해 보였다. 이소타 프라스키니 시절부터 전혀 손보지 않은 곳은 상황이 더 심각했다. 보조 계단은 너무 더러워져서 가까이 갈 엄두도 내지 못했다. 대충 짜 맞추거나 망가져서 따로 치워 둔 가구들은 어느 날

귀인이 찾아와 인내심과 기술, 대를 이은 목수의 헌신으로 그동안 다이닝룸의 수많은 등의자에 붙인 접착지를 떼어 내고 오랜 시간 기다려 온 기적을 행해 주길 기다리고 있었다. "결국은 항상 모래가 이긴다." 엘사 할머니가 그해 유난히 심했던 모래폭풍 이후 갈색 가구에 쌓인 먼지를 만지며 동생 빌리의 말을 읊었다.

이제 청소도 하지 않는 아파트에서는 정향 냄새가 났다. 케이크를 만들 때 자주 써서가 아니라 남은 세 형제자매가 치통에 썼기 때문이다.

네심 할아버지는 유월절 2주 전에 수술을 받을 예정이라 혹시 모르니 재산을 엘사 할머니에게 옮겨 놓기로 했다. "두고 봐라." 몇 해 전 여름에 가벼운 뇌졸중을 일으켰다는 이유로 밀려나 약이 오른 할머니가 말했다. "내 말이 틀리는지 두고 보라고." 할머니는 입에서 식도를 거쳐 뱃속까지 음식을 삼키는 흉내를 냈다. "쟤가 다 삼켜 버릴 테니까." 실제로 그후 아무도 네심 할아버지의 돈을 보거나 소식을 듣지 못했다.

웬일인지 네심 할아버지는 밤이면 갑자기 상태가 호전되어 새벽 산책을 나갈 수 있었다. 다들 그가 침대에서 일어나 돌아다니는 모습에 깜짝 놀랐지만 그런 몸 상태로 산책하러 간다고 나무라는 대신 걱정 가득한 질문을 던지는 방법으로 들들 볶았다. "넘어지거나 갑자기 통증이 오면 어떡해요? 무슨 일이라도 생기면 어쩌려고요?" "아무 문제 없어. 아주 멀

쩡하다니까 그러네." 네심 할아버지가 거듭 말했다. "그럼 죽
는 거고 그렇게 끝나는 거지." 네심 할아버지는 늙으면 죽음
에 시큰둥해지고 죽어 간다는 것 또한 수치스러운 게 아니라
는 말을 자주 했다.

그는 담뱃불을 붙이고 커피를 부탁했다. 엘사 할머니는
눈에 띄게 회복한 모습에 혼란스러워하며 안절부절못했다.
"Kapparah일 줄 알았어." 유대인 민간 설화에서 kapparah는
뜻밖의 행운 이전에 일어나는 재앙을 뜻했다. 시험을 망친 날
오후에 사랑하는 가족이 자동차 사고를 겨우 피한다거나 비
싼 보석을 잃어버렸지만 오래전에 연락이 끊긴 사람을 우연
히 만난다거나. Kapparah는 불행이 한 번 닥칠 때마다 불분명
하지만 더 끔찍한 일을 피했다고 생각하게 해 주었다.

할머니는 여동생 입에서 그 단어가 나오자 무섭게 쏘아보
았다. "저 간사한 독사 같은 것." 할머니가 나에게 소곤거렸
다. "공장 넘어간 걸 말하고 싶어서 죽겠다는 표정이군. 계속
은근슬쩍 힌트를 흘려서 모두에게 알리려는 속셈이겠지." 엘
사 할머니도 소곤거렸다. "아니야. 꼭 매번 그렇게 사람의 진
심을 의심해야 직성이 풀리겠어? 언니랑 한집에 사는 건 감
옥에 갇힌 죄수가 된 기분이야."

커피잔을 받아 든 네심 할아버지는 아버지와 나에게 거실
로 따라오라고 한 뒤 반투명 유리 문을 닫았다. "몰수된 거
지?" 그가 물었다. 아버지가 고개를 끄덕였다. "어떻게 알았

어요?" "내가 바보인 줄 알아? 다들 그렇게 어두운 얼굴을 하고 있는데." 그는 웃으며 덧붙였다. "*Kapparah*가 너무 혹독하다 싶지? 걱정하지 마라. 난 호전된 게 아니야. 마지막으로 코니시를 보고 싶어서 나갔다 온 것뿐이다." 네심 할아버지는 여전히 미소 띤 얼굴로 딱 붙어 쭈그리고 앉은 두 누이가 비치는 문을 가리켰다. 그가 다가가자 할머니들은 서둘러 자리를 떴다.

일주일 후 네심 할아버지는 세상을 떠났다. 수술받은 날 밤 봉합 부위가 터져서 피가 매트리스를 적시고 바닥까지 흥건했다. 그날 밤 병실을 지킨 엘사 할머니가 새벽에 깼을 때는 이미 세상을 떠난 후였다.

"세 번째 불행은 뭘까?" 네심 할아버지가 떠나고 며칠 후 할머니가 말했다.

"그건 힌트가 없어도 알 수 있죠." 아버지가 대답했다.

네심 할아버지의 사망 소식을 들은 날 아침, 나는 집 안 어딘가에서 끊이지 않고 들려오는 이상한 부엉이 울음 같은 소리에 잠을 깼다. 어쩌면 벌써 몇 시간째 이어진 소리였는지도 모른다. 자면서도 그 소리를 떨쳐 버리려고 한 기억이 났다. 무슨 소리인지 알아보려고 침대에서 일어나 방을 나갔다. 현관에 간호사 둘이 있고 엘사 할머니가 울고 있었다. 그녀는 아직 모자도 벗지 않은 채 소파에 앉아 핸드백을 움켜쥐고 있었다. 네심 할아버지를 보내고 집 안으로 들어오자마자 소파에 털썩 주저앉은 모양이었다. 엘사 할머니 앞에는 설탕물을 담았을 빈 잔이 놓여 있었다. 나는 그녀를 위로하려고 팔을 어루만졌다. 아무런 반응도 없는 듯했지만 손길이 멈추자 훌쩍이며 뭐라고 애원하는 듯했다. "가지 마, 가지 마." 엘사 할머니가 다시 말했다. 나에게 하는 말인지, 오빠인 네심 할아버지에게 하는 말인지 알 수 없었다. 그리고 부엉이 울음 같은 소리와 함께 라디노어로 흐느끼며 말하기 시작했다. 항상 그렇듯 일정한 억양으로 내가 알지 못하는 대여섯 단어를 되풀이했다. 압두가 설탕물을 더 타 오겠다고 하는데도 사양하면서 나에게 했던 것과 똑같은 말을 반복했다. 압두는 그녀의 말이 맞는다고, 네심 어르신에게는 살날이 더 많이 남아 있었지만 운명이 다른 결정을 한 거라고, 누가 알라신의 뜻을 의심하겠느냐고 라디노어로 대답했다.

나는 어리둥절한 표정으로 압두를 쳐다보았다. 엘사 할머니가 과연 뭐라고 한 것인지 궁금했는데, 주방으로 가는 길에 압두가 아랍어로 설명해 주었다. "'아직 아흔둘밖에 안 됐는데, 아흔둘밖에 안 됐는데.'라고 하시더라." 우리는 몰리에르의 희극에 나오는 가장 재미있는 대사라도 되는 것처럼 그 말을 반복하며 웃음을 터뜨렸다. 그 우스갯소리는 보조 현관을 통해 계단을 내려가 아래층을 지나고 짐꾼과 길 건너 식품점 주인을 거쳐 어딘지 모를 곳까지 계속 퍼져 나갔다.

할머니의 반응도 크게 다르지 않았다. 할머니는 반쯤 정신

나간 상태로 소파에 앉아 있는 동생을 보자마자 오열하기 시작했다. 두 자매는 서로를 껴안았다. 그러자 어느 정도 진정이 된 엘사 할머니가 또다시 흐느끼기 시작했다. "언니 때문에 또 울잖아. 또 울기 싫었는데."

 .너무도 가슴 아픈 장면이었다. 혀를 깨물며 뭐라도, 가능한 한 우스운 생각을 떠올리려고 애쓰지 않았다면 나도 따라 울었을 것이다. 하지만 나의 억지스럽고 기이한 머리는 삐뚤어진 논리에 따라 기어코 가엾은 네심 할아버지를 떠올렸다. 아무리 애써도 떨칠 수가 없었다. 내 방에 앉아 책을 읽으려고 했지만 눈에 들어오지 않았다. 가족들은 말하고 싶어 하지 않았고 하인들도 유난히 조용했다. 주방으로 가서 압두와 함께 "아흔둘밖에 안 됐는데."라고 말하며 마지막 웃음을 쥐어짜내고 싶었지만 그것도 진부하게 느껴졌다.

 네심 할아버지가 돌아가시기 전 나에게 체스터필드 경의 서간집 19세기 판을 빌려 주었다. 젊은이라면 누구나 읽어야 한다면서. 며칠 후 엘사 할머니가 내 방을 노크하고 들어와 그 책을 달라고 했다. 할아버지의 다른 물건들과 같이 챙겨 놔야 한다고 했다. 책이 나에게 있다는 걸 어떻게 알았는지 모르겠다. 나는 그 책을 다시 훔쳐 오기로 마음먹고 며칠 후 저녁에 엘사 할머니가 집을 비운 틈을 타서 잠긴 방문을 열고 들어갔다. 그리고 체스터필드 경의 서간집뿐만 아니라 희귀 우표가 포함된 그녀의 우표 앨범도 훔쳤다. 오랜 세월이 흘러 파리로 엘사 할머니를 만나러 갔을 때 그녀의 새 우표 앨범 정리를 도와주었다. 그녀는 가장 귀한 우표들을 잃어버렸다며 투덜거렸다. "아랍인들한테 당했어." 나는 내가 엘사 할머니 방에 몰래 들어갔다는 사실을 아는 할머니에게 은밀한 표정을 지어 보였다. 그런데 할머니는 그저 멍한 표정을 지을 뿐이었다. 잊어버린 것이다.

네심 할아버지를 떠나보낸 그날 저녁, 나는 아무도 모르게 그의 방에 들어갔다. 침대에 앉아 창밖으로 깜빡이는 도시의 불빛을 보면서 그가 런던과 파리에 대해 들려준 이야기, 자신을 포함해 신사라면 누구나 저녁에 스카치위스키를 한 잔씩 마신다고 했던 말을 떠올렸다. "언젠가는 이게 내 목숨을 앗아가겠지만." 예언이었다. "그래도 난 저녁 먹기 전에 여기 앉아서 도시를 바라보며 잠깐 생각에 잠기는 게 좋다." 이제는 내가 이곳에서 생각에 잠겼다. 이집트를 떠나는 생각, 다시는 보지 못할 사람들에 대한 생각, 지금의 나와 떨어뜨려 생각할 수 없는 이 도시에 대한 생각. 시간이 지나면 꿈나라보다도 낯설게 변해 버리겠지. 그것은 죽음과 다를 바 없으리라. 죽었다는 것은 사람들이 방으로 들어와 그 사람을 생각한다는 뜻이었다. 방으로 들어온 사람들이 한때 그의 방이었다는 사실을 모르게 된다는 뜻이었다. 그들은 고인의 흔적을 조금씩, 결국 전부 다 없앨 것이다. 그의 냄새까지도. 언젠가는 그가 죽었다는 사실조차도 잊어버린다.

도시의 소리가 들어오게 창문을 열었다. 어디에선가 누군가 죽어 가고 있다는 사실을 알지 못하는 행인의 웃음소리처럼 무심하고 아득한 소리였다. 생명력 없는 암울함을 떨쳐 버리는 방법은 밖으로 나가거나 서재 한구석에서 아르노 당숙의 야한 책을 읽는 것뿐이었다.

같은 날 밤 온 가족이 새로 개봉한 프랑스 영화《테레즈》를 보러 갔다. 그렇게 늦은 시간에 처음 영화를 보러 간 나는 어른들의 낯선 세계에 즉각 현혹되었다. 화려함과 불가사의함, 중간 휴식 시간의 소곤거림, 뒷자리에 여자들과 같이 앉은 멋쟁이 청년들, 여자들이 북적거리는 로비에서 자신을 사랑하는 남자들과 앉아 이야기할 때 사랑과 웃음의 전조처럼 여자들 주변을 맴도는 낯선 향수와 밍크, 담배 연기.

영화관을 나와 시내에서 비싼 레스토랑에 갔다. 내가 그럴 돈이 있는지 묻자 아버지는 재미있다는 표정으로 말했다. "걱정하지 마라. 그 정도로 상황이 나쁜 건 아니니까." 부모님의 친구들과 함께였고 할머니와 엘사 할머니도 동행했는데 아무도 네심 할아버지 이야기를 꺼내지 않았다. 우리는 왕성한 식욕으로 음식을 먹었고 다 먹은 뒤에는 가끔 그러는 것처럼 코니시에서 드라이브를 했다. 프랑스어 방송을 들으며 말없이 달리다 차를 세웠다. 나가서 바다 냄새도 맡고 파도가 방조제에 부딪혀 물보라를 일으키는, 목에서 쌕쌕거리는 듯한 소리에도 귀 기울였다.

한밤중에 그 목소리가 또 전화를 걸어왔다. "다들 집에 있나?" "네, 다들 집에 있습니다." "어디 갔지?" "애도 기간이니 제발 그냥 놔두십시오." 목소리는 어디에 갔는지 끈질기게 물었다. 아버지는 이렇게 말하고 전화를 끊었다. "너와 네어미의 종교를 낳은 구멍에 저주가 떨어질 것이야."

다음 날 주방에서 들려오는 커다란 울부짖음이 테니스를 치고 돌아온 나를 맞이했다. 어머니와 할머니가 집 안이 떠나가라 큰 소리로 싸우고 있었다. 보통 일요일 오후에는 쉬는 압두가 양쪽을 달래느라 바빴다.

"여기요, 망할 놈의 말린 자두 여기 있네요." 어머니가 소리쳤다.

"망할 것 같으니라고. 은혜도 모르고." 할머니도 흥분해서 갈라진 목소리로 받아쳤다. "내가 이걸 누구 때문에 만드는데? 설마 날 위해서일까?" 그 뒤로 터키어와 라디노어, 그리스어가 마구잡이로 뒤섞인 큰 소리가 튀어나왔다.

엘사 할머니는 공정하려고 했다. 하지만 흥분한 할머니가 걱정되었는지 진정시키려 애쓰며 라디노어로 뭐라고 속삭였다.

그 모습을 본 어머니는 분노가 더욱 솟구쳤다. "만날 그렇게 소곤소곤. 찔리는 데가 있으니 그 교활한 유대인의 눈이 반짝거리는 거겠죠. 언제나 콘스탄티노플 빈민가의 횐담

비처럼 라디노어로 엉큼하게 비밀을 속삭이면서요. 어머니는…….” 어머니가 할머니를 가리켰다. “돌아가신 아버님이 아니라 언제나 이모님 편이었어요. 결국 아버님이 개처럼 죽게 내버려 두었죠. 개처럼 죽었다고요. 아버님이 돌아가셨을 때 이모님이 어머님을 병원에도 못 가게 했으니까요.”

“네가 뭘 알아? 아무짝에도 쓸모없는 알레포 출신 재봉사 주제에.” 엘사 할머니가 소리쳤다. 이제는 대놓고 한쪽 편을 들었다. “네심 오빠의 몸이 아직 식지도 않았는데 부끄럽지도 않으냐?”

“네심 오빠가 어쩌고저쩌고.” 어머니가 콧방귀를 뀌었다. “두 분이 옆에 없어서 오히려 후련하실걸요. 두 분을 얼마나 싫어하셨는데. 자기 방에서 알코올 중독자가 되게 만들었잖아요. 더 말하게 하지 마세요. 두 분이 네심 삼촌을 죽인 거예요, 두 분이. 두 분 남편을 죽인 것처럼. 이젠 누구 차례죠? 제 남편인가요?”

더는 듣고만 있을 수 없었던 할머니는 내가 이제껏 한 번도 본 적 없는 행동을 했다. 자신의 뺨을 세게 내리쳤다. “이건 내 아들을 쟤랑 결혼시킨 죗값. 이건…….” 할머니는 다른 뺨을 더 세게 쳤다. “아범한테 제발 아내 두고 한눈팔지 말라고 애원한 죗값.”

“그만 하세요.” 어머니가 소리쳤다. “그만 하시라고요.” 어머니가 할머니의 두 팔을 붙잡고 압두를 휙 쳐다보았다. 할머니를 앉힐 의자를 가져다 달라는 뜻이었다.

의자에 털썩 주저앉은 할머니는 곧바로 흥분을 가라앉히기 시작했다.

"어머님이 또 뇌졸중이라도 일으키면 그이가 평생 날 원망할 텐데 정녕 그 꼴을 보셔야겠어요? 그만 좀 하세요!" 어머니가 애원하듯 말했다.

할머니는 양손으로 머리를 붙잡았다. "이렇게는 못 살아, 못 살아. 살고 싶지 않다. 죽여 다오."

"못 산다고요? 우리보다도 더 오래 사실걸요. 압두, 물 좀 갖다 줘요."

압두와 내가 세 사람을 떼어 놓은 후에야 어떻게 시작된 싸움인지 알 수 있었다. 시어머니와 며느리는 하로셋(haroset, 유월절에 먹는 과일과 와인으로 만드는 걸쭉한 설탕 절임-옮긴이)을 만드는 방법이 달랐다. 며느리는 친정어머니의 방법대로 건포도와 대추야자를 넣으려 했고, 시어머니는 집안 대대로 내려오는 방법대로 오렌지와 건포도, 말린 자두를 넣으려고 했다.

"*Maudite pesah! 저주받은 유월절이야!*" 할머니가 소리쳤다. 세 사람은 각자 다른 방에서 설탕물을 받았다. "네 엄마는 정신병원에 보내 버려야 해. 이건 사는 게 아니야." 이번엔 엘사 할머니였다. 나는 어머니가 어쩌고 있는지 확인하러 갔다가 그 말을 전하는 실수를 저질렀다. 또 한판 싸울 준비가 된 어머니는 벌떡 일어나 쿵쾅거리며 엘사 할머니 방으로 갔다.

"진심으로 한 말은 아니다." 엘사 할머니가 간청하듯 흐느끼기 시작했다. "아, 언제나 끝날지. 가엾은 네심 오빠, 가엾은 네심 오빠." 그녀는 한탄하다가 말을 바꿨다. "복도 많은 네심 오빠, 복도 많은 네심 오빠."

그때 초인종이 울렸다. 나는 이웃집에서 시끄럽다고 항의하러 온 거라고 확신했다. 그런데 문 앞에는 조끼까지 갖춰서 정장을 차려입은 이집트인 신사 둘이 서 있었다. "들어가도 될까?" "누구시죠?" "경찰서에서 나왔다." "잠시만요. 안에 말씀드릴게요." 나는 양해도 구하지 않고 문을 닫아 버렸다. 그리고 곧바로 뛰어가 할머니에게 전했다. 할머니는 엘사 할머니에게, 엘사 할머니는 압두에게 금방 나갈 테니 손님들에게 잠깐 밖에서 기다리라고 전하게 했다. 엘사 할머니는 방문을 잠근 뒤 세수를 하고 차분하게 현관으로 나갔다. "들어가도 됩니까?" 남자들이 똑같이 물었다. "난 독일 시민이고 이 집에 낯선 사람들을 들일 수는 없습니다." 엘사 할머니는 삼류 성악가와 몇 달 동안 연습한 것처럼 대사를 읊었다. "이 집 가장을 좀 만나고 싶은데요." "집에 없어요." "어디 있죠?" "모릅니다." "저긴 누굽니까?" 한 남자가 나를 가리켰다. "어린애입니다. 앤 아무것도 몰라요." 불과 며칠 전에 이제 나도 *jeune petit monsieur*(젊은 꼬마 신사)라고 했던 엘사 할머니였다.

방금 세수까지 하고 왔지만 엘사 할머니의 안경에는 마른 눈물 자국 같은 하얀 얼룩이 묻어 있어서 허름하고 불쌍해 보였다. 그녀가 그 순간에 보이고 싶은 *grande dame*(귀부인) 이미지는 분명 아니었다. "*Cierra la puerta*, 문 닫아라." 엘사 할머니가 라디노어로 말했다. 나에게 라디노어로 말한 건 처음이었다. 나는 못 들은 척하고 입을 딱 벌린 채 두 경찰을 쳐다보며 서 있었다. 할머니는 남자들을 상대하는 동생을 방해하지 않으려고 기다란 복도를 오르락내리락했다. 슬쩍 현관 쪽을 엿보다가 다시 뒤돌아 가족들이 불안할 때 그러듯 뺨을 꼬집으며 "*Guay de mi, guay de mi*, 슬프도다, 슬프도다."라고 중얼거리면서 되돌아갔다.

한편 어머니는 경찰이 온 것도 모르고 큰 소리로 울고 있었다. 아랍어를 잘 알아듣지 못하는 엘사 할머니는 계속 신경이 곤두선 채로 경찰들에게 시끄러워서 미안하다고 사과했다. "미쳐서 그래요." 경찰 한 명에게 말하면서 검지를 머리에 대고 빙빙 돌렸다. 경찰은 아버지 앞으로 나온 체포영장을 남기고 돌아갔다.

한 시간도 되지 않아 또 재앙이 일어났다. 압두는 남은 시간이라도 쉬려고 돌아간 터였다. 어머니는 세수하고 곧장 방으로 돌아가 방문을 쾅 닫았다. 할머니는 갑자기 큰 소리가 나는 걸 싫어하지만 잠자코 있었다. 잠시 후 나는 책을 읽으려고 거실로 가다가 발에 축축한 무언가가 닿는 걸 느꼈다. 물이었다. 어머니가 또 깜빡하고 수도꼭지를 잠그지 않아서 물이 화장실과 주방, 복도까지 흐른 것이다. 당장 어머니에게 알리려고 달려갔다. 우리가 방에서 나오니 할머니가 캄캄한 복도에 서서 이 많은 물이 도대체 어디서 흘러나왔는지 의아해하며 천장을 쳐다보고 있었다.

어머니는 주방으로 달려가 삼베천을 되는대로 집어다가 곧장 바닥에 던지고 나더러 카펫을 같이 들어서 치우자고 했다. 그다음은 커다란 들통을 가져와 삼베천으로 물을 닦아 내고 짜기를 반복했다. 삼베천에서 압두가 바닥에 칠하는 고약한 왁스 냄새가 났다. "수도를 안 잠갔어." 어머니가 한탄하면서 또 울기 시작했다. "내가 귀머거리라서, 미쳐서, 미친 귀머거리라서, 미친 귀머거리라서." 어머니는 훌쩍이면서 이 말을 반복했다. 할머니도 어느새 엎드려 낡은 수건을 들통에 짜느라 바빴다. 천에서 계속 뚝뚝 떨어지는 잿빛 물기 때문에 할머니 팔뚝이 이내 더러워졌다. "괜찮다. 물소리를 못 들었잖아. 괜찮아." 할머니는 이렇게 말했지만 역시나 무너져내렸다. 수건을 짜면서 위를 쳐다보며 외쳤다. "*Quel malheur, quel malheur*, 참담하구나." 물바다가 된 집 안, 이집트, 어머니의 청각 장애, 아흔의 나이에 어린 가정부처럼 쭈그려 앉아 바닥을 치워야 하는 현실을 모두 의미했다.

그날 또 전화가 걸려 왔다. "오늘 오후에 왜 집에 없었지?" 목소리가 물었다. "평생 지옥에서 썩어라." 아버지가 말했다.

"앉아라. 이제는 어른스러워져야 한다." 그날 밤 체포영장을 읽고 아버지가 말했다. "잘 들어." 나는 울고 싶었다. 아버지도 알아차리고 잠시 가만히 쳐다보더니 내 손을 잡았다. "울어라." 순간 아랫입술이 파르르 떨리면서 턱까지 퍼졌다. 혀를 깨물며 울음을 참았다. 고개를 저어 울지 않을 거라고 알렸다. "쉽지 않겠지. 나도 안다. 하지만 네가 해 줘야 할 일들이 있다. 내가 내일 체포될 테니까 말이야. 가장 중요한 건 네 엄마를 도와 물건을 전부 팔고, 식구들한테 최대한 짐을 싸라고 하고, 온 가족 수대로 배표를 사는 거다. 생각보다 쉬워. 만약에 내가 구금되더라도 떠나야 해. 난 나중에 따라가마. 그리고 유럽에 있는 빌리 할아버지와 아이작 할아버지에게 따로 말을 전해야 한다." 나는 기억하겠다고 했다. "잊어버릴 수도 있으니까 암호로 만들어야 해. 만드는 데 한 시간 정도밖에 안 걸릴 거야." 아버지는 나에게 유럽으로 가져가거나 배에서 읽고 싶은 책을 한 권 가져오라고 했다. 《백치》와 키토의 《고대 그리스, 그리스인들》두 권이라고 했다. "키토 책으로 가져와라. 어려운 단어에 밑줄을 친 것처럼 할 거야. 그래야 세관에서 검사해도 어휘 공부 때문에 밑줄 쳤다고 생각할 테니까." 아버지는 첫 페이지를 자세히 읽더니 *Thracian*(트라키아인), *luxurious*(호화로운), *barbaroi*(바르바로이인), *Scythians*(스키타이인), *Ecclesiastes*(전도서)에 밑줄을 쳤다. "다 아는 단어인데요." "네가 뭘 아는지가 아니라 그들이 뭘 생각하는지가 중요하다. *Ecclesiastes*는 좋은 단어지. 항상 밑줄 친 단어 중 다섯 번째 글자를 사용하고 나머지는 신경 쓰지 마라. 이 경우는 *e*가 되겠지. 리디아 선법 암호야. 알겠니?" 아버지는 자신의 서명을 위조하는 법도 가르쳐 주었다. 그리고 영화처럼 내가 연습한 페이지를 태웠다.

우리는 새벽 2시에 다섯 문장을 완성했다. 다들 잠자리에 든 후였다. 누군가 복도의 램프를 흐리게 해 놓고 나머지 불은 전부 껐다. 아버지가 내게 담배를 권했다. 창문을 활짝 열었다. 봄바람이 다이닝룸으로 불어 들어왔다. 아버지는 밤을 마주하고서 창가에 섰다. 팔꿈치를 창턱에 받치고 두 손으로 턱을 괴었다. "작은 도시지만 잃기가 싫구나." 아버지가 마침내 입을 열었다. "저런 별을 또 어디에서 볼 수 있을까?" 잠깐 침묵한 후에 다시 말했다. "내일 잘할 수 있겠니?" 고개를 끄덕였다. 아버지의 얼굴을 보는데 아버지가 어쩌면 고문을 당할지도 모르고 영영 보지 못할 수도 있다는 생각이 들었다. 그렇게 믿으려고 애썼다. *Kapparah*. 그래야 아버지에게 행운이 일어날 수 있을 테니까.

"그럼 잘 자라."

"안녕히 주무세요." 나는 아버지도 지금 잘 건지 물었다.

"아니, 아직. 먼저 자라. 난 여기 앉아서 생각 좀 해야겠다."

아버지는 오래전 할아버지의 무덤에 갔을 때도 똑같은 말을 했다. 말없이 팔꿈치를 커다란 대리석 판에 올려놓고 한 손으로 턱을 괴었다. 그때 나는 아버지에게 공동묘지와 죽음에 대해, 살아 있는 자들에게 기억되지 않을 때 죽은 자들은 무엇을 하는지 따위를 물었다. 아버지는 참을성 있게 하나하나 모두 대답해 주었다. 죽음은 조용히 잠자는 것과 같다고, 오래오래 평온한 꿈을 꾸면서 자는 거라고. 어느덧 지루해져서 그만 가자고 하자 아버지는 "아니, 아직. 난 여기 서서 생각 좀 해야겠다."라고 했다. 한참 후에 우리는 몸을 기울여 대리석 판에 입을 맞추고 묘지를 떠났다.

다음 날 아침 6시에 일어났다. 할 일이 무척 많았다. 우선 여행사 들르기, 그다음은 영사관, 세계 각지의 친척들에게 전보 보내기, 세관 담당자들에게 뇌물 먹이는 브로커 만나기, 처남이 제네바에 사는 보석 상인 시뇨르 로젠탈에게 몇 마디 전하기. 아버지는 시뇨르 로젠탈이 못 알아듣는 것 같아도 걱정할 필요 없다고 했다. 그리고 변호사를 만나 다음 지시 사항을 기다려야 했다.

아버지는 새벽 일찍 나갔다고 했다. 어머니는 여행 가방 싸는 일을 맡았다. 할머니는 내 옷차림을 보고 투덜거렸다. 특히 구리색 똑딱단추가 달린 파란색 바지를 지적했다. "무슨 똑딱단추요?" 내가 묻자 할머니가 내 청바지를 가리켰다. "이거." 나는 할머니가 준비한 오렌지 주스를 단숨에 들이켜고 서둘러 집을 나와 시내로 향하는 전차에 올라탔다. 항상 반대 방향인 미국인 학교로만 가다가 처음 해 보는 일이었다. 출근

하는 어른이 된 듯 황홀한 기분이 들었다.

그해 봄 평일 아침 알렉산드리아의 하늘은 평상시처럼 얼룩덜룩했다. 해안가에서 소금기 어린 상쾌한 바람이 불어오고 시내 상점가의 소음이 흘러 들어간 좁은 골목길에는 노란색과 초록색 줄무늬 차양이 즐비한 시장이 인파와 좌판, 서로 부딪히는 방물장수들로 북적거렸다. 늘 그렇듯 햇살이 판석에 내리쬐기 직전에는 잠깐 소란이 가라앉고 시원한 바람이 거리에 불어오고 한 번 걸러 낸 듯한 가벼운 햇살이 도시를 감쌌다. 환하지만 눈부시지 않은 햇살이었다.

여권을 갱신하러 간 영사관에서는 오래 기다리지 않아도 되었다. 거기에서 일하는 사람이 어머니와 아는 사이였다. 그리고 여행사에서는 우리의 계획을 이미 알고 있는 듯했다. 여행사 직원이 물었다. "나폴리로 가고 싶니, 바리로 가고 싶니? 바리에서는 그리스로 갈 수 있고 나폴리에서는 마르세유로 갈 수 있어." 에게해가 내려다보이는 버려진 그리스 신전이 떠올랐다. "나폴리요. 날짜는 아직 정하지 마세요." 내가 대답하자 그가 사려 깊게 말했다. "이해한다." 나는 전화번호를 알려 주면서 이리로 전화하면 돈을 받을 수 있을 거라고 했다. 사실 주머니에 돈이 있었지만 꼭 필요할 때만 쓰라는 아버지의 지시가 있었다.

전보는 엄청나게 한참 걸렸다. 식민지 시대 웅장함의 잔재지만 이제는 쭈글쭈글한 석조물로 퇴색해 가는 전보국 건물은 낡고 어둡고 더러웠다. 직원은 한 번에 너무 많은 대륙의 너무 많은 나라로 너무 많은 전보를 보낸다며 투덜거렸다. 그러더니 의심스러운 눈으로 쳐다보면서 그냥 가라고 했다. 나는 물러서지 않았다. 내가 강하게 항의하자 그가 한 대 맞고 싶은 거냐며 으름장을 놓았다. 용기를 쥐어짜 뉴스에서 본 적 있는 사람의 이름을 대며 진한 관계라고 했다. 그러자 즉각 중동 지역에서 존중의 표현으로 통하는 번지르르한 예의를 갖추었다.

오전 10시 30분쯤 되자 많은 일을 처리한 나 자신이 자랑스럽게 느껴졌다. 이제 한 가지만 끝내고 시뇨르 로젠탈을 찾아가면 되었다. 세관 관계자들에게 뇌물을 먹이는 브로커 프랑코 몰코는 자신이 그렇게 간사한 사람이 아니라고 주장했지만 악명 높은 사기꾼이었다. 그는 무례하고 거칠었다. 게다가 의뢰인의 집에서 마음에 드는 물건이 있으면 노골적으로 주머니에 넣었다. 물건 주인이 도로 빼앗아 제자리에 놓으면 나중에 세관 창고에 들러 역시나 주인이 보는 앞에서 당당하게 훔쳤다. 프랑코 몰코는 버려진 차고 같은 곳에서 살았다. 임시변통으로 만든 침대와 다 망가진 싱크대, 바닥에 어질러진 때 묻은 기어박스가 있었다. 그는 협상을 원했다. 나는 협상하는 법을 몰랐다. 그저 아버지가 지시한 대로 말했다. "너희 유대인은 이 방면에서 이길 수가 없다니까." 그가 낄낄 웃었다. 나는 얼굴을 붉혔다. 밖으로 나왔을 때 그가 대접한 차를 도로 뱉어 내고 싶어졌다.

나는 여전히 내가 온 가족의 구원자라고 생각했다. 정교한 시나리오가 머리를 스쳤다. 경찰서장의 책상을 내리치면서 아버지를 당장 풀어 주지 않으면 온갖 끔찍한 보복을 하겠다고 협박하는 나. "지금 당장! 곧바로!" 내가 손바닥으로 경위의 책상을 치며 소리친다. 엘사 할머니는 그런 사람들은 막 대할수록 움츠러드는 법이라고 했다. "더우니까 가서 물도 좀 가져오고." 머릿속으로 온갖 시나리오를 짜느라 분주했다. 그때 뒤에서 내 이름을 부르는 소리가 들렸다. 아버지였다.

아버지는 이발소에 들렀다가 증권거래소 근처의 좋아하는 카페로 느긋하게 걸어가는 중이었다. "감옥에 갇힌 거 아니었어요?" 내가 간신히 실망을 감추며 물었다. "감옥이라니!" 아버지가 소리쳤다. 마치 '누가 그런 말도 안 되는 소리를 하더냐?'라고 묻는 것 같았다. "그냥 몇 가지 물어보려고 데려간 거야. 고발이 들어온 거지. 늘 거짓 고발이지만. 그래, 시킨 건 다 했니?" "시뇨르 로젠탈만 빼고요." "잘했다. 그건 내가 하마. 그나저나 몰코가 그러겠다고 하던?" 그렇다고 했다. "좋아." 아버지는 갑자기 생각났는지 "돈 가지고 있니?"라고 물었다. "네." "그럼 가자. 커피 사 주마. 너도 커피 마시지? 돈은 꼭 테이블 아래로 주는 거 잊지 말고." 카페로 향하는 중에 앞쪽에서 걸어온 젊은 여자가 곁을 스치고 지나가자 아버지가 뒤돌아보며 말했다. "봤지? 저게 바로 완벽한 발목이란 거야."

카페에서 아버지는 나를 모두에게 소개했다. 오전 11시경에 모이는 사업가, 은행가, 공장 경영주들이었다. 다들 전 재산을 몰수당했거나 곧 당할 처지였다.

"《플루티르크 영웅전》도 선부 읽었다니까." 아버지가 자랑했다.

"훌륭하군." 억양으로 보아 그리스인인 남자가 말했다. "그럼 테미스토클레스를 알겠구나."

"당연히 알지." 내가 얼굴을 붉히는 걸 보고 아버지가 대신 답했다.

"테미스토클레스가 살라미스 전투에서 어떻게 이겼는지 설명해 주마. 그건 학교에서 가르쳐 주지 않거든." 무슈 파노스는 펜을 꺼내 신문 한쪽에 해군 대형을 그렸다. "그럼 나는 이걸 누구한테 배웠을까?" 그의 게슴츠레한 눈이 만족감으로 반짝였다. 한 손으로는 계속 내 머리를 건드렸다. "누구한테 배웠을까? 바로 나 자신." 그가 스스로 대답했다. "혼자서 배웠단다. 그리스 해군 장군이 되고 싶었거든. 그런데 그리스는 해군이 없어서 적십자에 들어가 엘라메인으로 갔지." 다들 웃음을 터뜨리자 무슈 파노스도 덩달아 웃었다. "죽어 가는 독일 병사가 준 루거를 아직도 가지고 있어. 총알이 세 발 들어 있었는데 지금 생각하니 누굴 위한 거였는지 알겠구나. 하나는 나세르 대통령, 하나는 우리 아내. 하늘도 알겠지만 아내는 그래도 싸. 그리고 나머지는 나. *Jamais deux sans trois*(세 번 없는 두 번은 없다)." 또 다들 웃었다. "자랑거리는 아니지."

나는 진심으로 또 웃었다. 눈물을 닦다가 한 남자가 아버지의 팔을 쿡쿡 찌르는 모습을 보았다. 아버지만 알도록 찌른 건데 나는 아버지가 고개를 돌려 불안한 듯 뒤쪽 테이블을 쳐다보는 걸 보고 알았다. 아까 발목이 예쁜 그 여자를 보는 것이다.

"할 말 있다고 하지 않았니?" 아버지가 테이블 아래로 내 무릎을 두드리며 물었다.

"오늘 아침에 수영장 가려고 했다는 얘기예요."

아버지는 내가 은밀하게 건넨 돈을 받았다. "그럼 지금이라도 가지 그러니?"

이틀 후 세 번째 불행이 닥쳤다.

아침에 아버지가 누군가와 통화를 마치고 말했다. "우리가 필요 없다는구나." 무슨 말인지 이해되지 않았다. "이집트를 떠나란다." 오래전부터 알고 있던 사실 아닌가. 그런데 아버지는 우리가 공식적으로 추방당했으며 정리할 시간은 일주일뿐이라고 했다. "도살장인가요?" 내가 물었다. "그래."

도살장의 순간이 닥치면 가장 먼저 예방주사를 맞아야 한다. 제3세계의 각종 질병을 예방하는 주사를 제대로 접종했다는 증명서 없이 우리를 받아 줄 나라는 없을 터였다.

아버지는 할머니를 데리고 정부의 예방접종소로 가라고
했다. 접종소는 항구 근처에 있었다. 할머니는 "의사도 아니
잖아."라면서 이집트인 병원 잡역부에게 예방주사를 맞아야
한다는 사실을 무척이나 불쾌해했다. 나는 주사를 맞고 카페
이티네오스에 들러 차와 페이스트리를 먹을 거라고 달랬다.
"살살해." 할머니가 자신의 팔을 잡은 여자에게 말했다. "아
픈 거 아니에요." 여자가 아랍어로 퉁명스럽게 대답했다. "뭐
가 안 아파? 아프잖아!" 여자는 할머니에게 움직이지 말라고
했다. 다음은 내 차례였다. 여자는 우선 머릿니가 있는지부터
확인하기 위해 손톱으로 내 두피를 긁었다. 미스 바다위가 생
각났다.

주사를 맞은 뒤에도 할머니는 계속 구시렁거리며 접종소
의 계단을 내려갔다. 할머니의 목소리가 너무 크게 울려서 조
용히 시키려고 하는 순간, 할머니가 대뜸 나에게 넥타이를 사
주고 싶다고 했다.

밖으로 나오자마자 이륜마차를 잡았다. 내 도움을 받아 마
차에 올라탄 할머니는 모하메드알리거리로 가자며 모호한
번지수를 댔다. 할머니는 자리에 앉은 뒤 마라노 조상들이 교
회를 떠나자마자 세례수의 흔적을 지운 것처럼 작은 알코올
병을 꺼내 주사 맞은 자리에 뿌렸다. 백신과 함께 따라왔을
세균을 죽여야 한다고!

눈부시게 아름다운 날이었다. 마차가 달리는 동안 할머니는 수년 전 루치디로 가는 길에 그랬던 것처럼 갑자기 내 다리를 두드리고 말했다. "바닷가에 가기 좋은 날씨야." 나는 스웨터를 벗었다. 허벅지에 너무 가까이 닿는 울 플란넬 바지의 불편한 감촉이 느껴지기 시작했다. 반바지로 갈아입어야 하는 시기였다. 가벼운 면 반바지를 생각하니 울의 감촉을 견딜 수가 없었다. 어두운 거리를 지나자 광장이 나오고 코니시에 접어들었다. 10분도 되지 않아 이집트 마지막 왕조를 세운 알바니아인 모하메드 알리의 동상이 나왔다.

그 후로 대충 지은 창고와 작업실 같은 오래되고 노쇠한 상점들을 연속으로 지난 뒤 어수선한 작은 가게에 도착했다. "시디 다우드!" 할머니가 소리쳤지만 대답이 없었다. 할머니는 동전을 꺼내 유리문을 몇 번 두드렸다. "네, 시디 다우드 나갑니다." 마침내 지쳐 보이는 형체가 어둠 속에서 모습을 드러냈다. 그는 할머니를 단번에 알아보며 '가장 좋아하는 *마즈마젤*'이라고 불렀다.

시디 다우드는 눈이 하나뿐인 뚱뚱한 이집트인으로 전통 의복인 하얀색 *갈라베야*에 지독하게 큰 회색 더블 재킷을 걸쳤다. 할머니는 손주에게 좋은 넥타이를 사 주고 싶다고 아랍어로 말했다. "넥타이요? 넥타이 있지요." 그가 문을 완전히 떼어 버린 크고 낡은 옷장을 가리켰다. 종이 가방과 지저분한 판지 상자가 가득했다. "어떤 종류요?" "보여 줘 봐." "보여 달라고 하니 보여 드려야죠." 그는 이렇게 중얼거리며 움직였다.

그는 스툴을 가져와 끙끙거리고 움츠리며 올라가 옷장 맨 위에서 판지 상자를 꺼냈다. 모서리마다 녹슨 금속을 덧댄 상자였다. "여기 든 게 가장 좋은 겁니다." 그가 넥타이를 줄줄이 꺼냈다. "요즘은 알렉산드리아 어딜 가도 이런 물건은 구경 못 해요. 카이로도 마찬가지고 이집트 어디에서도." 그는 기다란 싸개에 덮인 넥타이를 꺼냈다. 연한 파란색과 주황색으로 복잡한 패턴이 들어간 진한 파란색 넥타이였다. 햇빛에 비춰 자세히 보여 주려고 양손에 넥타이를 든 채 가게 입구 쪽에서 나에게 내밀었다. 마치 요리사가 생선찜을 내가려고 쟁반에 놓는 것 같았다. "어디 보자." 할머니는 생선 아가미를 들어 살펴보려는 것처럼 말했다. 나는 단번에 알아보았다. 시뇨르 우고의 광택 있는 바로 그 넥타이였다.

굉장히 훌륭한 물건이었다. 할머니는 고리 부분과 뒤쪽의 상표를 살피더니 나쁘지 않은 물건이라고 말했다. "다른 것도 보여 드리죠." 시디 다우드는 첫 번째 넥타이에 대한 내 생각은 들어 보지도 않았다. 두 번째 넥타이는 밝은 진홍색에 패턴은 첫 번째와 똑같았다. "문 쪽으로 가져가서 봐봐." 그가 나에게 말했다. "난 늙어서 오래 못 움직여." 두 개를 함께 살펴보니 두 번째가 품질은 더 훌륭해 보였다. 잠시 후 할머니도 내 옆으로 와서 진홍색 넥타이를 가져가 손에 들고 고개를 이리저리 갸우뚱하며 살펴보았다. 꼼꼼하게 살펴보면 반드시 흠집을 찾을 수 있을 것처럼. 그다음은 엄지와 검지로 비벼서 실크 원단의 품질을 확인하고 시디 다우드를 약 올렸다. "더 좋은 거로 보여 줘." "이것보다 더 좋은 거요? *Mafish*, 없어요!" 그는 다른 물건들도 보여 주었지만 첫 번째 것과 비교가 되지 못했다. 나는 진한 파란색이 마음에 든다고, 새 재킷과 잘 어울릴 것 같다고 했다. "색깔 맞춤은 가난뱅이들이나 하는 거야." 할머니가 지적했다. 이집트인은 다른 상자에서 두 개를 더 꺼내 보여 주었다. 하나는 초록색 바탕, 나머지는 연한 파란색 바탕이었다. "마음에 드니?" 할머니가 물었다. 다 좋다고 했다. "다 좋다네." 할머니가 너그럽게 비웃는 듯한 목소리로 똑같이 말했다.

"여긴 암시장이야." 가게를 나섰을 때 할머니가 말했다. 나는 소중한 꾸러미를 손에 움켜쥔 채 햇빛에 눈을 찡그리면서 마차를 찾으려고 북적거리는 모하메드알리거리를 두리번거렸다. 시디 다우드의 가게에서 30분 동안 100개가 넘는 넥타이를 보고 네 개를 샀다. 그 좁아터진 돼지우리 같은 가게보다 넥타이가 많은 가게는 그 후로도 보지 못했다. 나중에 할머니가 데려간 포부르 생토노레의 상점도 비교가 되지 않았다. 광장 건너편에서 빈 이륜마차를 발견하고 마부를 소리쳐 불렀다. 그러자 마부석에서 곧장 일어서더니 광장을 돌아가야 하니까 기다리라고 신호했다.

15분 후 아티네오스에 도착했다. 늙은 스페인 웨이터는 보이지 않았다. 대신 예의 바른 척하는 게 어설픈 그리스인 웨이터가 주문을 받았다. 우리는 두툼한 흰색 리넨 커튼이 달린 창가의 조용한 구석 자리에 앉아 며칠 후에 막이 오르는 프랑스 연극 이야기를 했다. "참 애석한 일이다. 우리가 이집트를 떠날 때가 돼서야 발전하기 시작하다니." 코메디 프랑세즈(comédie française, 프랑스 국립 극장이며 소속 배우들로 극단을 꾸리고 있다.-옮긴이)가 적어도 10년 만에 이집트 공연을 다시 시작하는 거였다. 라 스칼라도 카이로의 오래된 오페라 하우스에《오텔로》를 올릴 예정이었다. 할머니는 재봉사 마담 다르위시에게 코메디 프랑세즈의 젊은 남자 배우가 어릴 때 살던 집이라며 찾아왔다는 이야기를 들은 적이 있다. 마담 다르위시는 그를 집 안으로 들여 커피를 대접했고, 그는 가기 전에 울음을 터뜨렸다고 했다. "추방한다는 게 그냥 엄포는 아닐까?" 할머니는 생각을 소리 내어 말하고는 스스로 답했다. "아니겠지."

망고 아이스크림을 하나 더 먹은 뒤 할머니가 말했다. "이제 너에게 좋은 책을 사 줘야겠구나. 그다음은 박물관에 잠깐 들르고." 할머니가 말하는 '좋은 책'이란 이해하기 어렵거나 당신이 허락하는 책을 말했다. 열네 살 생일 선물이었다.

아티네오스를 나와 또 마차를 잡으려는데 할머니가 얼른 왼쪽으로 돌라고 했다. "플뤼키거스로 페이스트리를 먹으러 가는 척하자." 나는 왜 그런 척을 해야 하는지 저녁에 아버지가 할머니한테 소리 지르는 걸 듣고야 알았다. "그렇게 똑똑한 척하다가 우리 식구들 전부 감옥에 갈 수도 있다고요!" 할머니는 우리를 미행하는 사람을 따돌리는 데 성공했는데, 나는 중고 서점에 있을 때도 전혀 몰랐다. 책을 고르느라 여념이 없었고, 서점 한쪽 책더미에서 마침내 내가 원하는 책을 발견했다. "정말 그걸 읽을 거니?" 할머니가 물었다. 할머니는 정신이 딴 데 팔린 듯한 모습으로 책값을 치렀고 서점 주인의 인사에도 대답하지 않았다. 미행하는 사람이 한 명 더 있을지도 모른다는 사실을 깨달은 것이다. "이제 가자." 할머니가 예의를 차리며 말했다. "왜요?" "그냥." 우리는 택시를 잡고 기사에게 람레역으로 가자고 했다. 낯익은 상점과 식당들, 햇살 가득한 벽에 기댄 어린 나무가 쭉 늘어선 구간을 지났다. 건물 너머로는 오후의 바다가 비스듬히 펼쳐졌다.

스포팅에 도착하자마자 할머니에게 곧장 코니시에 가겠다고 했다. "안 돼. 같이 집으로 가야 한다." 내가 고집을 피우려고 하자 할머니는 "제발 시키는 대로 해라. 문제가 생길 수도 있어."라며 나무랐다. 문제라는 말에 내가 제자리에 얼어붙었는지 할머니가 곧장 덧붙였다. "그렇게 겁먹은 얼굴도 안 돼!"

그제야 나는 평상시 우리 가족을 미행하는 낯익은 자가 플랫폼에 서 있는 걸 알았다. 알고 보니 할머니는 오래전부터 이집트 밖으로 돈을 빼돌렸고 그날도 마찬가지였던 것이다.

할머니의 연락책이 시디 다우드였는지, 중고 서점 주인이었는지, 아니면 그날 우리가 탄 여러 마차의 마부 중 한 명이었는지는 모른다. 오랜 세월이 지나 파리에서 내가 물었을 때 할머니는 "강철 같은 심장이 필요한 일이었지."라고만 말할 뿐이었다.

미친 듯 짐을 싸고 급하게 가구를 파는 와중에 어머니와 할머니, 엘사 할머니는 이집트를 떠나기 전날 유월절을 지내기로 했다. 거실에서 커다란 나뭇가지 모양 촛대 두 개를 가져오고 오래된 조각 촛대도 함께 사용하기로 했다. 너무 낡아서 누굴 줄 수도 없는 거였다. 엘사 할머니는 유대인이 유월절을 준비하는 전통 방식 그대로 집 안을 청소하고 빵을 모조리 치우자고 했다. 하지만 사방에 여행 가방이 널브러진 데다 온 집 안이 엉망진창이라 다들 내켜 하지 않아서 그만두기로 했다. "그럴 거면 유월절을 뭐 하러 지내?" 엘사 할머니가 격분해서 빈정거렸다. "유월절을 지낼 수 있다는 것만으로 고마워하세요." 아버지가 충고했다. 엘사 할머니는 화가 부글부글 끓어올랐다. "그런 식으로 나올 거면 그냥 지내지 말자. 마음대로들 해." "고작 유월절 가지고 그렇게 흥분하지 마세요, 이모님. 제발!"

어머니와 할머니가 아버지를 말리기 시작했다. 오후 내내 사절단이 엘사 할머니의 방과 아버지의 서재를 바쁘게 오갔다. 그러다 아버지가 저녁 먹기 전까지는 돌아오겠다면서 나갔는데, 그건 아버지가 자신의 잘못을 인정하는 방식이었다. 유월절에 준비하는 음식을 잘 아는 압두는 알아서 즉각 달걀을 삶고 치즈와 감자를 넣은 *부뉴엘로스*(buñuelos, 밀가루 반죽을 기름에 튀긴 음식-옮긴이)를 준비하기 시작했다.

그날 저녁 엘사 할머니는 나더러 《하가다》 읽는 것을 도와달라고 조르기 시작했다. 내가 거절할 때마다 이 집에서 지내는 마지막 유월절이고 네심 할아버지를 추모하는 뜻에서 읽어야 한다고 했다. "그럼 네심 오빠의 빈자리는 누가 채워 준단 말이냐?" 내가 또 거절했다. "유대인인 게 부끄러운 거니? 그래서 그런 거야? 그럼 대체 우리는 어떤 유대인이란 말이냐?" 엘사 할머니가 자꾸 물었다. "떠나기 싫은 이집트를 떠나는 걸 기념하지 않는 유대인이죠." 내가 대답했다. "그건 어린애 같은 생각이야. 우린 유월절을 그냥 넘긴 적이 한 번도 없어. 네 엄마도 크게 실망할 거다. 그러길 바라니?" "내가 바라는 건 유월절을 신경 쓰지 않는 거예요. 난 홍해를 건너고 싶지도 않고 내년에 예루살렘에 있기도 싫어요. 유월절은 역사의 반복을 숭배하는 것 이상도 이하도 아니라고요." 나는 나 자신의 *bon mot*(바른 말)에 만족하면서 방을 나갔다. "이집트에서 보내는 마지막 밤이잖니." 엘사 할머니는 그러면 내 마음이 바뀌기라도 할 것처럼 말했다.

그렇게 저항했지만 결국 나는 새 넥타이와 재킷, 새로 맞춘

코가 뾰족한 검은 구두를 착용하고 말았다. 오후 7시 30분경에 내가 있는 거실로 들어온 어머니는 진한 파란색 드레스와 가장 아끼는 보석 차림이었다. 옆방에서 두 자매가 상차림을 마무리하고 압두가 막 광을 낸 새 은 식기를 싸는 소리가 들렸다. 할머니가 엘사 할머니에게 질렀다는 표정으로 거실에 들어왔다. "항상 자기 좋은 대로만 하려고 해. 남들 생각은 안 하고." 할머니는 자리에 앉아 멍하니 치맛자락을 살피며 주름을 펼치더니 땅콩 그릇을 뒤적거려 구운 아몬드를 집었다. 창밖으로 고개를 돌리자 창문에 우리 세 사람의 모습이 비쳤다. 세 사람만 더 있으면 피란델로의 희곡《작가를 찾는 6인의 등장인물》과 똑같겠구나 싶었다.

적어도 세 세대를 거친 보라색 레이스 드레스를 입은 엘사 할머니가 들어왔다. 내가 넥타이를 맸다는 사실을 알아차린 모양이었다. "똑딱단추 달린 바지보다 훨씬 낫구나." 그녀는 이렇게 말하고 의미심장한 눈길로 자신의 언니를 힐끗 보았다. 우리는 베르무트(vermouth, 포도주에 브랜디와 향료 등을 넣은 리큐어-옮긴이)를 마시기로 했고 엘사 할머니는 담배를 피우겠다고 했다. 어머니도 담배를 피웠다. 가족 모임에서 항상 그러듯 두 자매는 과거를 회상하기 시작했다. 엘사 할머니는 제2차 세계대전이 터지기 전에 루르드에서 운영한 작은 기념품점 이야기를 했다. 기독교 순례자들에게 종교용품을 엄청나게 팔아 대는 그녀를 유대인이라고 생각하는 사람은 아무도 없었다. 그도 그럴 것이 정작 본인도 유월절에 발효하지 않은 빵을 어디서 사야 하는지 몰랐다. 그녀는 일단 동네 빵집으로 갔다. 남편이 위궤양이 심해서 평범한 빵을 먹을 수 없다며 어떤 밀가루를 쓰는지 꼬치꼬치 물었다. 빵집 주인이 어떤 빵을 원하는지 모르겠다고 하자 흥분한 엘사 할머니는 담백한 종류, 발효하지 않은 빵이 있으면 달라고 요구했다. 그러자 빵집 주인은 며칠 전부터 위궤양에 걸렸다며 그런 빵을 찾는 사람이 많은 걸 보니 루르드에 전염병이 퍼지는 것 같다고 했다. "그런 사람이 많아요?" 엘사 할머니가 물었다. 그는 웃는 얼굴로 "아주 많아요."라고 말한 뒤 *"Bonne pâque*, 즐거운 유월절 되세요."라고 속삭이며 발효되지 않은 빵을 팔았다.

"*Se non è vero, è ben trovato*, 지어낸 얘기라면 정말 잘 지어내셨네요." 막 집에 도착한 아버지가 말했다. "준비는 다 된 건가?"

"당신을 기다리고 있었어." 어머니가 말했다. "스카치 마신다고 했던가?"

"됐어. 이미 마셨어." 아버지가 고개를 저었다.

모두 다이닝룸으로 갔다. 아버지의 오른쪽 뺨에 손톱으로 긁힌 것처럼 울긋불긋 기다란 자국이 있었다. 할머니는 아버지의 얼굴을 보더니 곧바로 자신의 뺨을 꼬집어 보일 뿐 아무런 말도 하지 않았다. 어머니도 슬쩍 아버지 쪽을 보았지만 역시나 말이 없었다.

"자, 그럼 이제 어떻게 하면 되나요?" 아버지가 굳이 기념일을 챙겨야겠다는 엘사 할머니를 살짝 비웃으며 물었다.

"읽어라." 엘사 할머니가 네심 할아버지의 빈자리를 가리켰다. 어머니가 내키지 않는 얼굴로 자리에서 일어나 어디부터 읽으면 되는지 아버지에게 일러 주었다. 그러고는 아버지의 얼굴을 힐끔 쳐다보며 말없이 고개를 저었다. 아버지는 비꼬거나 과장하는 기색 없이 약간 긴장한 듯 순순히 프랑스어로 낭송하기 시작했다. 하지만 이내 긴장이 풀리자 실수가 나오기 시작했다. 갑자기 큰 소리로 읽었다가 고쳐 읽거나 실수로 몇 줄을 빼먹었다가 똑같은 줄을 또 읽기도 했다. 잠시 후에는 할머니가 도와주려는 마음에서 "그 부분은 넘어가자."라고 했다. 아버지가 좀 더 읽은 뒤 또 끼어들었다. "그 부분도 넘어가자."

"안 돼. 전부 다 읽든지 아예 안 읽든지 둘 중 하나야." 엘사 할머니가 고집을 부렸다. 언쟁이 벌어지기 직전이었다. "이럴 때 네심 오빠가 있었다면……. 어디에 있는 걸까?" 애절함이 묻어나는 엘사 할머니의 목소리가 루르드에서 장사로 성공한 이유를 말해 주었다.

"저 멀리 이모님이 없는 곳에 있겠죠."

아버지의 중얼거림에 나도 모르게 킥킥 웃음이 나왔다. 듣지는 못해도 아버지가 무슨 말을 했을지 정확히 아는 어머니도 웃음을 참으려는 나를 보더니 슬쩍 미소를 지었다. 킥킥거림은 빠르게 퍼져 나갔다. 아버지도 웃음을 최대한 참으려고 애썼다. 할머니가 그런 아버지를 보더니 마침내 박장대소를 했다. 어떻게 해야 하는지, 무엇을 읽어야 하는지, 언제 멈춰야 하는지 아무도 몰랐다.

"참 대단한 유대인들이야." 엘사 할머니도 이렇게 말하고 눈물이 맺힐 정도로 웃기 시작했다.

"이제 먹을까요?" 아버지가 물었다.

"좋은 생각이에요." 나도 동의했다.

"벌써? 이제 막 시작했는데." 이제 조금 진정된 엘사 할머니가 따지듯 말했다. "마지막인데 어떻게 그러니? 우리가 앞으로 다시 모일 날은 없을 거야. 난 알 수 있어." 그녀는 눈물을 터뜨리기 직전이었다. 할머니는 계속 이런 식으로 가다가는 자신도 울 것 같다고 했다. "올해가 마지막이라고." 엘사 할머니가 내 손을 잡았다. "지난 50년 동안 이 집에서 지낸 수많은 유월절이 기억나서 그래. 잘 들어 봐." 이번에는 아버지를 보며 말했다. "50년 전에는 이렇게 끝날 줄, 다들 죽거나 떠나고 내가 마지막으로 이 집에 남을 줄 꿈에도 몰랐지. 이렇게 남겨지는 것보다 차라리 그냥 예전에 죽었다면 더 좋았을 텐데."

"진정하세요, 엘시카 이모님."

그때 압두가 들어오더니 아버지에게 다가와서 전화로 누가 찾는다고 했다.

"기도하는 중이라고 하세요."

"하지만……." 압두가 곤란한 듯 아버지만 들을 수 있도록 작게 뭐라고 말했다.

"그래서요?"

"그 여자가 사과하고 싶답니다."

아무도 말이 없었다.

"지금은 안 된다고 하세요."

"알겠습니다."

압두가 서둘러 복도로 달려가 수화기를 들고 뭐라고 말하는 소리가 들렸다. 다행히 전화를 끊고 주방으로 다시 들어가는 소리도 들렸다. 그 여자가 고집부리거나 화를 내지 않았다는 뜻이었다. 아버지가 오늘 저녁 우리와 있을 수 있다는 뜻이었다.

"그럼 먹을까요?" 어머니가 제안했다.

"좋은 생각이에요." 내가 또 동의했다.

"그래. 배고프구나." 엘사 할머니도 말했다.

"넌 천사와 결혼한 거야." 할머니가 아버지에게 작게 중얼거렸다.

저녁 식사 후 다들 작은 거실로 자리를 옮겼다. 특별한 가족 모임이 있을 때마다 늘 그러듯 엘사 할머니는 좋아해 마지않는 레코드를 틀어 달라고 아버지에게 부탁했다. 누군가 망가뜨릴까 봐 항상 침실에 보관하는 부시 사중주단의 매우 오

래된 앨범이었다. 낮에 라디오 옆에 놓인 것을 보았다. 음악
틀 생각을 처음부터 했다는 뜻이었다. "자." 그녀가 관절염 있
는 손가락으로 빛바랜 재킷에서 휘어진 레코드판을 조심조
심 꺼냈다. 베토벤의 〈감사의 찬가〉였다. 다들 앉은 가운데
아다지오 선율이 흘러나왔다.

낡은 레코드판이 쉿쉿거렸다. 잡음이 음악 소리보다 더 컸
지만 아무도 알아차리지 못했다. 할머니는 구슬프고 아득한
소리로 조용히 흥얼거리고 아버지는 눈을 감았다. 엘사 할머
니는 암시장에서 산 스위스제 초콜릿을 먹고 "어떻게 이렇게
굉장한 걸 만들었지?"라고 말할 때처럼 완전히 몰입해 경이
로움으로 머리를 흔들기 시작했다.

이것이 내 세상의 전부라는 생각이 들었다. 말없이 취해 꿈
틀거리는 두 노인, 지금 여기가 아닌 다른 곳에 있고 싶은 아
버지 그리고 프랑스 패션 잡지를 획획 넘길 때처럼 딱히 한
가지에 집중하지 않지만 주로 아버지를 생각하며 오늘 일을
그냥 넘어가고 다시 입 밖에 꺼내지도 않을 어머니.

어머니에게 몸짓으로 산책하러 나갔다 오겠다고 했다. 어
머니가 고개를 끄덕였다. 아버지는 말없이 주머니에서 지폐
몇 장을 꺼내 주었다.

델타거리로 나가 보니 사람이 많았다. 라마단 첫날이고 금
식 시간이 끝났음을 알리는 대포 소리가 세 시간 전에 울린
터였다. 평상시보다 유난히 북적거리고 시끄러웠다. 무리 지

어 모인 사람들이 차를 막고 서서 시끄럽지만 활기가 넘쳤으며 페이스트리와 튀긴 음식 냄새가 가득했다. 우리 아파트 건물을 올려다보았다. 우리 집을 보니 압두의 방과 거실만 빼고 불이 다 꺼져 있었다. 가로등과 나무에 걸린 화려한 색깔 전구에 비하면 전기가 차츰 기력이 떨어져 금방이라도 죽을 것처럼 참으로 약하디약한 불빛이었다. 지난 세계, 노인의 불빛이었다.

해안 지구에 가까워지니 조명과 인파에서 멀어진 밤공기가 더욱더 차갑고 짭짤했다. 지나가는 차도 적었다. 차가 신호등 앞에서 멈출 때면 사방에 정적이 감돌고 파도 소리만 들렸다. 어둠 속에서 밀려온 파도가 어두워진 코니시에 물보라를 뿌려 밤안개가 가로등과 표지판, 저 멀리 페트루의 대포가 만드는 투광 조명을 적시고 해안선이 내려다보이는 돌담에 얇고 축축한 막을 퍼뜨렸다. 텅 빈 버스가 빛나는 인도에 어두컴컴한 빛 자국을 남기며 조용히 달렸다. 어디에선가 간간이 음악 소리가 들려왔다. 밤에 학생들이 모이는 무도장에서 나는 소리일 수도, 버려진 그물마다 해초와 생선 냄새를 풍기는 해변에서 들려오는 라디오 소리일 수도 있었다.

거리 모퉁이 노점의 커다란 구리 조리대에서 신선한 밀가루 반죽과 에인절 헤어 튀기는 냄새가 났다. 라마단에 알렉산드리아에서 흔히 보이는 풍경이었다. 팬케이크에 아몬드와 시럽, 건포도가 채워질 것이다. 노점상이 검은색 쟁반에 펼쳐진 팬케이크를 쳐다보는 나를 보고 웃으며 말했다. *"Etfaddal, 마음껏 먹으렴."*

엘사 할머니의 꾸짖는 눈빛이 생각났다. '유월절인데.'라고 말할 것이 분명했다. 할머니도 먹지 못하게 할 것이다. 아랍인이 길거리에서 파는 튀긴 음식은 믿을 만한 게 못 된다면서. 이집트인 노점상은 돈을 바라지 않았다. "그냥 주는 거야." 그가 찢은 신문지에 싼 음식을 건넸다.

나는 그에게 인사한 뒤 질척한 팬케이크를 가지고 해안 지구로 갔다. 돌담으로 올라가 시내를 등지고 바다를 마주한 채 팬케이크를 들고 앉았다. 압두가 봤으면 진짜 *'mazag'*이라고 했을 것이다. 이 단어를 말할 때 모든 이집트인이 그러듯 손바닥을 옆머리에 갖다 대고. 더없이 행복한 풍요와 느긋하고 교양 있게 즐기는 일상의 기쁨이라는 뜻이었다.

밤을 마주하고 앉아 별을 바라보면서 저 너머에 스페인이, 그다음에는 프랑스, 오른쪽에는 이탈리아 그리고 직진하면 솔론과 페리클레스의 땅이 있다고 생각했다. 시간의 굴레도 그 어떤 경계선도 사라진 듯했다. 나는 난파당해 이 땅으로 표류해서 순풍을 기도하며 몇 년에 걸쳐 배를 고쳤지만 막상 떠날 준비가 되자 마음을 접은 이방인들을 떠올렸다.

밤마다 저 앞바다에서 깜빡거리는 작은 고깃배, 저 아래 해변에서 작은 라마단 등불을 흔들며 뛰어다니는 아이들, 깍지 낀 손으로 어둠을 향해 걸어가는 요란한 분홍색과 자홍색 드레스를 입은 소녀들, 모래언덕을 지나 방파제 주위로 몰려드는 또 다른 무리의 아이들을 바라보았다. 몇몇은 저 아래에서 나에게 손을 흔들었다. 나도 거리에서 그러듯 친근하게 손을 흔들고 물보라로 축축해진 얼굴을 닦았다.

축축하고 오돌토돌한 방파제 표면을 만지는데 문득 이 밤을 언제까지나 기억할 거라는 생각이 들었다. 오랜 세월이 지난 후에도 이 자리에 앉아 있던 순간을 기억할 것이다. 산책로 아래의 커다란 바위를 때리는 물소리가 들리고, 해변을 향하는 구불구불한 행렬처럼 어른거리는 아이들의 머리를 바라보며 혼란스러운 갈망에 휩싸였다. 내일 밤도, 모레도, 그다음 날 밤도 다시 오고 싶었다. 이곳을 떠나는 것이 그토록 고통스러운 이유는 이런 밤이 다시 없으리라는 걸 알기 때문이었다. 저녁에 해안 도로에 앉아 질척한 팬케이크를 먹는 일은 올해도 그 어떤 해에도 다시없을 것이기에. 비록 잠깐일지라도 사랑하는지조차 몰랐던 이 도시를 갑자기 갈망하는 혼란스러운 순간의 묘미 역시 다시는 없을 것이기에.

나는 유럽이나 아메리카, 세상 어디에 있든 정확히 1년 후 오늘 메카 쪽을 향해 기도하는 이슬람교도처럼 이집트 쪽을 보면서 이 밤을 기억하리라 맹세했다. 그 맹세를 하게 만든 생각들을 기억하리라 다짐했다. 아버지의 농담을 흉내 내어 엘사 할머니의 바보 같은 유월절 같네, 라고 생각했다.

집으로 돌아가며 다들 무엇을 하고 있을까 궁금했다. 아직 작은 불이 켜진 거실에 베토벤의 음악이 흘러나오고 압두는 주방을 마저 치우고 있었으면 했다. 내가 집에 도착해 현관문을 닫는 순간 누군가 "기다리고 있었어. 로열에 갈 거야."라고 말하면 "그 영화 봤잖아요. 하기야 무슨 상관이에요. 또 보면 되죠."라고 말할 수 있기를 바랐다.

서둘러 아래층으로 내려가면 아버지가 이제는 우리 것이 아닌 차에서 기다린다. 4월 말의 쌀쌀한 밤기운에 창문을 닫고 다들 바짝 붙어 앉는다. 평상시와 마찬가지로 자리다툼을 하고 손을 비비고 프랑스 라디오 방송을 켠 다음 코니시를 달리면서 모든 것이 그대로라고 생각할 것이다. 금식 시간이 끝난 뒤 산책을 즐기는 사람들도, 로열영화관에서 영화표를 파는 여자도, 영화관 밖의 골목길에 세워 둔 우리 자가용을 봐주는 남자도, 건너편에 사는 이웃들도, 자정에 영화관 밖으로 나온 우리를 맞이할 이슬비도 오늘이 우리가 알렉산드리아에서 보내는 마지막 밤이라는 걸 알지도, 상상하지도 못하리라.

아웃 오브 이집트

초판 1쇄 발행 | 2021년 10월 18일

지은이 | 안드레 애치먼
옮긴이 | 정지현
펴낸이 | 이정헌, 손형석
편집 | 이정헌
교정 | 노경수
디자인 | 이정헌
인쇄 | 공간코퍼레이션

펴낸곳 | 도서출판 잔
출판등록 | 2017년 3월 22일 · 제409-251002017000113호
주소 | 경기도 김포시 김포한강3로 432 502호
팩스 | 070-7611-2413
전자우편 | zhanpublishing@gmail.com
웹사이트 | www.zhanpublishing.com

일러스트 ⓒ 이고은

ISBN 979-11-90234-18-4 03840